文学鲁军新锐文丛

常芳 卷

一日三餐

山东省作家协会 编

山东文艺出版社

"文学鲁军新锐文丛"
编辑委员会

主　任：刘为民
副主任：张　炜　杨学锋
委　员（以姓氏笔画为序）：
　　　　王兆山　王耕夫　刘　强　刘海栖　许　晨
　　　　李　军　李广鼐　李掖平　苗长水　杨文学
　　　　杨发运　张丽娜　陈文东　武学海　罗寿宪
　　　　房义经　赵德发　谭好哲　葛长伟

总　　序

孙守刚

　　文学事业是文化建设的重要组成部分，是各种艺术创作和发展的重要基础，担负着满足人民精神文化需求、推动文化大发展大繁荣的光荣使命。山东作为文化大省，具有源远流长的文学根脉，齐风鲁韵影响深远，众多文学大家名作构成了齐鲁文化的壮丽画卷，为山东文化建设提供了丰厚的滋养。在近现代文学史上，山东作家写下了浓墨重彩的篇章，山东文学在中国文坛居有重要地位。特别是新时期以来，山东省委省政府高度重视发展文学事业，把繁荣文学创作作为加快文化强省建设的重要任务，采取一系列政策措施加以推进。山东文学创作呈现出繁荣发展的良好局面，涌现出一大批优秀青年作家，推出了一大批优秀文学作品，在丰富群众精神文化生活、推进经济社会发展方面发挥了不可替代的重要作用。

　　山东作家队伍人才济济，新人佳作层出不穷，一批作品荣获全国重要文学奖项，在全国产生重要影响，引起广泛关注，"文学鲁军"成为新时期中国文学界的一支重要力量。为发现文学新人、扶持青年作家，山东省作家协会于2001年组织编选出版了《文学鲁军新锐文丛》第一辑，整体展示了10位山东青年作家的创作成就，有力促进了青年作家队伍的成长壮大。近年来，山东一批又一批文学新人脱颖而出，一批中青年作家崭露头角，以勤奋的创造性劳动和出色的创作成果，为文学事业发展注入了勃勃生机，山东作家群展现出薪火相传的兴旺景象和持续发展的巨大潜力。

为集中展示山东青年作家的新气象和新阵容，促进山东文学事业繁荣发展，省作家协会组织了《文学鲁军新锐文丛》第二辑的编辑出版，在面向全省征集的基础上，遴选了10位青年作家的精品力作。他们都是近年我省最为活跃的文学新人的优秀代表，是山东创作队伍的生力军，他们的作品代表了山东青年作家的创作水准，为山东文学事业增添了青春力量。

"文章合为时而著，歌诗合为事而作。"一切优秀的文化创造，一切传世的精品力作，都是时代的产物。我国正处在中国特色社会主义事业蓬勃发展阶段，山东正处在由大到强战略性转变的关键时期，我省文艺事业发展面临着难得的历史机遇。党的十七届六中全会提出了推动社会主义文化大发展大繁荣、建设社会主义文化强国的战略任务，省委九届十三次全体会议对加快建设文化强省作出新的部署，这为我省文学发展创造了更加有利的环境，为作家施展才华提供了更为广阔的舞台。真诚希望青年作家们继承发扬齐鲁文学的优良传统，以繁荣文学创作为己任，始终坚持正确方向，坚持以人为本，坚持锐意创新，坚持德艺双馨，自觉贴近实际、贴近生活、贴近群众，积极投身到讴歌时代和人民的文学创作活动之中，以充沛的激情、生动的笔触、优美的旋律、感人的形象，创作出更多思想性艺术性俱佳的优秀文学作品。牢固树立精品意识，发扬十年磨一剑的精神，甘于寂寞，心无旁骛，潜心创作，精益求精，不断挖掘作品的深刻主题，不断丰富作品的表现形式，不断提升作品的艺术境界，努力打造叫得响、传得开、留得住，富有齐鲁风格、山东气派的精品力作。

人才辈出是文学繁荣的基本条件和重要标志。近年来，省作协充分发挥桥梁和纽带作用，积极履行"联络、协调、服务"职能，创新文学人才选拔、培养、激励和服务机制，以培养文学新人为重点，切实加强文学人才队伍建设,为文学新人脱颖而出创造了良好环境条件。希望省作家协会认真总结经验,把"文丛"编选工作制度化、常态化,作为培养推介文学新人的重要措施,充分发挥丛书的影响力和带动力,努力打造成一个响亮的文化品牌,让一批批"鲁军新锐"从这里出发,走向全国,走向世界,再创"文学鲁军"新辉煌。

"等闲识得东风面,万紫千红总是春。"在加快建设经济文化强省、谱写山东人民美好生活新篇章的伟大进程中,山东文学的百花园一定会更加枝繁叶茂、硕果累累,山东文学事业一定会有更加美好的明天。

目 录

一日三餐　　　　　　001
你在木星上有多重　　033
纸环　　　　　　　　075
告诉我哪儿是北　　　108
请让我高兴　　　　　146
阿根廷牛排　　　　　185
死去活来　　　　　　216

后记　　　　　　　　249
附录一　　　　　　　253
附录二　　　　　　　254

一日三餐

一

　　唐光荣养了一只长着白眉毛的苍鹰。来了兴致,唐光荣早上出门时,就把它放在车上。唐光荣喜欢看它站立在车篷顶上,尤其喜欢摩托车跑起来时,风吹起苍鹰胸前那些灰白的羽毛。有时候,苍鹰就在快速流动的晨风里,在车篷顶上突然展开翅膀,像是一下子回到了辽远的天空,在高高的云层里自由地展翅飞翔着。

　　唐光荣给留香说,鹰是世界上寿命最长的鸟类了,能活七十岁。

　　又说,它活到四十岁的时候,就会抓不稳猎物,飞行也会变得非常吃力。这个时候,它只有两种选择:一是等死,二是重生。只是选择重生的鹰,要经过一个十分痛苦的过程。在接下来的一百五十多天里,它又长又弯的喙要用力地去击打岩石,直到完全脱落后,长出新的。然后,再用长出的新喙将指甲一根一根地拔出来。新指甲长出来后,再将羽毛一片一片地拔掉。等新的羽毛长出来后,鹰就又可以重新翱翔在蓝天上了。

二

　　几只麻雀清脆的鸣啭从窗子的缝隙里钻进来时,留香已经醒了。但她依旧闭着眼睛，一直听到晨曦在几片树叶子上跳了几跳，才起了床，哗啦一声拉开了有些发污的白色窗帘，让树叶子上那些耀眼的晨曦一步跳跃到了她的身上。下岗之后，再也没有那些没完没了的夜班可以上了，留香现在每天早上都是这样听着晨曦的舞步起床的。

唐光荣早已经出门了。一年四季，他都比窗外的这些麻雀醒来得还要早，然后开着他那辆深红色的三轮摩托车，勤勤恳恳地到火车站边上候着拉客。如果运气好，天露熹微时，他就已经拉着一个或者两个客人，快速地闪过一棵一棵还在瞌睡的树木，穿行在那些宽宽窄窄的街道上了。

到街口买了一份晚报后，留香又到报摊对面去，买了一袋豆浆和两个菜饼。报纸和菜饼都是给唐光荣买的。唐光荣开着他的摩托车只拉一个清早的客，每天都是回家来吃早饭。他至今不喜欢在路边的小食摊上吃东西。他习惯一边吃着早餐，一边看着报纸，还像原来在工厂里上班时一样。

就早上买报纸这件事，留香曾经说过唐光荣几次。留香说："你自己去买多好，等客的时候随手就翻着看了。拉了客，在路上还能和那些乘了一夜火车的客人，说说这里昨天都发生了哪些新鲜事。"

唐光荣说："你以为等客是坐在厂子里开会？等客也和你原来纺纱一样，需要一心一意。我眼巴巴地在那里瞅着，还时常拉不上客人呢。"

唐光荣一说到开会这样的话，留香就会主动铩下羽翎，退下阵来。她不想去刺激唐光荣。他从一名有组织有依靠的工人，一夜变成了一粒散落的沙子后，自由是自由了，好像还可以在广阔的天地里随风飘扬，但是他的下岗又是不一样的，他更像是一个人的老寒腿，是最怕受到寒风刺激的。

扫了眼桌子上那只小房子形状的石英钟，留香草草地喝掉了袋子里的豆浆，然后简单地收拾了一下，提起录音机放到前车筐里，推上自行车开始往外走。接下来她要骑上四十分钟的自行车，到英雄山广场上去教人跳舞。

马路上洒水车刚洒过了水，空气里漂浮着一股雨后淡淡的泥腥味。那些泥土的味道在清晨的微风里荡漾着荡漾着，就和路边树上一些青翠叶子散出来的气息凝结在了一起，变成了一丝一丝的甘洌，随着留香的呼吸进入了她的身体里。她喜欢清晨的这种神清气爽，风、树木、马路、路边的楼房，甚至路上的车辆和行人，一切都好像是在清凉的小河里漂洗过了。

愉快地蹬着自行车，看着马路上稀稀疏疏的车辆和行人，看着在清晨要比其他时候里显得宽阔许多的马路，留香心里又轻轻地哼起了一段舞曲。从去教人跳舞开始，只要是走在去跳舞的路上，留香总是要这样在心里哼上一段舞曲的。留香不仅自己哼，她还告诉那些跟着她学跳舞的女人："只要哼起了舞曲，心里就什么烦恼都不会有了。"

唐光荣去看过几次留香教人跳舞。有一次，留香在跳舞的间隙里又给一个女人说这句话，站在边上的唐光荣自然就听见了。回家的路上，唐光荣说："知道什么是穷乐呵吗？"

留香知道唐光荣是什么意思，但还是故意说："你说什么是穷乐呵？"

"当然就是你和那些跟着你学跳舞的女人了。"唐光荣说。

笑了笑，留香讽刺唐光荣说："你现在就知道一天三顿饭不饿肚子。"

唐光荣说："没有三顿饭，看看你还能跳动舞了，胳膊和腿脚恐怕也会抬不起来了。"

"腿脚跳不动了我就在心里跳。"留香继续笑着，"跳舞可不是跟你看见的那个样，只是在那里用胳膊和腿脚比画。"

到了天桥下面，留香从自行车上跳下来，朝西边通往火车站的小街两旁张望了一下。唐光荣每天就是在这里等客的。

这是进出火车站的一条便道，街窄窄的，不足五米宽，二三百米长，极少有外来的客人走。外地人进出火车站不管打车还是乘坐公交车，都是要走火车站南边的两条进出路线。只有少数的当地人和一些误打误撞的外地人，进出车站才会打这里经过。因为火车站南边的两条路线都是不准机动三轮车进出和停留的，所以候着拉客的这些三轮摩托车，就都聚集在了这条小街的出口上，像给这条小街缀上了一串沉甸甸的坠子。

仔细地看了看，留香还是没在树下看到唐光荣和唐光荣那辆深红色的三轮摩托车。唐光荣和他的三轮车不在，就是唐光荣拉着客了。

唐光荣不在，留香还是对着那条小街笑了笑。

除了雨雪天不能去跳舞，其他的日子里，每天早晨走到这里，留香都是要这样从自行车上跳下来，往网脚一样排列在树下的三轮车队里张望一下，寻找着唐光荣和他的三轮车。如果唐光荣和他的三轮车在，留香就会对着唐光荣笑一笑，不管唐光荣看没看见她。如果唐光荣不在这里，自然就是唐光荣拉着客走了，留香也会笑一笑。她想不管唐光荣在或是不在，唐光荣早上是在这条小街上讨生活，这条小街总归是会看见她笑的。

当然看见留香笑的，还有那些和唐光荣一样守着三轮摩托车在那里候客的人。他们知道留香每天早上从桥下走过去，根本不是去工作，而是为了赶到英雄山去跳舞后，就都找到了新话题，抽空忙着和留香打招呼。说没想到唐光荣一个开破摩托车的下岗工人，家里居然还养着这么个迷恋跳舞的老婆。

唐光荣原来的同事大个子，和唐光荣一起二次下岗后，也跟着唐光荣在这里开三轮拉客。有一次他看见留香对着唐光荣笑，就笑着对留香说："留香，你能不能每天早出一会门，来这里教我们跳一阵子，让我们在冬天里等客的工夫里，也好跳着舞步暖暖手脚。"

"我害怕你们学会了跳舞后，会把摩托车开得也像跳舞一样在原地转圈子。要是那样，就什么样的客人也不会跑到你们的摩托车上来了。你们天天拉空网，回头你们的老婆就会骂我害你们了。"留香说。

大个子说："我和唐科长都已经从面粉厂里下两次岗了，我们大不了再从这里下一次，再走一次狗屎运。"

留香瞅了眼唐光荣，然后对大个子说："我不能再和你白话下去了，再白话就要晚了。"

跳上了自行车，留香听见大个子还在后面嘻嘻地笑着，对唐光荣说："唐科长，你老婆去英雄山跳舞，怎么弄得比那些明星走穴挣钱还积极。"

"光荣，你拉客的时候路上小心点。"留香回过头去笑了笑，大声对唐光荣说。

唐光荣从来不愿意和人说起他下岗的事。偶尔说起来，也会打着哈哈说那简直就是一个笑话。唐光荣说我从一个厂子里前后下了两次岗，还下得那么窝囊，能不是笑话？

下岗前，唐光荣曾经是面粉厂里的一名保卫科长。说起下岗来，唐光荣说留香是纺纱车间的一名纺纱女工，下岗也下得跟那些棉纱一样干干净净，只有他那岗，下得是要多窝囊就有多窝囊，几乎窝囊得让人说不出口来。

唐光荣第一次下岗时，是他们那个中外合资的面粉厂破产倒闭了。工厂破产倒闭了，不论原来是什么资的，都像俗话形容的树倒猢狲散那样，工人们理所当然地就跟在后面惶惶而散了。说他们的面粉厂是合资企业，是因为里面有三分之一的资金是新加坡一家公司来注入的。有了外资血统，当然不论几分之几，那都是纯混血的中外合资企业，是一种看不见的冠冕。单是这个名头，就足够让人怦然心动的。唐光荣当初从造纸厂往面粉厂里去时，是花光了手里一大把的关系才进去的呢。但是，唐光荣头发梢上也没料想到，一个总投资两亿多人民币，风光无限的合资企业，居然也会说垮就垮，转眼变成了资不抵债的一个空壳壳。

　　下岗几个月后，唐光荣忽然听大个子说他们那个破了产的中外合资面粉厂，已经被原来的厂长盛大年用三百万买了去。仅仅三百万块钱，曾经投资两个亿的面粉厂，就转化成了盛大年个人的面粉厂？唐光荣怀疑完了这是个传言后，还是想不明白，觉得那个做决定拍卖面粉厂的人肯定是脑子出了毛病。要是脑子没毛病，都可以拿小脑去想一想了，那两个亿的家底子，可就是败坏在这个盛大年手里的！

　　闷头想了一个月，唐光荣脑子里还是一片糊涂。他就在一个下雨天里，骑上自行车，冒着大雨去了面粉厂门口。他想到那里去看看，到底有没有一个明白的答案写在厂门口那块小黑板上，跟过去厂子里通知大家开会和学习那样，一目了然地挂在那里。

　　骑着车子到了厂门口，唐光荣当然没有看见过去常挂在门口的那块小黑板，没有找到他想找的答案。但也有出人意料的结果，那就是他把丢失的工作突然给找回来了。并且，还重新当上了面粉厂的保卫科科长。

三

　　在大观园路口被红灯和一面摇摆的小黄旗子拦下来，留香正看着前面的红灯读秒，就听见兜里的手机在唱歌。掏出来一看号码，是唐光荣的姐姐唐娜。唐娜说我就在你对面的路口。留香往马路对面的路口找去，看见唐娜那辆银灰色的宝来车，也被一根看不见的绳子拦在了路口上。唐娜小声小气地说："伟大不是今天从澳大利亚回来吗，你怎么还去跳舞去？"

　　唐娜一直不赞成留香去跳什么舞。她先是对唐光荣说，正经人家的女人，下了岗不琢磨着怎么去挣钱，谁没事了天天跑去跳舞？见唐光荣不作声，又说，我看见别人在那里教人跳舞都是收费的，教会一个三步四步，就能赚上五十块。你媳妇倒是好，雷锋啊，不光不赚钱，还要自己买上录音机搭上电池钱。

饧了半天,唐光荣才说,你们单位好你没有下岗,自然不知道人下了岗后的滋味。留香跳舞不单是跳舞,其实她是像喝药一样的,为了治病。

什么病?唐娜说,要是跳舞能治好病,还要医院干什么使。

有一些病医院里是治不了的,唐光荣说。

后来留香从唐娜那里知道了唐光荣说的这些话,心里被唐光荣感动了好多天。那些天里她去跳舞,跳着跳着,心里就会积出一汪说不清楚来由的泪水。

留香从唐娜的车上收回目光来,笑着说:"他们不是下午到吗?现在才是早晨,太阳才刚出来呢。"

"他们是下午到。但你总该先去帮着咱爸买点新鲜水果什么的,再收拾一下家里吧。你也看过韩国的电视剧,你看韩国人的家里,哪家不是干净得要命。"

"你放心,来得及。"留香说,"韩国人的家里就是新纺的纱一样干净,她现在跟着伟大到了中国,进了唐家的大门,不是也得先学会入乡随俗。再说了,咱们家就是再赶着重新装修一遍,也不一定就能收拾得像人家韩国家庭。"

留香不知道韩国的环境是不是像新纺的纱那样干净,但唐伟大在打给唐光荣的电话里说过,生活在澳大利亚的人,要是愿意,他们出门回来都是可以穿着鞋子直接上床睡觉的。当时唐光荣一边听着唐伟大的话,一边重复给家里人听。他最后给唐伟大总结父亲的话说:你要好好在那里呆住,争取能拿到绿卡。你看看我们这里,就是上海和北京那样的大地方,人从外边回来,能穿着鞋子直接躺到床上去吗?不可能的事!

伟大是唐光荣的弟弟,大学毕业后先是到北京读了硕士研究生,后来就到山西的一个农业研究所工作了两年,前年被派到澳大利亚学习,在那里找了个韩国的媳妇。

伟大研究生毕业刚到了那家农业研究所时,唐娜知道了,说我们好几家子人供着他读研究生,他怎么就选择了那么个专业,搞什么不好,搞农业研究。唐光荣说搞农业研究怎么了,我们现在吃的大米都是那个叫袁隆平的人研究出来的。要不是他研究的杂交水稻,把水稻亩产提高到了上千斤,说不定我们现在还要一天里节约着少吃几粒米呢。人类可以没有楼住没有车开没有钱花,但是一定不能没有粮食吃。

留香没有想到,唐娜会在对面的路口上看见自己。当然,如果唐娜不给她打电话,她同样是不会知道唐娜看见了自己的。留香走在路上从来不喜欢去东张西望,她的习惯是只看正在行走的这一侧路上的物体。留香的这个习惯在唐光荣给她发掘出来以前,她自己都不知道,她还有这样的毛病。

那时候唐光荣还没下岗,他看见留香眼睛里看不见那些连绵不断的纱线后,天天闷在家里,人在一个月里就老去了三岁,像植物园里一只突然硬了壳的笋。

他们家紧靠着凤凰山花鸟市场,隔着一条日夜流着污水的工商河,一条街上是卖花鸟鱼虫破古董烂玉器的,另一条街上就是专门卖狗卖猫卖兔子的宠物市场。每逢周末这一天,你看吧,两条街上从早到晚都是熙熙攘攘的人群,路口的各种车辆更是拥挤得一塌糊涂。那个堵,让人看了都喘不过气来。没下岗前,留香和唐光荣都是有些讨厌这个市场的,有一次唐光荣和留香溜达着出来买花,看见一溜迎亲的婚车被堵在了路口上。等他们转了一大圈,提着买好的花走回来,发现婚车还趴在那里,那个新郎的眼睛都快急得长满绿青苔了。唐光荣看着留香,说这个新郎要是我,我就去把交警队和市政府都告了。市场是要有,但不能乱成这样一锅粥吧,进进出出的没有一条路可以畅通。这还结婚呢,要是周围哪户人家赶在星期天里失了火,等到消防车开过来,恐怕一座楼都烧光了。留香说我觉得最怕堵在这里的还不是消防车,而是那些要生孩子和突发了心脏病的人,他们若是被挤在这里,还不得生的要生在车上,病的要病死在车上。

留香下岗后,唐光荣突然就不觉得这个市场像以前那么让人讨厌了。在一个星期天里,唐光荣拽着留香出来看花赏鸟地散心,在人群里挤着挤着,唐光荣忽然想,他们家挨着市场这么近,若是留香在星期天里也出来卖卖狗卖卖猫,卖卖狗粮猫粮狗笼子或者拴狗的绳子,平时就在家里侍弄侍弄它们,这样留香是不是就不会天天闷在家里头,继续一个月里老下去三岁了?

养狗养猫都是慢工夫,要等着它们产了仔才有的卖,但猫粮狗粮狗笼子和拴狗的绳子,批发市场里就有现成的。唐光荣和留香商量了一下,准备先去西市场里批发一些拴狗的绳子。

两个人骑着自行车，唐光荣一边走一边故意东拉西扯着，跟留香说话。走过市政府门口不远，唐光荣看着留香一直还在发暗的脸色，想逗她开开心，就说："你刚才有没有看见马路对面那个'飞燕'美容美体中心，那是我们厂长的老婆胡小粉开的。我真怀疑她是把面粉当作了珍珠粉，用水一搅和，就糊在了那些去做美容的女人脸上。他们的广告上说可以免费尝试，你喜欢不喜欢去做做，免费体验上一次，也让胡小粉糊你一脸白面糊。"

知道唐光荣是想让自己开心，留香就干着脸色笑了笑说："我只看见了市政府的大楼高耸在那里，看见了和我一样骑着车子匆匆往前赶路的人，还看见一个站在树下伸着耳朵辨别方向的盲人，就是没有看见那个胡小粉的美容院。我现在吃饭的碗都没有了，你居然还逗着我去做美容。那个胡小粉，你不是说过她是医生吗？"

"他们不是说头两次免费嘛，这医生开美容院才会有人相信呢。"唐光荣笑着说，"我今天才发现，原来你下岗后不光饭菜做得没有咸淡味道了，别的怪毛病也跟着多起来了。"

"什么怪毛病多起来了？"留香问。

"走路往一边看呀，"唐光荣说，"你看看你说的这一些：市政府大楼，和你一起骑车子往前赶的人，还有那个在树下听声音的盲人，你一双眼睛是不是只盯住了路的这一边？"

留香说："我可能是想留下另一边的风景，在走回来的路上看。"

"要是回来时绕着别的路走呢，你可就看不见另一边的风光了。"唐光荣说，"你知道什么是'奇罐'减肥吗？奇是奇怪的奇，罐就是家里你插花的那种红陶罐子的罐。减一斤肉要一百块钱，这个胡小粉，也蛮会装猫变狗地糊弄人。"

"减一斤肉要一百块钱？"留香说，"不是'奇罐'减肥，我看是那些去减肥的人都奇怪吧，都是有肉有鱼的日子过久了。我们小的时候，你看见过谁想方设法地去减过肥？是大家恨不得跑进肉店里，抢一块肉来贴到自己身上去。"

停了一停，留香又说："绕到另一条路上走了，那就安心地去看另一条路上的景物。想明白了，就会觉得每条路都有每条路自己的风光和看头。"

唐光荣说："我夜里做梦，梦见咱们家里来了很多蝴蝶，我在梦里还一个劲地琢磨呢，家里也没添什么招蜂引蝶的花，怎么一下子就来了这么多蝴蝶。后来发现，你居然也变成了一只蝴蝶。我就想，从今天开始，我就不用担心你一夜之间会变成咬不动的老竹笋了。"

浓密的树荫铺满了街道，好像是街道在突然之间贴上了一层高深的看不透的背景。留香看着那些连成片的树荫，愣了愣，说："你是说我变成张着翅膀起舞的蝴蝶了？"

"对呀。"唐光荣说，"难道谁还在梦里给了我另外一个老婆？"

"那我真的要去跳舞去。"留香说。

"跳吧。"唐光荣说，"只要你想跳，愿意跳，从今往后，你想怎么跳就怎么跳。"

"我现在就想跳。"留香说着，突然从车子上跳了下来。

"想跳就跳吧，"唐光荣也跟着从车子上跳了下来，笑着说，"反正大街这么宽。这么宽的大街，给你当当舞台应该还是可以的。"

四

这个早上唐光荣的生意特别好。清早一到火车站，街灯还被朦胧的夜色缠裹着，唐光荣就拉上了一位从火车上下来的客人，一路往南，过了八一立交桥，到了七里山。客人下了车，唐光荣调转了车头还没走出十米，就拉上了一位要到火车站赶火车的客人。

现在城管管得紧，唐光荣他们这样拉客的三轮摩托车，平时是不敢往火车站以南的方向去的。他们只有在天刚透亮的时候，在城管们还没起床上班的空隙里，算好来回要花的时间，虱子似的贴着衣缝顺着针脚，在往南部去的空阔马路上悄悄地钻一个来回。

刚下火车的人因为坐了长时间的车，疲乏了，他们一般说明要去的位置，讲好了价钱，然后坐到车上就不爱说话了，任凭唐光荣拉着他们，轰轰隆隆地往他们指明的地方奔。但是要往火车站来的客人往往就不太一样了，他们说好了价钱，坐到车上后，或多或少地都会和唐光荣东拉西扯上几句。唐光荣拉客的原则一直是，客人喜欢和他说话，他就和客人客客气气地说话；客人不喜欢和他说话，他就谨慎地开着车，一心一意地往前跑。唐光荣从来不像大个子他们拉客时那样势利，看见穿着稍微体面一点或者面目上横一点的客人，就低眉顺眼着，从人到车到跑起来的速度里都透着谦卑；看见那些灰头土脸民工打扮的人呢，就把小市民的架子端得足足的，骂天骂地骂路骂人的咒骂声里，都会带着一种没有来头的霸道。在唐光荣的眼里，凡是坐他车的客人，个个都是上帝。

现在坐在唐光荣车上往火车站赶的是一个中年男人。他一坐到唐光荣的车上，就问唐光荣："老家是哪里的，来城里开几年三轮了？"

唐光荣不想说自己是下岗工人，也不想说别的，就简单地回答道："三年了。"

"一天能挣多少钱？"中年客人说，"靠这个能不能养活老婆孩子？"

"我就干一个早上，不好说。多了能挣三十，少了能挣二十，还有一块钱也挣不来的时候。"唐光荣说。

中年客人说："那你还不如我收废品呢。我在这里承包了一个小区收废品，天天有干不完的活，一个月差不多能挣到几千块。废品收购站的人开玩笑，说我要是和那些当官的比比，现在的收入也相当于一个处级干部了。"

唐光荣笑了笑，说："看来我今天的运气不错，给您这个处级干部当了回司机。"

"我要真是处级干部，你又给我当司机的话，那也牛气得很。"中年客人说，"你没听人说过吗？在过去，宰相门口的看门狗都是三品。"

"是。有句话不是就说狗仗人势嘛。"唐光荣附和着中年客人说。

到了火车站旁的便道上，唐光荣停下车，刚帮着中年客人把行李包拖下来，大个子就晃晃悠悠地凑到了跟前，说行啊唐科长，我这里还没开张呢，你这里来回都没空着。哎，你要是早回来两分钟，没准还会看见你老婆站在这里笑呢。

"狗屁科长。"唐光荣说，"狗嘴里从来都吐不出象牙来。"

"狗嘴里要是吐出象牙来，就不是狗嘴了。"大个子嬉笑着说。

中年客人拎起包来，看了看唐光荣，说："真没看出来，你还是个科长？"

唐光荣看着中年客人笑了笑，说："前一辈子的狗屁科长，哪里能和您这个处级干部比。"

现在，唐光荣最讨厌大个子还跟以前似的，开口闭口地叫他唐科长。

唐光荣觉得唐科长这个称呼对于他，简直无异于一顶耻辱的帽子。

得知面粉厂被盛大年买走后，唐光荣因为想弄明白原因，就冒雨骑着自行车到了面粉厂的门口。他在厂门口转到第三圈的时候，听见背后有车喇叭声，扭回头，就看见一辆崭新的宝马车，正从街边的行道树下慢慢往厂门口拐了过来。地上有雨水，宝马车的车轮碾压在那些雨水上，发出细细的嘶嘶声，真的像一匹骏马奔腾在开满鲜花的草原上，蹄下踏出的青草和鲜花的汁液声。

唐光荣不知道这是盛大年的车。

厂子没倒闭之前，盛大年是坐奥迪 A6 的。那时候唐光荣每天都要提醒保卫科的一帮人，无论他们是站在厂门口值班的，还是在厂区的路上巡逻的，只要盛大年的车出现在离他们十米远的地方，他们就必须停止身体其他的一切动作，挺胸收腹地站好，举起右手，用标准的军礼向盛大年和他的车敬礼。

盛大年是从部队转业回来的，他在一次开会的时候，说拿破仑说过，不想当将军的士兵不是好士兵。他当兵的时候没想成为将军，但还是很愿意当团长的。看着一团的人，齐刷刷地给他一个人敬礼，心里的那种享受是任何东西都不能替代的。

开过会不久，厂办主任就找到唐光荣，示意他带领着保卫科的人，练习练习如何给厂长进出的车敬军礼。唐光荣就找到了区武装部里的一个同学，专门来给保卫科的人轮训了一个月，教他们如何正确地敬军礼。

保卫科的人给盛大年进出的车敬了一个月的礼后，盛大年就把唐光荣找了去。他拍拍唐光荣的肩膀，说你做得好，任何人带任何班子，只要拿出军队的管理模式来，就没有带不出好队伍的。

受到了盛大年的褒奖后，唐光荣就更加精益求精地要求保卫科的人了。他完全把他们当成了军人，并请求盛大年给他们统一配备了迷彩服电警棍，然后要求大家每天早上必须按照军事化的管理制度，喊着口号跑步，训练。门口值班人员和厂区巡逻人员手里的电警棍，一律不准挂在腰里或是随便握在手里，而是要像军人持枪一样，斜抱在胸前。

后来，盛大年看见唐光荣把保卫科训练得有模有样的，便要求全厂各部门都来学习保卫科，实行军事化管理。工人上下班，或是到食堂里就餐，一律都要列队，先唱革命歌曲。就是车间里交接班换岗，也是严格按照军队的要求，互相敬礼，换岗，再互相敬礼，然后转身，列队正步走开。

宝马车开到了唐光荣的跟前，唐光荣才随着车上的刮雨器，从它刮过的弧线里看见了盛大年。盛大年一直喜欢自己开车。

盛大年犹豫着似的停下车来，把玻璃窗落下了一条缝，看着唐光荣说："你能冒着雨跑过来，说明你对面粉厂还很有感情。这样，你明天过来一趟吧，十点钟到原来的会议室来开会，还是回来做你的保卫科长。"

唐光荣二次下岗，是在重新担任了保卫科长的第二年。

春天里的一个晚上，盛大年带着情人从外地旅游回来，就被老婆胡小粉和她的母亲，堵在了他的新家里。胡小粉和她母亲直接带着开锁的人，打开了盛大年新家的门。胡小粉和她的母亲先是打了盛大年的情人，然后一边抓着盛大年情人的头发，一边就咬住了盛大年护着情人的手腕。

盛大年的新家就在厂子后面的小区里，隔着一条马路。盛大年害怕胡小粉闹大了动静，被人报了警，招来警察，就把电话打给了唐光荣，说你火速带个可靠的人，到我厂子后面的家里来。

听盛大年的声音，好像是家里进去了歹徒，他要被人绑架了。唐光荣不敢怠慢，火速带着大个子赶到了盛大年的家里。唐光荣给盛大年的这个家里搬运过一个鱼缸，知道地方。

进了盛大年的家，唐光荣才发现，盛大年的家里并没有要绑架他的歹徒，只有三个厮打在一起的女人，在豪华的地板上扭打成一团。

盛大年看了看唐光荣，指着地上扭打成一团的女人，有些厌恶地说："你把胡小粉和老太太给我弄走。"

唐光荣为难地看了看盛大年，没有立即动手。另外还有一个原因，就是他不知道该怎么去动手。另一个女人唐光荣虽然不认识，但他认识胡小粉和她的母亲。而且从胡小粉和她母亲的谩骂里，唐光荣已经听出了那个女人和盛大年的关系。

等了半分钟，见唐光荣还不动手，盛大年又说："你是赶来看热闹的吗？还不快点把胡小粉给我弄走。"

"胡小粉是嫂子。"唐光荣含混地说，"我不敢对嫂子动手。"

这时候胡小粉忽然停止了和那个女人的厮打。胡小粉从地上爬起来，对唐光荣说："唐光荣你说得非常对，你不能对我动手。你现在要动手弄走的，是这个不要脸的货。"

"唐光荣你怎么回事！你天天像军人一样带领着保卫科，不知道军人的天职就是服从命令吗？我现在让你弄走胡小粉，你听见没有？" 盛大年说。

唐光荣来送鱼缸的时候，这个房子里还是空空的。现在，唐光荣看着盛大年家里的豪华摆设，看着又重新扭打在一起的两个女人，想着垮掉之前的工厂和那些下了岗的同事，心里忽然后悔重新回到这个工厂里来了。就在上个月，唐光荣还隐约地听说，盛大年是用他情人的名义，在青岛重新注册了一家新的面粉厂，把手里所有的客户都陆续转移走了，才把他们原来的面粉厂弄倒闭的。

看了看那个和胡小粉继续扭打在一起的女人，唐光荣猜测，她或许就是和盛大年联合着，把他们工厂弄倒闭的那个女人。而他唐光荣，却还天天带领着一帮兄弟，耀武扬威地给这个把他们的工厂都掏空了的流氓敬礼。

想到这里，唐光荣忽然有些悲壮起来，他声音里夹杂着一缕血丝说："我没有当过兵，从来都不是个真正的军人。所以，我现在也不能像军人那样，服从你的命令了。"

"那你现在就下岗走人。"盛大年先是愣了愣，然后挥了挥手，指着门口冷冷地吼道。

五

太阳刚升起来不久，亮光里还带着一抹毛茸茸的红粉色。留香喜欢这样柔和的光线。她在大海边看见过日出，看过海边的日出，城市的日出就显得少了些光芒万丈的辉煌，但它也更加像一个少女与心仪了许久的那个男孩子，在陡然间撞了个满怀，空气中荡漾着的涟漪里，都是充满羞涩和幸福感的。现在，那些新鲜的阳光打在街道上，树木上，自行车转动的车轮上，打在留香的头发和身体上，就如同有一支素描笔在勾勒着她的轮廓。如果从迎着阳光的侧面看过去，又会让人觉得她像一幅缓缓移动着的、简单的剪贴画，在清晨凉爽而透明的微风里，被一种无形的力量牵动着，熠熠生辉地前进着。

看了一眼照射在车轮上的阳光，留香想像着现在可能会有谁，已经比她早到了她们的舞场。她们的舞场说是舞场，其实就是几棵高大的杨树遮起来的一片空地。因为她们常年在那里跳舞，树下的场地早就被她们的舞步踩得有些像乡下的打麦场了，油亮油亮地闪着一层黝黑的亮光。留香有时候跳得来劲了，就会和那些与她一起翩翩起舞的女人们说，就是在伦敦和巴黎那样时尚的地方，怕是也没有谁的舞厅能比我们这群女人的舞厅气派。

和她一起跳舞的女人，基本上是清一色的下岗女工。她们大都是看见了留香挂在自行车把上那个免费学跳舞的纸牌子后，来跟着她学跳舞的。也有一些是本来会跳的，她们走过来，看见留香的纸牌子后，就主动来和她一起，教那些想学跳舞的女人了。

唐光荣给留香做第二个免费学跳舞的纸牌子时，唐伟大正好出国前从北京回来。唐伟大在纸板上写完了字，然后看着唐光荣说："我哪天得去找个当记者的同学，让他采访采访我嫂子去，看看我嫂子提供的这份免费早餐，到底养活了多少个下岗女工。"

"你哥刚才还在说，跳舞要是能当馒头和面条吃，他们那个破面粉厂肯定会早倒闭上三年。"留香说。

"伟大这是在笑话你。"唐光荣说，"要是跳舞真能当饭吃，你恐怕连狗粮猫粮都不肯回来卖了，能从那里顶着星星跳到月亮出来。"

"你以为伟大像你一样庸俗，满脑子里除了馒头就是青菜面条。什么是差距，这就是中专生和研究生的差距。"留香看着唐伟大说，"伟大你可得好好帮我们开导开导唐果了，让他好好学习，将来也和你一样有出息，能出国。"

唐光荣笑了笑，说："你应该给伟大说，等他到了国外，应该先去帮你看看外国的女人要是下了岗，她们都会忙着干什么，是不是也天天早上去跳舞。"

不知道外国的女人下岗后是不是天天去跳舞，也不知道她们都在忙什么，但留香知道，和她一起跳舞的那些下了岗的女人，天天都是在忙什么。每天早上到了英雄山，留香把免费学跳舞的牌子挂到车把上后，打开录音机，和早到的女人们一边跳着舞，一边讨论着她们中的哪一个，会在这个早晨里不能来。她们需要去批发市场里进货时，这个早上就不能脱开身子来跳舞了。但是，除了去进货的早上，其余的日子里，她们每天都是会按时按点到来的。就像留香说给唐光荣的那样，当早上的霞光穿过树木浓密的枝叶，洒进她们阔大的舞场时，她们就已经比在工厂里上班时还要准点，蝴蝶一样地在那里翩翩起舞了。

唐光荣说她们跳舞是在穷乐和的那些话，留香曾经说给了和她一起跳舞的女人们听。她们听后，全都嘻嘻哈哈地笑着，说她们就喜欢这样来跳一会舞穷乐和上一阵，然后再鸟兽一样四散着，奔波着，用各种手段，各自去寻找能填进口里果腹的食物。她们说虽然唐光荣说得很对，跳舞是不会跳饱肚皮的，但她们现在不去跳上一早上的舞，就是饭桌上的馒头和青菜吃得再饱，也会觉得肚子里一天都像是缺少了点什么东西。

留香到英雄山广场上去跳舞，唐光荣一次也没有真正反对过，并且在唐娜没油没盐地说留香一些风凉话的时候，唐光荣还能替她辩解上几句。但直到后来唐光荣跟她一样下了岗，留香仍然觉得，女人的那些感觉和男人们还是不同的。在一些时候里，女人似乎更需要和命运相同的女人们凑在一起，用兔死狐悲那样的感觉，去包扎和疗养她们受伤的创口。当然，这些都是留香在跳舞的过程里，慢慢地体会出来的。

和留香一起跳舞的女人们，她们除了一起跳舞，一起发泄情绪，一起互相安慰，她们还会慷慨地把各自不同的生存信息带了来。虽然她们相互介绍的工作不过就是去保险公司里卖保险，到安利公司的直销商店里拿了产品去推销，或是到一些人家里去做钟点工，还有就是白天卖望远镜，晚上在路边夜市里卖袜子睡衣发卡塑料制品和一些陶瓷杯子储钱罐什么的，都是些本小利薄的小生意。但是仅仅这些，留香就觉得异常满足了。觉得她们就像她曾经纺出来的那些洁白的纱，洁净、透明。

在卖狗粮猫粮之前，留香也卖过一些日子的望远镜，是一个跟着她学跳舞的女人，带着她去卖的。那几个月里，早上跳完了舞，她们就从纪念碑的前面沿着台阶登上山，再从纪念碑的西面绕到山后，到英雄山的北门口去卖望远镜。望远镜是俄罗斯产的，据说还是一种军事望远镜，战场上用的，很高级，卖一架能挣几十块。如果运气好碰上一个不在乎钱不还价的主，那就能挣上百块。

那时候唐伟大还在北京读研究生。暑假里回来，唐光荣说暑假里望远镜的生意也许会特别好，就让唐伟大去帮着留香卖。

留香带着唐伟大一起到了英雄山，让他在舞场外等着她和那群女人跳完了舞，然后就带着他，翻过山到了英雄山的北门口。

学着留香的样子，唐伟大也从包里拿出架望远镜举在手里。但是，他手里拿着望远镜一张望，发现附近就有七八个女人，都像留香一样在卖这种望远镜。唐伟大看了一会，想起了北京地铁进出口那些卖窃听器和发票的女人，心里突然有些酸楚。在这之前，他一直还不知道，他这两年花的学费和生活费里，竟然有一部分钱，是靠着留香这样卖望远镜换来的。

那天，留香和唐伟大在英雄山的北门口站了一上午，又站了一下午，两个人一架望远镜也没有卖出去。晚上，唐伟大和唐光荣两个人喝酒，喝着喝着，唐伟大就醉了。唐伟大端着啤酒杯和留香的水杯碰了碰，突然流着泪说嫂子你别再卖望远镜了行不行？你在那里站着卖望远镜，老是让我想起北京地铁站里那些卖窃听器和发票的人，我心里难受。

你难受什么，唐光荣说，北京地铁站里那些卖窃听器的卖发票的都违法，没人说卖俄罗斯的这些望远镜也违法吧？虽然它是军事望远镜，但它不是军事秘密。

"可是我们在那里站了一整天，一架也没有卖出去。"唐伟大说。

"一天卖不出去怕什么。"留香猜出了唐伟大的意思，就笑着说，"我还有一天卖出去三架的时候呢。你以为卖东西就像我们去跳舞，拧开了音乐，随便扭扭胳膊扭扭腿就跳起来了？"

到英雄山跳舞之前，留香已经十几年没跳过了。唐光荣对留香说，他从来没有想到，他的一句玩笑话，竟然会勾起了留香跳舞的念头，而且一跳就像上了发条似的，停不下来了。

那次去西市场批发拴狗绳子的路上，留香从自行车上跳下来后，果真没有像唐光荣预料的那样，把手里的自行车一推，就在路上当街跳起舞来。但是，留香却坚决地不往西市场去了。她看着一脸嬉笑，紧随着她从自行车上跳下来的唐光荣，又看了一眼法国梧桐树浓密的枝叶，眼睛里突然含满着泪水说："我现在要到英雄山跳舞去。"

看了留香半分钟，唐光荣看出她真不像开玩笑的样子，就笑着摇了一下头，然后口气坚定地说："好，我今天就陪着老婆到英雄山上跳舞去。"

到了英雄山，留香跟在一群跳扇子舞的老太太后边，学着跳了一支曲子后，突然就走到一边捂着脸哭了。从下岗到来跳舞的这一个多月里，唐光荣第一次看见留香当着外人的面在哭。唐光荣站在一边，一直到留香哭够了，他才拍拍留香的肩膀，拉着留香的手上了英雄山山顶。

英雄山原本是一处烈士陵园，战争的硝烟从人们的眼前消失了几十年后，这里就慢慢地变成了人们休闲的一个去处，整整一座山，山上山下，都被人们统称为了英雄山广场。从早上到晚上，来这里消磨时光的大人孩子络绎不绝。天还不亮，吊嗓子和喊山的声音就已经在山上的树林子里，在那些枝叶间荡来荡去，此起彼伏了。再晚一些时候，跳各种舞蹈的，吹拉弹唱的，打太极的，打扑克的，踢毽子的，扔沙包的，看别人跳舞的，听人吹拉弹唱的，围着观看各式太极剑太极拳的，老老少少，就像各种鸟儿一样，这里一群，那里一伙，占领了一片一片的树林子，一片一片的阳光和树荫。那些不看也不听热闹的，就拴一张吊床在两棵树之间，夏天里躲在树荫下纳凉，其他的日子里就在太阳光里暖暖地晒着，侧耳净听着细风在山峦的树木间和远处的墓碑间穿过后留下的肃静。

唐光荣一直认为，留香是那种特别有舞蹈天赋的人。不管多么复杂的舞，跳起来难度多大，只要看别人跳上一遍，留香基本上就会了。没下岗前，纺纱厂里的人也都知道留香会跳舞，但是，她却从来没有抛头露面地到舞台上去跳过。留香不喜欢纺纱，可她父亲和母亲都是纺纱厂的工人，所以她当时的路子，也就只有纺纱一条。因为不喜欢纺纱，刚进厂时，留香就木讷木讷的，和谁都不说话，纱断了时，接线头的速度会比一只蝉蜕壳的速度还要慢。车间里的人看见她，个个都叫她笨鸭子。后来留香被她们叫哭了，就把手里接棉花条的小棍子往帽子里一插，说除了纺纱，你们谁跳舞能比我跳得好？你们中间要是有一个人比我跳得好，我就甘心情愿一辈子被你们叫做笨鸭子。

后来市纺织系统里搞文艺汇演，厂里管宣传的人知道留香舞跳得好，就把她叫了去，让她带着一群女孩子去伴舞。留香想着那些再也不敢开口叫她笨鸭子的女同事，说我们是纺纱厂，又不是歌舞团，我的任务是每天来纺好纱，争做一名纺纱能手。

和唐光荣刚认识时，唐光荣并不知道留香会跳舞。唐光荣第一次和她约会，不知道带着她去哪里好，就到了工人文化宫里，去看人家跳舞。他们进去后，坐在边上看了一会，唐光荣问留香会不会跳，要不要到舞池里去跳一会。留香摇摇头，说这些人哪里是在跳舞，只能算是听着音乐在散步。

唐光荣说你这样说，就说明你会跳舞，你能不能下去跳给我看看？留香还是摇摇头，笑着说我只会看，不会跳。

唐光荣是在结婚之后，才见识了留香跳舞的。看着留香跳舞，唐光荣把眼睛都瞪圆了，他惊讶地看了留香一会，说留香你进纺纱厂之前是不是专门学过舞蹈？你真不该进纺纱厂，真应该到歌舞团里跳舞去。

六

每次看到站立在车篷上展开翅膀的苍鹰，唐光荣的心里都会觉得自己就是那只鹰。尽管眼下还没有找到一片更辽阔的天空去展翅飞翔，却时刻没有忘记展开翅膀，在流动的风里，在内心里，一遍一遍地重复着飞翔的动作。

看见苍鹰站在唐光荣的车篷顶上展开翅膀时，大个子也会走过来看一会，然后对唐光荣说："唐科长，你能不能不把你的鹰带了来。你肯定知道，很多客人坐你的车，都是因为看见了你车上的这只鹰，好奇。你的一只鹰，把我们的生意都给抢走了。"

唐光荣看一眼苍鹰，说："宠物市场里什么鸟都有，眼红你也弄一只带着去。"

"现在当然是什么鸟都有。"大个子嘟囔着说，"要不是有盛大年那样的烂鸟把面粉厂弄倒闭了，我和你怎么会在这里开着破三轮车拉客。"

大个子是跟着唐光荣一起二次上岗的，也是跟着唐光荣一起二次下岗的。那次盛大年叫唐光荣带个人去帮他弄走老婆胡小粉时，唐光荣就是带着大个子去的。大个子一直是唐光荣的铁哥们，唐光荣重新回面粉厂里上班后，就又把他带回了保卫科里。所以，那天他们到了盛大年的家里，大个子看见唐光荣不动手去拖胡小粉和她母亲，他也就站在一边没动手。后来盛大年挥着手赶唐光荣走，吼完了唐光荣，又对愣在那里的大个子吼道："还不一块滚蛋，等着领赏呢？"

跟着唐光荣从盛大年的家里出来后，大个子在路上说唐光荣："我现在可是又跟着你二次下岗了。这是不是真像一出戏里唱的，是成也萧何，败也萧何？"

"除了萧何，你还知道谁？"唐光荣说，"这么下岗说起来是下得有点窝囊，可现在知道盛大年是什么东西了，我们就应该为这次下岗感到自豪，感到欢天喜地。要是还继续留在这里，为这个丧了良心的狗东西看家把门，我们真就活成窝囊废了。"

"我们现在是不当窝囊废了，问题是，我们手里吃饭的破碗又没了。"大个子说。

"全世界下岗的人多着呢，都不活了？"唐光荣说，"老天连瞎了眼的家雀都不会让它们饿死，一棵草还能让它开花结籽，他会饿死我们两个七尺高的男人？"

大个子说："不好说。你现在和我高谈阔论这些好像没有什么用，我又不是联合国的秘书长，会请你去给全世界那些下了岗的工人搞演讲，后来你演讲得好了，就能把你当作国际专家请到国外去，和你弟弟伟大似的。"

"知道什么是匹夫不可夺志吗？"唐光荣说，"我们现在就是匹夫不可夺志。古人还讲究冻死迎风站，饿死不伸手呢。"

"算你是个有种的匹夫。"大个子说，"那你现在先给我说说，我们明天到什么地方找饭吃去。我老婆可不像你老婆，我老婆要是明天睁开眼知道我又下岗了，她真不给我做饭吃。"

唐光荣说："这么大一个城市，东西起码五十里长，南北也有四十里宽，哪里没有活干？不想花力气，不嫌挣钱少，就去帮着交通部门维持秩序，到路口上去摇小黄旗。舍得花力气活就更多了，现在到处都是建筑工地，盖楼，修路，挖沟，哪里都需要劳动力。"

"你能不能再给我找点别的出路？"大个子说，"上一次下岗，你好像指给我的就是这些，结果是我跟着你给人打了好几个月的杂。"

"那你想干什么？当市长？"唐光荣突然笑起来。

大个子说："市长是干不了，但是当个盛大年那样的烂鸟厂长，估计还是能干了。"

"那倒也未必。"唐光荣说，"败家的本事看着好像谁都能学会，但他能丧心病狂地把我们原来的厂子弄倒闭了，最后再转手弄成自己的，就说明他是有点本事的，而且本事还不小。"

"狗屁本事！"大个子说，"不就是先把厂子里原来的客户都转移走了，然后再把厂子拖垮吗？"

唐光荣又笑了笑，说："我们现在又下岗了，不用再回厂子里上班了，现在去哪里？不如找个地方喝杯啤酒去。"

"哪里还有心思喝啤酒，自行车还在厂子里呢。" 大个子说。

"那就喝完酒再回来骑。"唐光荣说，"不光有自行车，盛大年还欠着我们工资呢。就是你个子高，这次天塌下来也有我和你一起顶着。"

在春天温暖的夜晚里，唐光荣和大个子一前一后地走着。他们走过了一棵一棵的法国梧桐树，这些树在夜晚看似明亮的灯光里，仍然不能让人像白天一样，清楚地看见它们的青枝绿叶。然后，他们走过了面粉厂的大门。走过面粉厂的大门时，他们故意看也没往里面看一眼，就大摇大摆地走了过去。最后，他们又横穿过两条马路，坐在了一个喝扎啤的小摊子上。

喝到第三杯啤酒时，他们看见了停在旁边的一辆三轮摩托车。唐光荣和大个子碰了下杯子，说："我们现在买不起出租车，但是肯定能买起三轮摩托车了。明天，我们就去买辆三轮摩托车，开着三轮摩托车拉客去。"

"这个主意还算凑合。"大个子说，"我们在盛大年的厂子里巡逻也是走路，如果去弄辆三轮车，我们就算是一边给这个城市巡着逻，一边看着景致，就把饭钱挣进口袋里了。而且，还不用天天给盛大年和他那辆狗日的宝马车敬礼了。"

每天早上拉完客，接近九点钟的光景，唐光荣就会回到家里，翻着报纸吃过早饭，然后再到销售彩票的投注站里去。坐到彩票机前的椅子上，唐光荣习惯一边欣赏着他亲手绘制的各类彩票中奖号码分布图，一边等待那些盼望着天上掉馅饼的人前来买彩票。

虽然天天守着彩票机，唐光荣自己却没有买过一注彩票。他从来不奢望自己靠什么好运气一夜暴富。唐光荣说要是都去靠好运气活着了，还有谁靠双手的力气去吃饭？

彩票投注站是唐光荣第二次下岗后，花两万块钱从别人手里兑来的。唐娜回家，听父亲说他兑了一家彩票投注站，立马就到了唐光荣的投注站里。投注站里只有唐光荣和留香两个人坐在那里，留香在门口的阳光里看报纸，唐光荣手里握着支红色的笔，正仰着头，往墙上张贴的中奖号码分布图里，填彩票中心昨天晚上摇出来的中奖号码。

走到门口，唐娜看着留香手里的报纸说："很滋润的小日子呀，看着报纸，晒着春天暖洋洋的红太阳，就缺少一杯上好的明前茶在一边冒热气了。"

"我们正等着你给送一盒这样的好茶来呢。"唐光荣说，"这么好的天气，浓的淡的花都开了，你们单位怎么没组织着游山看水赏花去？"

"山水有什么好看头，"唐娜说，"到处都是乱哄哄的人群，脚比花比草都多。"

站在号码分布图前看着图上一片红色的数字，唐娜又说："真不明白你们两个人是怎么想的，叫你们去炒股票吧，说翻了天你们都不动心，现在却拿出两万块钱来，弄这么个破投注站，你们以为靠着卖几注彩票，真能挣出多少大钱来？好像我让你们去炒股，是往火坑里带你们。你们就不会动脑子想想，有我在那里盯着呢，能让你们瞎买吗？别人想花钱从我这里买一些这样的信息去，挖空脑门子还买不走呢。"

"我们是不想让你因为我们，随便就泄露了你们的商业秘密。"唐光荣说。

"我看你们是怕我成了吃钱的狮子，把你们拿出来的钱一口就给吞没了。"

"我们不是这个意思。"留香说，"光荣觉得股市里的风险都是看不见摸不着的，我们手里就那么一点积蓄，万一它哪天跌了，就把唐果将来上学的学费都扔进去了。"

"你们怎么就不看看，现在我投进去的钱，哪个盘不是十倍八倍地在涨，在不停地打着滚翻转，转得人不敢眨眼睛呢。"

"我们还是觉得流着汗水挣来的钱踏实。"唐光荣说，"人人都想去赚不花力气的钱，就没人想想，不花力气的那些钱都是从哪里来的，是顺着雨水从天上流下来的？"

"你就在这里一根筋吧。"唐娜说，"来买彩票的人多吗？"

唐光荣说："还行吧。加上我早上拉三轮，反正有多少钱就过多少钱的日子。"

"你倒容易满足。"唐娜撇着嘴笑了笑说。

"这叫知足常乐。"唐光荣说，"你炒股票挣了那么多钱，还不买注彩票支持支持我们国家的福利事业？"

"有买彩票的钱，我哪敢直接支援了你。"唐娜说，"我可不想让手里的钱在你的机器里变成一张一张的纸，一注彩票你能提回几分钱？"

"提多提少都不碍事，我们又不想天天吃海参。"唐光荣说，"想吃海参的时候，我就带着留香唐果到你们家里串门去。"

唐娜看着留香，笑着说："我以为光荣的眼里只会认杂粮和青菜了呢，原来还知道海参鲍鱼是好东西。"

"你以为我下岗后就变成头猪了。"唐光荣说，"过日子是怕比较，比起你们这些能自己买车还能时不时吃吃海参的人来，我们日子是差，天天清水白菜。比比李嘉诚就更不用活了，可能都会去跳楼。但要是跟旁边住在公共厕所里那两口子比，我和留香肯定就幸福得像内蒙古大草原一样无边无际了，日子里不缺花也不缺草。伟大说过，奥地利的总理下了班，还四处去给人家修烟囱赚钱呢。"

唐光荣说的公共厕所就在不远处，走过彩票投注站旁边的两间外贸服装店，拐过角去就是。住在里面的两口子是从乡下来的，原来在厕所的对面租了间平房住着，平常捎带着卖点宠物用品、烟卷、矿泉水、蟑螂药之类的营生。还弄了部公共电话。从春天开始到秋天这段日子里，还会在门口摆上一个破冰柜，一桶啤酒，加上卖雪糕和啤酒。有停下来进厕所的路人，就收两毛钱，然后一早一晚地清理清理厕所。后来这一片搞拆迁，旧平房都拆了，他们索性就挤进了两间厕所中间夹着的那个小间里，就是原来放置清洁用品和卖手纸的地方。

每次去厕所，唐光荣都会惊讶一遍人类的创造性和适应性。那么狭小的一个空间里，他们不仅人住进去了，居然还能把他们的小杂货店也搬了进去。

刚下岗时，留香人在一个月里就瘦了十斤。唐光荣带着她，到宠物市场里转悠着去看那些狗和猫散心，每次走到那座公共厕所跟前，唐光荣都会对留香说，看看他们，你就不会觉得下岗是什么可怕的事了。你想想，至少我们还有自己的几间房子住着，等将来旧村改造了，我们不用花钱，还能住上新楼房。

后来唐光荣也下了岗，有一次他们从厕所门前走，留香就笑着说唐光荣，现在我们俩人都下岗了，除了那两间房子，我们已经没有什么是可以和他们比的了吧？就是房子，人家在乡下也是有的，并且还比我们多块庄稼地。

谁说没的比了，唐光荣说，我的老婆天天去跳舞，他的老婆就没有天天去跳舞。

看着唐光荣，留香说我明天就叫上那个女人跳舞去，回头看看你还有什么可以和他们比。

唐光荣说你这个人，是不是要活得和唐娜两口子一样庸俗了？要是没有参照物，你怎么知道一个物体是在运动着的？你就是叫上那个女人去跳舞了，这个世界上总还是会有另外一些不同的人物，不停地变换着，来做我的参照物。你忘了，我们可是一个有着十三亿人口的超级大国。

七

同样一条路，不同的人怀揣着不同的心思走起来，它的长度也许是会不一样的。依此类推，那么不同的季节和不同的天气，这些也可能会影响一条路的长度的。这样说来，留香每天从靠近黄河的标山，走过人群喧嚣车辆拥堵的长途汽车站，走过神经线一般汇织交错的火车站，然后从大纬二路的北端，梭子似的穿过经一路、经二路，一直穿过经十一路，一路南行，最终到达英雄山，这一条固定的路线，其实每天的长度也就不一样了。

但是，所有这些，都很少影响到留香每天第一个到达她们的舞场。到了舞场，她支好自行车，然后就是站在舞场的边上，默默地盯着舞场看一会。其实她也不是特别清楚自己在看什么，只是每次都这样，看一会舞场，再仰着头看一会遮蔽着舞场上空的树冠，好像不看心里就不踏实似的。

这是留香来跳舞后，养成的一个新习惯。如同她不能确切地说出，自己从前的那些习惯都是怎么养成的一样，她现在依旧不能界定这个习惯是在哪一天里生出来的。她只是知道，她喜欢看被她们的舞步踩得无比瓷实的舞场，它安静地、无声无息地容纳着她们的舞步，让她们这群曾经无比失意的女人在它的胸怀里摇曳生花。每个人，都仿佛在这里重新获取了一次艳丽无比的绽放，享受着一朵花在阳光里的荣耀。她还喜欢树冠上那些纵横相印的枝枝叶叶，哪怕就是一枚最柔弱的叶子，它们也能够承风受雨。有很多次，留香看见暴风雨后的叶子依然在阳光里欢快地起着舞，好像树下起舞的她们，她的眼睛里不由得就漫上了一层湿润。

在这里跳了七年的舞，就是说明她已经下岗七年了。七年里，留香的内心和睡梦里出现频率最高的，仍然还是她在车间里纺纱时的情景。她在机器前来回地穿梭着，眼睛穿过那些雪花一样飞扬着的棉絮，在机器的轰鸣声里，盯着一台一台的纺纱机。偶尔，她会停下步子来，从白色的帽子和黑色的头发间取下那根细小的棍子，飞速地缠裹在柔软的棉花里，把断了的棉条接上。然后，再继续迈动步子，在机器前来回地走着。留香觉得纺纱女工的形体之所以都是优美的，就是因为她们总是要不停地来回运动着。她们在纺纱机前走来走去，方寸之地，实际上一年里是要走上几万里路的。有时候车间里的工友们走疼了膝盖和脚后跟，就会发着牢骚，说她们跑动起来忙碌着去接棉花条的时候，奔跑起来的速度都要赶上一只青藏高原上的藏羚羊了。留香说美得你们，还藏羚羊呢，我们至多是高原上一群习惯不停地长途跋涉的野驴。留香在电视上看过，野驴跋涉了几天几夜后，即便是遇到了一片茂盛的水草，它们至多吃上几个小时，就会毅然放弃这些水草，再去开始新一轮的跋涉。在人类看来，野驴的这些习惯可能是莫名其妙的。但是，人类又怎么会知道，野驴是停不下来的，跋涉才是野驴的一切。

　　刚进纺纱厂时，留香是不喜欢纺纱这份工作，甚至是讨厌它的。但是在众人的面前跳过舞后，慢慢地，她就开始喜欢那些洁白的棉花和细细的纱了。留香把满眼睛里的棉花想像成是天上白色的云彩，把那些飞扬的棉絮想像成了飞舞的雪花。白色的云彩和起舞的雪花，都是留香喜欢的，她觉得它们像优美的诗句一样充满了遐想和浪漫。而对于那些细细的，日夜都纺不到尽头的纱，留香喜欢把它们想像成是一个人的爱情。这样想的时候，留香已经开始和唐光荣谈恋爱了。她觉得一个人的爱情，是要像这些日夜纺不完的纱一样，是要用一辈子的时间细细去纺的。

　　只是那个时候，留香从来没有想到过，在后来的某一天里，她眼前那些连绵不断，好像永远也没有尽头的纱，会突然断掉。而她亦不是像母亲似的，是在衰老之后，以光荣退休的方式依依惜别着，作别那些纱的。她呢，她是亲眼看着那些纺纱机永远地安静了下来，亲自看着那些纱，永远地从她眼睛里扯断消失的。她的手里，只剩下了一根为断纱接续棉花条的细小的棍子。那是那些永远消失的纱，留给她的唯一的一个纪念。

　　让留香怀念纺纱的，还有春天里那些漫天飞扬的杨絮。每年春天里，留香骑着车子走在来跳舞的路上，或者在舞场里跳着舞，看见那些杨絮被春风从枝头上吹起来，在半空中漫漫地飘舞着，飘进她的视线里，她就会抑制不住地去怀念一阵纺纱厂的日子。

如果不是下岗，留香在别人眼里，可能就是那种一辈子也没有任何喜好的女人了。纺纱，做家务，除去这两样，她好像什么也不会做。连逛街都不会。女人喜欢谈论的香水，喜欢研究的涂脂抹粉，喜欢比较的时尚衣服和鞋子，她一样也不关心。除了穿衣吃饭睡觉纺纱这些事情之外，她似乎不知道生活中都还有哪些消费和消遣的东西，是属于女人的。上完了一个班，她从车间里走出来，就是去车棚里推出车子来，然后骑上车子回到家里去。至多是绕到菜市场里面，买上把子青菜带回家。

日复一日，十几年下来，就连车间里那些曾经嘲笑留香是不会纺纱的笨鸭子，而后又被留香跳的舞惊得目瞪口呆的工友们，都已经忘记了她还会跳舞这档子事。

在唐光荣的家里呢，他们结婚后的这十几年里，除了唐光荣，也再没有任何一个人知道，留香是会跳舞的，并且还跳得那么专业。

去年过年时，唐光荣看着留香里里外外地忙活，头发都乱了，就和她开玩笑说："你知道什么是鱼找鱼虾配虾吗？你和我就是。"

留香说在你眼里我们是鱼呢还是虾？

"不管是鱼是虾，反正神仙手里的那条红线没给我们牵错了。"唐光荣说，"你从来不喜欢女人们都喜欢的那一套花哨东西，我也没有男人们打牌下棋的那一些臭毛病，我们这些年的日子才过得不起火不冒烟的。要是你有你的鱼道，我有我的虾道，各不相让，我们下岗后的这几年，日子里恐怕就要天天枪炮火药地起战争了。"

唐光荣说完，留香就笑了一笑，说："现在知道赞美老婆了？唐娜不是一直都在嘲笑你，说你把全天下最没有品味，最不懂生活情调的一个女人娶回了家吗？"

"唐娜那是狗屁不懂。"唐光荣说，"她会做饭还是会洗衣？她除了会在那里指手画脚，连个面条都煮不熟，更不用说做出一桌子丰盛的菜了。"

"那人家几口子也没饿死。不但没饿死，还活得红光满面的。"留香说。

"要不是阴差阳错地找了个部队老干部的儿子，沾着老爷子的光，家里一直有保姆伺候着，你看看他们饿死饿不死。"唐光荣说。

"你不是刚说完鱼和虾吗？"留香说，"虽然都是鱼和虾，但鱼和鱼虾和虾也是不一样的。我们这样的鱼和虾是生长在小水塘里的，可唐娜他们那样的鱼和虾，天生就是要在大江大洋里，在一个五彩缤纷的世界里生活的。就是在没有月亮的夜里，只有几颗星星在头顶上闪烁时，我们的小水塘里一片漆黑，但他们仅仅靠着身上那些会发光的鳞，也会把他们的日子照耀得色彩斑斓。"

看了看留香，唐光荣忽然笑着说："我们家里已经有一个舞蹈家了，现在这是又要出一个哲学家还是要出一个诗人？"

"我们家里现在只有两个下岗工人。"留香说。

唐光荣知道，留香这句酸溜溜的话是在学他的父亲。

他的父亲秋天里过生日时喝多了酒，端着酒杯看了一会唐光荣，突然有些伤怀地说，咱们家里就数着你最受难为了。两个人前脚后脚都下了岗，一个开三轮卖彩票，一个靠着卖狗粮猫粮，从狗粮猫粮里讨口食。我是担心，哪一天里再跟前两年"非典"时那样，没有人养猫养狗了，你们还把狗粮猫粮卖给谁去。你那三轮也是，你在前面跑着，说不定什么时候就被城管从后头瞄上了。你看报纸上报道的那些城管，哪有一个是体恤老百姓难处的。卖彩票这个行当就更不用说了，有钱人谁天天花大把大把的钱去那一张纸上下赌注。别人不说，你什么时候见你姐买过。我给你们算了算，单靠着零零星星卖出去的那几张彩票，恐怕连赁房子的钱都赚不回来。

唐光荣姐弟三人，姐姐唐娜一直是他们家里的骄傲。唐娜原先是在区法院研究室里工作，后来看出股市又要红火起来，就瞅准时机，从法院调到证券公司里去当了一名副总。唐娜进入证券公司后不久，股市行情真的又像火山爆发一样，温度蹿得比那些流淌的岩浆还要高了。这样，他们除了工资收入各种名目的分红一年接一年地水涨船高外，最大的收益还是靠着得天独厚的内部信息资源，炒的那些股票。好像是暗河一样无声无息的，他们每个人的口袋就都被花花绿绿的票子涨破了。至于弟弟唐伟大，自然就更不用说了，单凭着他去了国外这一条，现在就已经给全家人的脸上都镶了钻石贴了金子。

当时唐光荣也喝了一些酒，正想着自己在盛大年手下混的那些年。那些年，他带领着保卫科的人给盛大年和盛大年的车行的那些效忠的礼，想想，真是要多愚蠢就有多愚蠢，蠢得他想起来就会喘不动气。唐光荣把杯里的酒端起来一饮而尽，然后看着父亲，说我可是一直记得，我刚进造纸厂时，您给我说的那些话，您说造纸厂里的气味是不好闻，但这世上有千样的活，就得有千样的人去干，有千样的劳苦，就得有千样的人去受，您和我妈就是当了一辈子的环卫工。您还说，雪狐为了潜近猎物，它会把身子放低到令人看不清它身体的轮廓。

看着父亲笑了笑，唐光荣又说，您那时候在研究什么《黄帝内经》，您说现在的人都变得急躁了，呼吸就比黄帝内经里说的快了一半。您说人要学会心平气和，学会慢呼吸，呼吸一次最好能花掉六秒钟的时间。您说黄帝内经里说"志闲而少欲，心安则不惧"。您还说人人都想去当官，去体体面面地坐轿子，但那轿子总还是要有人去抬才能走。所以，现在老天就给您公平了一下，它让您的一个儿子一个女儿坐了轿子，就来让您的一个儿子去受劳苦了。

唐光荣一说完，他的父亲就放下酒杯笑了起来，说你这么一说，倒好像是唐娜和伟大夺了你的福分似的。

可不是吗，唐光荣说，您知道我从小就爱睡懒觉，他们肯定就是在那时候，趁着我睡懒觉的空，把我的那份福分给偷走了，然后两个人找个墙角偷偷地平分了。结果唐娜分去了我的财富，伟大分去了我的学问。

八

唐光荣不会摔跤，但他喜欢在星期天的早上到英雄山广场上去，和几个练习摔跤的人一起练上一阵子掷沙包。沙包里是铁砂子，差不多二十斤重，八九个男人在那里围成一个圆圈，呼呼啦啦地抡起来传递着，仿佛沙包一路都在暗暗地挟带着流动的风声。所以在很多时候里，他们手手相传递的好像根本不是沙包，而是一团低低呼啸着的风声。不光围观他们的人，就是他们自己，也经常会觉得有一点小小的壮观。

他们掷沙包不像其他那些锻炼身体的人，每天都来。他们每周只固定在星期天上午来。当然地点也是固定的，就在半山腰上，在通往纪念碑和墓园的路上。从他们掷沙包的位置往北走，山顶上就是毛泽东题字的人民英雄纪念碑。留香前几年卖望远镜的时候，每天跳完了舞就是要经过纪念碑的方下，然后下到后山，走到英雄山的北门口，在那里来回游荡着巡逻似的卖望远镜。往南走稍远一点的地方，往山下去就是那一大片安息着烈士们的墓园了。墓园那一边，一般只有清明节中小学生们来扫墓的时候，才会有些热闹。另外就是花开得浓密的时节，蝴蝶蜜蜂还有蚂蚁多了起来，各种鸟儿和昆虫也多了，它们在花丛草木间进进出出，起起落落，吵吵嚷嚷着，才真正给那里平添了一些生趣，好像那个世界陡然间活了起来。更多的时候，即便有一些行人从墓园边的路上走过，至多也就是将目光往墓碑上落一落。那样的目光，跟不经意吹过墓碑的一阵风并没有任何区别，吹过也就吹过了，心里并没有荡着的涟漪。

掷过了沙包，唐光荣就会顺着台阶走下来，耳朵里听着一句两句票友们有韵有致的各种唱腔，或者乐师手里一声从天边而来的胡琴，一阵或散漫或急骤总之是几种器乐混合在一起的杂乐声，走到树林里一个小酒摊前，找一个空闲的位子坐下来。有相熟的人，或者是大个子随他一起来了，他们就多扯几句闲话，慢慢地喝一杯闲酒。没有相熟的人，大个子也没来，唐光荣就坐的时间短一点，几口喝掉杯子里的酒，往回走。

一年四季，唐光荣坐在那里只要一杯酒，从来不多要。也不要下酒的花生。春夏秋季是一大杯子的啤酒，新鲜的趵突泉扎啤，杯口上是一层雪白的啤酒花。冬天则是一小瓶北京二锅头，二两半的，用一个小杯子倒出来，也是满满的一杯子。酒摊子是一个独臂老人摆的，他的一只胳膊就是在济南战役时被打掉的。他给坐到他摊子上喝酒的人说，他的酒，一半是给墓园里那些老战友喝的。"他们也都老了，腿脚不灵了，头发也和我一样白了。"他说。

除了啤酒和小瓶的二锅头，老人配的下酒菜从年头到年尾都是花生。要么是水煮的花生仁，要么就是水煮的带壳花生果。最多是在夏秋时节，多上一份盐水毛豆。有时候，唐光荣坐在那里喝着酒，看着独臂老人坐在那里垂着一只胳膊打盹，或者看见坐在旁边的一些老人从他们随身带着的布兜子里拿出几颗山楂，一个苹果，或者一根黄瓜，摆在酒杯边上下酒，唐光荣看着他们的淡定，再看看他们一头的白头发，也会把酒喝得慢一点。

距离唐光荣喝酒的摊子不远处，往西隔着一片黄栌树，一片毛白杨，一条南北方向的路，就是留香带着一群女人跳舞的地方。

大多数时候里，唐光荣掷完沙包，再喝过一杯酒，留香她们早就散了。

留香一般不等着唐光荣一起往回走。她跳完了舞，要紧赶着回到凤凰山宠物市场里卖猫粮狗粮。因为每个星期天都是生意最好的一天。这一天，这个城市几乎所有喜欢养猫养狗的男男女女，都会从各个角落涌出来，潮水似的赶到这里来，看猫看狗，当然也连带着买一些狗粮猫粮回去。

这两年，唐伟大一直在电话里给唐光荣说，他回国之后，第一件事情就是要给唐光荣和留香，重新找一条挣钱的新路子。"我肯定不会让你们靠着卖什么望远镜，靠着开三轮卖猫粮狗粮过下半辈子的。"唐伟大说。

唐伟大在电话里这样说的时候，唐光荣从来都只是笑一笑，然后说你在外边干好你该干的事情，把自己操心好就行了。我们就是一瓢清水过日子，也是在自己的家门口。

帮着留香往小包装袋里分装狗粮时，一边干着活，唐光荣忍不住，就把唐伟大的意思说给了留香听，留香手里拿着一袋狗粮看了一会，说："伟大去了国外，跟原先那个伟大也不一样了。"

"不一样是肯定的。要是还一样，他干吗飞机轮船地跑到那么远的国外去？"唐光荣说，"他还是没忘了跟着你去卖望远镜的事，电话里说过好几次。估计是那件事把他的脸面给弄伤了。"

留香说："他不是说过，哪个国家的总理下了班还去给人家修烟囱赚钱吗？人家总理都能去修烟囱，我们一个平头百姓卖卖望远镜卖卖猫粮狗粮，就丢人了？"

"那是奥地利的总理。"唐光荣说，"他就是去修烟囱也还是总理。"

"你的意思是，伟大要是将来当上总理，他就有可能再跟着我去卖望远镜卖狗粮猫粮，还有可能跟着你去开三轮拉客了？"留香说。

"这个问题你得亲自去问伟大。"唐光荣说，"你刚才还说他去了国外，就跟以前不一样了。估计他现在的一些心思，我们已经琢磨不出来了。"

留香笑了笑，说："和我一起跳舞的谭大姐说过一句话，我一直觉得特别好。"

"还有什么话能比你们看着摇晃的树叶子跳舞好？"唐光荣说，"谭大姐是哪一个，是不是最胖的那一个？你好像说过，她丈夫靠着修高速公路挣了几个钱，就和她离婚了。"

"就是她。"留香说，"她说这世上探花郎有探花郎的百般烦忧，卖油郎也有卖油郎的百般欢喜。牡丹是花，狗尾巴草也一样是花。"

"细想想，这话是有点意思。"唐光荣说，"看着她好像很笨拙，明白的道理却不少。"

留香说："还有更精彩的呢。她说人这一辈子无论怎么活，都千万不能用两个脑袋活着。"

"用两个脑袋活着？"唐光荣想人要是活得必须用两个脑袋来活着了，真就不是有百般的烦忧了，那会是千般万般的烦忧。就像那个胡小粉，自己是医生，又开着美容院，狗日的盛大年还当着面粉厂的老总，日子按说是要风有风要雨有雨要彩虹就有彩虹的。但是你看她一眼，不用多看第二眼，就能知道她活得有多少烦忧了。

每次到西市场里去给留香进货，唐光荣来回路过胡小粉的"飞燕"美容美体中心，都会想起，她和盛大年的情人厮打成一团时的那个情景。胡小粉本来是很高挑的，胖瘦也适中，但是那天晚上，唐光荣发现她好像已经瘦小得让人都目不忍睹了。她整个的人，就好像是一块冰糕，忽然被一个看不见的嘴巴吸来吸去的，三口两口就融化掉了一圈，变得要形没形要样没样了。还有她说话的声音，原来她的声音是很圆润的，里面仿佛还带有一种果冻的弹性，但是那天晚上，她的声音竟然就像晒干的鱼刺一样，扎得人浑身的汗毛都在拼命地跳动。

但是，从离开面粉厂到现在，胡小粉鱼刺一样的声音，和盛大年在那天晚上对着唐光荣发出的那声低吼，唐光荣一直都没给留香说过。尽管唐光荣知道，胡小粉的鱼刺，还有盛大年的吼叫，这些都已经对留香跳舞的心情构不成任何破坏了。

九

夏天的太阳一跃上树冠，热浪马上就搭着树梢滑下来了。留香踩着一片浓荫走到录音机跟前，一边换着录音带，一边瞅了眼手机上的时间，估计唐光荣这会儿应该往家里走了。

伟大今天要带着韩国的老婆从澳大利亚回来，唐光荣昨天就说这两天不出去拉客了。只是清晨醒来，到了平常出门的点，唐光荣还是开着车走了。留香早上起了床，看见他把那只苍鹰也带上了。唐光荣只有在心情特别好的时候，才会把他的鹰带上。

苍鹰是唐光荣从黄河边上捡回来的。那次唐光荣拉了两个客人去看黄河，到了大坝上，客人下了车，唐光荣就顺着河岸绕了一段路，才开始往回返。经过一片灌木丛时，唐光荣无意间往一片灌木丛的边上扫了一眼，就在那里看见了它。唐光荣在花鸟市场里看见过卖苍鹰的，一看见它的白眉毛和胸前的灰白羽毛，就认出了它是一只苍鹰。

开始，唐光荣没想去捉住它。他停下车来，是想仔细地看看它。唐光荣不慌不忙地往它跟前走了走，停下，又走了走，看见它还在那里不动，就猜测它肯定是受了伤，飞不起来了。等唐光荣到了它的近前，苍鹰突然打开了左边的一只翅膀，和唐光荣对视起来，唐光荣才看清它右边的翅膀的确是受了伤。

唐光荣蹲在那里，和它对视了一会，然后说：“我不会伤害你，你的翅膀受了伤，飞不动了，我带着你去给你的翅膀疗伤去。你要是不让我带走你，你就只有在这里等死了。”

他和这只苍鹰是有缘分的，唐光荣一直说。他把受伤的苍鹰带回家，给它治好了翅膀上的伤后，本来想把它放了。它的翅膀好了后，食量也跟着增大了，一天能吃半只兔子。唐光荣给留香说，咱们可没有那么多剩余的钱，天天去买兔子养一只鹰玩。

唐光荣第一次准备放苍鹰走的时候，是被儿子唐果拦住了。唐果那些日子里放了学，回到家里第一件事，就是跑过去抚摸苍鹰的羽毛，给它喂食。留香说唐果稀罕它，就让它在家里再住几天吧，好几个月都养了，也不差几只兔子钱了。

让唐光荣没有想到的是，一个星期后，等他和唐果带着苍鹰到了黄河边的一片树林子里，解开它脚上的细链子，在唐果恋恋不舍的目光里把它放走后，它只在半空中盘旋了一圈，就又飞回来，落到了唐光荣的车篷上。接下来，唐光荣又放了它两次，它两次都还是这样，在半空中盘旋一圈两圈后飞下来，依然落在车篷上。

唐光荣看了看苍鹰，又看了看唐果，笑着说这回好了，它不走，你往后的零花钱没有了，我们一家人要吃的肉，也要变成兔子肉，每天蹦蹦跳跳地跳进它的嘴里了。

当然后来的结果是，唐光荣每次兴致上来了，带着苍鹰出门去拉客，他这一天的生意都会出奇地好。就如同大个子说的那样，客人们看见了唐光荣车上的鹰，一好奇，就走到唐光荣的车跟前去了。

留香想着唐光荣，给录音机换好带子，按下了按键，音乐声还没张开翅膀从喇叭里飞出来呢，唐光荣的电话居然就到了。

唐光荣说："刚才被警察逮住了，车又被他们扣去了。"

留香看着一棵杨树粗大的影子，说："你是不是又跑到不该跑的路上去了？扣就扣了吧，下午找找人交上点罚款，就开回来了。"

说完，忽然想起了鹰。早上，唐光荣是带着苍鹰出门的。留香忙问："鹰呢？鹰没有被他们看上，也一起扣了去吧？"

"鹰在我的肩膀上站着呢。"唐光荣说，"你跳舞吧。我们要回家吃早饭了。"

（原载《上海文学》2009年第4期，《小说选刊》2009年第5期转载，《作品与争鸣》2009年第8期转载）

你在木星上有多重

一

早上,周宁还没起床,马国伟的电话就打来了,催着他快点出门。

看着透过窗纱射进来的明亮光线,周宁说你这是哪里的电话?号这么生,我还想不接呢。马国伟就在电话里哧哧地笑,说花圈店里的。周宁把手机拿到眼前看了看,好像要看见在里面说话的马国伟,说你搞什么鬼,大清早的跑到花圈店里去。

马国伟是周宁的高中同学,也是周宁最铁的一个哥们,现在是区法院民事庭的一个副庭长。用周宁的话说,马庭长目前大概拥有全人类最舒适的一个位置,他可以有一半的时间泡女人,一半的时间喝酒,一半的时间睡觉,还有一半时间和他鼓捣广告公司。

下了楼,周宁心里不由得就是一颤,他看见自己的车门上,被什么人喷上了一团黄乎乎的东西:一只黄色的蜗牛悬挂在那里,像一只趴在网上等待食物的蜘蛛。接着,他又看见了一只更大的蜗牛窝在车前脸上,蜗牛的旁边,是一朵写意的花朵,仿佛花朵和蜗牛正在悠然自得地享受着太阳。周宁从车上抬起眼睛,侧了脸看太阳,给人的感觉好像他就是那两只窝在车上的蜗牛,眼睛看着太阳,是为了测试雨后太阳的温度,还适不适宜继续趴在那里。

从兜里摸出手机正要报警,周宁发现不远处的一辆三菱车也趴上了蜗牛。三菱车主已经在那里向警察控诉物业公司了,说楼下的空地明明是属于业主的,物业法都规定了,可物业公司偏偏还想从业主这里咬口肉去,要收什么车位费,收不去车位费,就拿业主的车来撒气,这不明摆着是违反物业法吗?你想收费,为什么建小区的时候不建上车库,名正言顺地收?

三菱车主说着,扭脸看见了周宁,就指着周宁对警察说:"那边喷的那辆别克,就是这位老兄的,你问问他,我说的是不是都是实情。"

旁边站着一个拿话筒的女孩子。周宁认出了话筒上市电视台的台标,觉得市电视台的节目做得不怎么样,这个女孩子长得倒还算有点味道,用马国伟的话说,至少可以拿来下酒。

这么想着,兜里的手机又响了。周宁冲着三菱车主和警察点点头,踱到一边去接电话。看看号码,还是马国伟从刚才的花圈店里打来的。周宁有点生气,说什么地方不好去,你要泡在花圈店里打电话。

马国伟在电话里笑着说:"谁让这附近就花圈店扎眼,店里还有个公话呢?"

"你脑子是不是被糨糊糊住了,连手机都忘了带。还是故意玩什么花样,不想让小咸鱼知道你的动向?你小子小心花粉过敏。"周宁说,"我这里车出了点麻烦,用不了了,你来接我吧。一点好运气,算是全让你给扎进花圈里了。"

周宁听见马国伟在电话里骂了他一句迷信,又问车怎么了,是不是在路上撞了。他习惯地把手机拿到眼前看了看,又放回耳朵边,说你小子能不能来句好听的。大清早的你就在花圈店里叫魂,结果我下楼来一看,车就被人喷了花脸。这样说着,周宁又发狠地想,等哪天弄个花圈给你送到家门口去,看看你迷不迷信。

和警察绕了半天舌,周宁觉得这一天的兴致算是全玩光了,还去钓什么鱼搞野炊,等马国伟那小子来了,一块去收拾了车,干脆直接找个地方喝酒去算了。

马国伟来的时候,警察和电视台的人都走了,周宁正和物业公司的女经理米米有一搭没一搭地在说话。米米说这个旧村改造的小区快让人头疼死了。周宁想还不是你们联合着村子里那群王八蛋,想多抠业主两毛钱,故意把物业管理弄得纠缠不清。

米米的眼睛一直笑得弯弯的。周宁和她面对面地站着说话,才发现她不仅眼睛包着笑，而且整个人好像都被一种会笑的水包着，这种会笑的水就像海水一样，一层一层地涌着波浪。米米的长相看上去至多也就三十岁，但周宁记得，她好像和自己的老婆范明明说过，她的儿子都快上初中了。

在路边的芙蓉树下泊好车，马国伟人还没下来，眼睛瞅着周宁和米米，脸上就有了一贯的那种坏坏的笑。

芙蓉树正在开花。细风在楼宇间掠过，芙蓉树粉色的绒花就在羽状的叶子间跳跃起来，像一只一只展动着翅膀的鸟儿，在绿色的云层里穿飞。平常一个人在家里，周宁最喜欢站在窗子前，居高临下地看楼下这些芙蓉树。芙蓉树总是在许多树忙着开完了花，许多树匆匆地绿了叶子之后，才不急不躁地孵出新芽，对着蓝天绽开一片新羽。周宁喜欢它们的不慌不忙，喜欢它们羽状的叶子，喜欢它们粉色的绒花。在他的眼里，那些绒花就像是清晨的风经过芙蓉树时挟带而来的霞光，不经意的，就照亮了芙蓉树一身绿色的羽毛，映亮了他由上而下俯视的眼睛。

看见马国伟坐在车里笑，周宁就知道他在笑什么了。

马国伟这家伙什么都好，为人仗义，做事也爽快，就是有一点，不能看见鲜亮的女人。一看见鲜亮的女人，他眼睛里就放光彩，脸上就一脸阳光地对着人家使坏地笑，就想生出点有枝有叶的小故事来。这一点，是马国伟最让他看不顺眼的地方。马国伟每次换女人，周宁都说他是石头上的青苔，见不得一点好天气，离了雨水就打蔫褪颜色。

笑了一会子，马国伟才从车上跳下来，看着米米，夸张地说周宁从哪里挖掘出这么一个韵味十足的美女来，还不赶紧地给介绍一下。

周宁拿起手机看了眼时间，说："这是我们小区的管家米经理。"

米米依然笑着，眼睛弯弯的像豌豆荚。周宁看着马国伟朝米米递过去的手，忽然有些心血来潮似的，用开玩笑的口吻对米米说："这是我的朋友马国伟，特别热爱美女，所以你和他握手，要小心一些。"

握完米米的手，马国伟假装生气地看着周宁说："周宁，你这样介绍就不对了啊，这不是破坏我的高大形象吗？我手上既没有万能胶，我又不是蜘蛛侠，一沾手就把你们的美女管家粘住了。你这样说，还不吓跑了米管家？"

在所有的词语里，米米现在最不喜欢"管家"这个词了。尽管这个名词构成的头衔，曾经让她在一夜之间名声大噪过，但是最后给她带来的，好像更多的还是伤害。尽管不喜欢被人这样称呼,米米的豌豆荚里还是滚动着豌豆粒一样圆润的笑说:"天下有我这样又老又丑的美女吗?让你们这么一形容,我心里都有些受宠若惊了,真要拿着自己当美女了。"

马国伟满脸带笑地逗着她说:"美女就是美女,什么叫拿着自己当美女。我们周宁可是有个怪毛病,轻易不和一般美女打交道。刚才我的车一拐进来,眼前闪过了一道耀眼的光芒,就知道自己在路上走得慢了,也明白周宁为什么死活还在你们小区里住着不朝外搬了。"

看着马国伟,周宁想这小子在女人面前白话起来,怎么就不知道天还有没有边呢?

没等周宁插话,米米就说:"没那么经典吧。刚才周老师可是正在向我兴师问罪呢。不过,从车被喷这件事上,是看出我们这个小区管理的混乱了。周老师的车被人喷了花脸,我心里都上火,更别说周老师了,我想周老师就是向我兴师问罪,也不算过分。"

马国伟说:"米经理你还不知道吧?周宁这会儿心里肯定在偷着乐呢。他一直想去把他这辆老爷车鼓捣成一辆与众不同的个性车,这些天正愁着如何下手呢。看来他运气不错,正想着,车就被人给收拾了,这样一来,省了他多少事,你说他还不偷着乐?米经理,周宁要是得了这样的便宜,还敢居心叵测地向你这样的美女讨伐什么,你就把剩下的事交给我来办。谁和米经理这样的美女过不去,就是和我这个美女守护神过不去。"

芙蓉树的影子晃来晃去的,落在米米的身上。周宁看着那些摇晃的树影子,心里未免有些烦乱,觉得马国伟这些玩笑开得是不是有些不合时宜。

二

周宁的公司紧挨着米米的住宅小区。小区的后面,是一道由绵延而清秀的小山组成的绿色屏障。这片区域,当初是被开发商拿来当作天然氧吧宣传的。周宁租的办公室在写字楼的最高层,在窗子前一站,眼睛就能穿过米米他们小区的楼顶,清晰地看见山上一团一团的绿树。周宁去过那座山,山上大多是些松树,余下的,就是长着鹅掌形叶子,夏天里爱把形状类似链球菌的红色花果结满枝杈,但大多数人却叫不上它名字的一种树。

周宁也叫不上来它们的名字，不过他喜欢那些红色花果。另外的，就都是些野枣枸杞之类的小灌木，和开发商后来栽上去的一些银杏、蔷薇。蔷薇是一色的红蔷薇，在五月开花的季节里，红色的花朵几乎覆盖了全部的绿叶子，把整座山都映得妩媚了好几分。

在这座城市里，大多数人都跟周宁一样，知道这片紧挨着山，空气清新的高档住宅区里住了些什么人。马国伟每次来周宁的公司，在窗子前看见这片高档住宅小区，就会后悔自己行动得晚了，错过了这块风水宝地。说和那些手里真正有权的大人物住在一块，耳朵边上刮的风里都是政策新动向，眼神里都会是一架一架通天的桥梁，要是他们高兴了，喷几颗唾沫星子，就够我们游上一年半载的。

马国伟一发感慨，周宁就笑，说马国伟同志什么时候学会抱男人的大腿了？马国伟嬉笑着说："落后了吧。有能力的，也不全是男人。男人被女人握在手里，就是能撬动地球的杠杆。"

在车被喷上花脸之前，周宁并不知道米米是住在这样高档的社区里。米米除了爱喷洒一点女人都喜欢的香水外，在他们小区里好像从来也不张扬。以前米米到他家里来收水电费，他虽然从来没有低看过她，但也真没把她往高处想象，一个物业公司的经理，说到底还是给人干活的，能有多大的背景？

车子被喷这天，马国伟张罗着和米米吃完午饭，三个人又一起去喝茶。喝完茶，马国伟说都这么个点了，我们不如挥霍上一天，干脆再找个地方接着吃饭去算了。中午吃周宁，下午还不吃吃我，和米经理加深加深感情？就笑着问米米："敢不敢吃南方菜？我刚吃过一个好地方，纯正的湖南菜。"

一听是湖南菜，米米马上就响应道："好啊，如果是地道的湖南菜，我们就接着吃。不过，晚上也不吃你了，既然吃湖南菜，就算我的，我可是地地道道的湖南人。"

马国伟听了，脸上立即就抹上了一层吃惊的神色，说怪不得米经理生得如此倾国倾城，美貌如水，原来是湘妹子。

周宁还坐在那里接电话。米米背起包，看了看周宁，又看了看马国伟，笑着说："水可是有清水浊水、淡水咸水之分的。"

马国伟就哼哼地笑，说你当然是趵突泉里正在喷涌的水了，云雾润蒸，如仙如画。

接完了电话，周宁看着他们问："什么如仙如画？"

看着周宁一脸的糊涂，米米就和马国伟一起笑了。笑完了，米米说："马老师在说趵突泉里的水呢。"

在女人面前，马国伟从来没有多少正经话说。用马国伟自己的说法，他对女人说的话，都是带三分寓意的。所以，尽管周宁听得一头雾水，也不再往下问。

湖南菜馆就在周宁的办公楼附近，周宁想马国伟在那里都快吃得腻味了，现在却装得跟发现了新大陆似的。他便索性不吱声，不动声色地看着马国伟在那里一本正经地演戏。喝茶时，马国伟趁着米米去洗手间补妆的空，从他这里套出了米米是湖南人，马上就把他一贯的俗套把戏用上了。米米是湖南人，也是米米告诉范明明时，周宁在一边听见的。那次范明明说米米的普通话讲得特别动听，像有一股子泉水在里面流动，问她不是本地人吧，米米就回答说她老家是湖南的。范明明又说她声音里一点湖南味也没有。米米说来北方的十几年里，把湖南味都磨光了，很多时候里，连她自己都忘了自己是哪里人了。

吃完饭，马国伟问米米家住在什么位置，说他还想为美女效劳一番，护送美女回去。米米指了指周宁办公楼的方向，笑着说："不用劳驾您了，我就住在金山大厦的后头，几步就到了，我喜欢在晚饭后溜达着走一走。"

马国伟做出了一副怅然若失的样子，说这家湘菜馆怎么会开在这个地方呢？说得米米差点笑弯了腰，然后取笑他道："你回头去和他们老板商量商量，看他明天能不能挪个离这儿远的地方啊。"

看着米米在夜晚迷离的灯火里晃动的影子，周宁忽然觉得，她根本就不是到自己家里收水电费的那个米米了，也不是在小区的芙蓉树下摇曳着走路的米米。他想马国伟的话有时候也很对，每个人真的都是一块切割过的钻石，别人眼里看见的，也许，永远只是他们无数个面当中的一个或者两个切面。

三

一场雨过后，楼下的芙蓉花还是那么红，和羽状的叶子一起，在风里轻轻地抖着水珠。周宁趴在窗台上，看着芙蓉树一滴一滴地往地上抖水滴，把水泥地面砸得啪啪作响。

在对待婚姻的问题上，周宁和马国伟不同，马国伟是坚决不要婚姻，纯粹一个玩家，喜欢今天姹紫明天嫣红，而周宁却骨头缝里是个崇尚婚姻的人。但是，拿马国伟的理论来说，上帝却似乎总是喜欢和人开开玩笑，逗逗乐子，不是捏疼了你的一根手指头，就是揪紧了你的一绺头发，反正不是你想画条直杠就能画条直杠，想画个圆圈就能画好一个圆圈。比如他周宁，坐在婚姻的车里跑着跑着，两眼正悠然自得地看着外面一春天的桃红柳绿，屁股底下的车就突然被什么东西锁住了轮子，一下子刹住了。

跟很多婚姻出了问题的人一样，直到现在，周宁还死活不知道，自己的婚姻在哪个环节上出了毛病，只是跑着跑着，突然发现车轮子不转了，他从车上跳下来，围着车窜前窜后地检查，把车拆烂了，人也累得头晕眼花了，却找不到任何熄火趴窝的根由。他拿着扳手钳子放大镜在那里捣腾了两阵子，捣腾得人困马乏了，干脆就把车扔在了路上。恰好儿子快中考了，老婆借机搬到学校附近的房子里去照顾儿子，他也就彻底地不想那辆破车了，任由它在路上被风吹着，被雨淋着，生锈长癣冒绿毛，缝缝里往外蹿小蘑菇。

周宁的公司，主要和两家电视台合作一些栏目广告。一年几百万的活，差不多有一半是靠马国伟给撑着。马国伟有一个当县长的姑姑，那个还没脱贫的县里仅有的几家效益好的企业，宣传投资都被马国伟扯着他姑姑那张虎皮给唬着弄了来。现在，广告公司满大街开花，若是没有几层关系撑着，根本就开不起来，即使勉强地开起来，也会悬在半空里，半死不活地在那里吊着。

他的家庭，就是在公司半死不活的状态下，出的问题。公司新买断了一档电视节目的一组广告，要预先垫付一半广告费，临到跟前，资金又周转不过来了。去找银行里一个朋友弄钱救火，偏偏那个朋友刚刚出国旅游去了。周宁急得眼睛都在疼。

夜里躺在床上，周宁说他上学时候学的专业真不对，同学里竟然没有一个是在银行里工作的。范明明说她的同学里，也只有一个是在银行系统里工作的，听说现在已经是一个什么银行的头头了。

周宁听了就有些兴奋，说有这样的关系你怎么不早说，哪天联络联络吃个饭去。

已经多少年不来往了，范明明说。

周宁开导老婆说："多少年不来往了怕什么，同学关系可不一样，联系两次，就热起来了。你想想，银行里的钱，放在银库里就是死钱，一条虫也不生。可一旦转动起来，情况就不一样了，钱就会流水似的，哗哗地往银行里回流。你给他拉去了客户，他还不感谢你拐着弯地给他们带去了钱儿子钱孙子。"

任凭周宁鼓动得天花乱坠，范明明就是坚决不同意去联系那个同学。周宁急了，说不去你提他干吗，干热络我的肠子。范明明说这不是说闲话吗？周宁说这样的闲话以后还是少说，省得我以为自己找到了一根救命的稻草。

范明明觉得他说话的语气不中听，就说你如果一直在大学里当老师多好，出来弄个破公司，三天两头地为资金上火，心里整天不得清净。周宁说屁话，当老师你现在能有车开？范明明说有车开不一定就意味着活得踏实，我喜欢平平淡淡地过日子。

奇怪了，周宁说，好好地在说话，你怎么突然变得有点不可理喻了，忘了当初买车的兴奋劲了？就不再和范明明争辩，胡乱从床头上抓起一本书来看。看周宁不再说话了，范明明就侧过身，后悔自己一时失言，怎么说出了刘明堂呢。

刘明堂是她的初恋情人。

大学快毕业的时候，范明明已经和刘明堂恋爱了将近两年。毕业前，她应父亲之邀，把刘明堂带回家给父亲看。她父亲喜欢书法，所以看人也习惯用看字的眼光去挑剔。和刘明堂一起吃过一餐饭后，她父亲就坚决地摇头，不同意她和刘明堂交往了，说用评论书法的说法，这个小伙子横竖都缺乏一种叫做线条的东西，吃个饭都像有些写字的人写出的草书一样，手忙脚乱。又说书法讲究疾行无善迹，所以人生做任何事情，都应该学会锥画沙的功夫。

最后，她的父亲说："你偶尔在沙滩上捡起一块鹅卵石时，就是用眼睛把他框起来了，凸现出来了，就自然而然地认为他和其他鹅卵石不同了。但要是把他放回一大堆鹅卵石中，让你再选一次，你看看还能不能看出他的突出来？这里面就有个瞬间选择的问题。"

范明明的母亲去世很多年了，家里只有父亲和一个妹妹，妹妹正在外地上大学。她母亲去世的时候，她九岁，妹妹才六岁，她和妹妹是父亲既当爹又当妈养大的，她知道父亲为了她和妹妹，吃了多少辛苦，所以就特别听父亲的话。

听了父亲对刘明堂的分析后，范明明不愿违背父亲的意思，就同意了父亲的要求，暂时把这个刘明堂先放回沙滩上，等待机会再选择一回。但放回沙滩里，就真的没能再捡起来。

这年秋天，范明明和妹妹陪父亲去泰山旅游，在火车上，他们遇到了同样去登泰山的周宁。范明明的父亲和周宁面对面坐着聊了一路，得知周宁在农业大学教书，而周宁的母亲，竟然就是他的同事。火车开到终点泰安，范明明的父亲就相中了瘦瘦高高的周宁，说这个男孩子说话做事都不急不躁，有形有条，女孩子找丈夫就该找这样的。

从泰山上回来后，范明明的父亲亲自出马，找了个同事，去给范明明和周宁牵线搭桥。范明明不想违拗父亲，就接受了父亲给他安排的周宁。

通过马国伟认识的一个哥们，周宁总算是弄了一笔救急的钱。电视台的广告签下来后，周宁设宴请马国伟那个哥们吃饭，恰好那天赶上范明明的生日，周宁想了想，就带上了范明明。范明明跟在周宁后头一进房间门，看见周宁请来的那个人，居然就是刘明堂。

一听范明明和刘明堂是同学，马国伟马上就换了位子，让范明明去坐在刘明堂的身边，坏笑着说是让他们叙叙旧。范明明看看周宁，不好推辞，便如坐针毡地坐了过去。

推杯换盏之间，刘明堂趁着周宁和一个朋友低头说话的机会，举起杯子和范明明碰了一下，微笑着低声说："生日快乐！"

范明明惊讶地看着刘明堂的眼睛，把杯里的红酒碰洒了一半。十几年不见了，她没想到，刘明堂竟然还记得她的生日。她强装着笑脸，把杯子里的酒一饮而尽，然后假装去洗手间，在洗手间里擦了一纸巾又一纸巾泪水。

早上，儿子上学前，在饭桌上留了张纸条，还在上面画了个大大的蛋糕，并用漂亮的美术体，写上了祝妈妈生日快乐。周宁坐到饭桌前等着范明明煎鸡蛋，看见了儿子留的纸条，拿起来在手里扬着对范明明说："今天要不是儿子提醒，还真把你的生日给忘了。晚上想去哪里庆祝？"

嘴上说不老不小的过什么生日，范明明心里却在想，自己一个星期前还提醒过周宁，今天要不是儿子的纸条，他还是把她的生日忘了。

从洗手间里一回来，马国伟看着范明明的眼睛，说嫂子你眼睛怎么红了？是不是因为有老同学陪着过生日，激动的？范明明脸一红，说你怎么知道我过生日？马国伟指指周宁，说你刚才脚尖一出门，周宁就说今天犯了个大错误，差一点就把你的生日给忘了。

范明明笑笑，说周宁一准记错日子了，我的生日早就过了。

一桌人都喝得差不多了，周宁拉着范明明站起来，看着刘明堂说："真是有缘什么时候都能来相会，明明前几天还和我说起你呢。人真是不经叨叨，叨叨风风到，叨叨雨雨到。"

刘明堂站在那里摇摇晃晃地举着杯子，和周宁碰了碰，又看着范明明，笑着和范明明碰了碰，杯里的酒都洒了出来，洒了范明明一手。

碰完杯，范明明就把杯子放下了，说她已经喝多了。周宁让范明明端起杯子，说和老同学喝酒，醉了也要喝，你们都多少年没见了。范明明当然明白周宁是什么意思，他是想让她和刘明堂套套近乎。范明明不想给周宁丢了面子，就笑着端起酒来，仰起头，一口灌了下去。看得马国伟在一边直拍巴掌，说从来也没见范明明这么豪爽过，看来有老同学这层关系，喝酒喝得都不一样。

有了范明明这层同学关系，周宁和刘明堂很快就打成了火热的哥们，几乎是三天一小聚，五天一大聚了。弄得马国伟老是堆着一脸的坏笑，直说他们比亲兄弟还亲兄弟了。

隔三差五，周宁就邀请一次范明明，说陪着我们吃顿饭呗。范明明当然知道周宁说的我们是指谁，她就借口单位里有人歇产假，人手本来就不够，需要加班等等理由，推辞着不去。周宁说："你对同学怎么一点也不热情？你看你同学，对我热情得就跟火似的。开公司的，谁不想有财神爷这层关系靠着，关键时刻，人家伸伸指头，就能救你于水火。你怎么就不知道帮帮老公，稳固稳固这层关系？"

范明明说："你们男人之间的事，最好别把我扯进去。你和他是通过马国伟联系上的，我就是和他同学，也是各归各的。你什么时候变得这么市侩了，拿着老婆去拉关系。"

让范明明这么一说，倒真像那么回事了。周宁面上佯装生气，说老婆曲解了他的意思，心里还是觉得老婆说得在理，往后就不再叫范明明了。

周宁不再叫范明明去陪刘明堂吃饭，范明明心里却再也不能清净了。十几年不见，刘明堂像竹笋一样，忽然就从地下冒了出来，还和周宁成了业务上的朋友，范明明说不出心里是个什么滋味。更让她心惊肉跳的是，在接下来的日子里，她发现自己和周宁做爱时，耳朵里响着的全是刘明堂的喘息声，夜里做梦，梦见的也全都是刘明堂。有一次在梦里，刘明堂竟笑着问她：你和孩子都好吗？范明明醒来后，胆战心惊着，感觉自己好像突然患上了心脏病，心慌得连吃饭都拿不稳筷子了。

被那个梦纠缠得快喘不动气了，范明明就对周宁说："你以后能不能少和刘明堂来往？"

看着范明明脸上莫名其妙的神态，周宁笑着说："你和他是不是有什么事？"

"你少胡说八道！"范明明说。

"那你怎么不让我和他来往？"周宁说，"你想想，我们到街上现拉个关系，能像他这么好使吗？我手里的资金什么时候转不开了，一个电话，人家立马就能给搞定。"

范明明不好再说别的，就说人总是在不断变化的，谁知道他现在变什么样了。周宁听得有些糊涂，说你见了刘明堂后老是攻击人家，是不是年轻时候追他没追上，现在看他发达了，心里记恨人家？又说他就是再怎么变，手里的权和银行里的钱可都是真的。你忘了，是我们从他的手里拿钱，不是他从我们手里拿钱。他能损害我们什么？

范明明瞪着周宁，说真是近墨者黑，你什么时候学得跟马国伟一样了，满嘴里雌黄，又满眼里马粪。

一年下来，周宁和刘明堂的关系越来越铁，和刘明堂吃完饭后，依然习惯把刘明堂的一些最新消息说给范明明听。他却不知道，现在，范明明最不想从他口里知道的，就是刘明堂和他的一切事情。

终于有一天，范明明借口儿子要中考了，另一套房子离儿子的学校近，陪着儿子住进了另一套房子里。

就这样，范明明从周宁的身边逃走了，逃得他至今都感到莫名其妙。所以在很多时候里，他都喜欢趴在窗台上看楼下的芙蓉树，好像要从芙蓉树的枝叶间找到范明明逃走的原因。

四

在米米和马国伟面前，周宁一直保持着第一次和米米吃饭时的温度。他认为自己这样做，一点也没有欲擒故纵的意思。

周宁不知道别人会怎么样，他自己对一个人好奇了，就无论如何都想把这个人弄明白。比如以前的米米，她每个月都到他家里收水电费，他对她从来都是视而不见。现在呢，他忽然对她充满了好奇，觉得她在他面前就像是一个谜团，他就特别想把她分解开，弄个明白。当然，他心里目前最想知道的，是她在干这个物业公司经理之前，是干什么的，她的家庭是个什么样子。

每月的十几号，米米都会提着包，在小区里转来转去，挨家挨户地替水电公司收水费电费。各家的电表都在地下室里，由物业公司的电工统一管着，电工先抄好了码，交给米米，这样，米米到了业主家，只需看看水表就行了。

每次在周宁家的厨房和卫生间里看完水表，米米就把收据铺在周宁家茶几的一个头上，按着计算器算水电费。看水表的空当里，米米还会和范明明交流上几句女人间的话题，比如米米问范明明身上穿的是什么牌子的衣服，说衣服是最会拍马溜须的东西，同一个牌子，穿在什么人身上，就出什么效果。又说范明明真是天生的一个衣服架子，穿什么款式的衣服都能让人看出主人的高贵和品味来。范明明就投桃报李着，说米米用的香水味道特别好，也是香奈尔吧？

米米说她用的香水全是朋友从香港带过来的，在香港花几百港币的东西，在内地却要上千。接下去，她们就讨论走在街上的一些女人，说很多女人都在用几十块钱一瓶的香水，她们实在是不知道，几十块钱的东西，怎么能飘出地道的香味来，全是酒精和一些混杂的不伦不类的香精。用了，自己觉得那些香水味道很不错，似乎浑身的枝叶都在随着那些香味在摇曳，实际呢，周围的人说不定早已经被熏得头都晕了。

最后，两个女人的观点统一起来，说真正的好香水一般女人是消受不起的，而乱用一些杂牌子香水的女人呢，真不如不用清爽。

周宁坐在一旁看电视，偶尔听见老婆和米米似乎很认真地在交流这一类问题时，心里就想笑。想女人们到了一起，真是除了男人孩子，穿的用的，再没有什么别的共同话题了。不过，周宁发现，米米好像从来没有谈起过自己的家庭。

米米到周宁家里收水电费，周宁两眼只是盯着电视，从来也没有仔细瞅过米米，偶尔在小区的路上遇上了，也仅限于点个头。

现在，周宁凭着感觉，忽然觉得米米越来越像一个漩涡，而漩涡里的巨大吸力，吸引着他不断地想往里走，想跳到漩涡的中心里去，看看米米的漩涡里面到底都藏了一些什么秘密。

把周宁和米米的漩涡勾在一起的，当然还是马国伟。

周宁的车被喷那天，晚上吃完饭，米米一离开他们的视线，消失在灯火摇曳的夜色里，马国伟就说："周宁，凭着我对女人的了解，我敢保证，你们的米管家，一准不是股清水。"

就是马国伟的这句话，勾住了周宁。周宁想米米在小区里转来转去的，像一把万能的钥匙，没有一户人家的门，她不能踏进去。这样一个女人，当然油。就是不油，磨也磨出油了。

后来，周宁把现在的这个想法说给米米听时，米米笑过后，说她得承认自己是有那么一点油，只是油得还不够，不仅不够，起码还差着一座海拔二百米的山的高度。这样的高度，就连她居住的小区后面的那座山，也达不到。

一个女人如果不够油，米米觉得她就没有资格，在这个男权的社会里像模像样地混下去。而她之所以觉得自己油得不够，就是因为她在男人的圈子里被挤伤了很多次。她跑到这个小区里，不是为了当什么物业公司的经理，她是躲到这里来舔疤疗伤的。

当然，后面这些都是米米黑夜里坐在房间里暗自想的，周宁不知道，所有认识她的人都不知道。在外人面前，米米把自己包裹得还是比较严密的。她认为女人的另一个弱点，就是容易把自己的心思流露给别人。在一定意义上，这一点就等于是自己在帮着别人来对付自己，就像一树花，你开了，自然就会随着风飘落，挡也挡不住。

每天在小区的芙蓉树底下晃来晃去地走着，和那些年迈的落日一般的老头老太太们打着招呼，或者逗着那些水滴一样透明着咿呀学语的孩子，装作爱心十足的样子弯下腰去抱抱他们，再挨家挨户地敲开门去收水费电费卫生费，这样一路下来，米米心里就会掠过一丝恍若隔世的感觉。

现在，米米最不喜欢的就是人家叫她什么管家，不仅不喜欢，而是特别讨厌。她对这个称呼已经过敏到神经里去了。别人一叫她米管家，她就会后背发麻，像是突然间爬满了蚂蚁。

以前，米米曾经是一家报社专刊部的首席记者，专门采访那些位高权重的人物。采访中，自然不乏结识一些重量级的人物，这其中就有一位地产老总。地产老总姓吴，是省里一位什么领导的女婿，米米就是在采访完那位省领导后，在晚宴的酒桌上认识吴总的。第二天，米米意外地接到了吴总的电话，他开门见山地说："米大记者，辞了报社的工作，来跟我干怎么样？"

米米以为吴总在开玩笑，说您又不需要管家，怎么会想到让我这个管家婆跟您干。

吴总说："要不说是记者呢，嗅觉果然不同凡响。我这里还没开口呢，你就钻到我心里把想法掏去了。就凭着这一点，也说明我眼力没错，没有看错你这个大记者。"

米米咯咯地笑着，像一只摇动的银铃说："有什么需要效劳的，吴总您尽管吩咐就是，能为您效劳，就是我米米三生的荣幸。我可是知道，你们大老板的时间，都意味着什么。"

"为我自己挖人才，就是浪费上一火车时间也值。我现在就需要你辞掉报社的工作，来给我当管家，管管我在南山上的沙龙。怎么样？"

米米依然笑着说："吴总您这么抬举我，我后背上都要长出翅膀飞起来了，您不是拿米米开玩笑吧？若是叫我给您的公司写两篇稿子，我或许还能试着操练两下子。但是给您的沙龙当管家，我恐怕就难以胜任了，我得好好开动机器想想，您多大的盘子，我多大点脑子。我这点麻雀脑子，也就够写两篇小文章，糊弄糊弄我们主编混口饭吃。"

吴总也笑起来，说："是不是要等我三顾茅庐？"

"吴总您这样说肯定是误会了。您看得起米米，米米怎么会是个不识趣的人。我真的是怕有负您的厚爱，到时候给您交不了差，弄得进退两难。"

米米说。

"你信不过我，还信不过我们老头子？你只管来，剩下的，就什么都不用担心了。人家不是说天塌了有高个顶着吗，你就当我们老头子是那个高个子还不成吗？这回，你还有什么好顾虑的？要不，我给你两天的时间考虑，够不够？两天不够就三天，三天后，我等你的好消息。"

对方的话说到了这个份上，米米心里就不免按了会计算器。吴总的地产，没有比搞新闻的人更清楚了，他现在已经不是在地产界占半壁江山的事了，而是完全可以这样说，整个市区的房产，几乎所有的别墅和中高档住宅，都在他的手里。能够得到这样一位人物的赏识，别的都放下，仅仅是经济利益就不用说了。算来算去，米米最后决定下上一注，赌上一把，即便中不上头彩，也算品味了人生的另一番滋味，反正在一个二流小报当记者，就是首席，也是徒有虚名。

辞掉报社的工作，米米到吴总的私人沙龙里当了管家后，一夜之间，她就成了本市新闻圈里的头号新闻人物。

吴总说的沙龙实际上就是一个夜总会，只是这个夜总会有些特殊，是家庭式的，不对外面向一些乱七八糟的人员营业。能够出入这个夜总会休闲玩乐的，都是吴总在政界及商界的一些重要朋友和客人。

当过几年的记者，米米也算是个见过些世面的人，夜总会自然也就没少出入。可一步走进吴总的私人夜总会，米米还是不由得有了些目瞪口呆，感觉像是一步迈进梦里去了。或者干脆就像报社里同事老贾说的，进了容易迷路的森林。

夜总会在群山和绿树环绕的南山里，卧在一个大型的别墅区中间。米米对这片别墅区早有耳闻，当然知道它们的主人都是一些什么角色。

同事老贾就曾经戏谑地说过，能住进这片别墅里的人，当然都是一群与狼为伍的人。老贾说："你们用后脑勺子去想想，没有狼的凶狠和贪婪，他们会拿着手里的权力，或者利用某些权力圈来几百万的票子，去荒郊野外弄一座Townhouse吗？那些手里攥着Townhouse钥匙的人，他们仅仅会在周末，带着他们的情人们，去里面泡上一天一夜或者两天两夜。在其余的日子里，那些客厅像小广场一样宽敞的房子，是会一直独守着空房，任由山风调戏的。但是我们城里头呢，你们放眼看看，有多少人，还天天在为屋顶漏风漏雨，或者根本就无处栖身伤透了脑筋。"

摄影部里搞摄影的一个小伙子起哄说:"老贾,你是不是带着情人四处乱转,转来转去找不到放电的床,憋得神经短了路,所以看着一部分人先享受生活了,你就腻味得起劲?"

老贾一副嘲笑的口吻说:"和这些贪官奸商们起劲?我还真怕我写的那些有关正义的文字知道了,它们会玩着游戏从报纸上跳起来,一脚踹伤了我的眼睛。"

辞了职,米米第二天回办公室里收拾杂物,老贾一眼看见她,就笑着走上前,说恭喜你终于放弃了人民良心代言人的角色,进化到了狼的队伍里,开始与狼共舞了。

米米笑了笑,回敬道:"你忘了,和狼纠缠在一起的,还有猎人。"

老贾也笑了,说:"你别当不成猎人,反被狼们猎了去,成了他们床上的晚餐。"

五

在小区的绿地里,米米和几个孩子凝神屏息地围着一丛灌木,在蹑手蹑脚地准备捉一只红蜻蜓。西斜的阳光此刻正斜斜地射过去,落在米米和孩子们身上,也落在灌木丛上面。灌木丛、米米和孩子们,就都被斜阳涂了一身闪亮的光辉。

看着斜阳里的米米,周宁觉得她实在是有些趣味,一个三十几岁的女人了,还混在一群孩子中间,孩子王似的,带着他们玩捉蜻蜓的游戏。周宁就站在芙蓉树下面,饶有兴趣地看着米米,看她能不能捉住那只睡觉的蜻蜓。周宁记得儿子小的时候,他也经常带着儿子捉蜻蜓玩,那时候,儿子不知道从哪里发现了新大陆,说蜻蜓喜欢吃蚊子,天天缠着周宁给他捉蜻蜓,捉到后,儿子就把它们放在房间里,说是让它们夜里给他捉蚊子。而现在,儿子就要参加中考了。周宁忽然有些悲凄起来,觉得人生真是不经混哪,一转眼,居然就人到中年了。人到中年了,日子却越过越没底了。他看着米米和那只蜻蜓,觉得还是马国伟那小子活得轻松自在,一个人想怎么活就怎么活,想绿就绿,想蓝就蓝。

那只蜻蜓刚才一定是在假睡着,逗米米和那群孩子开心。米米的手指靠蜻蜓越来越近，只需一并手指，就能捏住它细长的尾巴了，可它却好像突然感觉出了米米手指的温度，发现了致命危险，不愿陪米米他们玩了。红蜻蜓展动几片轻盈如纱的薄翼，同米米她们捉迷藏一样，一跃，就优优雅雅地飞到了灌木丛的上空。蜻蜓一飞走，米米身后的几个孩子就失望地尖叫成一团，一个孩子说米米阿姨你的手出得太慢了，你应该像我妈妈那样快，趁着它还没醒过神来，就快速地捏住它的尾巴。

米米孩子一般咯咯地笑着，抚摸着那个孩子的头发说："是吗？那你哪天把你妈妈叫过来，教教我怎么才能捉到蜻蜓，阿姨从小就捉不住蜻蜓。"

孩子们唧唧喳喳的，说阿姨你知道自己捉不住蜻蜓，为什么还要去捉？米米说捉不住才去捉呀。不捉，怎么知道自己捉不到呢？

孩子们吵成一团，吵够了，才扔下米米，闹哄哄地走了。米米站在灌木丛边上，抬头看见了站在树下傻笑的周宁，就走过来，说周老师今天这么清闲？有雅兴站在这里观赏风景。

看着米米笑得弯弯的眼睛，周宁说："你兴致也不错呀，童心大发，居然在这里带着一群孩子捉蜻蜓。怎么样，没捉到蜻蜓，是不是被孩子们取笑了一顿？"

朝那群孩子看了看，米米说："逗着他们玩呢。我觉得累的时候，就喜欢和他们混在一起玩上一阵子。和他们玩过之后，心里就会轻松很多。周老师，你什么时候感觉累了，也不妨试一试，一定比你选择任何别的休闲方式都放松。一般的人，我可舍不得把这个休闲的绝技告诉他们。"

嘴上这么说，米米心里却在想自己其实是因为想儿子了，才和孩子们混在一起去捉蜻蜓的。她昨天去看儿子，又没见着。儿子又被他那个当小官员的爸爸带到哪里躲起来了，她等到半夜，也没等到。她每个月只有一个固定的日子见孩子，但每次去，几乎都是扑空。见不着孩子，她却不愿和那个男人闹翻脸，影响了孩子的成长。她忘了从哪里看见过，说十二三岁的男孩子，神经是最敏感的。

听着米米的休闲方式，周宁摇了摇头，说谢谢你的休闲绝技。你好像忘了，男人和你们女人的质地不一样，你看现在到处流行的那些什么"发泄吧"，据说去那里发泄情绪的，全都是你们清一色的女人。

米米就笑，说没看出来，周老师骨子里还藏着个不折不扣的大男子主义。若说到男人和女人的质地，你那个叫马国伟的朋友，虽然和你一样的质地，与你可是绝对的泾渭分明。

马国伟那家伙，周宁说，那绝对是个处处以你们女人为核心的另类典范。你也领教了，他讨你们女人喜欢的那些拿手本领，一般的男人，恐怕是很难学到一招一式的。

说完了，周宁心里就有些嘲笑自己，心想自己这么在米米面前攻击马国伟，不会让米米觉得是在嫉妒马国伟那家伙勾引女人的本事吧？自己以前可不是这个样子的。脸上就有了些讪笑的意思，看着米米的表情。

米米点着头，弯弯的眼睛依然笑着，好像在探究着周宁，但话题却转到了周宁的车上，问周宁派出所那样处理他满不满意。如果周宁有不同意见的话，他们可以再协商。

周宁心里还在想着自己刚才说马国伟的那句酸话，以及他说完马国伟后，米米看他的那个探究的眼神。心里猜测着米米这个眼神的意思，嘴里却说马国伟那天不是说了吗，没什么大不了的，只要你这个管家认为合适，派出所怎么处理都行。

米米笑着，说周宁还真把她当成管家婆了。

米米脸上笑是笑着，周宁还是发现了她表情里一些微妙的变化，便想自己哪句话又不得体了？心里不由得暗自佩服起马国伟来，马国伟那小子，时时刻刻都能做到让女人情绪高涨，笑起来像个一直不停歇的陀螺。

心里正尴尬着，周宁就看见一个老太太神情慌张地朝他们跑了来，一边跑一边冲米米扬着手，嘴里喊着："米米，米米，你快到我家里看看，我炉子上还煮着粥呢。"

您别急，米米说炉子上煮着粥怎么啦？老太太说我到门外扔垃圾，手一扶门，谁想到就把门给推上了。你大爷在床上下不来，这要是粥从锅里冒出来，熄了炉子，老头子还不被煤气给熏过去了？老太太说着，急得两只手直打哆嗦。

老太太的两个儿女都在外地，丈夫瘫在床上好几年了，根本没有另外的钥匙可以去开门。米米也有些急了，小区里用的是管道煤气，要是把老头子熏坏了，着了火或者是管道爆炸了，那可都不是闹着玩的。周宁看着米米一脸的焦急，说你先别急，这是几楼的住户？米米说二楼。周宁就问老太太家里开没开窗子，老太太说窗子是开着，但有防盗网啊。我说不装那东西，人在里头，跟猴子蹲在铁笼子里似的，可孩子们非要给安装，说现在坏人多，到处有老人被抢被杀的。现在可好，还没等被贼杀了，老头子怕是就要被我害死了。

周宁安慰着老太太说："大妈您别急，开着窗子通着风，暂时还不会有什么事。有钢网，我想爬窗子进屋开门的想法就行不通了，现在只能找110给想办法了。"

米米说你赶紧给110打电话，我先去物业里搬梯子，架到窗子上看看里面的情况。

跑了几步，米米又想起了什么，掉回头来，说你别打电话了，我找人去把管道的总阀门关上不就行了吗？周宁说那也要打呀，门总要打开。米米跑着，说也是。

周宁发现，米米一急，就不再口口声声称呼他周老师了，米米不叫他周老师了，也是今天的一个意外收获。老是老师长老师短地叫着，让人心里不由得就会隔起一道篱笆来，像老太太家窗子上架的钢网，通风，通光，但是呢，人却不能通过。

还没忙完老太太家的事，马国伟的电话就打来了，问周宁在干什么，怎么到现在还没见踪影。又要挟说周宁再不到，他和刘明堂就连汤都不给他留了，一会他直接去买单就行了。

你们发发慈悲，周宁说，把人家店里啃不动的那些桌椅板凳给留下就行了。

从二楼上下来，周宁看看手机，已经六点半了，就问米米一起去吃饭好不好？米米说当然好，不过，今天必须是由我来请客，因为你陪着我辛苦了一半天。

周宁说："怎么都好，重要的不是谁请谁，大家坐在一起说说话嘛。"

两个人一进包间，马国伟就从椅子上弹跳了起来，脸上堆了一脸的坏笑，握着米米的手说："怪不得周宁磨磨蹭蹭地到现在才来，原来是和米管家在一起。"

米米说："是我耽误了周老师的时间，我先给大家道歉。我们小区里有位大妈把自己关在了门外头，可家里的炉子上还煮着粥，她怕粥冒出来熄了炉子，泄漏了煤气，就跑去找我，赶巧周老师也在楼下，就一起去帮忙了。今天下午，真的非常感谢周老师，所以我就跟着周老师来请客了。"

什么是近水楼台先得月，马国伟说这就是近水楼台先得月。周宁住在米管家管辖的小区里，赶上这样学雷锋的光荣任务，当然有优先权了。米管家，我现在能不能申请，也住进你们的小区里去？以后再有这样艰巨的任务，也给我一次踊跃表现的机会。

"当然热烈欢迎，"米米说，"回头我就给你留心一下，看看小区里有没有出租或是卖房子的。不过到时候，你可别推托说没有在我这里申请过。"

等周宁给米米和刘明堂介绍完了，马国伟就笑着问刘明堂："怎么样刘行长，周宁的这个管家漂亮不漂亮？"

刘明堂非常绅士地笑着说："不是漂亮，是非常漂亮。"

看着刘明堂和米米脸上各自的笑，周宁忽然觉得，他们两个人并不像是初次见面的样子。特别是米米，有一瞬间，她眼睛里仿佛还滑过了一丝不易觉察的躲闪。周宁不由得有些奇怪，心想女人怎么都对财大气粗的刘明堂表现出一副退避三舍的样子呢，范明明和刘明堂是同学这个样，米米怎么也是这个样？

一顿饭吃下来，周宁看着他们，越来越相信自己的直觉：米米和刘明堂以前肯定认识。

从酒店里出来，马国伟自告奋勇地去送米米，周宁就去送刘明堂。刘明堂有个习惯，别人请他出来吃饭，他自己从来不带车。上了车，周宁假装开玩笑地说："马国伟这小子，一看见米经理这样的漂亮女人，就跟蜜蜂看见了鲜花似的，不沾惹上一身花粉，酿出一滴蜜来，他是死活也不会甘心。"

刘明堂果然只是哼哼地笑了两声，并没有往下接周宁的话。刘明堂不接话，周宁就不再往下引米米，只是心里更加确定了，他们是认识的。

把刘明堂送回去，周宁回家冲了个凉，正准备上床，手机却响了。周宁想这时候还打电话来的，一准是马国伟。拿起手机一看，竟然是米米。米米说她没有别的事，就是看见周宁在桌上喝了不少酒，问问他到家了没有。又说本来说好了她请周宁的，没想到还是被周宁请了。周宁说不就是一顿饭嘛，你要是过意不去，那明天晚上就由你来请我。米米说那就说定了？周宁说，说定了。

米米开始道晚安了，周宁才把问她和刘明堂是否认识的想法压了下去，嘲笑自己什么时候变得这么无聊，开始去窥探别人的隐私了？是因为老婆范明明，还是因为这个米米？

想着范明明和米米，周宁忽然觉得心里乱糟糟的，把空调的温度调到了十八度，还是有些燥热。

在饭桌上遇见了刘明堂，这让米米也颇感意外。后来她见刘明堂只是微微地笑了笑，点点头，并不表现出以前认识她，她也就笑着，全当初次认识他。看着刘明堂的神情，她更加肯定，他一定是后悔和她说了那些事情，所以现在才故意冷淡着她，不愿提以前。

这个晚上，米米觉得心里浮沉不定，又被刘明堂带回了给吴总做管家的日子。米米想自己没有像老贾说的那样，成为狼们在床上共享的晚餐，但却是怎么品味怎么觉得自己成了隔夜的饭，除了一身馊馊的酸味道，别的什么滋味也没有了。

米米心里乱得像马蜂窝，马国伟把她送到楼下，车还没停稳，她就快速而礼貌地嘱咐马国伟，喝了酒，回去的路上一定要小心。这样，她就掐灭了马国伟可能冒出来的任何一个想到她家里去的借口。

进了家门，坐在门口的垫子上给周宁打完电话，米米就甩掉鞋子，奔到酒柜前，拿过一瓶洋酒对着瓶子喝起来。心里唯一的一个念头，就是把自己灌个烂醉。

当了吴总的私人管家后，米米成了新闻圈里茶余饭后的新闻人物，自然也成了在区政府里做小官员的丈夫攻击的对象。他说你放着一个堂堂的记者不干，去那种地方，简直是自甘堕落。然后又问她知道一个女人在夜总会里混，意味着什么吗？好女人谁会到夜总会里去混生活！见她死不回头，他就恨铁不成钢地说："你自己愿意在那潭烂泥里打滚，混成鸡头凤尾那是你自己的事，但是，你不能玷污了我和儿子。"

当下，就给了米米两条选择的路线，一条是继续留在那个乌七八糟的沙龙里，当什么私人的破管家，继续和那些杂毛男人混在一起，但前提是必须离婚；一条是抽身回来，再去干原先的记者，那么就夫妻相安无事，日子照样花团锦簇地过下去。

米米是个自主惯了的女人，最受不了别人强硬的胁迫，所以，就义无反顾地选择了前者。

两年之后，吴总的岳父突然病死了。大树倒了，趋炎附势的人该散的就散了，夜总会门前的车，就渐渐地稀少了。没了鼎沸的人气，沙龙当然就只有摘幌子关门。沙龙停了业，米米真正沦落成了吴总的家庭管家，管着吴总家中里里外外大大小小的事情。再后来，是吴总的老婆从国外陪儿子上学回来，一脚踏进家门，看见了米米，就冷笑着说："吴总，老头子一闭眼，你就鲤鱼跳龙门了，怪不得迟迟不肯让我回来，原来是家里养了名贵的花了。"

吴总抱歉地看了眼米米，只好先让米米回了家。随后，吴总给了米米一套高档住宅，又把一个小区的物业公司送给了米米，把米米打发了出来。

开始，米米想找人帮她打理物业公司，她自己再干点别的，但她到这个小区里转了一圈，了解了一下小区居民的情况后，就改变了主意，突然喜欢上了这个环境优美的小区，想和这些手里无权无势的小市民生活上一段日子。

她父母都是一所职业中专的老师，她从小就是在校园的宿舍里长大的，进进出出看见的，也大多是头顶着粉笔末子的老师，所以她老是觉得自己的人生缺乏真正的市井气息。大学毕业当了记者后，她就喜欢写一些小市民的喜怒哀乐。现在，终于有机会和这些生活在社会最底层的人群彻底搅和在一起了，她想自己正好可以做回一粒泥沙，在这里一边疗伤，一边看看真正的小市民是如何在泥沙里挣扎着生活的。走马上任后，为了能真正走进小区里居民的生活中去，她就亲自上门收水电费。

这段日子，米米一直在想，她注意上周宁，是不是就在第一次去他家里收水电费的时候？

那次，周宁的老婆打开门，听米米自我介绍完了，就领着她去查水表。米米看完了水表，就走到周宁家客厅的茶几头上，坐在那里按计算器，填单子。从她走进周宁的家，到她收完了钱往外走，周宁始终一声都没吭，一直趴在那个巨大的鱼缸前，在用灯光逗里面的鲷鱼玩，那神态，完全像一个玩入了迷的孩子。

当记者和在吴总的沙龙里做管家这些年，米米自恃见识过各种各样装腔作势的男人，但像周宁这样，让人一眼看上去便感觉无比清澈的男人，她已经多少年没遇上了。她记得自己年轻时候看上那个小官员，并决定嫁给他，完全因为那个男人给她的第一个感觉，就是清澈。但是后来，随着那个小官员的位置爬得越来越高，那种清澈，也就被他浑身污浊的气息缠裹得无影无踪了。米米回到办公室里查看住户的资料，知道了周宁是开广告公司的，老婆范明明是一家单位的会计。一个和各类商人打交道的人，还能给人如此清澈的感觉，这就更让她的心里暗香浮动了。

以后，再到周宁家里收水电费，米米就找着各种话题和范明明聊天，她发现自己已经不能遏制地，喜欢上了这个叫周宁的男人。而周宁和她，却一直是点头之交。

周宁的车被喷了漆的这个早晨，米米接到电话时，心里本来是非常恼火的，这个旧村改造的小区，在车位使用上让她伤透了脑筋。小区里有几栋楼属于村子里的回迁户，这些回迁户在原来村委会的基础上，成立了他们自己的物业公司。他们认为整个小区是占了他们村子祖传的旧址，地盘子理应还由他们继续说了算，所以在强行收取了本村住户的楼下停车费后，不顾她的强烈反对，硬要把回迁户之外其他住户的车位使用权也霸占过去。和她管辖的住户发生了几次冲突后，村里人见车位霸不过去，他们就想出了这样下流的歪点子，往住户的车上喷油漆，还公开叫嚣漆就是他们喷的，把整个小区都搅和得鸡犬不宁。

赶到小区里，看见被喷的几辆车里有周宁的，米米心里的火就消了一些。周宁的车被喷了，她就找到了一个和周宁正面交流的机会。

六

马国伟拿着手机，叫周宁看他的短信，说你看看这条小咸鱼，够不够煽情的，硬让我猜她在木星上的体重是多少。我哪知道她什么时候又跑到木星上去了，我说猜不出来，一条咸鱼，别说在木星上，就是在水星上，还能有多少分量。

小咸鱼的名字叫咸豫，是马国伟的现任女朋友。咸豫说她母亲从年轻开始就特别喜欢戏剧，尤其喜欢河南豫剧，所以有了她后，就给她的名字里取了个豫字。咸豫的身体长得有些扁瘦，又是艺术学院的一名舞蹈老师，舞跳得也如鱼戏水。马国伟呢，平常在朋友们面前，总习惯把他的女朋友说成是下酒的菜，因此大家见了咸豫后，理所当然地就把咸豫叫成了小咸鱼。

小咸鱼又发来短信,骂马国伟是木头脑子,一点也不懂情调,说她现在正在省科技馆里呢。马国伟说玩情调我都能做你的祖师爷了,你还给我玩什么情调,就把电话拨过去,问小咸鱼没事跑到科技馆里干什么,那里是不是新开辟了去木星的旅游航线。小咸鱼在电话里笑喷了,说马国伟的脑子看来还没完全被虫蛀坏了,还有点想象力。

马国伟有些得意地说:"我在睡梦里的想象力,单比颜色可能就比你丰富上十倍。说,你在木星上的体重是多少?是不是只剩下鱼刺的分量了?晚上别把我扎泄了气就行。"

小咸鱼说:"本小姐现在不想告诉你了。我刚才从木星上返回的时候,突然失忆了。"

不讲你可别后悔啊,马国伟威胁说,看我敢不敢在电话里一巴掌扇过去,让你彻底失忆。小咸鱼说不和你开玩笑了,人家想和你说点正经事。马国伟说你能有什么正经事,快说,我在周宁这里,一会还要陪周宁去见个客户呢。小咸鱼说没有耐心听拉倒,我还没有耐心说了呢。马国伟说不差一丝一毫,你是不报应不爽是吧?再敢耍性子,小心晚上我压扁了你。

看着马国伟虚张声势的样子,周宁就在一边想,那条小咸鱼本来就够扁的了。

小咸鱼忽然在电话里放低了声音,鬼鬼祟祟起来:"我是想问你,周宁和他老婆现在的关系怎么样了,是不是还冻着?没有离婚吧?"

"你怎么忽然想起来问这个?"马国伟扫了眼周宁,怕周宁听见,就抬脚走到窗子前,拉开窗子,眼睛在米米住的那个小区里的楼顶上游移着。

电话里小咸鱼的声音神神秘秘的,真有点像从遥远的木星上传来的。小咸鱼说:"我上午在一个咖啡店里,看见他老婆和一个男人在一起,你猜猜那个男人是谁?就是银行的那个刘行长,常和你们一起喝酒的那个。"

马国伟的眼睛离开了米米他们小区的楼顶,移向后面的绿色小山,说那有什么,老同学凑在一起聊聊天,喝喝茶,没什么大惊小怪的。

小咸鱼说:"我知道他们是同学。但他们可不像同学在聊天,倒像是一对旧情人在约会。后来两个人还在那里小声争执起来,然后,他老婆扔下刘行长就走了。她走后,刘行长一脸的沉闷,又在那里坐了好久,才站起来离开。"

"好了好了,"马国伟说,"你就只当什么都没看见,记住没有?"

马国伟对着电话里的小咸鱼左嘱咐右叮咛的，虎着张脸，一脸的严肃。周宁看见了，说你装腔作势的，又拿什么事唬人家？

马国伟推上窗子，笑着说："逗她玩呢。这条小咸鱼，没事了就爱翻个水花。刚才给人计算在木星上的体重上瘾了，还想问我你的体重是多少，说也要帮着你计算计算，看看你在木星上有多重。"

"在木星上有多重？这倒有点意思。"周宁说。

这些日子，周宁的公司运行得很不顺利，有一家客户突然改变了宣传计划，事先也没通知他，就突然来叫他撤广告，把他弄了个措手不及。都是老客户，周宁不好说什么，只好赶紧拉着马国伟，到马国伟姑姑的县里，去找临时客户顶这档栏目的广告。临时顶急的买卖，价格当然是低了又低，周宁算算，基本上就没什么利润了。手下还有一摊子人等着拿工资呢，周宁就有些上火。马国伟说电视台里的广告费都预交上了，你总不能一个劲地给自己的公司打广告吧？那样，还不更赔得你想去卖老婆。话一出口，马国伟就发觉自己说走了嘴，看看周宁，周宁的眉头果真就拧了一拧。

除了公司里运行不顺让周宁上火外，眼下让他上火的另一件事，就是老婆范明明了。前几天，他正被广告的事弄得焦头烂额，偏偏范明明又给他的手机上发来了最后通牒，说她已经写好了离婚协议书，他有空的时候，不妨去她那里签个字。看完短信，周宁当着马国伟的面就把手机摔在了地上，骂范明明是不是提前到了更年期。他想两口子过日子过久了，腻味了，感情疲沓了，学着眼下流行的游戏玩玩冷战，寻寻刺激也未尝不可，但你不能认了真，竟然要离婚呀。离婚也行，你总得说出个令人信服的离婚原由吧！马国伟在法院里给人家断案子，还得讲究坐实了各种证据呢，哪能无理无据的，就把一个案子胡乱给判了。

从范明明搬到另一套房子里开始，周宁的脑袋都快挖空了，也没找出他和范明明的毛病到底出在了哪儿。夜里冷静下来，他把自己和范明明在脑子里摊开，从根到梢地捋，觉得他和范明明的冷战，似乎就是从他和刘明堂来往开始的。他始终想不明白的是，和刘明堂来往，怎么就动摇了他和范明明十几年的婚姻呢？

有时候，周宁的脑子里也会冒出另外的想法来，那就是范明明和刘明堂的关系，也许并不是单纯的同学那么简单？往往是这个想法一冒出来，他就把它们掐断了。他想感觉这个东西，有时候是不是也能骗得人眼花缭乱？即便范明明在大学里和刘明堂是恋人，那么现在，也不至于就成了范明明提出离婚的直接因素吧？从范明明的言行举止上看，她不喜欢和刘明堂有过多的接触，绝不是装出来的，就连吃饭，她都不去参加。另外，他和刘明堂来往这么久了，根据他的观察，刘明堂并不是一个没有道德底线的人。

结婚十几年来，范明明在周宁的眼里，不说如同一张白纸一样，看上去一清二楚，至少，周宁自觉对范明明也是了如指掌的。范明明除了对人有些冷漠，不喜欢和人交往外，对他和家庭都是百分百的称职。现在的形势，为什么就像一匹脱缰的野马，完全失了控呢？

心里压着范明明要离婚这把火，周宁应酬着和客户吃饭，也吃得非常潦草。

和客户吃完饭，已经十点多了，马国伟看着周宁的脸色，说经济危机都已经渡过去了，干吗还一副忧心忡忡的样子。提个议，请你们米管家出来喝喝茶怎么样，反正回去也是闲着。

现在，周宁不想听见马国伟当着他的面，对米米说那些调笑的混话了，就看看手机，犹豫着说都这个点了，还方便吗，算了吧！

马国伟笑嘻嘻地说，试试呀，不试怎么知道手里的刀子快不快。这么热的天，就这个点，才是宵夜的好时候呢。

给米米打完电话，马国伟说怎么样，有些女人就是这样，你什么时候叫她出来，时间都合适，特别是像米经理这样有味道的独居女人，虚度了如此长夜，多浪费呀。

周宁心里一惊，说："你怎么知道她一个人独居？她儿子都读初一了。"

"要不我说你这个思维太传统型了呢。有儿子的，并不是屋底下非得都有丈夫。我不仅知道她现在独居，还知道她曾经做过记者，给那个姓吴的地产老总当过私人管家。我说过，她肯定不是一汪清水。事实证明，我这个法官的眼睛还是有那么一点法力。" 马国伟说。

米米身后的底牌突然被马国伟给亮了出来，竟一下子闪得周宁有些发蒙。他想一个人背后的故事，真的是可以复杂得像戏剧一样。

夜晚的街道，在闪烁的灯光里透迤着，给人的眼睛里涂上了一层如梦如幻的虚无。周宁看着有些空旷起来的街道，觉得它特别像一个谢了幕的舞台，除了那些打扫场子的人不得不留在场地里，收拾着还没有收拾完的残局外，其他所有的演员，都退回到了后台，退回到了他们各自的梦里。他想对于一个演员，是不是只有这时候，谢幕后，回到了梦里，他们的内心，才真正属于他们自己？

看着灯火汇集起来的色彩迷离的大街，周宁心里忽然漫上了一种丢失了方向的恐惧感。他想起自己在大学里做讲师的时候，手里没有几个小钱，日子过得清贫，但心里天天装满了自足和快乐。晚上回到家里守着老婆孩子，一盘牙签羊肉，就能让老婆尖叫，儿子蹦高。现在呢，手里有一个价值千万的广告公司，房子有两套，车和老婆一人一辆开着，家却趴窝了。

看看街上的行人，周宁便让马国伟到茶馆里等米米，他自己先在街上走走，透透气。马国伟看看他，说你一个人行吗？周宁说我又没喝醉，你看我走路打晃了吗？米米来了后，你就给我打电话。

周宁一个人走在街上，大口地呼吸着浑浊燥热的空气。空气里混杂着一缕一缕烤肉串的味道，周宁扭头找了半天，也没找到那些熏人的烤肉味是从哪条拐弯的小巷里蹿过来的。倒是马路上的车辆和行人，都在他的眼睛里晃动着，张贴在夜的背景上，像一幅一幅的剪纸。

到了一个路口，周宁停下来，往四下里看着，选择着往左走，往右走，还是一直向前。他站到一盏路灯下，从包里摸出一枚硬币，想抛一下，让硬币决定自己的脚要往哪个方向迈。但把硬币抛起来，等了半天，也没听见它落到地上的声音。周宁就笑了，自言自语地说这个硬币不会也被风请去喝茶了吧。就是去喝茶，也该回来了。

他正左右地找着，就有一只纤细的手伸到了面前。他看见那只纤细的手里托着的，正是他刚才抛出去的那枚一元的硬币。他就看着那只手说："现在连钱也学会六亲不认了，明明是我抛出去的硬币，它被风请去喝完茶，回来一落，竟然就落到别人手里了。"

那只托着硬币的手，把硬币放回了周宁的手里，声音里含着糖精似的笑着说："你的硬币没有被风请去喝茶，因为它还没来得及去赴约，就落在了我的手里。先生你呢，能不能拿着这枚硬币，找个地方请我去喝杯茶？"

听见声音，周宁这才注意到，自己跟前站的是一个装扮时尚的女孩子。女孩子在一街流光溢彩的灯火里，好像特别生动和漂亮。

看了女孩一眼，周宁就明白自己遇上了一个什么样的女孩子。他突然想学着马国伟,要个流氓逗逗她。马国伟说过一个茶壶配几个茶碗的段子,周宁想现在的女孩子,恐怕没有不知道茶壶是什么玩意的。他就说:"请你喝茶?好啊,但是你必须告诉我,你知道一壶茶有多少种喝法吗?还有,喝光了一壶茶,需要几分钟才能烧开另一壶?"

女孩子从周宁的手里抓过那枚硬币,往四下里看了看,看见了坐在路边乞讨的一个残疾小女孩,一转身就把硬币扔进了女孩面前的搪瓷缸子里。缸子里很清脆地响了一声。女孩子说现在就只有这一种喝法,神经病,看上去很风趣的样子。

扔完硬币,女孩子在残疾小女孩的感谢声里,气冲冲地转身走掉了。周宁看着女孩子有些愤怒的背影,忽然就笑出了声,大声说我风趣吗?看来你的神经也不是非常好,要不,你怎么能看出我很风趣。

女孩子头也没回,没再搭理他。周宁有些失落,觉得自己刚才的流氓是不是耍得有些过分了?抑或,人家女孩子也和他一样,只是想找个陌生人说说话,消解消解心里那些挥之不去的压抑呢,自己是不是就误解了她。女孩子扭动的腰肢摇曳着,比夜色里的米米更具有一种动感和质感,周宁看着,心里就有了一丝悲怆,开始看着女孩子的长头发,在默默地计算着它们的长度。

正计算着,马国伟的电话就打来了。马国伟说你的风要透到什么时候,茶都凉了。

周宁走回来,在茶馆里找到马国伟和米米时,马国伟大概刚讲完一个什么有色笑话,因为他看见米米在低着头笑,马国伟的眼睛里则在放射着愉快的光芒。马国伟每次讲了逗女人开心的荤段子,眼睛里都会放出这样的光芒。

看见米米被马国伟逗得那么开心,周宁心里不觉有些泛酸,心想自己连一个女人都应付不好,却还想学着马国伟的样子,给另外的花授粉。他有意停了停脚步,等米米笑过了,才走过去,说你们都把茶喝几遍了?

马国伟说:"你还好意思问我们茶喝几遍了。刚才就是在街上有了艳遇,也该想想人家米管家的板凳在这里坐冷了没有。"

米米站起来,往里靠了靠,让周宁坐在她的旁边。马国伟看了,立即坏笑起来,说:"米管家,我一晚上的感情都算是白投入了。你看,周宁一来,你马上就偏离了我这条航线。"

七

　　站在夜色里，看着家里黑洞洞的窗子，范明明猜测周宁一定又在哪里喝多了酒，找地方喝茶去了。范明明讨厌喝醉酒的味道，所以周宁喝多酒的时候，就会去喝茶，喝到半夜，喝到酒醒了，酒味消了，才会回家。现在范明明不在家里住了，周宁依然是这样。范明明想一个人的习惯养成了，改起来真不是想象的那么容易，就像她，人住在另一套房子里，可是生活呢，却一切都在照搬着和周宁一起生活时的那些习惯，做饭还是周宁喜欢吃的口味，夜里睡觉，床头上还是开着周宁夜里晚回来时，为他照明的夜灯。

　　坐在芙蓉树下的石凳上，看着两边楼上渐次熄灭了灯火的窗子，范明明想着她和周宁十几年的生活，心里不由得又苦笑了起来。上帝总是公平的，你戏弄了一次生活，生活就会两次，甚至更多次地跟在后头戏弄你。不信，你就可以去染染指，试一试自己的运气。现在，范明明想，自己就已经等到了这种加了利息的偿还。

　　在过去的十几年里，她和周宁一直生活得波澜不惊。这些错觉都让她渐渐地以为，上帝已经放过了她，赦免了她，悬在她头上的那把随时会落下来的利剑，也早被上帝收回了匣子中，放在了他的兵器库里。但是，就在她觉得乾坤朗朗，世界上到处春暖花开，天下一片歌舞升平的时候，那把利剑，就直直地飞过来，刺向了她，冰冷的剑锋，竟是直抵她的死穴。

　　已经夜里两点了，周宁还没有回来。范明明从石凳上站起来，走到草地边上的空旷地里，仰头看着天上稀稀疏疏的星星。想着和周宁一起仰头看星星的那些夜晚，眼泪就下来了。她吸了吸鼻子，看着夜空中的一架飞机，飞机闪烁着亮晶晶的夜灯，划过了她头顶上一片寂寥的夜空，又渐渐地飞向了远方。她低下头，重新在绿地边的石凳上坐下来，看着被黯淡的灯影照得恍恍惚惚的地面，想着白天和刘明堂的约会。

　　早上，她到单位里一停下车，就看见了站在一棵杨树下的刘明堂。刘明堂的神态看上去非常疲惫，好像几天几夜都没有睡的样子。她猜测她的车一进来，刘明堂就看见她了。他站的位置不引人注目，但正好是对着门口和停车场的一个夹角，所有进出的车辆和行人，都会尽收眼底。刘明堂站在树下，并没有走过来，只是眼睛一直在看着她的车。她在车里坐了一会，才推开车门走下来，朝他走过去。一边走，心里就像被人倒进了一杯浓硫酸，疼痛烧得她心里都在冒白烟了。

十几年了，除了去年生日那天被周宁带着去吃饭，意外地遇到了刘明堂，她再没和刘明堂见过面。刘明堂现在来找她，她想，一定是知道了她要和周宁离婚的事。周宁的事瞒不过马国伟，周宁和马国伟又时常跟他一起喝酒，当然也就瞒不过他了。

范明明走到刘明堂跟前，心情杂乱地说："我们不是早就说好，永远不再单独见面了吗？"

"现在不是说这些的时候，"刘明堂说，"上我的车，我们找个地方说话去。"

前几天，范明明已经给周宁发出了离婚的最后通牒，所以，她不想在离婚的关键时刻，和刘明堂多纠缠一些什么，以免周宁知道了，再生出另外的一些枝节。现在，她最害怕伤害了儿子。范明明就轻轻地摇了摇头说："现在不行，我得上班，有事你就赶紧说吧。"

刘明堂没理会她说什么，只是不容置疑地离开树下，径自走到他的车跟前，打开车门上了车。范明明看了看周围的行人，只好放弃了刚才坐在车里的想法，跟在后面上了刘明堂的车。她对刘明堂再清楚不过了，他的执拗劲一旦上来了，谁也不能扳回来。当年她把父亲的看法告诉他时，他就说过，他一定要练出那个该死的什么锥划沙的功夫来，练出那些什么见鬼的线条来，让她父亲重新接纳他。只是，还没等他把功夫练成，她的父亲就意外地相中了周宁，并火速地替她作了主，把她嫁给了周宁。这些年里，她知道他走的每一步，其实都是在向她和她的父亲，证明着自己。

范明明坐在车的后座上，看着刘明堂，车外的阳光照射进来，在他有些发福的身上晃动着，晃动得她眼睛都酸了。

她最后一次和刘明堂约会，也是坐在车的后座上，只是那是一辆自行车。那时候，离她和周宁结婚的时间还有一个星期了，而刘明堂还蒙在鼓里，还等待着被她从一堆鹅卵石里重新挑拣起来，用爱情的框子去框起来。她想自己在嫁走之前，刘明堂有权利知道，他一直等待的女朋友，即将消失在哪里。

刘明堂骑着自行车，后面载着她，像飞一样在路上疯狂地奔跑着，吓得她紧紧地搂住了他的腰,闭着眼睛,任凭眼泪像小河里的水一样流淌着。到了黄河边上,刘明堂才从车上跳下来,把自行车往路边上一撂,一言不发地拉起了她的手,朝黄河的河堤下走去。她跟着刘明堂,眼里依然在流着泪,心想他就是把她推进黄河里,她也不会反抗的。如果有可能,她真的愿意和他一起跳进面前汹涌的河水里。

那天,两个人在黄河边上坐了一天,直到太阳跌进了黄河的波浪里,刘明堂都没说一句话。天黑了,刘明堂站起来,拉着她的手往回走时,她一把就抱住了刘明堂。她心里清楚,这一次失去了刘明堂,她就会像父亲当年失去那个他喜爱的女人一样,永远地失去他了。

她的母亲去世后,一个女人曾经对她父亲非常好,还常常顶着一些闲话,到家里来给他们做饭,洗衣。但她想念母亲,不想让另外的女人替代母亲的位置,就和妹妹想着对付那个女人的办法。那个女人又来做饭的时候,她趁着父亲和那个女人嘻嘻哈哈着说话,没注意她的空当里,就在那个女人做好的菜里又加进了两勺子盐。在饭桌上,她故意先夹了一筷子放多了盐的菜,放进妹妹的碗里,让妹妹吃。妹妹一吃进嘴里,就把菜吐了一桌子,哭着要吃妈妈做的菜,说阿姨一定是在菜里放了毒药,想毒死她和姐姐。她看见妹妹哭,也一起跟着大声地哭,一边哭一边喊着妈妈,吓得那个女人看着她们的父亲一直没敢说话。父亲见她们姐俩胡闹得不成样子,气得摔了手里的筷子。那个女人没说话,只是伸手按了她父亲的手一下,然后慢慢地站起来,离开饭桌,眼里含着泪走了,从此再没登过他们家的门。

后来,她看着越来越沉默的父亲,就嗫嚅着对父亲说:"您再把那个阿姨叫来吧,我以后不再偷偷地往菜里放盐了。"没想到父亲拍了拍她的肩膀,叹息了一声后,突然笑了起来,然后说:"不叫了,你们懂什么。我想了这些日子,还真怕我的孩子日后像小流浪他们那样,受了不该受的委屈。好了,现在雨过天晴了。"

小流浪是她的同学,他们的父亲和母亲离婚后,小流浪的父亲就给他和弟弟找了个后妈,后妈进门后,小流浪兄弟俩就整天在院子里流浪着了。他们的后妈嫌他们吵得慌,晚上不到睡觉的点,是坚决不许他们回家的。

那次,她看见父亲笑着说这些话的时候,眼睛里却闪过了一层不易觉察的泪花。就是那层泪花,一直在她的心灵里泛滥着,让她在任何事情上,都不愿意再违背父亲一丝一毫。

八

一回到家里，周宁就看见了范明明放在饭桌上的离婚协议书。他拍了拍脑门子，才想起来，自己说好了让范明明昨天晚上来，他们要坐下来好好谈谈的。至于谈什么，周宁想好了，就是从范明明的口里，弄清楚她要离婚的真正原因。

前两天，周宁对马国伟说："咱们该找刘明堂喝喝酒了吧，好些日子没在一起喝了。"

他现在忙着呢，马国伟说，他没告诉你，这些天他正在活动着，想到南方的一家什么银行去。马国伟这么一说，周宁马上想起了范明明前几天给他发来的离婚通牒，心说不会有这么巧合的事吧？他就看着马国伟，不动声色地说："他在这里正如鱼得水着，怎么突然会想起来到南方去？"

"谁知道！现在的人做事，都神龙见首不见尾的。"马国伟说完了，又嘿嘿笑着补充说，"要不哪天灌醉了他，套套他。他走了，咱弟兄们可就少了个好帮手。"

想来想去，周宁觉得从目前的状况看，范明明是不是因为刘明堂才闹离婚这个问题，好像变得越来越扑朔迷离了，他实在不知道是该去肯定这种猜测，还是应该排除这种想法。这边范明明闹离婚，那边刘明堂忙着往外地去，这里面到底有没有什么内在的关系呢？他已经从范明明一个同学那里探听出来，刘明堂和范明明在大学里的确是谈过一段日子的恋爱。但后来怎么分的手，范明明的同学说："我们大家都不知道具体原因，据说是范明明的父亲不同意，他们才分手的。"

一夜没睡，周宁感觉脑浆子像是被谁挖出来放在锅里煮开了，翻着滚地疼。现在，看着范明明留在桌子上的离婚协议书，他觉得自己的脑子更转不动了，似乎被压成了一块豆腐干。

本来是想回来睡一觉的，现在被范明明的协议书弄得，睡觉的打算完全泡了汤。周宁把范明明的协议书扔在了茶几上，靠在沙发上吸烟。点上了，又觉得口里干涩得吸不动，就想一夜的茶都喝到哪里去了？

他手里夹着烟，拉开窗子，趴在那里看楼下的芙蓉树。芙蓉树上已经结了一串一串细长的绿荚子，那些绿荚子抱成一团，好像要努力着把头顶上方的芙蓉花朵插在头上，而芙蓉花则在风里微微地摇着，就像在摇着头逗那些痴情的绿荚子。周宁看了，就想伸出手去，帮帮那些绿荚子，摘一朵芙蓉花插在它们的头上。正想着，家里的电话就响了。周宁扭回头看了看电话，又继续回过头去看着芙蓉树。他一进家门就把手机关了，想让自己彻底清净一下，所以对现在这个电话，就有些厌烦。但是电话固执地一直在响着，他只好离开窗台，去接电话，心想也许是范明明打过来，问他有没有看协议书的。

电话里是马国伟。周宁说你到没到家，电话就追来了，是不是小咸鱼不让进门了？我说早散了吧，你非要喝到天亮。

哥哥你别开玩笑了，马国伟说我有正事说呢，刘明堂出事了。

周宁心里一惊，脑子一下就不疼了，他有些慌张地问："怎么啦？是不是经济问题？"

马国伟说："要是经济问题就好了，是脑溢血。行里人去上班，看见他倒在办公室的地上，就送到医院里去了，现在正在急救呢。你说这人还活个什么意思，怎么说玩完就玩完。"

马国伟一说刘明堂脑溢血正在急救，周宁提起来的心马上就落了下来。大家都知道马国伟这个家伙，没事了就爱搞个恶作剧捉弄捉弄人，而且搞起来没深没浅。于是周宁就松垮垮地说："你这张乌鸦嘴，能不能说点好听的，上次跑到花圈店里给我打电话，结果我下楼一看，车就被人喷了。你是不是昨天请人家刘明堂来喝酒，人家没来，你面子上难堪了，所以今天一早想起来了，就编排人家。小心刘明堂听到了，拧掉你的脑袋。"

马国伟在电话里跳着脚说："周宁，你以为今天是愚人节，我给你讲笑话呢？你撕开脑袋想想，我们平常闹归闹，可和刘明堂什么关系，我能这么编排自己的兄弟吗！"

周宁就笑了，说你少一本正经，谁你不敢编排。我正要睡觉呢，小咸鱼要是不让你进门，你就到我这里来，少装神弄鬼地找借口。

你爱信不信。马国伟似乎一下子火了，说我可是给你打招呼了，说完就撂下了电话。

周宁看了好一阵子话筒，好像马国伟这会子会像一条虫子，沿着电话线钻出来似的。马国伟没钻出来，倒是电话里的蜂鸣声飞出来，虫子似的钻进了周宁的耳朵里。

周宁愣愣地坐到沙发上,脑袋也不疼了,想这是怎么回事?坐了一会,开始拿起电话来拨打刘明堂的手机,刘明堂的手机果然关着。他不甘心,又往刘明堂的办公室里打,办公室里也没人接。周宁就想这事难道是真的?这样想着,心里和脊背上便不觉有些发冷,觉得生命怎么还不如一片树叶子经得起风吹雨打呢。

赶到中心医院门口找到马国伟,俩人进去一问,手术室里的人并不是刘明堂。周宁狐疑地看着马国伟,马国伟说你别那样看着我,我真没糊弄你。你看看我手机,我给刘明堂打电话想约他晚上一块吃饭,他手机响着没人接,我就又打给他司机,结果司机就说他出事了。

说着,又拨刘明堂司机的电话,问刘明堂到底在哪里。司机说他当时一着急,说错了,他们是在省立医院呢。

马国伟开着警车,路上连闯了两次红灯。周宁心里着急,但还是没敢跟在马国伟后头闯。马国伟的车一闪警灯,就可以说是执行公务,他的车顶上可没有那张特殊通行证,就后悔没把车扔下,坐马国伟的车。关键时刻,还是马国伟的车牌子好使。

两个人一直等到刘明堂从手术室里出来,进了重症监护室,才沉默着一前一后走了出来。一站到院子里,马国伟就说今朝有酒还得今朝醉啊,像刘明堂这样,看来这辈子也上不了酒桌了,然后一巴掌拍在一棵樱花树的树干上说:"走,再喝酒去。"

几片变枯的樱树叶子随着马国伟的声音飘了下来,扶扶摇摇的,一副极不情愿坠下枝头跌落凡尘的样子。周宁看着几片飘落的樱树叶子,忽然就从马国伟的声音里听出了一丝悲凉。

人的情绪有时候是会互相传染的。现在,周宁被马国伟的情绪感染着,心里也有了些凄凉的味道,就有些怏怏的,说不喝了,还是回去睡觉吧,这会子头疼又上来了。

睡什么觉!马国伟说你看老刘,只要不让他像现在这样躺在这球医院里,他肯定愿意三天三夜不睡觉,头痛得像孙悟空被念了紧箍咒也能忍着。

马国伟的情绪看上去异常激动,周宁就不再坚持了。他想自己再坚持的话,马国伟就一定会恼了,马国伟要是恼了,连自己开的那辆警车他都敢砸烂它。他太了解马国伟这个人了,马国伟平常闹归闹,可情感细胞绝对丰富，这些情感，又不仅仅是对女人，对弟兄们讲起义气来，他照样能把脑袋割下来提在手里。这也是很多人愿意和他交往的原因。现在看着刘明堂躺在这里，周宁知道马国伟心里是有了些兔死狐悲的意思，想去借酒消愁。

一箱啤酒下去，两个人都醉得差不多了，也不再谈刘明堂。静默了一会，马国伟用杯子碰了碰周宁的杯子，说："知道吗周宁，小咸鱼竟然告诉我，她怀孕了。"

看着周宁一脸的风平浪静，马国伟醉眼惺忪着说你听了怎么一点也不惊讶？又问："你说要是你，你会怎么办？我是说假如你是我，在毫无思想准备的状态下，忽然听一个女人说她怀孕了。"

什么假如我是你？周宁说这事有假如的吗！假如我是你，我就会负起责任来，赶紧和她结婚，把孩子生下来，养大，再看着孩子结婚生子。

马国伟醉醉地摇着头说："不行，你说的都是过时的话了，你这个思路现在绝对不行了。能这么做的话，我干吗还费着劲给你说。说实话，原先看着你小日子过得顺风顺雨的，我还真这么想过，想把心收了，娶个女人，生个孩子。但是看到你如今的状况，还有现在不死不活的老刘，我心里刚竖起来的那根杆子立马就折了。要是哪一天，我的婚姻也像你这样，突然就没了油熄了火，或者干脆和刘明堂似的，忽然就生不如死了，岂不是害了我们每一个人。周宁，看在咱们兄弟一场的份上，你替我拿拿主意，看看怎么才能说服小咸鱼，让她去弄掉肚子里的孩子。"

透过玻璃窗子看着外面路上的行人，周宁说不想害她们，你干吗还让人家怀孕？你不是一直在标榜自己，说你有什么奇门绝技，绝对不会让和你上床的女人怀孕吗？

美国发射火箭还有失败的时候呢，马国伟说，再说，现在的女人都像手机上那些垃圾短信似的，简直让人防不胜防，你又不能一直关着机。谁知道是不是他妈的小咸鱼在算计我。每次我喝多了酒，醒来就会发现被她强奸了，那个时候，我哪里还知道用什么奇门绝技。

周宁笑起来，说你玩了一辈子鹰，也该被鹰啄上一口了，要不，这个世界就对被你骗上床的那些女人太不公平了，哪能天下的风光都让你占尽。所以，你现在最好收起渔网，立地成佛，乖乖地回去和小咸鱼结婚去。

什么叫骗上床，你能说春天里盛开的那些花，都是被春天骗开的吗？

至于结婚，马国伟说我脑子可没被冰雹砸了，像你似的后院弄得一团糟，还不知道火是从哪里烧起来的。马国伟想起小咸鱼说的，范明明和刘明堂约会的事，就拐着弯地说，范明明要跟你离婚，是不是你外面有了女人，惹急了人家？范明明那人，十分不伤心到九分，我猜她不会想到离婚上去。

　　想起范明明放在饭桌上的离婚协议书，周宁的脸就稍稍变了色，瞅着马国伟说你这么说简直就是侮辱我，你以为天下的男人都跟你似的，个个是情种花迷。我要是有半个女人，还能逃过你那双专门寻花问柳的眼睛？

　　看着周宁的脸，马国伟脸上又冒出了一串坏笑，说我又不是你的影子，能二十四小时跟着你。不过，你和那个米管家眉来眼去的样子，骗得了你们自己，可骗不了我。我是谁？米米这个女人，当过记者，干过私人夜总会，自然比一般的女人见过些世面，我试探过几回，她硬是没让我找到下手的缝隙。可是一到你面前，你看她那些所谓的正经，就彻底土崩瓦解，洪水泛滥了。还有你，平常一副正人君子的模样，我那些女人，你眼皮都不撩一下，只拿她们当下酒菜。但一和米米混一块，你看看你蠢蠢欲动的样子，现在还敢说自己没有半个女人？

　　说到米米，周宁就软了下来。他原本想反驳马国伟的，但米米的影子在心里晃来晃去的，让他始终说不出话来，他就端起杯子来假装喝酒，用来掩盖着自己的窘态。

九

　　在芙蓉树底下停好车，周宁刚从车里钻出来，就看见了米米。米米手里提着收水电费的手提包，正朝他这里走来。周宁知道米米是趁着晚饭后的这个空隙，去收水电费了。米米收费，从来都选在这个时间段，她说这个钟点，几乎每家都会有人在。

　　周宁站住了脚，摇晃着手里的钥匙，说米经理又在加班？

　　米米正在那里看着周宁在灯影里晃晃悠悠的身子笑，听见周宁说话，就说你的应酬可真够多的，一天没看见你的车，你一天都没休息？

　　周宁说："你说你一天没看见我的车？这就是说，你也一天没休息？"

　　米米说不愧是当过大学老师的，找起纰漏来一套一套的，让人不能有丝毫漏洞。周宁说你也不愧是当过记者的，任何蛛丝马迹，都逃不过你的眼睛。周宁一说完，米米就笑了，说我们干吗站在这里互相捧杀。

周宁有些醉眼迷离地看着米米说："刘明堂突然出了点事，弄得心里一天特别乱，和马国伟又喝了一下午的酒。"

说完，也不看米米的反应，周宁转身就朝楼里走。他知道米米会跟他走的，昨天晚上喝茶，趁着马国伟去洗手间的空，米米就悄悄地把手放在了他的手里。他握着她的手，就从眼睛里看见了她想要的东西。

看见周宁的眼睛，米米就知道他心里在想什么了。她没吱声，跟在周宁身后往楼上走，心里想着那个刘明堂究竟出了什么事。

一进屋，周宁就在黑暗里抱住了米米，好像在这样的黑暗里抱住她，是他一个蓄意已久的阴谋似的。米米的身体微微颤抖了一下，手里的包就扔到了地上，然后似乎是漫不经心的，就环住了周宁，像春天的水面，肆意地在周宁的怀抱里荡漾起来，冲击着，泛滥着。周宁的思想、意识和身体，就在米米那些漫不经心的荡漾里澎湃了起来。他听见米米在喃喃地说："周宁你喝醉了是吗？你喝醉了是吗？"

窗子外的灯光透过窗纱射进来，照在他们脸上，周宁闭着眼睛，仿佛也能看见月光照射在了小溪流淌的水波上。潋滟的水波，在月光里闪着明媚的光辉，他的身体已经被清澈的小溪水包围了起来。这条小溪，是他寻找和等待了几个世纪的。

小溪被凶猛的洪水淹过之后，米米把脑袋拱在了周宁的胳肢窝里，像一条刚刚经历过一场风浪的鱼，在安闲地回味着刚才的风浪。周宁抚摸着她脊背，忽然想起了刘明堂，便问道："还记得刘明堂吗，就是二楼的老太太把自己锁在门外那次，我们一起去吃饭，你和他不冷不热着打招呼的那个行长。"

记得，米米说，你在楼下不是说他出了事吗，是不是因为贪污受贿被抓起来了？这样的事，报纸上天天报道，但还是天天有。

不是被抓了，是忽然脑溢血，今天住进了医院。周宁叹息着，说世事真是难料，谁能想到他会突然脑溢血。哎，那次咱们一起吃饭，我老觉得你和他好像早就认识似的。你们是不是真的早就认识？

米米的一只手在周宁的身上游动着，自我嘲笑着说："你忘了，我在全市规格最高的夜总会里呆过几年，怎么可能不认识这样大牌的财神爷。"

"既然认识，那你们干吗都装作不认识？"

"他在假装不认识我，我当然也只能假装不认识他了。要不，就有失公平了。"

周宁说是这样呀。这个刘明堂搞什么鬼，平常可是从来没见过他这样。对了，是不是他在你那个夜总会里有过什么出格的事，握在了你手里？顿了顿，又说这也不对呀，他要是有把柄在你手里，还不死乞白赖地讨着好收买你，哪能对你一副不冷不热的脸子。

有些事可能他心里拿不准，所以才那样，米米说，动物保护自己会有各种各样的手段和方式，为了保护自己，用什么方式都不足为怪。你看臭虫和黄鼠狼，它们保护自己的方式，就是对着可能给自己带来伤害的对象，放出一股子臭屁。

周宁哼哼笑着翻了一下身，在窗外透进来的淡淡亮光里俯视着米米说："这么说，他真有什么秘密握在你手里？快给我说说，是什么事让一个善于谋算的行长，在一个美女面前变得这么不自在起来，居然想用距离这个臭屁来蒙蔽自己。"

米米笑着勾住了周宁的脖子，说你怎么像个大孩子，一听见别人有什么秘密了，就跟着瞎激动。其实别人的秘密，和我们有什么关系呢。再说，无论他曾经有什么秘密，现在都脑溢血了，结果还不知道是什么样子，还说他干吗。

"他好好当行长的时候，你不说，我肯定不会再问下去。现在他都这样了，说说又有什么关系，只当说玩话了。"周宁说。周宁怂恿着米米，想让她说出刘明堂的秘密来，是因为他在想刘明堂的这个秘密，会不会和范明明有什么关系。

"那次是过平安夜，他在夜总会里喝醉了。"米米说，"一个醉酒的男人说的话，可能是真的，也可能是胡话，所以我觉得不能算数。他问我知道一个人有了儿子不能说也不能见的滋味吗？"

"我怎么听得有些糊涂了，"周宁说，"我可知道，他生的是个女儿，我去过他家。刘明堂这个人，虽然我和他接触了还不到两年，但觉得还算了解他，他外面绝没有养的女人。"

"不是非得在外面养女人，才能有儿子。"米米摸着周宁的耳朵说，"动动你过去当大学老师的脑子，再动动你现在当广告策划人的脑子，人家是年轻时候和初恋女朋友生的。他说他的女朋友怀着他的孩子，嫁给了另外一个男人。"

米米是在一个圣诞节的晚上，用记者敏锐的鼻子嗅出刘明堂那个秘密的。那一天，整个夜总会里被她布置得如梦如幻，服务员们都穿着红色的衣服，戴着圣诞老人的帽子，自助餐更是丰富得不能再丰富，仅仅是酒，就有十几种。大家先是集体狂欢着，畅饮着，后来就渐渐地分成了若干小集团。刘明堂所在的这个圈子里，全是清一色生了女儿的。她弄明白后心里就笑，觉得这些人也真是可爱，全是生的女儿，竟也是组成一个圈子的借口。

到半夜里时，大部分人都醉了，小圈子也就分崩离析了。刘明堂一个人坐在那里，看着空空的酒杯出神。米米看见了，知道又遇上了一位醉酒后心事就重的主。她就拿着一瓶酒，亲自过去给刘明堂斟酒。刘明堂看着给他倒酒的米米，忽然笑着说："米管家，你能不能让我敬你一杯酒？在这个平安夜里，我看见你，忽然就想起了许多过去的事情，觉得平安和幸福，其实是最飘渺，最不能把握的东西。"

平时来的时候，刘明堂一般不是这个样子，他总是非常绅士地坐在那里，慢慢品着酒，看到米米也只是轻轻地点个头。米米想这个家伙看来真是喝高了，她就微笑着，招呼一个服务员拿来杯子，陪着刘明堂喝酒。

几杯酒下去，刘明堂还要她陪着喝，她就摇着头说不行了，她要是喝醉了，还怎么招呼客人。刘明堂点着头，问她结婚了吗。她说儿子都上小学了。刘明堂忽然就感伤地说："我也是有儿子的，只是我的儿子，我却从来没有见过。我女朋友怀着我的儿子嫁给了另一个男人。你知道有儿子不能说也不能见的滋味吗？"

看了看周围，米米见并没有人注意他们，她就拍了拍刘明堂的手说："刘行长，我带你找个房间休息去吧。你先休息一下，我再陪着你说话。"

把刘明堂安排进房间里，米米的心就怦怦地跳了起来。她明白，在这里，任何人的秘密她其实都是不应该知道的。知道了，也只能当作这个人说的是醉话。

平安夜之后，米米尽管听说刘明堂已经从副行长的位子上转成了正职，但他却很少再到沙龙里来了。米米想，也许平安夜里他说的那些醉话，他都还隐约记得，所以就不想再到沙龙里来，看见知道他秘密的人了。

米米的话说到这里，周宁的酒就已经完全醒了，脑子也空了。他仿佛看见自己的脑子被米米手里举起的铲子轻轻地那么一铲，就给整个地挖走了，像挖一铲子沙土那么容易。周宁眼睛空洞地看着米米，说你怎么编出了这样离奇的一个故事来？

十

周宁三天没回家住了。看着家里的每一样东西，他心里都堵得透不过气来。

米米走后，周宁先是把范明明的离婚协议书撕了个粉碎，接着就把门口的鱼缸砸碎了。鱼缸里的鱼随着鱼缸的破碎，和水一起流落在了地板上，他坐在那里，怎么看怎么觉得自己就是那些在玻璃渣中间跳舞的鱼，左蹦右跳，都找不回活命的空间和水域了。

他早已经确定，刘明堂的初恋女朋友就是范明明了。但是，如果自己的儿子就是刘明堂说的那个儿子，这事是不是也太离谱了？虽然人们常常会说人生如戏，可演在他身上的这场戏算是哪一出呢？他不想去问范明明，当然也不能去问刘明堂。躺在重症监护室里的刘明堂已经像一堆废品，什么都不能说了。他想他即使现在没脑溢血，自己又能怎么样呢？去和他对簿，把儿子推出来，让所有的人都知道他给别人养了十几年的儿子？还有，刘明堂这两年里给自己提供的所有帮助，又是什么呢？那纯粹就是一个阴谋，而自己还一直在为他的这种帮助沾沾自喜，感激涕零，甚至感恩戴德着。

已经凌晨了，广场上开始冷清下来。周宁看看四周，发现只有一个瘦弱的孩子坐在不远处的草皮上，样子特别像自己的儿子。他走过去，问孩子这么晚了怎么还不回家。那个孩子躲躲闪闪的，说他没有家，他一直就在这里睡觉。周宁心里一酸，问孩子晚上吃的什么。孩子说今天很倒霉，捡瓶子卖的钱又被人偷走了，他只好喝了一肚子水撑着肚皮，要不就会饿得睡不着觉。孩子看了周宁一眼，说："我不和你说话了，再说话我就更饿得睡不成觉了。"

周宁听了，忽然心疼起来，说我领你去吃饭好不好？你想吃什么，叔叔就请你吃什么。

孩子疑惑地看了会周宁，说："你不是想请我吃完了饭，再让我去干坏事吧？我情愿饿着，也不去做偷和抢的事。我是出来打工挣钱的，钱丢了，又找不到活干，才想到捡瓶子。"

"我的儿子都十五岁了，"周宁爱怜地说，"你看我像教唆你干坏事的人吗？你多大了？能不能给我说说家是哪里的？"

孩子犹豫了一会，然后说他十六岁了，是从山西来的，他父亲在煤窑里干活时砸断了腰，躺在床上不能动弹，现在由爷爷照管着。他母亲原先在煤窑边上摆了个面摊，父亲砸断了腰后，她就和一个外地去的小包工头跑到山东来了。他从家里出来，就是想一边打工挣钱，一边找母亲。可是下车后，发现买票剩下的几十块钱都丢了。他去好几个地方找活干，人家都嫌他长得瘦小，不雇他，所以他就流浪着，想捡了废品卖一些钱，当回去的路费。他说他想好了，不找母亲了，要回去到煤窑里干活挣钱，好养活爷爷和父亲。

带着孩子吃完饭回来，看着他在长凳上睡着了，周宁便坐在他身边，开始想儿子。

儿子已经长成一个半大的小伙子了，个头都赶上他了，怎么会不是自己的儿子呢！周宁想是不是应该去做个DNA鉴定，看看儿子到底是不是自己的。他这几天翻来覆去地算，总觉得米米转述的刘明堂的话里有毛病，范明明的孕期保健册上，明明白白地记着她怀儿子时记录的周数，根据他们结婚的日子推算，从怀孕到儿子出生，所有的时间都吻合，刘明堂怎么会说自己的女朋友是怀着他的孩子，和别人结的婚呢？他觉得自己不能仅凭着范明明要离婚，和米米转述的一个男人的醉话，就决定了儿子的命运。儿子是无辜的，即便是成年人有过什么过错，自己也不能拿着成年人的错误，去惩罚一个孩子。儿子叫了自己十几年爸爸，而不是管任何别的男人叫了十几年爸爸，这种日积月累的爱和亲情，是其他任何东西都替代不了的。

想到这里，周宁眼里的泪就悄悄地流了下来。他看着身边这个流浪的孩子，突然像是看见了自己的儿子。

天亮的时候，周宁终于想明白了，儿子是自己养大的，儿子的言谈举止，儿子的处世行为，儿子的一个眼神里，都传承着自己的影子，儿子就是自己的儿子。他放弃了去做DNA的想法，如果去做了鉴定，哪怕是拿着儿子的一根头发偷偷地去做，对儿子也是一种无法想像的伤害。他不允许自己去伤害无辜的儿子。

早上的霞光已经洒满了广场，也洒在了周宁身上。他站起来，走到流浪孩子身边，给他兜里塞进了五百块钱，然后转过身，迎着霞光往停在路边的车走去。他突然特别想带着儿子到科技馆去，看看他们在木星上会有多重。

（原载《山东文学》2011年第1期，《小说选刊》2011年第2期转载）

纸　　环

一

　　站在阳台上，朱节看着摇晃的树叶子和青青的草皮，好像还没来得及等待，那种坠落的感觉就凶猛地席卷来了，像窗外的阳光突然笼在了她的身上。朱节战栗了一下，人就像被射出去的一支利箭，先是进了卧室，接着穿过起居室到了厨房。在厨房门口，朱节拉开冰箱的门，迅速把一只柠檬牢牢地抓在了手里。

　　阳台下面的杨树有十几棵的样子。朱节曾经数过无数次，但从来也没数清楚它们到底是多少棵。就像它们都是天上的星星落到地上幻化而成的，朱节数着数着，它们就闪闪烁烁地跑开了，把自己隐藏在了天空的一角。朱节只是看见，每棵树的叶子都喜欢在风里摇动着，而摇动它们的那些风，有时候是轻轻的，有时候又是肆无忌惮的。还有那些草皮，好像它们天生喜欢倒弄颜料，在厌恶了绿色时，就会在人们不留心的夜里或是中午，悄悄地，不动声色地，往绿色里混进去一些柠檬的黄。

　　章辉坐在书房里，先是看见朱节跑进了厨房，接着就看见了朱节撕咬柠檬的贪婪样子。他皱了下眉头说："给你说过多少遍了朱节，柠檬从来都不是吃的。它是用来泡水喝的，是来当佐料，当点缀的。"

　　看了看手里的柠檬，又看了看章辉，朱节搜寻记忆一样地静止了两秒钟之后，才微笑着说："我是想咬出一点汁来，尝尝它们的味道是不是一样，然后再去泡水。看见刀子了吗？"

"难道柠檬里还有苹果和菠萝的味道吗？"章辉说。

朱节没吭声，假装折回厨房里去找刀子。每个柠檬的味道肯定都是不一样的，朱节想，要是一样，你现在为什么还会去爱上另外的女人呢？但朱节不想和章辉说这些，她不愿让章辉知道，她已经知道他在外面有了别的女人。她想看看章辉到底要把戏唱到什么份上。章辉是一个谁见了都会说他是一个好丈夫的男人，这样一个男人，现在居然也在外面有了女人，这本身是不是就很有戏剧色彩？而且，让朱节觉得更有讽刺意味的是，这个消息，竟然还是章辉以前爱过的女人亲口说给她的。

从厨房里走回来，朱节的手里仍然还只有柠檬。这是章辉早就预料到的。因为朱节每次拿着柠檬去找刀子，十次有九次肯定都是这样的结果。

章辉是很偶然地发现，朱节在吃柠檬的。起初，他看见冰箱的冷藏室里放了一堆柠檬，还以为朱节是误把它们当作橙子买回来的。朱节虽然是个医生，但谁也没说医生就不能偶尔粗心一下。但是，很快，章辉就发现是自己的理解出了问题。接下来，他暗地里观察了一段日子，大约有三个月，也就是一整个冬季，但他始终没弄清楚，朱节为什么要这样去吃柠檬。而且，章辉还发现，朱节好像每次都是在阳台上站着站着，突然就像被童话书里的巫婆念了魔咒似的，先是抱头鼠窜地逃进房间里，然后就是去冰箱中抓出柠檬，跟敌人搏斗一样疯狂地撕咬着。似乎手里的那只柠檬是和她积了八辈子怨，欠了她一百条命的。

切好几片柠檬投进杯子，然后百无聊赖地看着它们慢慢沉进水里，朱节觉得自己也跟着柠檬一起潜进了水底，从里到外地在窒息着。她想让章辉帮忙来把她捞出水面，呼吸一口新鲜的空气也好，但现在章辉又回到他手中的那本书里去了。似乎那本书里有一个让人流连忘返的仙境，走进那里面的章辉跟在一个境幻仙子的身后，已经完全忘记了身外还有一个朱节。

"你能不能先放下手里的书？"朱节看了一眼在水里渐渐变着颜色的柠檬片，走到书房门口，面无表情地看着章辉。

"有事情要做吗？"章辉看着手里的书说。

"是想和你说一件事情。"

犹豫了一下，章辉还是放下了手里的书，扭过脸来看了一眼站在门口的朱节。现在，朱节的脸上已经由方才满脸的惊慌，转换成了一脸的疲惫，好像她真的是刚刚冒死穿越了一条生死封锁线，从硝烟弥漫的某个战场上逃回来的。

"我上午到可可的美容院去了。"朱节看着章辉放在书脊上的手，想一个男人的手在抚摸和拥抱着他妻子之外的女人时，他血管里的血液会比平时的流速加快多少倍呢？

章辉换了个看上去更舒适一些的坐姿，然后才说："你好像每周都去。"

"可可说，她这次已经下定决心，准备和大志离婚了。"

"你上次回来好像也是这么说的。"章辉心不在焉地说，"那是他们自己的事，想离了谁也不能把他们绑在一起。这和我们好像没有多大的关系。"

"可可说这次是真的要离。"

"你能不能不每次回来都反复地说他们？"章辉的口气忽然生硬起来，"如果大志是流氓，那她现在也是半个娼妓了。"

朱节没想到章辉会这么形容可可。她看着章辉的表情，感觉身体里有个东西剧烈地晃荡了一下，好像是一个装了水的器物，不小心被什么尖锐的东西狠狠地撞击了一下，水就从那个被撞破的地方凶猛地喷涌了出来。

在喷涌的水里挣扎了一会，朱节侧了身子，把眼睛转向了泡在水里的柠檬片。那些柠檬已经在水里略略变得膨胀起来，颜色也和形状一样，开始有些面目全非了。

"可可认为她是被大志逼的。"朱节说，"可可说大志能做动物，她为什么就要委屈自己呢。她偷看过大志的日记了，那里面已经记录了一百多个女人的名字。他还把每个女人来见他的时间和发生在床上的那些事，全都描写得一清二楚。"

"那是她根本不了解男人的心理，不知道男人有时候也是需要用虚构和幻想，来缓解一下生存压力的。"

"你的意思是，大志日记里那些被他从网上勾引来的女人，都是他堂·吉诃德式的虚构？"

"真相只有他自己知道。"章辉说着，把刚放下的书又抓在了手里。

在这座城市里，章辉想除了宋大志的父母，除了宋大志，除了他章辉，恐怕再没有人知道宋大志是一名被人从孤儿院里领养的孤儿了。宋大志说他是在六岁时，被现在的父母收养的。那时候，他的养父是一名刚刚转业的军人，他自己的儿子，在唐山大地震中死去了。

　　章辉知道宋大志的身世完全是一次意外。宋大志的家里搬家，宋大志叫着章辉前去帮忙。往外搬东西时，宋大志抱着一个彩陶的小罐子，一边走一边和跟在后边的章辉说着话，在二楼的楼梯拐角处，宋大志一脚踏了空，失手就把手里的罐子摔在了地上。而那个小罐子里，恰好就藏着宋大志被收养时的那份收养证书。当时章辉放下了手里的纸箱子，把扭坏了脚的宋大志扶起来，又把散落在地上的东西收拾起来时，他最后悔的就是这一天到宋大志的家里来帮忙了。

　　房间里的光线已经在慢慢地变弱了，像有一层薄薄的雾霭从家具的缝隙里钻了出来，弥散在了房间里。朱节知道章辉现在并不是真的在看书，但章辉拿起了书，朱节就跟着沉默起来。这样的事情也能虚构吗？朱节虽然怀疑这样的可能，但她却不准备再和章辉继续谈论下去。章辉已经不是从前的那个章辉了，他已经不再像原来那样喜欢耐着性子，教孩子一样给她解释一些她弄不明白的问题。还有，眼下他和宋大志又有什么本质的区别呢？不同的只是，宋大志用白纸黑字记录了一百多个和他有染的女人的名字，章辉则是把一个女人藏在了他心脏和灵魂的皱褶里。

　　现在，章辉一直都不知道，朱节每天早上醒过来，都要先闭着眼睛，像基督徒对着上帝祷告一样，默默地问一遍自己：朱节，你今天还要对章辉微笑吗？

　　当然，每天这样问完了，朱节还是要对着章辉微笑的。她给自己的底线是：要一直微笑到章辉亲自告诉她，他在外面有了另外的女人。

二

　　从超市里出来，绕过一片草坪，朱节在一棵银杏树下的休闲椅上坐下来，仰着头看满树绿蝴蝶一样颤动的银杏树。朱节喜欢蝴蝶，也喜欢这些蝴蝶形状的银杏叶子。

　　看完银杏树，朱节下意识地往远处扫了一眼，就看见了宋大志和他带着的三个孩子。三个孩子齐刷刷地张着小手，正在给一群围着他们的鸽子喂食。宋大志则在一边举着个长镜头的相机，给喂鸽子的三个孩子拍着照片。鸽子全是天使一样的洁白，三个孩子的脸上全是鸽子羽毛一般洁白的笑。宋大志给人的感觉呢，是他脸上泛滥着的那些幸福的笑，眼看就要决堤了，好像他真的是那三个孩子的父亲，而那三个孩子全都是他的掌上明珠，心肝宝贝。

这是个周末，朱节不用猜测就能知道，三个孩子一定都是福利院里的。朱节从认识宋大志那天开始就已经知道了，无论春夏秋冬还是风霜雨雪，宋大志每个周末都是要到福利院里去，陪着那里的孩子一起过周末的。

"你们和鸽子好！"朱节走到宋大志跟前，把手里的两个袋子挡在了宋大志的镜头前，笑嘻嘻地说。

"你和你的袋子好！"宋大志看着朱节手里的袋子说，"商场里是不是又在搞促销？"

"正在促销美女呢。"朱节诡秘地笑着说，"假如你去买一件高档服装，他们就送你一个意大利进口的美女模特。要不要我在这里照顾着孩子，你去搜罗几个回来？"

"那恐怕需要章辉先给我提供几套免费的房子了。"宋大志说，"你怎么一下子买了这么多柠檬，是不是准备开个柠檬汁厂？我那里正好有两个孩子还没联系到工作呢。"

宋大志和可可都是章辉的大学同学，不是朱节的同学。但是这些年里，他们给人的感觉却好像朱节和章辉的位置已经完全错了位，好像和宋大志跟可可同学的人是朱节，根本不是章辉。朱节现在每周都要到可可的美容院里去，和可可亲密得就像是一朵花上的两个花瓣。而章辉呢，只有在逢年过节这些亲朋好友不得不聚在一起的时刻里，他才会被朱节张罗着，出现在宋大志和可可中间，和他们在饭桌上山南海北地瞎扯上一会。除了在这样的饭桌上，平常的日子里，章辉很少和宋大志他们联络。

"一会儿是黑白红黄绿，一会儿又是生旦净末丑，你的大戏台上有多少人安排不开。"朱节想起可可说的宋大志日记里那一百多个女人，就顺着宋大志的玩笑话说，"你最好是等那些美味的桃汁梨汁葡萄汁呛着你的时候，再来麻烦我。我坐在120车上，车可能跑得会快一些。"

宋大志现在是省电视台"好戏连台"节目的制片人。从当上这个制片人开始，宋大志就常年在宾馆里包着房间了。可可说，他包那个房间的唯一目的，就是便于和各种各样的女人在里面鬼混。

朱节记得，她第一次把可可的这些话转述给章辉时，章辉的神情是略略带了点异样的。朱节说不清楚章辉的异样里到底包含着什么东西，但章辉的那种神情，却让朱节的心里浮上了一层说不出来的伤痛。这种伤痛就像她手里缝合刀口用的那些针尖一样扎着她，同时又不停地提醒着她，怂恿着她，回来把宋大志和可可的事情说给章辉听，哪怕一线蛛丝马迹也要清晰地描绘出来，完美地呈现给章辉。朱节总觉得，章辉对宋大志和可可的生活现状，是有意在模糊不清的。

宋大志夸张地笑了笑，笑完了，说："我以为我的形象完全是在可可手里迅速升值的，现在才明白，原来可可后面还有这么个得力的助手。"

"美死你。"朱节说，"你给了我多少好处，让我扯破喉咙摇旗呐喊地去炒作你。你以为你是什么超女快男或是股市里的涨停股，用一个乱七八糟的盘子托起来，就能从你身上榨出另外一个新天地来？"

"我有那么芝麻绿豆吗？"宋大志说，"虽然操不了那些十二寸的大盘子，我可是一直都觉得，自己起码还算个能操纵起三寸五寸小盘子的男人。"

"是，操盘子的男人。你的大戏台上来来往往的那些角，哪个不听你的摆布。" 朱节说。

两个人正笑着，忽然听见三个孩子起了争执。他们鸽子也不喂了，对立成了两派。两个大的成了同谋，对着被孤立在一边生气地哭的孩子齐声唱道："乌龟小姐你别生气，明天带你去看戏。看什么戏？去看河豚流鼻涕。"

宋大志走到那个被孤立的小孩子身边，抱起她来哄得她笑了，然后才看着朱节说："你愿意不愿意和这几个孩子一起拍张照片？今天是他们的生日。"

广场上已经落满了夕阳的余晖。朱节看见三个孩子和鸽子，看见宋大志和自己，还有广场上的树木、行人，远处的街道和楼房，都沐浴在了一片温暖的红色里。就连护城河对岸一蓬一蓬的白色蔷薇，也被天空中荡漾着的那些胭脂般的颜色，洇染得绯红了脸颊。朱节想这样温馨的傍晚，是多么适合孩子们围在父母的身边嬉戏撒娇。朱节被眼前这些温暖的情绪激动着，就有些动情地说："当然愿意。看着他们，我甚至希望自己就是他们的妈妈。"

走到三个孩子身后，朱节单腿跪下来，然后伸出胳膊，像一个真正的母亲那样，慈爱而温柔地揽住了他们。在揽住他们的一瞬间里，朱节忽然想，这三个孩子里，会不会有一个孩子就是她亲手把他迎接到这个世界上来的呢？

以前，朱节只知道，宋大志每周都会去福利院里看望孩子，但她从来没亲眼看见宋大志和这些孩子在一起。一边是可可形容的宋大志道德败坏得像个四蹄动物，一边又是宋大志对福利院的孩子们无私的这种爱。现在，朱节看着宋大志手里的镜头，又低头看了一眼怀里揽着的三个孩子，眼睛里突然有些疑惑起来。

宋大志一直属于那种异常敏感的人。他抬起眼睛来，从镜头的上方看了朱节一眼，笑着说："怎么，对这个世界上的某些事情，是不是又有些不能理解了？"

"我又不是外星人。"朱节躲闪着说，"你忘了，我是研究瘟疫史的，难道这个世界上还有比霍乱更难理解的东西？"

"你这么亲切地揽着孩子，我倒把你这个妇产科医生的另一个爱好给忘了。你现在一说，还真有件事要问你。"宋大志说。

"什么事，问吧。"朱节说，"是关于妇产科的还是关于瘟疫史的？"

"当然是瘟疫史。'非典'过去后，我们台里一直筹备着想制作一部介绍世界瘟疫史的片子，他们想找个研究瘟疫史的医生做医学顾问，你有没有兴趣？"

"好啊。"朱节说，"不知道你们是准备先从伤寒和副伤寒做起呢，还是准备先从非典和鼠疫做起？"

"应该是先从梅毒做起吧。"宋大志哈哈地笑着说，"你是不是更想说这句？"

朱节说："先从'梅毒'做起有什么好笑的，是不是做贼心虚了？希特勒在他写的《我的奋斗》一书中曾宣称，治疗梅毒是德国'刻不容缓的任务'！所以有人说希特勒完全是出于对犹太人的极度仇视，才对犹太人实行种族灭绝的。而研究者认为他之所以仇视犹太人，仅仅是因为他早年流落维也纳街头时，从一个犹太妓女那里感染了梅毒。"

"除了希特勒，政治家林肯，就连章辉和可可都喜欢的音乐大师贝多芬和舒曼，好像同样也是死于伟大梅毒的折磨。而且，我还知道，据说在1519年前后的法国上流社会里，任何一位没有感染上梅毒的贵族，都会被看成是不会享受生活的土包子。"宋大志说,"你看,梅毒是不是很挑剔?它既不像鼠疫,也不像伤寒和霍乱,是随便一个草芥样的小人物都配染病上身的。"

这么多年了,朱节竟然从来都不知道,章辉是喜欢贝多芬和舒曼的,更不知道,可可居然也和章辉一样地喜欢他们。章辉喜欢贝多芬和舒曼,他为什么从来就没对自己说过呢?而且,朱节想起来了,有一次她想用舒曼的一节曲子做手机来电的铃声,但是只用了一天,就被章辉动员着,换成了清晨的鸟鸣声。章辉说他不喜欢舒曼的东西。

章辉为什么要对自己撒谎说他不喜欢呢?朱节的心里又开始恍惚起来。她害怕宋大志看出她的破绽,慌忙含混地笑了笑,对宋大志说:"我们现在要不要带着孩子们去吃蛋糕?"

福利院的楼房全部是五层的,每一层的墙壁都刷成了粉色。宋大志看见朱节从进了楼洞开始,就一直在盯着走廊里的墙壁看,便笑了笑,说你如果是在白天来,将会看见这儿里里外外的墙壁刷的都是这种浅粉色。他们可能觉得这种颜色淡淡的,看上去比较温馨。

"是不是有点像你们医院里护士们的工作服?"宋大志说。

朱节有些心不在焉地说:"是有点儿像。"

从楼上下来,朱节才注意到已经很晚了。甬道两旁的合欢树都已经闭合了翠绿的羽毛般的叶子,在星星和灯光的安抚里睡着了。在一个瞬间里,朱节甚至在微风拂过那些羽毛时似有似无的声息里,听见了它们睡眠中的呼吸。朱节这才想起来,出门的时候,她本来是想早些回去给章辉做饭的。她已经一个星期没和章辉一起吃晚饭了,有时候是她不在家里,有时候当然又是章辉不在家里。现在,她发现自己也和章辉一样,只要外面有不回家的机会,她就会把回家的事给忘到路的另一边去了。

把车子调转了头,宋大志看了眼朱节说:"第一次来这种地方,说说感觉。"

"说不上来的一种感觉。"朱节说,"以后有机会,还是希望能再和你一起来看他们。"

"如果知道你不讨厌这里的孩子,还对他们有这么多爱心,我肯定早就邀请你来了。"宋大志稍稍停顿了一下,停顿的时间让朱节感觉大约能眨动两次眼睛，他才又声音散散地说，"可可和你不一样，她现在一点也不喜欢这里的孩子了。"

"可可也许是觉得，这些孩子占有了你们的周末。"朱节看着宋大志，忽然开玩笑地说，"要不是我和章辉去你们家时，看见过你的爸爸妈妈，而且还看见你长得那么像你爸爸，我真怀疑你从小就是在福利院里长大的。要不，你怎么能和这里的孩子有那么深的感情呢？"

发现章辉在老婆面前也没有出卖过自己，宋大志就似有似无地笑了笑，说："正常家庭里出来的人，可能都不会了解这些孩子，不知道他们最缺乏什么，更不知道他们的内心里最需要和最看重的又是什么。"

"那他们最需要和最看重的都是什么呢？"朱节说。

"他们最需要和看重的其实是同一样东西。"宋大志说，"他们最需要爱和亲情了，因为他们是这个世界上最孤独的人。"

"孤独是人类的共性，爱更是人类共同的需要啊。"朱节说，"你和我，还有章辉和可可，我们每个人，都在需要着爱和亲情，都在希望着得到别人更多的爱护。"

朱节故意把章辉和可可的名字连在了一起。下午意外地从宋大志口里，知道了章辉和可可都喜欢贝多芬和舒曼后，一整个晚上，朱节都在期待着宋大志再说出一些类似的话来，让她更多地知道一些章辉和可可的过去。现在，在章辉和可可两个人身上，朱节自己都觉得自己像一个浑身都被腐朽气淹没的考古人员了。

"爱和爱是不一样的。我们需要的那些爱和感情，有时候可能只是欲望。"宋大志说，"很多时候里，我们都在把一些欲望当成了爱。而在这些孩子的心里，爱更像一张透明的玻璃纸，它的上面是没有一丝杂质的。"

路灯斜斜地照进车里，一束束的光线打在宋大志的脸上，又波浪一样地涌到后面去了。宋大志的眼睛虽然一直专注地在盯着前方，但朱节能觉得出来，他绝不是用心地在开车。他的眼睛是在杂草丛生的旷野里追赶着一只跳跃的蚂蚱，或者一只飞舞的蝴蝶的。

"他们，我是说这些孩子，他们还会想爸爸妈妈吗？"

问完了，朱节才忽然感到自己的话无比的愚蠢。至于愚蠢得像什么，朱节想了一下，最后还是不想把自己比喻成驴子一类的蠢东西。

"当然想。不过，也许说成想像会更合适，因为爸爸妈妈在他们的记忆里都是空白的。"宋大志突然像深呼吸一样，不为人觉察地叹息了一声，又说，"所以，这些孩子的心理，是和普通家庭长大的孩子不一样的。这也许会是他们长大之后很多痛苦的根源。"

"能说一说都有哪些不一样吗？等以后再来看他们的时候，我也好注意一下。"朱节已经听见了他那个深呼吸一样的叹息。

"怎么说呢，"宋大志说，"他们可能会比一般的孩子更自卑，更多疑，更脆弱，更忧郁，也比一般的孩子更容易受到刺激和伤害。"

"还有吗？"朱节等了一会，见宋大志不往下说了，就转了脸盯着宋大志问。

"也许还有很多，只是我一时又说不清楚了。"宋大志发现朱节一直在盯着他看，神态像一个耐心问诊的老中医，就笑了一下，说，"怎么，现在又开始做心理学研究了？"

"我也许是需要多读一些心理学的书了。"朱节看着车外因为灯光闪烁而变得有些迷离的夜色说，"甚至，我一直都在想，要不要改行不再做接生婆了。"

"为什么会有这样的想法呢？"宋大志说，"亲手把那些小生命迎接到这个世界上来，多伟大的一项工作。这样的工作真的只有天使才配来做。"

朱节轻轻地笑了一下，说："跟着你来了一趟福利院，接生婆马上就升级成天使了？只可惜我的后背上还没生出天使的翅膀来。"

三

朱节读了五年的医科大学。五年的时间，朱节学的就是怎么把一个新生命顺利平安地迎接到这个被太阳星星和月亮照耀着，有花朵有绿叶有笑声的世界上来。

朱节喜欢听那些孩子被她的双手托起来时，发出的那声嘹亮的啼哭。那些嘹亮的啼哭就像划破黑夜的一束阳光，带着世界上最耀眼和蓬勃的力量，只需一声，就把产房里凝固着的空气弹开了。所以，朱节每接生下一个孩子，都会觉得这个生命的到来就是她期待已久的一个春天。而每一个春天，都是伴随着一朵一朵花朵的盛开，在朱节的心里和喜悦与幸福连接在一起的。

在可可告诉她章辉在外面有了女人之前,她一直最得意的,就是她当了十年的接生婆,连她自己都弄不清楚,她到底在多少个孩子的出生证上签下了朱节这个名字。这之前,朱节每次走在街上,眼睛看见那些被父母牵在手里,或者抱在怀里,明亮的眼睛对世界充满了好奇的孩子,都会莫名地兴奋起来,猜测这个孩子是不是她亲手接生的,等这个孩子长大了,看见他出生证上朱节这个名字时,他会不会反复地猜测,那个把他迎接到这个世界上来的朱节,到底长着一副什么样子。

一想到那些孩子长大后可能会有的种种想像,朱节就觉得自己的工作真的是世界上最美好的一种职业,朱节就经常会在黑夜里自鸣得意地想:这多像一个天使,在给一个一个的家庭馈赠着最珍贵的节日礼物。而每一个得到这份礼物的人,他们的喜乐就是一颗钻石,就是新绿的叶子上一颗透明的露珠,沐浴在阳光里。

但是,那种坠落的感觉,不动声色地,一点一点地吞噬着朱节,就让她再也不能这么想了。不仅不这么想了,每次一到手术台上,她还会不由自主地恍惚起来,好像那些孩子的未来和命运,都是在她把他们迎接到这个世界上的一刹那,由她亲手给他们设定的。可是,她却不知道那些孩子的未来是什么样子的,甚至不能知道,他们能不能一直生长在一个温暖而完整的家庭里。

而越来越严重的是,朱节发觉,她不仅害怕在那些孩子的出生证上签下朱节的名字,还开始害怕在街上看见孩子了。甚至包括街上那些来来往往的车辆,包括阳光和风,包括路边那些树叶子在风里的翻动和摇摆,都会突然跳出来,给她一种胆战心惊的惊愕。有几次她坐在车里紧紧地闭着眼睛,章辉发现了,问她是不是哪儿不舒服,她说没有不舒服,我就是不想看见街上的东西。头两次章辉听了她的回答后,还会说她一句怎么越来越莫名其妙了,到后来,章辉再听见类似的回答,干脆就不作声了。

朱节知道,在章辉的眼里,她目前的一切行为都是莫名其妙的。她最热衷做的事情,好像就是不停地到阳台上去,然后再疯狂地跑回房间里,疯狂地去吃那些可恶的柠檬。但是朱节却不能告诉章辉,现在,即便她的内心里存着一万个不愿到阳台上去的念头,她的脚还是会把这些念头灰尘一般统统地践踏到脚底下,鬼使神差地带着她往阳台上去。然后,带着她,去等待那阵不能自已的坠落从脚底蔓延上来，咒语一样钻进她的大脑里，再让她疯了一样地去寻找柠檬。朱节觉得自己已经没有一丝选择的余地存在了，她去吃那些柠檬，就像她讨厌到可可的美容院里去，但还是要风雨无阻地每周去一次一样。

到可可的美容院去，朱节从来都不是为了做美容。朱节一点也不喜欢做美容，不但不喜欢，而且还有些厌恶。所以，无论可可怎么动员她，把美容的好处堆到了天边的云彩里，和那些眼花缭乱的云彩镶嵌到了一起，朱节仍然一次也不去做。她厌恶那些在无数人脸上游走的按摩小姐的手指，她觉得她们的手指会像蛇一样，缠住她的脖子令她不能呼吸。

只有朱节自己知道，她到可可的美容院里去，仅仅是为了看见她不愿意看见的可可。

而这一切，就像春天里没有任何东西能够控制树木花草发芽开花一样，朱节一点也没有办法来控制自己。

在医院里，可可把章辉和宋大志裹在一面旗子里骂过后，她的嘴里就再也不提一丝和章辉有关的事情了。可可不再说，朱节也不开口问。好像可可从来没给朱节说过章辉的事情，而朱节也从来没听可可说过那件事情。但是，朱节的潜意识里却一直都在固执地等待着，虽然她自己也不清楚自己究竟要等待什么，就像等待戈多。

春天的太阳X光一样穿过了窗子上透明的玻璃，落进了房间里。然后，它们落在了朱节的身上，就在朱节的皮肤上脉络里骨骼里内脏里还有蓬乱的头发上来回地扫描着，纷纷乱乱地排列着，好像要给朱节拍出一张透明的X光片子来。

从书房里出来往洗手间里去时，章辉看见朱节又坐在一团阳光里发呆，就折身走了过来。他在朱节面前站下来，拿书在她眼前晃了晃，然后弓着腰看了看朱节涣散的眼神说："用不用我陪着你看看心理医生去？我早就说过，像你这种性格的人在产房里呆得久了，那些大呼小叫开膛破肚的场面看多了，一定会被刺激得得忧郁症。"

章辉在外面泡的时间越来越长，呆在家里的时间就越来越少了。而且，即便是在家里呆着的这一节比小拇指还短，近似昙花一现的时间里，他也喜欢独自蜷缩在那间书房里，手里须臾不离地握着一本书，让那朵昙花书签一样地凋落在书页里。有时候朱节喊他出来吃饭，他的手里照样还是握着一本书走出来，拿着它坐到饭桌前。好像他的一只手里不拿着一书本，他的大脑和肢体就会跟着丧失一切开花结果的功能似的。

朱节在那团明亮的光辉里抬起脑袋来，看了看章辉手里那本纸张淡黄的书，低声说："我记得你好像说过，在学校里读书时读得眼睛看见书本就想吐，所以发誓下半辈子再也不摸书本了。现在，你怎么好像又变回一条离开书就不能活的书虫了呢？"

"我只是拿着它，并没有在读它呀。"章辉看着手里的书说。

"那你拿着它在干什么呢，当调料吗？"朱节朝章辉微笑了一下，说，"还是准备拿它们叠了飞机，让宋大志带到福利院里去，给那里的孩子们来回扔着玩？"

"简直莫名其妙。"章辉说，"可可和大志什么时候被你雇来当了保安，让你一天到晚地把他们钉在嘴角上。你要是喜欢宋大志，就和他厮混去，你不是说他们要离婚了吗？"

"这么说，你是希望他们离婚了？"朱节脸上仍然在微笑着，眼睛刀尖似的逼视着章辉。

章辉看着朱节的眼睛，有些恼怒地说："神经病！我为什么希望他们离婚？"

朱节的声音突然细小下来，弱得几乎要变成若有若无的游丝了："从我第一次走进你们三个人的小圈子，你们三个人就都怪怪的。但到底怪在哪里，我到现在也说不清楚。只是觉得你们三个人一直在演着一出戏，可我就是看不明白你们演的是什么。"

"那就赶紧去把票退了，离开这座让你莫名其妙的剧院。"章辉说着，拿着书本转身就去了卫生间。

看着章辉的背影，朱节突然有些歇斯底里地说："章辉，你这些年不搞新闻了，是不是心里痒痒了，现在想自己去制造出几条花边新闻来？"

章辉曾经在报社里干过几年的新闻记者。后来凭着敏锐的职业嗅觉，他发现网站已经成了当下掘金的最新矿藏，就离开报社办了一家淘房网。现在，南到海南，北到黑龙江，不仅北京上海广州这些一流的大都市，就是任何一个在中国地图的版面上被标识出来的最偏僻的小县城，那里有多少二手房源，那些二手房具体都坐落在这座城市的什么位置上，它周围的环境又是什么样子的，在这座城市横数多少条街上，纵数多少条街上，离它的省会有多远，离它最便捷的高速公路有多远，与它最靠近的大海和知名的高山有多远，它的附近都有什么名胜古迹，甚至在经纬多少度上，距离地球上的某条地震断裂带有多远，这些，你只要到章辉的淘房网上去一搜，所有的一切全都会一目了然。一句话，假如你想淘房子，不管你在全国大大小小哪一座城市里，需求哪种类型的房子，章辉的淘房网一定都能满足你。

让朱节越来越弄不明白的是，章辉现在能给所有希望在网上淘到满意房子的人，提供着大大小小各式各样无限量的幸福和满意的阳台，他为什么唯独不能够给自己提供一个小小的、可以比一片树叶一个巴掌还要小的平稳的阳台了呢？在这个洒满阳光和细风的阳台上，她能够像刚结婚时那样，自由自在地行走在上面，在下雪的日子里随心所欲地晒一晒太阳，在风清日暖的日子里哼着歌儿给花草洒一洒雨露，然后随意趴在任何一扇窗口后面，听树上那些途经他们窗前的鸟儿说说远方的天气。或者鸟儿一样俯瞰着楼房下面的树木在风里摇动着头发，看草皮随着它们的心情青青或者黄黄。但是，唯独不会有那种坠落深渊的恐惧，油轮爆炸一样浓烟滚滚地从脚底下蔓延上来。

四

这段日子，朱节莫名其妙地迷上了剪摩比乌斯环。她把一张纸条扭转粘贴成一个环状，用剪刀从环状的中间剪开，再剪开，再分别剪开，就剪成了一个一个套在一起的纸环。每剪出一串这样的纸环，朱节就把它们提在手里反复地看着，反复地想像着自己是被套在了其中的哪一个套子里。

朱节想：过氧脂质是使人衰老和形成褐色素的主要物质。但是，使朱节和章辉的婚姻衰老和出现褐色素的又是什么物质呢？

朱节想：如果我们能听懂万物的语言，一定能听懂手里的这个纸环是在唱歌还是在叹息。但是，谁又能听懂剪纸环的朱节心里是在唱歌还是在叹息呢？

朱节想：火药、罗盘和印刷术，曾经是打开世界的三大法宝。但是，打开朱节和章辉婚姻的钥匙又丢在哪里了呢？

朱节想：人体里百分之五的DNA是有序排列的，是在编码区里的，剩余的统统都被称作了垃圾DNA。但是，感情的DNA又是怎么组合的呢？章辉有序的感情病变之后，那些感情的垃圾DNA又怎么处理呢？

朱节想：在特定的条件下，光线的运行轨迹可以不是一条直线。但是，人类婚姻的光线运行轨迹应该是什么样子的呢？

朱节想：蛋白质是构建生命的基石。但是，人们构建情感生命的基石又该是什么呢？

朱节想：挪威政府计划在北极圈内的斯匹次卑尔根岛上建立一个"世界末日地窖"，希望在这个种子银行里保存住全球已知的所有农作物的种子。但是，有没有一个地方，能这样长久地保存一个人的感情呢？即便是这个人的感情遭遇了核战争、小行星撞击、气候剧变、海平面上升等致命的"末日危险"。

把那些五颜六色的纸环挂在了阳台的晾衣架上，朱节看着看着就僵住了，它们在阳光里闪烁着，多像摆满了一阳台的花圈啊。而她却不知道这些花圈是拿出去出售好呢，还是像殡仪馆里那样把它们租赁出去好。在殡仪馆的遗体告别室里租赁一个花圈，就是要花上几百块钱的，朱节想她的这些花圈该是什么价码呢？

昨天，朱节去殡仪馆参加了一个高中同学郭洪波的追悼会。他安静地躺在告别室中央的水晶棺里，被整容师修饰得比他做新郎时还要耐看。朱节跟着几个同学走进去看见他时，神情恍惚了好一会，觉得自己好像是走进了一个陌生的卧室里，看见了一个女人正在熟睡中的丈夫。朱节心里颤颤的，第一次忘记了人体解剖课上那些被福尔马林药水泡过的尸体，觉得死亡原来也是可以这么美好的。

从商玉石的电话里，朱节已经知道郭洪波是突发了心脏病死亡的。但一个月前，朱节还在医院里看见过他。当时他手里拿着病历站在朱节面前，说朱节你当初为什么不学心胸专业呢？你要是心脏病的专家，我来看心脏病就连号都不用挂了。朱节说你老婆给你生儿子那会儿，你怎么不说我学心胸专业好呢？朱节拿过他的病历看了看，说问题好像不大呀，回去把你的工商局长位置让出来，少去高级酒店里跑几趟，少喝几杯酒，少吃几只海参，少吃一次河豚，你就是个心跳正常的人了。

一个区工商局的局长虽然不算什么大官职，管辖的也只是区区一个区，朱节想，可几十万的人口养着一个工商局长，还是足以把他养出心脏病来，最后要了他的命的。

朱节被一个人轻轻地碰了一下，然后跟着他离开了躺着郭洪波的水晶棺，站到一面花圈跟前后，才看清刚才碰她的人是商玉石。商玉石也是朱节的高中同学。仔细算应该说是高二以前的同学，因为商玉石是在他们高二的那一年，转学走的。他们读高中时，学校里的浴池是男女生合用的，一三五归男生，二四六归女生。高二上学期，商玉石在一次洗澡的时候，竟然对一群男生散布说，他们男生洗澡时是会在浴池里留下精子的，女生去洗澡时万一碰上了，就一定会怀孕的。后来这件事情不知怎么在学校里传开了，结果吓得所有的女生都不敢到浴池里去洗澡了。因为散布邪说，商玉石随即就被学校里逼着转了学。

"你以为你参加的是他的婚礼？不明就里的人看见你刚才的神态，说不定还以为你是他的一个情人呢。" 商玉石低声地说。

"但他真是比做新郎的那天还亮堂。"朱节说，"你记不记得，他结婚的那天，穿的西装都是不足二百块钱一套的。但他今天这一套，至少也要一万块。"

"他是趴在办公桌上死的，"商玉石调侃地说，"正确的说法是，他是为人民服务累死的。我还想建议市政府发给他一个披星戴月奖呢。"

此刻，朱节不想讨论躺在水晶棺里的人是怎么死的，对于一个死去的人，那些细节显然已经毫无意义。朱节心里乱乱的。她想无论他是怎么死的，反正他人已经死了，已经不会呼吸不会走路不会说话了。而且，他是死在他的父母还健在，他的儿子还在读小学二年级的时候。想完了这些，朱节又想，在他死的那一刻，假如真像商玉石说的，他还有情人，那么他的情人是不是正在某一个地方等着和他会面，或者等着他的电话，或者等着他的短信息呢？

看见商玉石的眼睛在一直在盯着她看，朱节就收了收杂乱无章的心思，没话找话地说："你老婆，现在还在法国吗？"

"还在啊。"商玉石换了一种复杂的口吻说，"长了翅膀飞出去的女人，是不能指望她再飞回来的。"

"那长了翅膀的男人呢？"朱节说，"是不是也不能指望他飞回来了？"

商玉石诡秘地浅笑了一下，说："是不是身边的男人也觊觎着想长出一双翅膀了？"

"现在,好像只有郭洪波这样的男人,腋下是再也不会生出翅膀了。"

朱节说着,忍不住又往被人挡住的水晶棺的方向看了一眼。郭洪波仍然安静地躺在水晶棺里。

"女人对付长翅膀的男人,和男人对付长翅膀的女人一样,当你没有力量用剪刀剪除他的翅膀时,最好的办法就是以毒攻毒,看看谁的翅膀落过的地方更多。"商玉石说,"你也说了,到了郭洪波这一步,他就是想让自己长出翅膀来,也不会有一根毛翎从腋下生出来了。"

商玉石看了一眼周围的人,又往下压了压声音说:"现在,像我这样硬捂着自己不长翅膀的男人,真的已经不多了。"

商玉石现在是政法学院的招生办主任,每年除了招生前后的一两个月,他还算是在忙乎一点正经事,其余的日子里不是呼朋唤友地喝酒,就是四处去物色各类女人。有时候甚至是带着大二大三的女学生们彻夜不归。这些都是朱节曾经听郭洪波说的。郭洪波说他们同学里现在过得最滋润的就数着商玉石了,虽然老婆在法国不回来,但商玉石的日子却过得比钻石还要有质量有光芒。

想到郭洪波的那个比喻,朱节就真的像看钻石一样仔细地看了看商玉石,说:"我要看看,你最新的翅膀已经长出几厘米了。"

"就是真的长出了新翅膀,也是看见你后才突然冒出来的。" 商玉石说。

水晶棺的四周站满了郭洪波单位里前来致哀的同事。朱节往那里看了看,突然觉得她和商玉石站在这里说这些玩笑话,实在是对躺在水晶棺里的郭洪波不恭敬。他们今天来参加的到底是他的葬礼,不是他的婚礼,也不是同学聚会。朱节就拿出手机装作接电话,离开了商玉石往大厅门外走。

快要步出告别大厅时,朱节往一边的人群里看了一眼,竟然意外地看见了掩在角落里的可可。可可的半个身子靠在一个花圈的边上,眼睛上架着一副阔大的墨镜,墨镜下面的半张脸,正表情凝滞地对着前方的水晶棺,好像那里躺着的是她在这个世界上最亲近的一个人。

朱节没想到会在这里遇到可可。她想这个世界有时候怎么就小得不可思议呢。

她不想让可可发现自己看见了她,往院子里走的速度,看起来真就比一道闪电还要快了。

院子里是一院子蓝色的天空和有些灰暗的绿色树叶。但是，在蓝色的天空和绿色的树叶间，甚至在那些灰白的墙壁和水泥地面黯淡的阴影里，也仍然到处挤满了悲凄的哀乐声。它们洪水一样地汹涌着，仿佛要在瞬息间吞噬掉什么。

长长地呼出了一口气，又呼出了一口气，朱节还是禁不住想逃离开这个死亡的终结地。她觉得自己就要被那双巨大的死亡的翅膀，压扁了。

五

可可的美容院设在一条僻静得不能再僻静的小街上，也仍然挡不住它日夜的人声鼎沸，车水马龙。可可有一次看着泊在楼下的那些车，戏谑地对朱节说："要是真有歹徒到我的美容院里来绑架，绑走的哪一个肯定都是金身玉身钻石身。即便是最次等最不值钱的那一个，肯定也会是一身银子塑的身。"

当时，朱节看着可可的背影，想着可可有可能是假装醉着酒说出的、章辉在外面有了女人的那些话，心里突然恨恨的。她近似神经质地笑了笑，有些恶毒地说："大志说你升级成了老鸨子，你还真拿出老鸨子的派头了。金身玉身钻石身的，那些到你这里来美容的太太小姐们可能做梦也想不到，她们到这里来美容，也能顺手做成你手里的大牌姑娘。"

"老鸨子怎么了？"可可把背靠在窗子上说，"别忘了，我当年在台里的时候，也是姹紫嫣红的一枝花。倒是我的这些大牌姑娘们，你能保证她们在外头就不是婊子？"

可可说的台是电视台。可可在市电视台做节目主持人的那几年，工作认真得简直都令人发笑了。那时候一到台里，可可的手机就会关掉，无论什么人打电话到台里找她，只要她是在忙着，就会对喊她接电话的人说："告诉他们我正坐台呢，让他们一会儿再打过来。"

时间久了，上班的时间里再有人打电话来找可可，接电话的同事连问也不问可可了，而是一律告诉来电话的人："可可正在坐台呢，她现在没时间接客。"

可可跟一个女主持人争女主播的位置，争了两年。后来市里换了一位新市长，第一次的采访任务可可没去成，她就稀里糊涂地彻底败下阵来了。可可负着气从电视台里跳出来后，随即开了一家"可可美容院"，然后利用她当过主持人的号召力，把这座城市里有权有势的名媛太太们全都招了来，组装成了她的取钞机。

在美容院开业的饭桌上，可可把她"坐台"的这个典故说给朱节和章辉听时，朱节记得章辉只是微微地笑了笑。倒是宋大志哈哈地笑着说："从今天起你就升级成老鸨子了，除了我和章辉朱节两口子，你再也不用亲自接客了。"

在离美容院五十米的地方，朱节停了下来。每次到可可的美容院里来，朱节都会在这里停留上一小会，或者一分钟，或者半分钟，反正是要停留一次，然后才会继续往前走，进入可可的美容院。朱节不知道自己为什么每次都要在这里停下来观望一会儿，好像她停留下来本身，就是为了找到那个让她在这里停留下来的原因。

在一棵梧桐树前站下来，朱节像往常一样沿着树干向树冠上张望去，看见原来干干净净的树干上，今天竟然被人贴了张脏乎乎的东西。再看，先是看见了一张灵堤狗的照片。再仔细看，原来是一张寻狗启事。因为看见的是一条灵堤狗的照片，朱节就顺着寻狗启事的字迹好奇地往下看。寻狗启事的内容是：

我院自5月12日晚6点左右走失灵堤狗一只，身体细长，头部有黄毛，毛发较短，性格温顺。此狗为我院病理研究狗，考虑到它身上还携带病毒，为了保障您和您宠物的安全，请收留者速与我们联系。当面重谢！我们可给予您的宠物全年的健康护理。

启事内容的下面，是两排六个电话号码。电话号码的下面，是一家叫做"欧雷"的宠物医院名字。宠物医院名字的左下面，就是那张灵堤狗的照片。狗照片的右边，是宠物医院的服务项目和医疗设备的介绍。朱节看见他们的服务项目有诊疗、化验、手术、住院、美容、寄养。设备有进口呼麻机、心电监护仪，还有血液分析仪、全自动电生化仪，还有全自动升降手术台、X光机、冷光源手术无影灯。朱节看着那些服务项目和设备的名称笑了笑，想以后的狗会不会也流行做剖腹产手术来生育呢？

耐着心看完了上面的全部内容，是因为那只灵堤狗的照片。朱节发现它和可可的那条狗一模一样，以为是可可的狗走丢了。看到最后，朱节看明白不是可可丢了狗后，突然又不明白那到底是一张寻狗的启事，还是宠物医院里做的一份拐着弯的广告了。

可可家里那条细长的灵堤狗，已经养了三年了。朱节知道可可无限地喜欢它。朱节还知道，可可和宋大志怄气的时候，就会把那条灵堤狗弄到床上去，整夜地搂着那条狗睡觉。就连可可骂宋大志最多的一句话，也是骂他简直连一条狗都不如。

人有时候真的是连一条狗都不如的。朱节这样茫然地想着，眼睛就同样茫然地盯住了可可的美容院。

阳光下，法国梧桐树斑驳的树荫从朱节的头顶上云层一样地覆盖下来，然后一路覆盖着到了街对面，和对面树上那些新鲜闪亮的枝枝叶叶亲热地重叠在了一起。朱节盯着可可美容院的门口看了一会，她忽然不知道自己为什么要不停地到这个地方来了。

目光散散地又看了一遍寻狗启事上面的字后，朱节慢慢地转了身子往回走。现在，朱节开始弄不明白的是，一条狗走失了，丢狗的人都可以这样大张旗鼓地撒着帖子满世界寻找，为什么一个女人眼瞅着丈夫从自己的身边走失，她却没有力量没有办法去把他找回来呢？丢狗的人可以说走丢的狗身上是携带着可怕的病毒的，丢了丈夫的女人呢，她能说走丢的丈夫身上携带着可怕的病毒吗？那又是一种什么样的病毒呢？如果那是病毒，那又是不是另外一些女人所嗜好的病毒呢？就像宋大志说的，在十六世纪初的法国上流社会里，每个贵族都是以染上梅毒为荣耀的。

朱节看着街的尽头，看着那些明亮的阳光和在阳光里闪烁着的绿色叶片，忽然想让自己像一条狗或者一头狼那样，对着这个喧闹而杂乱的世界放声地嚎叫上两声。

六

医院里开始实施了医患双向选择后，朱节的预约手术就排在了第一位。上午，朱节本来是要做三台剖腹产手术的，但做最后一台时，朱节忽然发现那个孕妇长得特别像可可。想着她的脸，朱节的手一颤，刀子一游离，一停顿，刀锋就深了下去。朱节心里一阵慌乱，一层细细的汗跟着就冒了出来。她屏住呼吸闭了闭眼睛,心想千万不要出意外。朱节清楚她手里的刀子,稍一差池,下面胎儿的脸上就有可能留下一道终生也抹不去的刀痕。假如出了这样的状况,麻烦就会大得没边没沿了。

可可是在喝醉了酒之后,给朱节说的章辉和他外面的女人。

每次喝醉了酒,可可都喜欢开着车在大街上东歪西倒地疯跑。那次,她头里闯了红灯,后头就被一辆巡逻车上的警察盯上了。巡逻车上的警察示意可可靠边停车,但可可偏偏一脚把油门踩到了底,横冲直撞地飞奔起来。最后,是她把车开到了高架桥的桥墩上,头破血流地被警察送到了医院里。那天朱节下了班,刚从产科的楼上拐出来,就看见了躺在担架上还没停止张牙舞爪的可可。

在病房里,可可喷着满嘴的酒气骂完了宋大志,突然抓住朱节的胳膊笑着说:"朱节,朱节,你这个最傻的傻瓜,你以为章辉就是个好东西吗?全天下,大概只有你还被他蒙在鼓里,以为他在外面没有女人,天天只围着你这个黄脸老婆转。你现在看着我的脸,看着我的脸,你就知道章辉外边的女人长着什么模样了。他妈的宋大志,他说他有一次在酒店里看见了章辉和那个女人,竟然差点把那个女人看成了我,他甚至还怀疑是我和章辉又拧在了一块。他们男人能在外边朝三暮四地找女人,他们凭什么就要家里的老婆立牌坊呢?朱节,你为什么要这么傻呢?你到街上去看看,外边的爱情是一样会让我们神魂颠倒的。"

身边的助手低低地问了声朱节是不是累了。朱节回过神来,才意识到自己手里的刀子划着的只是孕妇的表层皮肤,刀锋还没有深到腹腔,没有接触到女人包裹着孩子的子宫。

朱节从口罩上面抬起眼睛看了一眼对面的墙壁,她想靠着墙壁的坚实让自己的目光稍稍稳定一下。但是,那些在灯光里刷白着模糊成一片的墙壁,却让她的眼睛更加晕眩了。

后面的手术,朱节只能把它交给了一名进修医生。朱节发现自己的手虽然不抖了,但那种从高处坠落的感觉又波涛汹涌地席卷而来了。从可可嘴里知道章辉在外面有了女人后,朱节最不想看见的女人就是可可了。但她最想看见的,又同样是可可。可可为什么要把章辉的事情告诉自己呢?有一段日子,朱节甚至在质疑可可告诉她那件事情的真正目的。怀疑可可说那件事情的时候其实头脑早已经清醒了,她只是还在那里用酒精的气味伪装着，假装醉醺醺的，看朱节落进水里的样子是不是和她一样狼狈。

朱节是在一次全市大学生演讲比赛中，认识的章辉。在朱节认识章辉之前，章辉和可可大志三个人早已经像狮子那一类动物撒尿画圈子一样，圈定了自己的一个小圈子。朱节一直记得，章辉带着她进入原来只有他们三个人的小圈子那天，可可和宋大志听完了章辉的介绍，竟然都对她热情得像酷暑天气一样，让她有了一种透不过气来的感觉。尤其是可可，她甚至还跑上前来挎住了朱节的胳膊，以此表示着对朱节的特别友好和欢迎。但是，朱节在被可可挽住胳膊的一刹那，却突然生出了一种怪诞的感觉，她觉得可可就像一条美女蛇，只软软地缠绕住了她的手臂，就让她的心脏在骤然间充满了无限的惊慌和窒息。

后来，朱节是从章辉的笔记本里，知道了章辉是爱过可可的。结婚后没多久，有一天章辉心血来潮似的收拾读书时的一个旧皮箱，竟然意外地从里面搜出了一摞旧笔记。章辉自己回味着翻看了半天，然后又拿了其中的一本递给朱节，调侃着说："你看看读书时傻用功不傻用功，居然就做了这么多毫无用处的笔记。"

接过笔记随手翻着，朱节一边看，一边嘲笑章辉的字写得简直就像蚂蚁爪子，比医院里医生们的处方签还难看。正嘲笑在劲头上，朱节忽然就被手指刚才按住的几个字卡住了。她用力地眨了眨眼睛，完了又用手指抹了抹纸上的字，但那几个字还是固执地赖在那儿，并且一副气势磅礴的样子。

章辉的蚂蚁爪子在那儿突然放大了好几倍，在气壮山河地写着：可可，我爱你！！！

看完了那几个字，朱节又慌乱地看了看自己的手指，仿佛是要看明白，那几个字有没有像蜘蛛一样粘在自己的手指上，把自己的指头咬出了鲜红的血。

朱节看了眼章辉，不动声色地合上了笔记。笔记是合上了，但章辉那几个蚂蚁爪子一样的字，却没有从朱节眼前被抹去。不但没抹去，朱节发现那几个字还在迅速地膨胀着，巨石一样从她的上空滚落下来。而后边士兵一样站成一排的三个感叹号，正在杀气腾腾地端着冲锋枪，对着她突突地扫射着。

苍白着脸色从产房的门里走出来，朱节才知道外面已经下过了一场大雨。窗子外面那些被雨水洗刷一新的梧桐树叶子上，还挂着滴滴答答的一片水珠。好像是那些树突然走进了童话一样的圣诞夜里，浑身上下都被圣诞老人挂满了会眨眼睛的小星星。

可可坐在朱节的桌子后面，看着朱节在一把椅子上软软地坐下来，满脸沮丧地对着朱节说："朱节，我真的要崩溃了，我怎么会在这个时候怀孕呢？"

"真不是大志的？"朱节盯着可可的眼睛，"你在电话里说的时候，我以为你是在开玩笑呢。"

"我现在也拿不准到底是不是那个王八蛋的。"可可说，"我头一天被那个王八蛋强暴了，第二天又去报仇，强暴了另外一个男人。我身体里又没有能检测的仪器。"

"那，被你强暴的那个男人，他知道你现在怀孕了吗？"

"他？"可可先是突然愣了一愣，然后神情落寞着叹息了一声，说，"我怎么会让他知道呢，他是永远也不会知道的。"

朱节心里一动，不知道为什么忽然就想到了郭洪波，想到了站在殡仪馆告别大厅的角落里，那个戴着墨镜，神情和刚才一样落寞的可可。

"那你准备怎么办？如果大志知道你这次又怀孕了，他会不会逼着你生下来？这些年大志每周都到福利院里去照顾孩子，给他们讲故事洗衣服，带着他们四处玩，喜欢孩子好像都喜欢得要疯了。"

和宋大志去过福利院后，朱节觉得宋大志更是一个谜团了。在对待可可和对待福利院的孩子身上，宋大志简直就是判若两人。可可说宋大志对待她比魔鬼还狠毒，魔鬼也不会背着自己的老婆在外面找上一百个女人。但是在福利院的孩子身上，朱节又觉得宋大志分明就是个没有翅膀的天使。那天，他甚至能把那些孩子吃剩下的蛋糕，统统地吃进自己的嘴巴里。

"给他生孩子？那一定是我疯了。"可可嘲弄地说，"他在外面搞了上百个女人，说不定福利院里就有一大群孩子是他生的。"

朱节想笑一下，最后终于没笑出来，只是说："你这个奇怪的想法若是被大志听见了，真不知道他是会偷偷地乐死，还是被你活活地气死。"

"谁知道呢。"可可说，"大概只有上帝才知道他会怎么样，他又到底是一个什么狗东西。"

"我记得章辉好像说过，在大学里时，你是经常跟着大志到福利院里去帮忙照顾那些孩子的。"

朱节看见可可脸上的某个表情触电一样地停滞了一下。朱节想起来了，那次，可可说完章辉在外面有了女人后，脸上的表情就是这样停滞了一下的。想到可可刚才的表情，想到章辉外面那个酷似可可的女人，那种坠落的感觉就从四面八方扑过来，章鱼一样团团地缠裹住了朱节，缠住了她的每一条神经和每一个细胞。

她慌慌地挣扎着站起来，快速地去包里摸出了一个柠檬，然后对着手里的柠檬恶狠狠地咬了下去。咬完了，才如梦初醒地看着可可说："忘了问你，你吃柠檬吗？怀孕的女人应该喜欢吃酸的。"

"柠檬从来都不是吃的。"可可刚刚停滞过的脸上这会儿已经充满了讶然，她看着朱节说，"你怎么会吃柠檬呢？"

朱节模糊地笑了笑，笑完了，说："你知道吗，章辉第一次看见我吃柠檬的时候，口气和你现在的口气一模一样。你们简直就像是在背诵着同一句台词。"

"任何人看见你吃柠檬，肯定都会是这样的口气。你准备什么时候给我做？"可可说。

从那次醉了酒，在病房里给自己说出了章辉的事情后，朱节发现，只要自己说到章辉，可可就一定会像扳道工扳火车的道岔一样，把正在进行的话题岔到另外一条轨道上去。并且，神情也是那么古怪着，好像章辉是朱节手里一把正在挥舞着割草的镰刀，而她正是一片茂盛的青草，只要那把镰刀一挨近她，她马上就会面临失去生命的危险。

"你想好了吗？"朱节看着手里的柠檬说，"也许生了孩子，生活就会是另外的样子了。"

"生活永远都是生活的样子，它永远不会因为谁生了一个孩子就去改变模样。"可可突然换了一种飘渺的声调说，"即使变，也只会使眼前的生活变得越来越糟糕。"

在朱节的印象里，可可的声音一直都是饱满的，饱满得就像是白露之后的露珠，既晶莹又剔透。她从来没有这样颓废过，更是从来没有用这样一种空洞的声音说出过半个字。现在，似乎她身体里所有的东西都被一只手悄悄地掏空了，或者是那些珠圆玉润的露珠都在不经意间被炽热的太阳悄悄地蒸发掉了，而她却全然没有觉察到。

朱节盯住可可看了一会。她停止了撕咬柠檬,并且把柠檬放到了桌子的一个角上,忽然温柔地说:"你做的次数太多了。知道吗,多做一次,就意味着你会失去一次做母亲的机会。所以,你最好还是先休息几天,仔细地想一想,然后再做决定。"

七

最近,朱节翻来覆去地老是在做着同一个梦。在梦里,她分明是上了自己楼洞里的电梯,也按了自己家六层的按钮。但是,每次电梯门打开的时候,她都发现自己并没有走到家门口,而是被电梯带到了一片没有人烟的旷野里。旷野里到处是成片成片的树木,和分不清方向的沟壑,朱节站在旷野里,怎么也找不到回家的路。因为她根本就不知道,自己的家到底在旷野的哪个方向。

每次从这个梦里醒过来,朱节都在黑夜里心跳如鼓,仿佛真的是刚刚穿越了梦境,从那片一望无际的旷野里逃奔回来的。有几次,她的心惶惶地跳着,感觉自己的脚后跟上沾满了旷野里那些树木和杂草的味道,还有一些灰尘和泥巴。她想不明白,自己为什么会反复地做着这样一个梦呢,而且她每次站在空无一人的旷野里,心里都是那么茫然和恐惧。按照弗洛伊德关于梦境分析的学说,人所有的梦境都是大脑皮层在白天思维的一种反射和延续,是人在白天思维活动的一面镜子。但是,这些日子朱节几乎要把脑袋想得开满花朵了,也没想出来,自己的大脑里什么时候产生过和旷野有瓜葛的那些东西。如果硬要把她和旷野联系起来,就只能说她每天吃进去的那些蔬菜和水果,是从旷野里采摘来的。可是那些蔬菜和水果,怎么可能带着她到旷野里去呢?它们又不是从旷野里来的蔬菜精灵和水果精灵。

那些精灵都是孩子童话书里的主角。而在现实生活的书本里,是没有一根丝线的纬度,能让它们来拉开帷幕的。

那天朱节终于忍不住,把梦里的情景讲给了章辉听。章辉听完了,眼睛盯着朱节看了足足有三分钟。之后,他才神情严肃地说:"朱节,现在不是开玩笑了,再去看看你满阳台上挂的那些烂纸环,冰箱里储藏的那些烂柠檬,你就该知道自己真需要去看心理医生了。"

想着章辉外面的那个女人，朱节心想需要看心理医生的应该是你们，是你章辉，是那个宋大志，还有可可。她笑了笑，用一种在章辉看来十分古怪的眼神看着章辉，微笑着说："章辉，你现在最盼望的，是不是就是我赶快得了忧郁症，然后再不可救药地去自杀？假如一个人想去自杀，你说她是用丝袜勒脖子好呢，还是用刀子刺穿股动脉好？"

"最好是用刀子刺穿股动脉。"章辉几乎是恨恨地说，"医生自杀时要么选择药物，要么就用手里的手术刀。用这些才有意义，才说明你曾经是一个救死扶伤的医生。"

"我认为最好还是用药物，"朱节的眼神游离了一下，口气却坚硬地说，"这样就弄不脏衣服了。当然，药物里速度最快的就是氰化钾。"

"在你自杀之前，最好先告诉我一声，我好事先安排好手里的工作，然后有条不紊地来处理你的后事。另外朋友们送花圈的时候，要不要提醒他们给你买鲜花的？还有告别仪式上的音乐，你准备用克莱德曼的钢琴曲呢，还是用中国的《茉莉花》？" 章辉说。

"还是《茉莉花》吧。"朱节说，"可可的老家是苏州，她从小是在茉莉花里泡大的，一朵茉莉花唱得既香又甜，我的葬礼上由她来领唱茉莉花应该会最出彩。"

"那要不要我现在就去通知她，让她先开始彩排？"

"但可可怀孕了。"朱节看了一眼章辉，又说，"你现在不看书了吗？你看书的时候有没有闻到,现在,茉莉花的味道好像一直在我们家里弥漫着。"

在沙发上坐下来，章辉突然扳过了朱节的脸。他捏住朱节的下巴，说朱节你看着我，你不是要得忧郁症了，是你心里已经得了舞蹈病，并且已经严重得全身扭曲不能自理了。

朱节推开了章辉的手，语气松散地说："章辉，你已经连个玩笑都不愿意和我开了是吗？是你一直在暗示我得了忧郁症，说我需要去看心理医生的。"

"是我暗示你得了忧郁症吗？"章辉说，"那你告诉我，你什么时候才能不去吃那些烂柠檬了？"

"柠檬是大麻吗？"朱节在心里叹息了一声，忽然想缓和缓和房间里绷紧的空气，自由地呼吸一下，于是，她就看着章辉笑了起来。

"没人和你笑。"章辉说，"柠檬不是大麻，但它在我们家里已经变得比大麻还可怕了。"

"你的意思是，应该专门给我成立一个戒柠檬的戒毒所了？"朱节平静地说。

"你现在这副样子，只有等着进精神病院了。"章辉看着朱节不可救药的笑，气恼地从朱节身边站了起来，神情愤懑地进了书房。

看着章辉的后背消失在书房门口后，朱节的目光就像开得太久的一朵花，在书房门口低垂着散落下来。她看着地板上一地颓败的花瓣，猜测章辉在另一个女人跟前，会不会也是这样没有了儒雅的风度呢。最后朱节否定着自己摇了摇头，心情犹如被大风吹着的一朵蒲公英。她想章辉是多么会怜香惜玉的一个男人，他怎么可能对他爱着的女人这样呢。他以前从来都不是这样的。

但以前的章辉是什么样子的呢？朱节坐在那里回想了好久，回想得眼睛里湿漉漉的都要长出青苔来了，也没能回想起来。以前那个章辉就像秋天树上的一树叶子，落过之后，尽管在来年的春天里又蓬勃了起来，而且还是一样的茂密和旺盛，可是树自己的心里明白，这一树的叶子无论如何也不是那一树的叶子了。朱节想即便哲学书里不讲世上没有两片相同的叶子，那树上每一年的叶子，也仍然是不相同的。

书房里的门这次只关了五分钟，就被章辉打开了。但是在这五分钟里，朱节却觉得她的目光已经在那里逗留了有一百年那么长了，好像楼下那些生长得最最缓慢的松树，也都已经粗大得没有人能搂抱过来了。她看着章辉，发现他的手里没有书。章辉的手里不拿书，就说明章辉是要出门了。朱节已经重新分析出了章辉现在的生活规律，现在，章辉只要在这个家里呆着，手里就一定是拿着一本书的。他手里不拿书的时候，就一定是要出门了。果然，章辉的眼睛没有朝朱节这里瞅一眼，就径直进了卧室。

朱节知道，他是换衣服去了。

章辉再从卧室里出来时，朱节看见，他真的已经换好了衣服，而且上衣换的是一件她从未看见过的休闲衫。章辉所有的衣服，都是她和他一起去买的，朱节在脑子里迅速地翻了十遍，确认着这件衣服是不是她陪着去买的。朱节盯着章辉的上衣还没想明白，章辉已经拉开家门走了出去。他没和朱节打招呼，甚至看也没再朝朱节这里看一眼。似乎朱节已经不在家里了,已经比他早先一步出门去了,这个空荡荡的家里只有正要出门的一个章辉。

听着章辉碰上了门,走进了电梯,朱节才慢慢地站了起来。她还在确定着,章辉身上的衣服到底是不是她陪着去买的。

趴在窗子前看了一会,朱节只看见了章辉从车库里钻出来的车子。她还看见,章辉的车子从车库里跑出来的速度,快得像一只被枪声惊吓着的藏羚羊。

朱节从来没找宋大志考证过,他是不是真的看见过章辉和一个长得像可可的女人在一起,并且他还把那个女人当作了可可。朱节知道男人们的所谓友谊是什么。他们的友谊,就是章辉说宋大志在日记里记载的那一百个女人,可能都是作为一个男人的宋大志为了缓解生存压力而虚构的故事。

朱节重新回到了沙发上。她看着墙壁,开始在墙壁上翻找着可可的眼睛。从可可给朱节说了章辉在外面有了女人后,朱节就觉得家里到处都是可可的眼睛了。它们有时候是在电视墙蓝色的背景上眨动着,有时候是在饭桌上看着朱节做的饭菜,有时候竟然就在朱节和章辉的结婚照上,自上而下地俯视着躺在床上的朱节和章辉。朱节要不停地去可可的美容院里看到可可坐在那里,看见可可的眼睛还在可可的脸上动情地眨动着,才会相信可可的眼睛已经不在他们家里蛇一样地游走了。

这些年,朱节一直没能想像出来,在大学里时,到底是章辉和可可之间先有的爱情呢,还是可可和宋大志之间先有的爱情。假如是可可和章辉先有的爱情,可可为什么最后又选择了宋大志?假如是可可和宋大志两个人先有了爱情,那章辉呢?章辉为什么还会在笔记里写下爱可可的话,而可可又为什么还在一边标注上,可可同学同意章辉同学爱可可呢?朱节想那不可能是一个玩笑。虽然在他们各自结婚后的这些年里,你从他们所有的来往和举止里,丝毫都搜不出他们曾经相爱过的痕迹,但这些,并不说明他们没有过任何瓜葛。

现在,朱节觉得要不是可可亲口告诉她章辉在外面有了女人,要不是章辉前些日子还在骂可可是半个娼妓,她真应该怀疑章辉这么急促地从家里逃出去,完全是因为她说了可可怀孕的事。只是,朱节仍然想不明白,章辉又不是宋大志,可可又不是那个长得像可可的女人,可可怀孕了,章辉的情绪为什么要那么激动呢。他甚至动作粗鲁得像牲口市场里的经纪人一样,扳住了她的下巴。他的激动,真的是因为他认为柠檬在他们家里,已经比大麻还可怕了吗?这听起来多么可笑。

会不会,可可说的那个像可可的女人,就是可可自己呢?

这个念头一冒出来,朱节突然就被自己惊呆了。停顿了一会,她抓起桌子上的半个柠檬,狠狠地砸在了额头上。

八

走在街上,朱节看见街上的阳光好像是被人从一个巨大的烂铁盆里倾倒出来的,满大街上都在肆虐地流淌着它们肮脏的泡沫。里面除了令人掩鼻的锈铁的气味,还漂浮着一些烂袜子臭鞋垫,一些烂菜叶子死老鼠,甚至还有一团一团纠缠不清的让人看了就恶心的头发。

在路边一幢老式住宅楼上,爬山虎疯狂的绿叶子不仅占领了水泥的墙壁,而且眼看着就把一个扒着窗子往下张望的老太太吞没了。她的身体已经完全被那些绿色的植物吃掉了,只剩下一颗脑袋顶着满头沧桑的白头发,和一双毫无表情的大眼睛,在默默地打量着这个喧闹的世界,仿佛成了嵌在绿色背景上的一张脸谱。

看见那张脸谱,朱节就在路边停住了脚,仰视着那面绿色的墙壁。朱节想知道,一个女人能这样活到白发苍苍,她依靠和凭借的都是什么呢?她的丈夫年轻时,在暗处背着她喜欢过别的女人吗?她的内心里,有过没处安置的孤独吗?她有没有设想过,可以像现在的可可那样,用来自丈夫之外的爱情来填充生活?而一个人背离婚姻的翅膀,真的可以像商玉石说的那样,想生就能从腋下生出来吗?

参加完郭洪波的葬礼之后,商玉石开始天天给朱节打电话。商玉石有些无赖地说:"朱节,除了冰凉的手术刀,你就不能再拿点别的温暖的东西,献给我们这些亲爱的同学吗?郭洪波的葬礼,怎么就没能给你敲响警钟呢?说不定哪一天,你参加的就是我的葬礼了。"

"你要硫酸呢还是要火焰?它们不仅是温暖的,而且还都是滚烫的。"朱节说。

"不管是火焰还是硫酸,只要是你给的,我都喜欢。"商玉石说,"在高中里的那两年,我就最喜欢看着你的眼睛和听你说话了。可惜后来被他妈的学校给逼走了。你猜后来怎么着朱节,后来咱们那个班主任的小儿子报考了我们政法学院,但是分数不够,他竟然手里拿着一个装钱的大信封专门来找我,想让我给他儿子补录上。"

朱节笑着避开了商玉石前面那些话,说:"刘老师的儿子不是考了一所师范学校吗?"

"那是因为他当时就被我用有关条文给打回去了。"商玉石说,"如果他不给我送钱送物,我也许还考虑考虑。"

"现在,我总算知道清正廉洁的模范人物都是怎么来的了。"朱节说。

笑了一声后,商玉石说:"当年因为浴池事件,我被学校勒令着转学时,我爸爸也曾经提着东西去找他,想让他在校长面前给我说说情。你猜他说什么?他说如果我爸爸不给他送礼,他也许会考虑到校长那里给我求求情。但我爸爸拿着东西去找他,他就不能给我求情了。他说我爸爸拿的那些礼物是侮辱了他的人格。"

朱节也笑了笑,说:"看来你到现在还没认识到,你当年犯的那个错误有多么不可饶恕,你知道你的邪说把多少女孩子的内分泌都给吓得紊乱了吗?所以,班主任当时不给你求情就对了。那次要是放过了你,你还指不定会弄出什么大乱子来。"

"你呢?"商玉石依然呵呵地笑着说,"听郭洪波说,当时是你第一个带头去浴池里洗澡的,你就不怕男生的那些精子让你碰上怀了孕?"

"别忘了,我可是妇产科医生。"朱节说。

"那是后来的事。说句真话,你考医学院的念头,是不是就是在那个时候跳出来的?如果是,那现在最该感谢我的,就该是国内著名的妇产科专家朱节了。"

"想让我怎么感谢你?"朱节想到那天在可可美容院跟前看见的寻狗启事,上面对收留狗者的重谢,竟然就是给他们家的宠物做全年的健康护理,于是就笑着说,"要不要来我们科里给你做个全面的体检?"

"好啊。但前提条件是,必须由你亲自给我做。"

朱节说:"你就不怕我给你检查时,在你翅膀底下装上一个定时炸弹,炸得你像可可美容院门前被炸得粉身碎骨的那辆车?"

昨天中午朱节刚走出产房,可可的电话就过来了。可可在里面眉飞色舞地说，你知道刚才在我们美容院门前被炸飞的那个女人是谁吗？就是当年和我争主播的那只骚狐狸。这些年她靠着那个狗屁市长出风头，今天终于风光够了，大红大紫地谢幕了。朱节当时还没回过神来，可可的电话就挂了。直到今天看报纸，朱节才知道昨天在可可美容院门前发生了一起爆炸案。电视台的一个女主持人，被安装在她车底的炸药包炸飞了。

商玉石说："只要是你亲手在我身上安装的，就是粉身碎骨了我也心甘情愿。"

"那你就明天过来吧。"朱节说，"我要一条血管一条血管，一个毛孔一个毛孔，仔仔细细地给你检查，看看你是不是每个毛孔里都长出了翅膀。"

听见商玉石在电话里坏笑，朱节忍不住慌乱地看了看自己的一只手掌，她突然就被自己现在的心理状态吓住了。朱节惊讶地发现，自己现在和商玉石说着这些无聊透顶的，甚至是带有某些调情色彩的话时，心里竟然是流水一样的自然，甚至是奔涌着一丝愉快的。

商玉石说："我约了几个同学准备下周到普陀山上烧香去,你去不去？"

朱节明白，任何女人和商玉石这样的男人来往久了，是迟早都会变得和现在的可可一样无耻的。朱节便笑了一下，说："我从来没烧过香，真还不知道该怎么烧呢。"

"很简单啊，"商玉石说，"熊猫烧香你总是知道吧，我们只要像熊猫那样去烧就行了。"

带着可可往楼下的 B 超室里走时，朱节挽着可可的胳膊说："你真是让人弄不明白，每次这样，都让我觉得你是在故意先折腾自己，然后再来折腾我。"

这些年里，可可来找朱节做一次这样的手术，朱节对可可的疑问就会反复一次：这么一个千方百计地心疼着自己，连脚趾甲都会去做护理的女人，怎么到了床上就一点也不会爱惜自己了呢？

可可笑着看了一眼朱节，说："要是没有你，我还真不敢这么疯狂地折腾自己。"

"疯狗。"朱节说，"你跟男人疯狂也和我有关系？"

"当然。"可可说，"有一个国内著名的妇产科专家做着保护神，我还怕什么呢？"

"就是国际著名的妇产科专家,也不能保证你的身体每次都丝毫不受损害。"朱节说,"身体是你自己的,不是朱节的,也不是任何一个女人的。"

"但我从来就没认为我是属于自己的。"可可依然笑着说,"你不是一直喜欢说世界上一切美的东西,都是属于全人类的吗?我就是那种属于全人类的。"

朱节第一次觉得,可可的笑容是闪动着寒光的,像阳光打在锋利的刀锋上,耀眼、刺目,但缭绕的寒气却是令人胆战心惊的。朱节觉得可可笑容里的那股冰冷的寒气,让她全身的血液都随着步子在楼梯上停滞了一下。

可可和宋大志结婚后,可可做的第一次人流手术,就是朱节给做的。本来,朱节陪着可可到了人流室,只是想告诉人流室里的医生可可是她的朋友,让她们在做的时候仔细一点。但手术之前,可可突然说她害怕得要死,一定要朱节在一边拉着她的手才可以。后来医生准备好了,要做的时候,可可突然问朱节:朱节,你会做这样的手术吗?

看着人流室里的两名医生笑了笑,朱节说当然会。可可说既然你会,你为什么不亲自给我做呢?除了你,任何人做我都会害怕的。朱节说你怎么变得像个小孩子,我已经很久没做过这个了。可可说我不管,我就是要让你亲自给我做。

没有办法说服可可,最后,朱节只好亲自动手给她做了。有了这个开始,以后可可每次怀了孕,都是坚决要求朱节亲自给她做。

现在,朱节讨厌透了给可可做这样的手术。这个身体,从她告诉朱节,章辉外面的那个女人是和她长得一样开始,朱节就开始憎恨了。

宋大志来找朱节时,朱节刚从可可的病房里回来。看见宋大志,朱节的心里突然就怦怦地跳了两下。不用猜,朱节就知道宋大志是为什么来找她的。

宋大志在一把椅子上坐下来,先是沉默了一会,然后才语调迟缓地说:"一定要把她的子宫切除吗?"

朱节点点头,说:"为了她的安全,现在看来已经没有选择了。"

可可是在人流前做例行的B超检查时,查出长了子宫瘤的。朱节在仪器里看见那个比拳头还大的东西时,第一个动作就是抬手往上推了推眼镜。她看了一眼躺在那里的可可,心里竟然莫名地轻松了一下。朱节想这个女人以后再也不会来这里展示她罪恶的身体了。

宋大志说:"怎么会这样呢?真的会是恶性的吗?"

"这个需要切片以后才能弄清楚。"朱节说,"现在的女人生育少了,这种情况太普遍了。"

"那是和她没有生孩子有关吗?"宋大志说。

"是和雌激素有关。"朱节说。

九

朱节是在商玉石打电话,邀请她去普陀山时,突然决定住进银河大酒店里的。银河大酒店就在他们小区的对面,酒店经理的妻子去年难产,是朱节手里那把精湛的手术刀,救下了他妻子和儿子的性命。朱节决定以写学术论文的名义,到银河大酒店里去住上一周。

这个念头一冒出来,朱节就去推开了书房的门,对正在拿着一本书出神的章辉说:"我已经决定了,下周跟着几个同学到普陀山去。"

然后,还没等章辉抬起头来看她,朱节就从书房的门口飞速地消失了。朱节觉得自己心里终于有了一种快感。这种快感让她突然有了一种飞翔的感觉,她觉得自己的腋下真的生出了一对看不见的翅膀。

从可可住院开始,朱节就一直在心里选择着出行的路线了。但是,从国内想到了国外,从内蒙古的沙漠一路跋涉到了开满鲜花的草原,甚至想到了南美洲的热带雨林,朱节仍然恐惧地发现,所有这些她想到的去处,无论多么远,都没有一个地方,是可以让她忘掉家里的阳台,忘掉那种突然坠落的恐惧感的。

星期天的上午,朱节几乎是跳跃着走进了酒店十六层的房间,然后跳着舞步去拉开了落地的窗帘。她趴到窗子前,朝他们家居住的小区浏览着,第一眼,就找到了他们家挂满纸环的阳台。她看见家里的阳台是那么矮,矮得好像就贴在下面绿色的草皮上。而她剪的那些五颜六色的纸环,似乎是在吹进阳台的风里,在落满阳光的低矮的草皮上空,轻盈地飞着,盘旋着,好像一群生着翅膀的鸟一样。

(原载《上海文学》2010年第1期,《中篇小说选刊》2010年第2期转载)

告诉我哪儿是北

一

在北京找胡梅子的第六年，文成卓遇到了胡凤霞。那天，胡凤霞坐在儿童医院附近一家包子铺的玻璃窗后面，穿着一件红色的羽绒服，冬天的阳光穿过玻璃，落在她的身上，头发上，使她看上去好像特别明亮，特别温暖。

从包子铺门前走过，文成卓是准备到公共汽车站坐车，去潘家园旧货市场里找梅子。

在北京的六年里，文成卓每个星期都要去一些古旧市场里找梅子。文成卓总觉得，梅子一定和某个古旧市场有一种什么关系，他在北京的古旧市场里，一定会找到梅子。要不，自己为什么老是梦见梅子在古旧市场里，向别人问路呢？

在北京找梅子，文成卓起初只是天天到天安门广场，和广场附近的地方去找。梅子走丢前，他和梅子坐在开往北京的火车上，决定到北京后要看的第一个景点，就选天安门广场。所以文成卓觉得，梅子肯定会到天安门广场来的。文成卓每天凌晨起来扫完马路之后，就到天安门广场的人群里去找梅子。

梦见梅子在北京的古旧市场里，不停地问别人哪儿是北后，文成卓就开始每个星期都到古旧市场里去找几趟。

六年下来，北京的大街小巷，已经被文成卓跑得跟他老家的村子一样熟了。特别是北京所有和古旧东西有关的大小市场，每一个小摊子跟前，文成卓的脚印都能摞上几尺高了。文成卓夜里躺在床上，想找到梅子之后，他首先就要带上梅子，叫梅子去看看自己这些年四处找她踩出的脚印子。那些水泥路面都很硬，但文成卓踩在上面的脚印子，文成卓都能看得见。文成卓相信找到梅子后，他踩的这些脚印子，梅子也一定能看得见。文成卓觉得他的每一个脚印子里，都印着梅子的名字，如果梅子的那些名字能像树种子一样发芽长叶子的话，现在也该长成碗口粗的树了。

　　看见胡凤霞的一刹那，文成卓心跳得牙齿都在打哆嗦了。

　　文成卓心里说梅子呀，我天天从这里路过，怎么就没想到往包子铺里看一眼呢？你在这里，怎么也不知道往家里写一封信呢？你走丢了，你肚子里认识的那些字和咱们家的地址，难道也和你一起走丢了吗？

　　已经过了吃早餐的时间，包子铺里静悄悄的，似乎只有阳光的脚步，在玻璃上穿来穿去的，和胡梅子做着温暖的游戏。文成卓觉得梅子的脸上，那些跳跃的阳光耀得他睁不开眼睛。文成卓眼里的泪，就在梅子脸上耀眼的阳光里，落了下来。

　　看见梅子的眼睛往他这里看了看，好像并没有看见他，文成卓便想，是阳光耀着梅子的眼睛，所以梅子才没看见自己。梅子的眼睛最怕强烈的光。他们谈恋爱的时候，如果冬天迎着阳光走在雪地上，雪地上折射起的光线，就会照耀得梅子睁不开眼睛。梅子总喜欢用一只手遮住了眼睛，被他拉住了另一只手，往前走。

　　看见梅子，文成卓的右手下意识地又伸了出去。这只右手，在梅子走丢之前，是一直习惯牵着梅子的手走路的。梅子走丢的那个晚上，同样是这只手，在下了火车后牵着梅子的。

　　文成卓一直不能原谅自己的，就是当时自己的手为什么没坚定地牵着梅子的手。梅子走丢后，文成卓在所有人多的地方，都会下意识地伸出右手去，想要拉住梅子的样子。每次都是手伸出去了，才想起梅子已经走丢了。

　　冲进包子铺里，文成卓嘴里兴奋地叫着："梅子，梅子，我可找到你了！可找到你了！"

　　听见有人进来，胡凤霞立刻站了起来，问："请问您是要包子吗？"

　　文成卓说："是我，梅子。你认不出我来了？我是文成卓。"

胡凤霞愣愣地看着文成卓,说:"你认错人了吧?我不叫梅子。你要几个包子?"

看着梅子的脸,文成卓着急地说:"梅子,你别和我开玩笑了行不行。我找了你六年,都快想死你了。你不认识我了?你连我都不认识了?"

这个人有点怪异,胡凤霞想,自己都说不认识他了,他还一个劲地叫自己什么梅子。胡凤霞心里就有些害怕,心想如果遇上了一个精神病,那可就麻烦了。这会儿,铺子里的几个人都在里面忙活,就她一个人在这里。胡凤霞就往铺子外看着,盼着这时候能有个人进来,给她解解围,但这会儿根本就没有人光顾他们的包子铺。胡凤霞只好绕到一张桌子后面,说:"你真的认错人了。我叫胡凤霞,不叫什么梅子。"

文成卓跟过去,一把拉住了胡凤霞的手,说:"梅子,胡梅子,你怎么连名字都改了?怎么改成叫胡凤霞了呢?"

一边往外抽着手,胡凤霞心里想着怎么才能摆脱这个人。这个人穿得还算干净,看上去似乎也像个正常人,但说出来的话,却让人不明白。什么梅子,还杏子呢,让人听了莫名其妙。胡凤霞说:"我一直就叫胡凤霞,从来没叫过什么胡梅子,你真的是认错人了。你松开手!再不松开手,我就要喊人来了。"

文成卓有些奇怪地看着胡凤霞,猜不出梅子这是怎么了,为什么不认自己。文成卓松开手,从包里翻出他和梅子合影的照片,递到胡凤霞的手里,说:"你看看照片,你还和我开玩笑。梅子,我这六年为了找你,是比原先瘦多了,老多了。"

拿着照片,胡凤霞看了一眼,就惊得有点说不出话来了。照片上那个被叫做什么胡梅子的女人,除了发型和她的不一样外,连站着的姿势,几乎都和她一样。胡凤霞想,要不是自己在看这些照片,知道自己没穿过这样的衣服,没留过这样的发型,换了任何一个人,都会说照片上的女人就是胡凤霞。

"梅子,这回不能再和我开玩笑了吧。你知道这六年,我和家里人是怎么过的?想你都快想疯了!你看你,就不知道给家里人写封信。这回好了,可找到你了。"说完这句话,文成卓觉得自己整个人都松弛了下来。

看着照片,听了文成卓说的这些话,胡凤霞觉得文成卓的精神应该是正常的,就说:"大哥,我真的不是你找的人。不信,你可以看看我的身份证。我看见这些照片，也有些惊讶，想不到世上还真有和我长得一样的人，跟我就像双胞胎。我自己都看糊涂了，怎么会有这样的事呢，并且还和我一个姓。"

一边端详着胡凤霞，文成卓说："梅子，你是不是受了伤害，失去记忆了？你忘了吗，咱们是结婚的第二天，来北京旅游的。谁知道一出火车站，你就走丢了。一丢，就丢了六年。"

"大哥，你看看我的身份证，我真的不是你要找的那个人。你听听我的口音，和你说话也不是一个地方的。" 胡凤霞放下手里的照片，转身去桌子的抽屉里拿出一个小包，从里面翻出一张身份证，递给文成卓。

看着胡凤霞的身份证，文成卓说："现在大街上那么多做假证件的，什么样的证件做不出来？你在外边过了这六年，口音肯定会有一些变化。梅子，你如果不是故意和我开玩笑，那就一定是走丢后，受了伤害，把咱们原先的事都忘了。你还记得你爸厂里的范小慧吧，范小慧说她的妹妹有一年骑自行车摔倒了，醒来就不认识自己家里的人了。你是不是和范小慧的妹妹一样，失了记忆，才不认识我了？"

把身份证还给胡凤霞后，文成卓猜测着，梅子在走丢后，一定是因为受不了这么严重的刺激，一着急，就把过去的事都忘了。自己做的那些梦里，不都是梦见梅子在古旧市场里，声音像被火烧着了一样地焦急着，四处问别人哪儿是北吗。梅子说过，她在玉米地里走着都掉向。一个不认方向的人，在人生地不熟的外地猛然走丢后，还不就是急都急疯了。所以，文成卓想，梅子在走丢后，和那个范小慧的妹妹一样失去了记忆，也是绝对可能的事。

看着胡凤霞恍惚的神态，文成卓安慰着胡凤霞说："梅子，你别着急，你现在想不起来咱们的过去，现在不认我，都没有关系。我找到你了，就高兴了。等你想起来了，你再认我，你什么时候认我都行，我慢慢地等着。我都找了你六年了，现在找到你了，就不怕你不认我了，早晚有一天，你会想起来咱们的过去，会认我的。"

在桌子前坐下来，文成卓又说："梅子，你现在给我几个包子好不好，我太饿了。你走丢后，我几天不吃饭也不饿，六年了，从来没有觉得饿过。但是今天看见你，我一下子就饿得像是六年没吃过饭了似的。"

看着文成卓狼吞虎咽吃包子的样子，好像他真的六年没有吃过饭了。胡凤霞忽然同情起这个叫文成卓的人来。一个人，为了找另一个人，六年没有感觉饿过,那是一种什么样的感情。胡凤霞看着外面的阳光,发现阳光有些刺目,就想这个人要找的那个女人,此刻,如果看着找了自己六年的丈夫这样吞咽包子,脸上不知道会露出什么样的表情。

文成卓认准了胡凤霞就是梅子。找了六年,现在终于找到梅子了,文成卓当然不会再离开梅子一步。吃完包子,文成卓就一直在包子铺里坐着,看着胡凤霞忙来忙去地卖包子。

包子铺老板见文成卓一直坐在铺子里不走,就问胡凤霞是怎么回事。胡凤霞只好把文成卓错认了她,非说自己是他走丢的老婆的事,说给了老板听。老板不信,说会有这样的事?神经病吧。就要叫人往外轰文成卓。胡凤霞拦住了老板,说:"依我看,他的脑子肯定没有问题。是我,真的和他老婆长得一样。"

说着,胡凤霞走到文成卓的身边,让文成卓拿出了他和梅子的那些照片让老板看。老板看完了,疑惑地看着胡凤霞问:"照片上这个女的,真不是你?"

胡凤霞说:"他如果只拿着一张照片,你不信也罢,但他拿着这么一沓子,还有结婚证,你还能怀疑什么。只能说真的有这么一个女人,和我长得一模一样。只是她走丢了,而我又被她的丈夫遇上了。所以我说我不是他找的人,这个人偏偏不信。"

包子铺老板又扫了一眼胡凤霞,说:"别说他不信,你要不是和我一个地方出来的,连我都不信。世上哪有这么蹊跷的事情,专门去找也找不着。"

把照片什么的还给文成卓后,胡凤霞说:"大哥,我和我们老板是一个地方的,我是跟着老板来北京的。你也看过我的身份证了,我们是河南人。你的结婚证上,上面的大红印可是证明你们是山东人。现在你总该相信,你是认错人了吧?我真不是你要找的那个胡梅子。"

这怎么可能呢,文成卓想,眼前这个人明明就是梅子,只是她不像以前那么爱笑了。不爱笑,这完全可以理解,想想一个人刚结婚就走丢了,一丢就丢了六年,在外头不知道遭了多少罪,怎么还会笑呢。自己找梅子的这六年,不是也不会笑了吗?

二

　　从胡梅子走丢后，文成卓就开始反复地做着同一个梦。梦里，他和新婚的妻子胡梅子在北京的古旧市场里走散了。走散后，梅子在古旧市场里不停地问别人：哪儿是北？

　　在梦里，文成卓知道胡梅子是在找自己，但猜不出胡梅子为什么要问别人哪儿是北，文成卓想他们的家，明明是在北京的南边呀。在胡梅子问别人哪儿是北的时候，文成卓清晰地看见了天上的北斗星。他听着胡梅子焦急的询问声，就想，梅子，你怎么不知道抬头看看天呢？北斗星就挂在那儿，你看见了北斗星，不就找到北了吗？文成卓心里替梅子着急，急得心都要碎了，才想起来，给梅子打个电话不就简单了吗，告诉她哪儿是北，再告诉她自己现在的位置，梅子不是立马就可以找到自己了？文成卓找到电话去拨号，发现电话上的按键已经掉得残缺不全，他怎么按，也拨不出号来。

　　每到这个时候，文成卓就能听见自己的心嘭的一声碎了，像一个大玻璃花瓶猛然摔在了地上，那些蹦跳起来的清脆的声音，细细致致地划破了他的每一条血管。他血管里流出的血，就漂着一些碎碎的花瓣，很慢很慢地向前流淌着。文成卓认识那些碎花瓣，那是他们结婚时，梅子让文成卓早早起来去摘的月季花瓣。梅子希望他们的婚礼，和别人的有些区别，不仅仅是被家里人在他们的头顶上，撒一些染得花花绿绿的，代表着美满幸福的麦麸皮。她说，结婚的时候撒一些花瓣，像电影电视里结婚的人那样，那是多么浪漫和诗情画意的事情。梅子为自己的创意，很有些自得，还说月季花的花瓣，和玫瑰花的花瓣是一样的。

　　每次从这个梦里醒过来，文成卓都是一身的汗水。文成卓不明白，第一次做这个梦时，自己从来没去过北京的古旧市场，甚至都不知道北京有什么古旧市场。但自己为什么会梦见它呢？文成卓想，胡梅子和自己一样，在准备来逛北京时，只知道北京有个中国最大的天安门广场，有条八达岭长城，有座住过很多皇帝和妃子的故宫，有座秋天冷了枫叶才红的香山，还有个被八国联军烧剩下的圆明园和颐和园，除了这些旅游景点，谁会操心它有没有什么古旧市场！那么剩下来的可能，是不是就暗示着，梅子在走丢后，真的去过北京的哪一个古旧市场呢？

文成卓是在桃花一片灿烂的春天，把梅子娶回家的。梅子喜欢春天，说春天里所有的花儿都像新娘，她也要在春天里做新娘，让自己的幸福像盛开的花儿一样。娶梅子的那一天，文成卓看看院子里一株盛开的桃花，再看看梅子桃花一样艳丽的脸庞，忽然开窍似的，明白了什么是人面桃花相映红。

婚礼的第二天一早，文成卓和梅子告别家人，先是乘了一个多小时的汽车，下了汽车后又转乘火车，到北京去旅游。梅子穿着一身的红衣服，脖子上系着一条红纱巾，头发上，还戴着一朵大红的绢花。在火车上，很多人都在看梅子头上的红花，看得文成卓都有些目光游离，不自在起来。文成卓看看梅子，发现梅子的幸福感一点也没有受到影响，依然自由自在地在车厢里走来走去，好像一尾红色的金鱼，游在他们的洞房里。文成卓看着车窗外绿意盎然的大地，不由得想，原来幸福也可以让一个人变得这样目中无人。

梅子脸上的笑靥，像花儿一样地盛开着，好像世界只是为她一个人存在的。文成卓从窗子外绿色的大地上收回目光，看着梅子脸上的笑靥，悄声说："你后悔不后悔出来旅游？我觉得有点后悔了，把这么好的时光，都浪费在了路上。"

梅子听了，放着红光的脸又敷上了一层艳丽的桃花，照耀得文成卓醉眼迷离。梅子把嘴巴贴在文成卓的耳朵上，声音里带着一丝甜腻的笑说："不许乱想坏事。"然后又抬起头来，放开了一点声音，"到了北京，咱们是先看天安门呢，还是先看长城和香山？"

想了想，文成卓说："先看天安门吧，咱姑父不是说天安门离火车站很近吗？下了车咱们买张地图，再看看别的景点离天安门有多远。就是春天去看香山，香山上的红叶肯定还是绿叶子，不是红叶子。"

从文成卓的肩膀上捡下了一根头发，在手里捻动着，梅子看着上车下车的人说："这火车怎么好像比汽车还慢，跟头犁不动地的黄牛似的，走走停停，什么时候才能到北京？"

"这是慢车，每个小站都停。看样子到北京得是黑天了。"

坐直了身子，梅子眼睛瞅了瞅窗外有些橘味的天色，说："那咱们到了北京，真就两眼一抹黑了。天黑了，下了车，咱们往哪里走呀？"

"北京怎么会黑天呢，你看电视上放的，满大街都是雪亮的灯，照得跟白天没有一点区别。你以为是咱们村里那样，天黑了，人走在街上，就像只老鼠在黑洞里走。"文成卓笑着说。

梅子说："村子里再黑，也能摸到家门口。北京再亮，咱在这里也没有家，不是还得满大街找住宿的地方？这又不像在咱们双城市里，横竖那么几条街，一条一条地走，也能找到旅馆住。到了北京，北京那么大，咱们连哪儿是北怕是都认不出来。我在玉米地里走着，那么一点地方，还掉向呢。"

看着梅子的大眼睛，文成卓发现梅子刚才的幸福里，一下子藏进了许多的忧郁。那些忧郁像秋天被风吹落的金色的槐树叶子，在梅子的眼睛里，一飘一飘的。文成卓看着梅子眼里那些一飘一飘的树叶子，说："你放心，跟着我，还能在北京走丢了？我把自己丢了，也不能丢了你。北京的火车站跟前，肯定有住宿的地方。你看双城汽车站，对面就是旅馆。"

听了文成卓的话，梅子眼睛里飘的那些忧郁的树叶子马上就落尽了。梅子和文成卓换了一下位置，坐到靠窗的位子上，头抵着玻璃，开始看铁道边上那些向后跑去的绿树、田野里的麦苗，远处公路上的汽车、摩托车、自行车和行人。在一个道岔口上，一堆的车和人被一根刷着红杠白杠的栏杆拦着，给他们乘坐的这列火车让道。梅子盯着站在火车道边上的那些人看，发现那些人也在盯着火车上的人看。

火车过了道口，梅子想这些人看见她头上的红花，和她身上的红衣服，一定会猜测她是一个出来旅游结婚的新娘，就扭回身子悄悄地问文成卓是不是这样。文成卓看着梅子身上的红衣服和一脸的甜蜜，说："当然是全世界的人都能看得出来。"文成卓想明天去天安门广场，遇上几个外国人的话，还不真是连外国人也看出来了。

车到北京站，真的已经黑天了。下了火车，文成卓背着包，拉着梅子的手，跟着人群往出站口走。但是还没走到出站口，两个人拉紧的手就被流水一样的人群给冲开了。梅子说："不用拉手了，我跟紧你，走不散。"

文成卓看了一眼黑压压的人群，说："那你走在前边，我看着你的红衣服。你的衣服红，看起来耀眼，在人群里一眼就能看到。"

梅子在前边走着,文成卓发现梅子的红衣服在地下通道的灯光里有些变色,好像有些发紫,发黑。文成卓觉得灯光照耀下的人群不仅是黑压压的,看上去还有些影影绰绰的,让人感觉一点也不真实,仿佛他们的身体都失去了重量,随时都能飘起来,找个缝隙飞走似的。

一走出验票口,文成卓就被一个女人拉住了。女人扯着文成卓的包,说去住他们的旅馆吧,车接车送,房钱还便宜。文成卓用力甩开那个女人的工夫,包里的东西就稀里哗啦地漏到了地上。文成卓停下来,发现是包底的线开了,就只好把包倒过来,蹲在地上收拾东西。文成卓收拾着东西,喊:"梅子,梅子,包漏了,来帮我捡东西。"

喊了两声,没听见梅子答应,文成卓就觉得有点奇怪。梅子可不是喜欢闲起来看蚂蚁上树的那种女孩子,文成卓的母亲看中梅子的,除了梅子的善良,就是梅子眼里的活。比如文成卓的爷爷一去摸烟袋,旁边的梅子就已经手疾眼快地,把文成卓爷爷喜欢用的一节点烟的苘杆芯子拿过去,用火柴给点着,努着嘴巴轻轻地吹出红火球来了。这样一个梅子,看见文成卓背的包漏了,是不用文成卓开口叫她来帮忙收拾的。文成卓叫着梅子的名字,抬起头找梅子,就发现梅子已经不见了。

文成卓顾不得收拾东西了,站起来四下张望着喊:"梅子,你别乱走。我在这儿呢。"

喊了半天,没听见梅子的回答,文成卓一下子就慌了。文成卓发现火车站前晃来晃去的人里,根本就没有了梅子的影子。

三

为了躲着生个儿子,文成卓的表哥和表嫂子才跑到北京来的。生了儿子后,他们觉得还是北京好,北京人扔出来的一包废品,都能卖钱。不像在村里,守着两亩地,吃一斤盐都得掐着日子算计。文成卓的表哥能吃苦,半夜里起来扫完了马路,白天再去收废品。慢慢地收了一些旧电视,觉得拉回老家去卖,肯定比在北京卖了废品值钱,就写信让文成卓的姑父到北京,把旧电视拉回老家去卖。文成卓的姑父借机会逛了一趟北京城,看了天安门,回去炫耀得不得了。正是听了文成卓姑父的炫耀,梅子才决定和文成卓结婚后,到北京旅游。

梅子的父亲在镇上开了一个小锅炉厂,生产学校里用的那种茶水炉。文成卓进厂子的第一天,就被胡梅子看上了。那天胡梅子站在父亲的办公室门口,看见父亲的办公室主任领着一个小伙子从大门口进来,小伙子瘦高瘦高的,脸上是一脸的紧张和羞涩。胡梅子看了他一眼,他的脸唰拉一下子就红了。胡梅子没见过男孩子这样脸红过,觉得好玩,就又看了一眼文成卓的大眼睛,发现文成卓的眼睛里,目光竟是女孩子一样的清澈、柔和,像一条静静流淌的小溪,又像一树春天刚刚绽放的树叶子,在早晨的阳光里,新鲜而安静地泊着。梅子在父亲的厂里当会计,知道文成卓就是父亲新招来的原料保管员。梅子听父亲的办公室主任给她父亲介绍过,说文成卓高考的成绩,离录取分数线只差两分,家里人让他再去复习一年,但是文成卓死活不去复习了,原因是家里的经济太困难了。他不想让家里人为了供他考大学,一年里连个鸡蛋都舍不得吃。

在文成卓十三岁的时候,他父亲患了肝硬化腹水。因为拿不出钱来吃药住院,天天用一些土方子治疗,结果拖来拖去的,就耽误了。

父亲去世后,上小学五年级的文成卓就要辍学,说把学费让给弟弟妹妹,自己在家里帮母亲和爷爷种地,结果被母亲好一顿暴打。母亲一边打文成卓,一边伤心地哭着说:"你一个做哥哥的都不学好,你的弟弟妹妹还指望什么学好?"

他的爷爷在一旁抽着烟说:"卓,我和你娘吃糠咽菜,也要叫你们都学成一个挣工资的人。你爹就是因为得了病没钱治,才走的。这个病要是有钱早去治,哪能那么快就死了人。有药保养着,拖,也能拖着多活上几年。"

高考成绩下来后,文成卓偏偏就差了两分。文成卓的母亲逼着文成卓再去复习一年,文成卓坚决不去。文成卓的弟弟已经读高二了,每次会考都是全学区的第一名,家里一下供两个大学生肯定供不起,文成卓想让弟弟去上大学。

村里四五十岁的女人,头发都是黑黑的,文成卓发现唯有他母亲的头发,花白得像撒满了烧柴草烧出来的清灰,身子大概还没有一捆谷秸重。文成卓每次跟着母亲在地里干活,都害怕会来一阵风,把他母亲的骨架子吹散了。

让文成卓下决心求人,到梅子父亲的厂子里上班的,是他爷爷的一次重感冒。那次，他爷爷得了重感冒，发烧烧得躺在床上几天没起来，文成卓就催着母亲，去卫生所里给爷爷买了三毛钱的感冒药。文成卓拿着药去给爷爷吃，爷爷就说他在学校里学得文气了，受个风寒，还去烧包花上三毛钱买药。大鸡蛋得去卖四个，才能卖三毛钱呢。

那次，文成卓始终没能劝动爷爷吃下那三毛钱的药。爷爷说："留着吧，你们三个孩子谁赶上有个头痛脑热的，省得再去花钱了。"

听了爷爷的话，文成卓蒙住头哭了半宿，然后决定去求他同学的父亲，问问能不能到他们的小锅炉厂里去上班。文成卓的那个同学考上了大学，走的时候，文成卓去送他，知道了他的父亲在锅炉厂里当个小头目。当时他同学说文成卓："你要是不想再复习了，想找个地方上班挣钱的话，我爸爸肯定会给你帮忙。"

看上了文成卓，和文成卓恋爱了一年后，梅子就和文成卓订了婚。开始，文成卓不同意和梅子恋爱，原因是自己的家境太对不住梅子了。梅子说："我看上的是你这个人，我觉得人比钱重要。往后，就是不靠着我们家的厂子，我们两个人也有机会挣很多的钱，过好日子。"

和文成卓恋爱后，梅子把工资和父亲给她的零花钱，都变着花样拿了出来，让文成卓拿回家里去买化肥农具什么的贴补家用。文成卓家的邻居们知道了，都羡慕文成卓的母亲，说文成卓母亲的苦日子终于熬出头了，文成卓虽然没考上大学，但是却给她找来了这么一个又孝顺，长得又好看的儿媳妇回来。梅子家里开着那么大个厂子，这要等文成卓把梅子娶回家，文成卓家的日子还不就腾云驾雾地起来了。

文成卓的母亲听了，一个劲地点着头，说一定是祖上哪辈子里烧了高香，才让成卓今世里遇上了梅子这么个好媳妇。

梅子走丢后，文成卓为了找梅子，从老家返回北京后，就找到表哥，跟着表哥扫马路。表哥夜里扫马路，白天收废品，文成卓就夜里扫马路，白天找梅子。

每天，文成卓扫着马路，都希望能在路上看见梅子白天走过的脚印子，文成卓觉得自己能在路上看见许多人的脚印子。有一天文成卓把这个话说给表哥和表嫂子听，他们听完就哈哈地笑了，说这个文成卓想梅子想得都有特异功能了。

文成卓的表哥扫马路扫出了门道，几年下来，领着一群人包下了几条马路，扫出了一套房子，扫出了一辆小轿车，扫出了满把的票子，还扫出了一个搔首弄姿的二奶。不用夜里扫马路，白天走街串巷地收废品了，文成卓表哥的腰里塞满了票子，马路老板开始当得有模有样了。但文成卓呢，却还没有找到梅子的下落，哪怕是寻到有关梅子的一线蛛丝马迹。

　　这些年，文成卓一直住在表哥家里。开始挤在一起是文成卓的表哥为了省房租，后来文成卓的表哥有了钱，买了房子，就有了另外的打算。男人有了钱，有的是去处，文成卓的表哥有钱后，就常常不在家里住了。现在文成卓还住在表哥家里，就是表哥三天两头地不在家里住的时候，想让文成卓在家里对老婆孩子的有个照应。

　　逢上下雨天，又赶上表哥在家里没有事，表哥就去拽住要冒着雨出去找梅子的文成卓，说好不容易赶上个把人堵在屋里的下雨天，叫你嫂子给炒上两个小菜，咱们哥两个喝喝闲酒。一年到头里，也没有几个能松散下来的日子。城里的钱虽然比在老家里好找，可以说垃圾桶里都藏着钱，但是力气下得也比在老家的地里紧多了。地里的草你不想除了，拖一天拖三天的，你自己看着办，自己不嫌地里荒，就没人管你。但这城里人走的马路，不长草不打粮的，你却不能拖一天不打扫，除非你不想吃这碗饭了。

　　常常是几杯酒喝下去，文成卓看着外面的大雨，悲伤就开始雨水一样地在心里横流了。每个坐在家里喝酒的雨天，文成卓都会说："这样的雨天，我坐在这里喝酒，谁知道梅子现在在干什么呢，她是不是在外边的雨里淋着，遭着什么罪呀？"

　　听了文成卓的话，表哥就说："每回喝酒，喝着喝着，你都是这个样子。依我说，都找了好几年了，连个影子都没找到，你还傻傻地找什么找呀，哪天让你嫂子再给你介绍一个。在北京，好看的女人多得比天上的星星还稠密。你往汽车站牌底下一看，那一大溜，看看哪一个不比梅子亮堂。这几年，因为一个梅子，看把咱成卓都折腾成什么样子了。以前小牛犊似的一个小伙子，现在都快变成干萝卜头子了。你找了这几年，不管梅子是死是活，说什么也对得住梅子了。"

　　文成卓放下酒杯，说："除了梅子，什么样子的女人也落不进我的眼里，是我把梅子弄丢的，我死也要找到梅子。这些年，梅子一定是在一个什么地方受苦，但是却跑不出来。"

表哥说:"傻蛋样!说不定梅子在一个什么地方享福享得早把你忘了。梅子的爹娘都不让你找了,你还找,不是傻是什么。腿在她梅子自己的身上,她走丢了,怨谁?怨不了天,也怨不了地,要怨只能怨她自己。"

"怨我没有拉着她的手。如果我拉住了她的手,她就不会走丢了。我明明知道,梅子在玉米地里走路,都会认不出东西南北的。"文成卓说。

表嫂子说:"成卓,别这样想,是梅子没有福分和你守着过日子。这人哪,人好,但命不一定就好。人活着,无论发生什么样的事,你都要把它想成是命中注定的。这样,心里就不会那么难过了。事都出了,你再难过,有什么用呢?听嫂子的话,好好活着,好好过日子,说不定哪一天梅子突然就回来了。到时候她一看,她不在的这些年里,你的日子过得这么一团乱麻似的,她岂不是更难过?"

扬着脖子喝下一杯酒,文成卓流着泪说:"嫂子,我心里的苦,你们谁也不知道。我只有每天去扫马路的时候,一遍一遍地给马路说:马路呀,你要是通着梅子的脚下,就把梅子的脚印子领了来,我好顺着梅子的脚印子,去找到梅子。"

"你听你那个没出息的劲,不就一个女人吗?当时要是你走丢了,那个梅子能这样找你,能等你等到今天?早不知道在谁的怀里,滚出几个孩子来了。"表哥说。

他表嫂子想起文成卓表哥做下的那些不要脸的事,就说:"你当是成卓跟你似的无情无义?我跟你拼死拉命地生了三个孩子了,你还在外头不停地找女人。"

表哥说:"你有本事也出去找男人去,看看外头还有几个男人像成卓似的。收废品的张大牙,现在还有个相好的呢。我现在也是有钱人了,找个女人算什么,不缺你吃不短你喝的。你以为只许城里的男人找乡下来的女人过花瘾?咱进城的农民腰包里有钱了,照样可以当大爷,被那些城里的女人伺候着。城里男人能享受的,我一样不缺地都能享受。并且,我有的,他们还不一定有。我能和他们一样,在城里有钱有车有房子,有老婆有孩子有相好,他们能和我一样,在乡下有上一块地吗?所以我说成卓,别再心心念念地找什么梅子了。没了胡梅子,还有赵梅子李梅子,女人多着呢。你伸出一根杆子去,能挑回好几个来,干吗非在梅子这棵树上吊死?"

因为文成卓的表哥在外面找了个二奶的事,文成卓的表嫂子已经和文成卓的表哥动了几次菜刀了。所以听了文成卓表哥对文成卓的这番劝说，文成卓的表嫂子就看着丈夫，恼咻咻地说："你别在成卓面前说这些不上台面的话行不行？你说的这些话，我都替你脸臊。什么时候你也有了那个艾滋病，你才心满意足地死了心，不和城里人攀比了。什么狗杂碎心理！"

表哥扫了眼文成卓，瞪着老婆，说："去去去，你懂什么。我是在给成卓说明一个道理，女人走丢了就走丢了，咱还在这里犯什么傻。要是一辈子找不回来梅子，你还就一辈子不再另娶了？"

文成卓说："表哥，你不知道我心里是什么滋味，天天比油煎还难受。梅子在我心里的分量，就是用刀子挖也挖不去。谁让我拿着命去换回梅子来，我也愿意。"

"看来成卓的死心眼子，真是没的救了。"文成卓的表哥喝下一口酒，看着老婆说。

四

在包子铺里发现了胡凤霞，第二天天还没亮，文成卓匆匆扫完了马路，回去换上一套干净衣服，就又去了胡凤霞干活的包子铺。

找了六年的梅子，现在终于找到了，文成卓兴奋得一夜没有睡觉。

凌晨起来扫马路，文成卓第一次觉得北京的夜是那么温馨，闪烁的灯光是那么迷人，就连脚下的马路，也在泛着温暖的气息。文成卓站在一盏路灯下，仰头看着在淡淡薄雾里光辉四射的灯光，对路灯说："路灯，我找到梅子了，我找到梅子了你知道吗？今年，我可以带着梅子回家过年了，我们已经走散六年了，我们已经六年没回过家了。路灯，到哪天，我先把梅子带过来，让你看看好吗？你看了我六年了，但是你还没有看见过梅子，是不是？"文成卓在宽阔的马路上，在一条灯光织成的温暖的带子上，开始唱一些梅子原先最喜欢听的歌。唱到"我被青春撞了一下腰"这句歌词后，文成卓就蹲到地上唱不出来了，泪水像暴雨一样从眼里往外倒。文成卓想他和梅子，不是被青春撞了一下腰，他和梅子的腰，是被六年前梅子走丢的那个春天的夜晚，毫不留情地撞断了。

他想起梅子走丢的那个晚上，他在火车站前明亮的灯光里，来来回回地找了一夜，嗓子都喊出了血。那个春天的夜晚，是他一生里经历的最寒冷的一个夜晚。天一亮，他就往天安门广场跑，他想梅子是不是一个人去了广场。

在天安门广场上，文成卓只要远远见到穿红色衣服的人，心就狂跳起来，心里祈祷着说：你是梅子吧，你是梅子吧。但所有穿红色衣服的人，都不是梅子。天黑了，文成卓又奔回了火车站。就这么找来找去地找了三天，也没找到梅子的任何踪迹。

三天后，文成卓抱着心底里仅存的一丝侥幸，坐上了回家的火车。

坐在火车上，文成卓一路都在想，也许梅子和他走散后，因为找不到他，就一个人先坐上火车回家了。文成卓不敢给梅子的爸爸打电话，问梅子有没有回家。

下了火车转汽车，文成卓下了汽车后，一直等到天黑才敢往家里走。文成卓的母亲给文成卓打开门，往文成卓的身后看了看，没看见梅子，就诧异地问："梅子呢？你们不是说多玩几天吗，怎么早回来了？是不是两个人闹别扭了？"

听见母亲的问话，文成卓知道自己心底最后一丝希望也破灭了。梅子根本没像他希望的那样，自己一个人先回来了。文成卓一句话没说，伸出一只手扶住大门，就水一样慢慢地滑到了地上。

母亲看见文成卓软成泥的样子，知道儿子一定是惹了大事，但没想到是梅子丢了。文成卓的母亲一把抓住了文成卓的胳膊，说你是不是欺负得梅子不跟你回来了？你怎么这样不懂事，我给你说了多少回了，遇到什么事，都要学会让着梅子。你知道不知道，娶了梅子，是咱们一家人八辈子修来的福分！

文成卓在黑夜里摇着头，说不是，是我把梅子给弄丢了，在北京一走出火车站，就找不到她了。我在北京找了三天，也没找到。

说完这句话，文成卓就听见母亲一头栽到了地上。

他爷爷听见动静起来后，说一个大活人哪能一转眼就丢了？这还能是遇上拍花的，给拍走了？

文成卓哭着问爷爷什么是拍花的。文成卓的爷爷说拍花只在旧社会里有，是拐子拐孩子使的恶招，就是拿一种能让人迷糊的药，把人诱惑着走了。文成卓的爷爷不解地说："难道现在的世道上，又有这种害人的玩意了？"

他的母亲已经醒过来，吓得舌头直打颤，打了半天手势才说出话来。文成卓的母亲说不会不会，梅子肯定是一时走迷了路，梅子肯定会回来的。梅子跟着我到玉米地里去，还说过她一个人在玉米地里走，都爱掉向呢。她指定是走迷了路，一定能找回来。

爷爷说，现在什么都别说了，赶紧到梅子的娘家去，先去把事情给梅子的爹娘说明白，这事越拖越没法给梅子的家里人交代。这会子，梅子还不知道在哪里受罪呢。

在爷爷的带领下，文成卓和母亲连夜去了梅子的家里。一进梅子家的大门，文成卓的爷爷和母亲就跪下了，文成卓几乎是趴在了地上。

听说梅子丢了，梅子的哥哥上前一脚，就把文成卓踹翻了。梅子的哥哥骂着文成卓，梅子丢了？一个大活人怎么会丢了！你自己怎么没丢了？把梅子弄丢了，你还活着回来干什么！我妹妹嫁给你才一天，你就把她弄丢了，你是一个死人吗？

梅子的母亲早就昏倒在地上。

她的父亲坐在地上掐着梅子母亲的人中，喝住了梅子的哥哥。又说文成卓，你去把你爷爷和你娘都扶起来。人已经走丢了，你们就是都抹了脖子，还有什么用。现在是怎么想办法，抓紧去北京把梅子找回来。

早晨，胡凤霞到铺子里来上班，一眼看见文成卓又来了，就说你这个人怎么这样，昨天都给你说了多少遍了，我叫胡凤霞，不是你要找的什么胡梅子，你怎么就是不信呢！

胡凤霞越说自己不是梅子，文成卓就越不相信。文成卓夜里躺在床上，反复地回想胡凤霞在包子铺里的一举一动，说的每一句话，看人的每一个眼神，越想越觉得梅子是在和自己开玩笑。想梅子说自己不是梅子，是什么胡凤霞，这不是开玩笑是什么。梅子也不想想，自己这么说，还不就是此地无银三百两。哲学书上都说过，世上没有两片相同的叶子。既然世上连两片相同的叶子都不会有，又怎么会有两个长得一模一样的人呢？就是双胞胎，也有个一丝一毫的差别吧。文成卓觉得梅子不承认自己是梅子，理由只有一个，就是她这几年在外头吃苦吃得太多，遇上什么让她失去记忆的事情了。

看着胡凤霞，文成卓说："我来吃包子还不行吗。你不认我，还能不卖给我包子？"

胡凤霞说："我们老板说了，所有来铺子里吃包子的顾客，都是包子铺的上帝。你来吃包子行，但是不许再说我是你找的那个什么胡梅子了。我真不是你要找的人，你该怎么去找她，我劝你还怎么去找去。到时候耽误了，你可是谁也怨不得。"

看来梅子真的把我忘了，文成卓想，我只能让她慢慢地去想，以后我天天来吃包子，天天让她看着我，相信有一天，她肯定能想起来过去的事情。

文成卓就先要了几个包子，坐在那里故意慢腾腾地吃。昨天看见胡凤霞，文成卓在胡凤霞的包子铺里吃了一天的包子，晚上回去，仍然觉得饥肠辘辘。

一看见这个叫文成卓的人，胡凤霞就知道自己昨天给他解释了一天的话，都是白说了。他根本就不相信自己说的那些话。所以胡凤霞就想，他来吃包子是假，认准了自己就是他要找的那个女人才是真的。想到这里，胡凤霞觉得这个人既让人好笑，又有些让人可怜和可叹。为了找一个女人，用上六年的时光，这是不是都该让人有点肃然起敬了？看看现在的社会上，还有几个这样的男人，对自己的女人这样专心专意。

吃完了包子，文成卓就在包子铺里坐着，想他和梅子在一起时的那些时光，想梅子走丢前的那些言谈举止，一个眼神，一个动作，还有她在火车上担心到了北京找不到住宿的地方时，眼里飘过的那些树叶子一样的忧郁。一想起梅子眼里的那些忧郁，文成卓的心就像结了冰的河水一样，沉重得再也跳不动了。文成卓想梅子走丢后的这些日日夜夜，一个人忽然间离开了所有的亲人，她的每一秒钟，肯定都像是压在磨盘底下的小草那样过的。她肯定是痛苦绝望得不能忍受了，才干脆把过去的事情都忘了。

包子铺里的人知道了文成卓的故事，看了文成卓的那些照片后，都明白文成卓是把胡凤霞当成了他的老婆。大家觉得新鲜、好玩，甚至还有那么一点的刺激，就都任凭文成卓在那里坐着，也不往外赶他。胡凤霞发现就连她的老板，在文成卓的身上，也表现出了前所未有的善良。不仅不往外赶文成卓，还抽空和他说了很多天南地北的话，好像他真是胡凤霞的丈夫。胡凤霞想这个文成卓找了六年的老婆还没找到，看见了自己，又把自己误认为是他的老婆，这个人也真是够命苦的。既然包子铺里所有的人都在同情他，而自己长得又真的像她老婆，他想看，就让他看几眼吧，全当自己好心做了一件行善积德的事。胡凤霞想过了，看文成卓的眼神里就有了些柔和，任凭文成卓坐在那里看着她，她自己则忙来忙去地卖包子。

包子铺里人手不够用，胡凤霞卖完了包子，还得去收拾桌子，忙得像陀螺一样团团地转，大冬天里，鼻子尖上还在往外冒汗。文成卓看得心疼，就放下包子，去帮着收拾桌子上的卫生。胡凤霞的老板看见了，心里一下子乐得像开了豆腐花。老板想包子铺里因为一个胡凤霞，就引来了这样一个不要工钱的伙计，看他干得那个卖力气，就是花钱雇也雇不到这么死心塌地干活的人。

过了吃早饭的档，包子铺子里的客人少了，胡凤霞又开始坐在窗子前，在阳光的照耀里，目不转睛地看着外面街道上的行人。

文成卓看着胡凤霞，见胡凤霞把目光植在了玻璃上，神情专注地看着一个什么地方，就猜想梅子一定是在努力地回想他们从前的事情了。梅子怎么能忘了他们的从前呢。

阳光照在胡凤霞的身上，胡凤霞的头发在阳光里泛着金色的光。文成卓觉得那些金色的光就像他心里的希望一样，在梅子的头发上，在他的心里，一点点地荡漾着。

五

胡凤霞是在老家割完麦子后，来的北京。跟着包子铺老板来北京前，胡凤霞刚离了婚不久，和女儿在母亲家里待着。胡凤霞的女儿三岁多一点，哥哥家的孩子五岁，两个孩子在一起，就像狗和猫一样喜欢抓抓挠挠。胡凤霞看着两个孩子闹来闹去，跑来跳去的，觉得很好玩，就任由他们闹去。

按胡凤霞老家的风俗，一个女人离婚后，是不能再住回娘家的。胡凤霞的嫂子认为她能容忍胡凤霞母女回娘家住着就不错了，可胡凤霞偏偏是个不识趣的主，离婚后住回了娘家，还从来都不知道多管教些自己的孩子，不知道什么是眉高眼低。

麦收前，两个小家伙为了争一个塑料水壶玩，又争斗起来。一个抓住了不松手，另一个见对方不松手，就趁势在对方的脸上抓了一把，然后是受委屈和没受委屈的，两个嗓子一齐嗷嗷地哭叫起来，声音差一点没掀破了屋顶上披的那层薄薄的黄草。

胡凤霞的嫂子听见儿子又在婆婆屋里哭,以为是儿子受了委屈,心里早就窝着的火一下子拱开了。胡凤霞的嫂子从自己的屋子里一步跳到了院子中,没鼻子没眼睛地骂起来。胡凤霞听见嫂子骂,就赔着笑脸从屋里走出来,解释说是自己的女儿被侄子抓了脸,先哭了,侄子看见小妹妹哭了,才跟着哭的,不是侄子受了委屈。胡凤霞的嫂子原本就是看见胡凤霞离了婚,回到娘家来白吃白喝,眼里看着,心里上火,才借着儿子的哭,出来撒气的。现在看见胡凤霞还敢站出来和她分辩,她的气就更不打一处来了,差不多是从一根一根的汗毛孔里在往外喷火。胡凤霞的嫂子弯腰从地上端起一盆洗菜的水,隔着半截子墙豁口,哗啦一声就泼了过来。

胡凤霞哪里想到嫂子会泼水,她没作防范,就被嫂子泼了一头一脸的水。

嫂子盯着胡凤霞身上头上挂的那些烂菜叶子,滴滴答答着往下落的水,还有突然受袭击后落魄的神态,就一手拎着盆,一手叉着腰,冷笑着说:"胡凤霞你记住了,你现在就像泼出去的这盆水,泼出去就泼出去了。再回到这个门里来,你赖着吃赖着住可以,但在这个门里,绝对没有你一句的发言权了。家里省下些粮食来养条狗,还懂得看家望门呢。养了你们,还不就是填了无底的洞!你在这里闷吃闷喝也就算了,还跳出来往脸上贴花,也不看看自己是颗豆子还是粒芝麻。"

站在那里委屈地流着眼泪,胡凤霞张了半天嘴,又把话生生地咽了回去,瓷在那里,像尊被雨浇透的泥塑,只有流淌泥水的份。

她的母亲站在屋里听了半天,没敢往外伸头。一直到胡凤霞的嫂子骂够了,回屋里摔上了风门子,胡凤霞的母亲才流着一脸的泪,出来把胡凤霞拽进屋里。胡凤霞的母亲递给胡凤霞一条手巾,自己用袖口擦了擦眼角,悄声叹息着说:"人在屋檐下,就得学会低下头。人家都说荞麦三个棱,一人一个命,谁让你命不好,让你爹给找了那样一个人呢。既然是这么个命了,就受着吧。咸的淡的,都把它当作耳旁风,刮过去就刮过去了。外人的气都吃了,自己家人的气,更得忍着受着。"

胡凤霞的老家在伏牛山的深处,山高地薄,无论栽地瓜点玉米,还是种花生耩豆子播谷子,所有的五谷杂粮,都得顺着老天的心情长。老天高兴了,喜欢多挥两下笔,给薄如纸的山地多洒下些颜料,让开花的多开朵花，结果的多结个果，就风调雨顺地让地里的营生多收成点。老天不高兴了，不愿让种地的人吃饱喝足，种地的人也就只能干瞪着眼睛，盼着下一年老天发了慈悲心，再更多地眷顾他们一些。

日子穷，村子里的男人就轻易娶不上媳妇。胡凤霞的嫂子，原本是胡凤霞姨家的闺女，是胡凤霞的母亲千哀万求，胡凤霞的姨才同意把闺女嫁过来的。胡凤霞哥哥的婚期定下来后，胡凤霞的父亲就带着胡凤霞，到山外头赶集去给胡凤霞的哥哥买结婚的家具。买完了家具，天也过了晌了，胡凤霞的父亲就在集市上找个小饭馆，给胡凤霞要了一碗面，自己要了二两烧酒，从口袋里掏出一块咸菜，一边歇着脚一边喝。喝着喝着，胡凤霞的父亲就和饭馆的掌柜搭上了话。饭馆的掌柜瞅着胡凤霞长的那个俊俏样，就说胡凤霞长的这个水灵劲，真是山高出俊鸟。这么个中看的闺女，要是还嫁在山里头，真是可惜了人才。

父亲喝了二两酒，说："掌柜的，你要是遇上合适的，就在这山外头给闺女寻上一门亲，省得跟着我在山里受委屈了。"

两个人山里山外地闲扯着，掌柜的儿子就从灶间里出来了。掌柜的儿子看了一眼胡凤霞，两只眼睛就看得不会打弯了，看得胡凤霞一个劲地捧着碗喝汤。掌柜的看见儿子这个神态，就拿下了主意，指指儿子，和胡凤霞的父亲说，他这个儿子，可是有能耐着来，这个饭馆，就是儿子张罗着开起来的，自己这个掌柜，也就是挂了个虚名。哪家的闺女跟了自己这个儿子，都是上一辈子修来的福分。手里有个饭馆，先说是吃喝上不用愁油水。

胡凤霞的父亲不停地点着头，心里当下就决定，把胡凤霞嫁到这个小饭馆里来。

人穷了，想法也跟着简单。胡凤霞的父亲想得就很简单，把胡凤霞从穷山沟里嫁到这样繁华的街面上，还不就算掉到福窝里来了？饭馆里剩菜剩汤中刮下来的油水，都能把自己的闺女喂养胖了，以后自己一家人出来赶个大集，还能吃上一顿不花钱的大油大水的饭菜。比比山里长年累月清汤清水的日子，这样的好事情，也真是胡凤霞的造化了。当然更重要的是，胡凤霞的父亲听饭馆的掌柜说，现在他们这里的行情，儿女一定亲，男方就会一把给女方三千块钱的彩礼钱。三千块钱，是胡凤霞家里人想也不敢想的天文数字，那得换多少粮食和牛羊。胡凤霞的父亲琢磨着，有了胡凤霞定亲的三千块钱，胡凤霞哥哥的婚事，就能办成山里最体面的了。省得胡凤霞的姨嫁了个闺女,嫁得一肚子委屈,说话咬着尖一副居高临下的架势,走路扇起来的风让胡凤霞一家人不敢抬头。

胡凤霞的婚事,因为胡凤霞跟着父亲出了一趟门,给哥哥买了一套结婚的家具,就这么意外地被父亲敲定下来。

嫁进饭馆里一年后,胡凤霞有了女儿,丈夫就到国道边上开了一个带停车场的大饭馆。开始生意比较清淡,胡凤霞的丈夫就学着其他饭馆里的做法,到山里头找来了几个女孩子当服务员。又给服务员们统一买了大红色的衣裙,意思是让她们鲜鲜亮亮地坐在饭馆的门口,像城里路口的红绿灯一样,让那些跑长途货运车的司机,从远处看见她们这些光芒四射的红灯似的衣裙,就能刹住屁股底下的车轮子,到他的饭馆里来吃饭、住宿,往外掏银子。

慢慢地,胡凤霞的丈夫发现这些跑货运的司机,到了他的饭馆里,可不是光想着吃吃喝喝,吃好睡好,他们还喜欢对着好看一点的服务员,动手动脚,勾勾搭搭。胡凤霞的丈夫开了几年的饭馆,眼睛早就开油了,只瞟了几眼,就挖出了挣钱的路子。

她丈夫把饭馆里最好看的一个服务员找过来,说有个挣钱多的活,你想不想干?

那个服务员看着老板,问是什么活。胡凤霞的丈夫说:"肯定是个好活。你要是干了这个活,往后就再也不用跑前跑后地端盘子,洗盘子,干那些脏活累活了。另外我开给你比现在多两倍的工钱,还给你买城里最时新的衣裳。"

那个服务员想了想,低着头说:"你是不是想让我和来住宿的司机睡觉?这样不清白的活,你给多少钱我也不干。干了这样的活,将来就找不到好婆家了。"

胡凤霞到窗台上拿东西,在窗外头听见了,就走进来支使开了那个服务员。

服务员出去后,胡凤霞对丈夫说:"咱们本本分分地开店挣钱,这样丧尽良心的事,亏你怎么想得出来。人家小闺女清清白白的一个身子,你让人家去干那些肮脏下流的事,也不怕老天爷发了怒,天打雷劈地报应你。"

丈夫一个耳刮子抽到了胡凤霞的脸上,说你个山窝窝里爬出来的山猫野兽,没见过世面的山雀子,你知道什么是清白身子?被男人睡上一觉,那才是什么都清白了。丧良心，良心几毛钱一斤？你爹不丧良心，三千块钱把你卖给了我？

摸着鼻子里流出来的热热的血，胡凤霞说："我爹把我卖给了你，那是另一回事，和你打的这个歪主意不一样。你是拿着人家的闺女，让那些孬种司机去糟蹋，让她去挣肮脏的钱。"

丈夫坐到椅子里，架起二郎腿，晃悠着脚尖指着胡凤霞说："你是不是看我把这个活给了别人你眼红？你要是身子痒痒，想留着自己干，今天黑夜里有来住宿的，你就可以过去陪着睡，挣了钱你留下一半当私房钱。你干了，还省了我破费工钱饭钱衣裳钱。"

胡凤霞撕了一块卫生纸，擦着鼻子里不断流出来的血，说丈夫："你下流成这个样，叫自己的老婆去卖身子，说出这种话，你就连猪狗都不如了。"

丈夫把手里喝水的玻璃杯扔在桌子上，眼睛看着杯子在桌子上来回地滚动，说："你不干呀？你不干你他奶奶的还管着我叫谁干了。我雇了人开店，想怎么开就怎么开，我开成孙二娘的黑店，卖人肉包子，那是我乐意。这个店里，哪里有你个臭婊子插嘴的份！"

晚上，胡凤霞的丈夫把那个服务员和胡凤霞喝的水里都下了安眠药，然后把那个服务员抱到了自己的床上，说胡凤霞："我现在就让你这个婊子当面看着，我是怎么让你们这些臭婊子装清白的。我让你们装！"

丈夫三下两下就扒光了服务员的衣服，又一件一件地摔在了胡凤霞的头上。胡凤霞像一只被人一棒子敲愣了脑壳的呆鸡一样，歪在床头上，眼睁睁地看着丈夫，在翻来覆去地蹂躏服务员。胡凤霞的丈夫一边折腾着服务员，还腾出一只手来抽了胡凤霞一耳刮子，说你不许闭眼，你睁开狗眼好好看着，老子让她上阵，是她一辈子的福分。一只山鸡，要不是在这里，别人吃着还他奶奶的嫌肉柴呢。

服务员脸上的一行泪，在昏黄的灯光底下，像一条透明的小虫子，在慢慢地蠕动着，扭曲着，拼命地往胡凤霞的心里钻。胡凤霞的心里，就被那条透明蠕动的小虫子，一点点地蛀空了。

六

这两天,文成卓的脸上有了一丝一丝不易觉察的微笑,就像初春时树梢上正在慢慢洇开的那抹绿意。文成卓的表嫂子瞅出来了,就悄悄地和文成卓的表哥说:"成卓是不是在梅子走丢这件事上忽然想开了,把那个梅子忘了?他来了北京都六年了,我可从来没见他的脸上挂过笑。这两天,我总觉着他变了,脸上好像一直掖着笑。"

"你是闲得眼睛花了,我怎么就没看出来他哪块地方有笑模样。"表哥说。

表嫂子说:"你那个眼珠子,只在外边的女人身上好使,什么桃红柳绿,你都能仔细地分辨出来。对自己家里的人,你能看见什么!"

晚上,表哥打量了好一会子文成卓,才说:"成卓,你嫂子说你这两天有点变了,脸上有笑模样了,给我说说,是不是在外边遇上中意的女人了?我就说嘛,北京城里,比那个梅子漂亮耐看的女人多了去了。你这些年,就是死脑瓜子不开窍,在梅子这棵树上,耽误了多少好花好景。你看看满街上那些女人,花似的,一朵比一朵鲜亮。别说掐在手里拿捏着了,眼里看着就让人心里透着爽快。"

表嫂子瞥了一眼男人,说:"你那嘴里怎么就一时一刻也离不开女人呢。你真该一辈子都种地,扫大街,收废品。一旦过上了像模像样的人日子,你看你,满身上哪里还能找出一点人模样。"

表哥把脚摊在茶几上,没理老婆,而是继续看着文成卓说:"你嫂子啥也不懂,别听她瞎叨叨。咱们男人活着为了什么,还不就是为了让女人围着你转。月亮还围着日头转呢。你开了窍就好,开了窍,就知道种子撒在哪块地里都出苗,都开花了。"

看看表哥,又看看表嫂子,文成卓说:"我可不想让别的女人围着我转,我这一辈子,只要梅子围着我转来转去的就够了。"

文成卓不想和表哥他们分辨什么,就只埋头看电视。文成卓盘算好了,找到梅子的事,现在还不能告诉表哥他们。梅子至今都不肯承认她就是梅子,硬说自己叫什么胡凤霞,还说她老家是河南伏牛山的。所以文成卓想,等着什么时候梅子想起来过去的事，记起自己是她的丈夫文成卓了，他再把这个天大的喜讯告诉家里人也不迟。梅子现在这种情况，什么也记不起来，她的家里人见了她，还不是会一样的难过。既然找到梅子了，文成卓觉得自己就该把一个好好的，彻头彻尾，根须完好无损的梅子带回家，把六年前走丢的那个梅子带回家。

昨天下午，文成卓见包子铺里清闲了，就找着话茬和胡凤霞说话。文成卓先是试探着问胡凤霞去看过天安门广场没有。胡凤霞说北京城这么大，她一个人从来不敢出门，她一出去，就觉得分不出东西南北了。

胡凤霞说："万一我走丢了，可没有人像你找你的那个什么梅子那样，来找我六年，把北京城都翻遍它。"

文成卓就顺口说："梅子，你放心，我再也不会让你走丢了。你说哪天去看天安门，我就哪天陪你去，我绝对不会再松开你的手了。"

胡凤霞用夹包子的竹镊子敲着桌子说："你这个人，听清楚了，给你说了多少遍了，我是胡凤霞，不是你找的那个什么梅子杏子酸枣子。真是的，哪样说你才清楚？"

这边，胡凤霞一敲桌子，那边坐在一起择菜的几个人就笑了，兴味盎然地看着文成卓和胡凤霞。文成卓到包子铺里来的这几天，他们天天像看戏似的，看着文成卓和胡凤霞，盼着发生点什么新鲜事。人的骨子里，好像都喜欢看一些新鲜的事，跟猴子喜欢鲜桃，蝴蝶蜜蜂喜欢花粉似的。

看着胡凤霞的眼睛，文成卓笑着说："是是是，你不是梅子，你是胡凤霞行了吧。就算你不是梅子，你想哪天去看天安门了，我也可以陪你去。"说到这里，文成卓又想起了在火车上和梅子说的那些话，觉得应该重复重复，说不定哪一句话就能让梅子想起来点什么，于是就故意强调说："咱们再买张北京地图拿着，看完了天安门广场，你想看别的什么景点，我再陪你去看别的，看长城，看故宫，看香山都行。就是现在的香山上，不知道还有没有红叶了。"

"你又把我当成你的那个梅子了是不是？你这个人，我怎么说你才信呢。实在不行的话，我就只有领着你回趟我的老家去看看了，省得你总是不死心。"胡凤霞说。

"我没有不死心。"文成卓说，"即使你不是梅子，咱们现在认识了，也算是朋友了吧？是朋友了，陪你逛逛天安门广场，有什么不妥？"

看着窗子外的阳光和行人，胡凤霞心里忽然有些凄凄的感觉，想，我如果真是他要找的那个梅子，该有多好。至少在这个人的眼里，他把那个梅子看成了世界上顶顶重要的东西。他为了找这个人，找了六年了还没有放弃。母亲说的话一点也不错，真的是荞麦三个棱，一人一个命。自己和他找的那个梅子长着一模一样的外表，但遇到的男人，却是天上地下的区别。那个梅子，现在又在哪里呢？六年了都找不到，她会不会根本就不在人世了？即便在的话，恐怕也不是六年前的情形了，这个文成卓找到她，结局又会怎么样呢？

侧回头瞅瞅文成卓，见文成卓还在含着笑看着自己，胡凤霞就悄悄地叹了口气，从心底里悲伤起来，不明白自己方才为什么会去想那些不着边际的事。那个梅子在或者不在，和自己又有什么关系呢？

见胡凤霞不说话，文成卓就有些惊慌，不知道梅子的心里在想什么。这两天，文成卓的脑子里一直在转来转去地想，用什么办法，才能让梅子早一点想起以前的事情呢？

想起兜里的两个铜钱，文成卓就从兜里掏出来，摊在手心里，让胡凤霞看。这两个铜钱里，有一个就是梅子给文成卓的，文成卓想梅子看见了这两个铜钱，说不定就会想起点什么。

胡凤霞拿过铜钱看了看，说："你还喜欢铜钱呀，我家里有过一泥罐子呢。铜钱不值钱，都让我们扔着玩了。这个比不上银元，银元能卖钱。"

一听胡凤霞这么说，文成卓感觉心里一阵一阵的喜悦。记得梅子当初给他铜钱的时候，就是这么说的，说她家里有一泥罐子铜钱呢。

文成卓两只眼睛亮亮的看着胡凤霞，想梅子呀，你能记起家里有一罐子铜钱的事，为什么就不能记起我和我们以前的事呢？他便试探着问："那你能不能想起来，有没有把那些铜钱送人？"

想了一会，胡凤霞摇着头说："一个铜钱，谁老想着它呀。给人肯定给过人，但给了谁，我早都忘了。"

文成卓进一步提醒着她说："你好好看看，看仔细点，我这两个不一样，这是唐朝时从日本传进来的。梅子给我说过，这样的铜钱传下来的很少。"

把铜钱放回文成卓的手里，胡凤霞看着文成卓的眼睛说："这是你那个梅子给你的呀，那你快收起来吧，别把它弄丢了。要不等你找到她的时候，没法交代。"

"六年了，我就怕梅子见了我的面，不认识我了，哪里还认识铜钱。"文成卓故意说。

"老天哪能那么狠心。你都找了六年了，人家都说老天不会负了苦心人。"

把两个铜钱捂在手里，文成卓看着胡凤霞的手，感觉就像捂住了梅子的手。

文成卓手里握的两个铜钱，其中一个是梅子给他的，另一个是他前些日子在古旧市场里买的。文成卓每个星期都到古旧市场里去，拿着梅子的照片，挨门挨摊地询问，几年下来，差不多每个古旧市场里卖东西的人，都认识文成卓了。文成卓一到市场里去，就会有人问："还没找到你老婆呀？再找下去，你手里的照片都快成文物了。"

开始的两年，文成卓拿着梅子的照片，四处问人家见没见过照片上的这个女人。人家看看文成卓，再看看梅子的照片，都像看怪物一样地看着文成卓，说有到古旧市场里淘古玩字画的，破瓦烂罐的，也有淘毛主席像章，五八年的人民日报的，再不济，还有淘各个朝代的古钱币的。到古旧市场里淘老婆？不纯粹是脑子有问题吗。

几年找下来，古旧市场里的很多人就和文成卓熟了。文成卓有时候也在他们摆的各种旧物前停下来，看着那些看上去破破烂烂的旧东西，和他们聊上几句话。他们知道文成卓是梦见了自己的老婆在古旧市场里，四处问别人哪儿是北之后，才来古旧市场里找老婆的，就都摇着头，说文成卓是不是听聊斋之类的故事听多了，把梦都当成真了。你老婆在古旧市场里问别人哪儿是北？古旧市场里所有的东西，都是找不到北的。你问问哪件东西，能自己找到北了？它们连自己是哪朝哪代被谁制造出来的，都不清楚。在这里，什么东西都是真真假假，假假真真。你在这里找了这么多年的老婆，良心上也过去了，就别认真了。

听着古旧市场里那些人的话，文成卓常常只是苦笑一下。以后，照样每个星期都去。古旧市场里的人，看见文成卓又来了，就说文成卓比古旧市场里这些旧东西还怀旧。不就一个女人嘛，找不到明朝的，找不到清朝的，但现在的女人，你闭着眼去摸，也一摸一大串，粉的，紫的，什么样的没有。这古旧市场里的各类东西，都是年岁越久了越值钱。但是女人，总是新的比旧的可爱吧？

不管别人怎么说，文成卓总觉得梅子一定会和某个古旧市场有关。要不，他怎么会不停地做那个古怪的梦？前些日子，文成卓在一个摊子上，发现了一枚和梅子给他的那枚铜钱一模一样的铜钱，就买了下来，心里念念地觉得这一定是一个好兆头，也许离找到梅子的日子不会远了。梅子说她从一本书上看过，书上说这样的铜钱，传下来的不是很多。

拿着铜钱，文成卓一直认为这是一个天意。结果买了这枚铜钱还不到一个月呢，文成卓就在包子铺里看见了他找了六年的梅子。

但是现在，文成卓手里拿着这两个铜钱，就放在梅子的眼前，梅子却还是一副无动于衷的样子，想不起来一丝一毫过去的事情。这让文成卓有了些隐隐的伤感。

去卖了两个包子回来，胡凤霞扫了眼文成卓，就看见了文成卓眼睛里的潮湿。看见文成卓眼睛里那些正在漫溢开的潮湿，胡凤霞也觉得心里有些隐隐地作痛。胡凤霞想自己这是怎么了，这个男人，明明是为了另外一个女人才流眼泪的，他流出的泪又不是为了自己，自己为什么要心痛呢？

七

在丈夫把那个服务员睡得怀了孕以后，胡凤霞才被迫和丈夫离了婚。

胡凤霞的丈夫把那个服务员抱到了自己的床上后，就开始每天晚上毒打胡凤霞，每次都把胡凤霞打得昏死过去才算完事。为了躲避挨打，胡凤霞晚上就跑到饭馆的平房顶上去睡觉，一个夏天一个秋天都没敢回屋里去。

在平房顶上睡觉，胡凤霞发现，丈夫并没让那个服务员去陪那些住宿的货车司机，而是每天晚上都睡在他们的屋里。日子长了，那个服务员也渐渐地有了老板娘的派头，替胡凤霞的丈夫管着饭馆里大大小小的事务。还带着胡凤霞的丈夫，回到山里找来了两个漂亮的女孩子。那个服务员用胡凤霞的丈夫当初对付她的手段，先帮着胡凤霞的丈夫把两个女孩子睡了，然后就把她们锁在屋子里，逼着她们专门卖身子给那些过路的货车司机。

夜里坐在房顶上，胡凤霞看着满天亮晶晶的星星，听着从远处的田野里传来的此起彼伏的虫鸣，常常是一夜也不能入睡。胡凤霞不知道在这个世界上，还有没有比她更软弱的女人，为了躲避丈夫的毒打，逃到房顶上，把自己的床让出来，给丈夫和另外一个女人寻欢作乐。而自己，开始想的，却是怎么去保护这个女人，不让她受到侮辱。现在呢，竟是这个女人心甘情愿地和自己的丈夫鬼混起来，并且两个人联着手，一起做起了伤天害理的事情。

躺在房顶上，越睡不着，耳朵里越是塞满了被丈夫锁在屋里的两个女孩子，在黑暗里发出的尖锐的哭叫。胡凤霞听着她们幼狼一样的哭喊，在丝丝缕缕的风里飘散着，把远处田野里的虫鸣都盖住了。胡凤霞看着天上银河里那些密集的星星，看着黑夜里小灯笼一样一闪一闪的萤火，看着院子里鬼火似的一盏电灯在风里摇着，想不出自己到底该不该去帮助那两个被锁在屋里的女孩子。

瞅准了一个丈夫喝酒的晚上，胡凤霞从丈夫的抽屉里偷出了钥匙，想趁着夜深时偷偷地把那两个女孩子给放了。胡凤霞拿着钥匙，刚要给她们开门，就被丈夫发现了。

丈夫一把揪住了胡凤霞的头发，就把胡凤霞的头摔在了红砖砌的墙上。胡凤霞听见丈夫恶狠狠地骂着她："你这个臭婊子，怎么就学会了处处和我拧劲。看来我不让你去陪那些过路的人睡觉，是浪费你的人才了。"

醒过来时，胡凤霞发现自己已经被丈夫捆绑着，锁在了另一间屋子里。

半年后，那个服务员怀了孕，逼着胡凤霞的丈夫和胡凤霞离婚，胡凤霞的丈夫才从黑屋子里放出了胡凤霞。离婚后，胡凤霞连一身换洗的衣服也没拿，就带着女儿回到了伏牛山深处的娘家。

嫂子看见胡凤霞回去，开始以为胡凤霞还像以往走娘家似的，只是回娘家住几天，见了胡凤霞，脸上还挂着讨好的笑。后来，知道胡凤霞是因为离了婚，才回娘家的，胡凤霞嫂子的脸上立马就黑了下来，像是谁把一口黑锅扣在了她脸上，铁青铁青地冷。胡凤霞离了婚，被男人赶出了门，就意味她们一家人到山外头去赶集，再也没有歇脚的店和免费的饭菜了。

被嫂子撕破脸皮骂了后，胡凤霞哭完了，就和母亲商量，离开家到外面打工去。看着母亲忧心忡忡的样子，胡凤霞宽慰母亲说："你放心，老天还饿不死瞎眼的鹰呢。"

胡凤霞从电视里看见过，现在，很多的乡下人都到大城市里去打工活命了，只要舍得下力气，在城里干什么活都能养活自己。母亲端详了胡凤霞半天，叹了一阵子气，也想不出别的好办法。

收完了麦子，胡凤霞的父亲到一个远房亲戚家里喝喜酒。亲戚问起胡凤霞的情况，胡凤霞的父亲就说胡凤霞现在一心想出去打工，死活不愿在这个地方待着了。那个亲戚说，他们村里有一个在北京开包子铺的，这两天他父亲死了，正好回来奔丧。胡凤霞要是真想去外边干活的话，不妨去问问他，看能不能把胡凤霞带到北京去。

胡凤霞知道后，等那人一办完了丧事，就去了他家里探问路子。那个人倒也热情，说他在北京也是在别人的包子铺里打工。不过，他现在正想自己干，也想开个包子铺，正在打听着找店面。如果胡凤霞真想去的话，可以跟着他过去，他给老板说说，让胡凤霞先在他现在干活的铺子里干着，等他的包子铺开了张，再跟着到他的包子铺里去干。

到了北京，胡凤霞在那个人介绍的包子铺里一干就干到了冬天。那个人的包子铺，直到现在才张罗起来。胡凤霞感念那个人把他带到了北京，让她找到了一条活命的路子，就跟着那个人，到了他新开张的这个包子铺里。其实两个包子铺，相隔也就十步远。

胡凤霞没有想到，这个包子铺刚开张，她刚在窗子前的阳光里坐了没几天，就遇上了文成卓。并且，这个叫文成卓男人，还把她认作了自己的老婆梅子。

这几天，胡凤霞从文成卓的眼睛里和话语里，感受到的全都是文成卓对那个梅子的爱。闲下来的时候，胡凤霞看着文成卓，觉得那个叫做梅子的女人虽然走丢了，但是，在某种意义上，那个梅子是多么幸福。她走丢了六年，这个男人就找了她六年。就连她送给这个男人的一枚铜钱，这个男人都像宝贝一样地随身带了六年。

从文成卓的手里拿过铜钱时，铜钱上散发着的温热，仿佛一股细细的暖流，从胡凤霞的指尖，慢慢地流到了心底。在一刹那，胡凤霞差一点就把自己想像成了那个胡梅子。胡凤霞为自己的这个想法，一时又有了些面红耳赤。心想自己怎么会反复地冒出这样的心思呢，如果自己假装就是那个胡梅子，岂不就等于误了这个文成卓对他那个梅子的一片苦情。

把两个铜钱放回文成卓的手里，胡凤霞就转身走到大家择菜的菜堆前，去帮着大家择菜。

胡凤霞一过去，大家就哄的一声笑了起来，然后纷纷转过眼睛去看文成卓。见文成卓独自坐在那里发呆，就七嘴八舌地拿着胡凤霞打趣，说你怎么这么狠心哪，人家苦苦地寻老婆，寻了六年了才寻到你，你却死活不认人家。"

看着众人，胡凤霞虎着脸说："你们以后不许再这样胡说了。这个人本来就不信我的话，你们再跟着他起哄，就真的耽误人家了。他找了六年的老婆，也够苦的了。"

铺子里卖票的女孩子说："胡姐，他说你是，你就先认了他呗。你也许真是他要找的那个女的，像他说的，是失去原先的记忆了。"

胡凤霞说："我倒是想把原先的记忆都弄丢它，但就是丢不了。"

一个小伙子捏住嗓子眼说："你要是看上他了，可以假装失去记忆呀。像这样的男人，现在可真是稀有动物了。换了我，我想我都做不到。别说找六年了，就是找一年，找六个月，怕是也坚持不下去。现在是个什么世界了？是个花花的世界了。什么是花花世界，花花世界就是乱花纷纷迷着你的眼，像下雪一样，你随便在雪地里踩，愿踩哪朵雪花，就踩哪朵。"

卖票的女孩子扬手一巴掌，打在了小伙子的手背上，挑着眉毛说："你敢再说一遍？"

小伙子笑嘻嘻地看着女孩子，说："世界花花，我不花花就行，你瞪什么眼嘛。我在开导胡姐姐呢，到手的幸福，该抓住的就得抓住，要是不留心让它跑了，你想追都没得追了。我已经把你抓在手里了，你打死我，我也不会把你弄丢了呀。再说，你比黄蓉还聪明，我怎么舍得丢了你呢，倒是我在地球上丢三回，你保证也能把我揪回来。"

胡凤霞笑着说小伙子："没看出来，你还真够油嘴滑舌的。我看看，你是含了一嘴的猪油，还是含了一嘴的外国黄油？"

小伙子弄出了一脸的滑稽，说："姐姐哎，我在帮你寻找幸福，你也帮我说句好听的话行不行。你看，我是那油滑的人吗？多实诚的一个小伙子，每天踏踏实实地买菜，蒸包子，为北京人民的吃饭问题做着贡献。比这个找老婆找了六年的人，老实多了。"

胡凤霞没有心思和他们斗嘴玩，就低下头去，心不在焉地择着菜，想着文成卓的爱情故事。想文成卓找的那个梅子，现在可能是什么样子，会不会也落在了自己丈夫那样的人手里。胡凤霞后来听说，丈夫的饭馆里，被丈夫关在黑屋子里的两个女孩子，其中的一个，就摔碎了玻璃杯，割破了两只手腕自杀了。那么文成卓找的那个梅子，会不会也遭遇了同样的结局？不然，她怎么会丢了六年呢。就是被人拐卖了，被什么人买去做了老婆，六年下来，肯定也生过孩子了。生了孩子后，能跑出来的机会就多多了。在胡凤霞的老家，就有从人贩子手里买老婆的，但有了孩子后，他们对买来的老婆，看管得就没那么紧了。

握着手里的铜钱，文成卓坐在那里发了一会子呆，听见大家在一阵一阵地哄笑打闹，就把铜钱装回了衣袋里，走到他们择菜的地方凑热闹。

择一棵菜，文成卓就看一眼胡凤霞。胡凤霞抬头时看见了，就继续低下头去择菜，假装没有看见文成卓。几个人见胡凤霞不理睬文成卓，就故意地闹着，往胡凤霞的手上扔菜叶子。

八

文成卓的表哥在商场里给情人买了一条金手链，一时大意，发票没清理好，回家被文成卓的表嫂子发现了，两个人就又发动起了一场战争。文成卓的表嫂子把家里能摔的东西统统摔在了地上。

晚上回到表哥家里，文成卓看见一地都是碎碗烂盘子，锅盖饭筷子，剩菜剩饭撒得满屋都是，没地方插脚。文成卓最害怕看见表哥家里的这个场景了，这个场景却是三天两头地重演，看得文成卓头心惊肉跳。文成卓始终想不明白，表哥要儿有儿了，要钱有钱了，要房有房了，要车有车了，这些在老家里种地时想都不敢想的东西，现在样样都有了，表哥天天还想要什么？文成卓觉得表哥有钱后真是变了，不再是在老家里时那个本分过日子的表哥了。表嫂子也不是从前的表嫂子了，从前的表嫂子又贤惠又温柔。现在的表嫂子，看上去都有些歇斯底里了，和男人打架，动不动就用抱着儿子跳楼去威胁丈夫。好像孩子不是孩子了，是他们两口子在上面扯来扯去拉锯的一截木头，就看哪一个的心先狠下去，把孩子的小命给拉成两段。

每次看见表哥两口子打架，文成卓心里都难受得想哭。好好的一家人，好好的日子，这是文成卓做梦都想和梅子过的生活，但是表哥两口子，却一点也不珍惜眼前的这些东西了。文成卓有些看不惯表哥家的这种生活态度，有好几次给表哥提出来，要自己出去租房子住。

文成卓的表哥有些不理解文成卓内心里的感受，坚决地不同意，说又不是因为你住在这里我们才打闹的，你多什么心。你到外边去住，我还对得住我那躺在土堆里的舅，和腰都快拱到地里去的姥爷吗？梅子丢了，你奔着我来找梅子的，我看不好你，让你再有个好歹，你还让我回不回老家了？

表哥坐在沙发上抽烟，看见文成卓收拾地上的东西，就说："成卓，你别收拾了，让它们在那里漂着去。熊娘们，来了北京别的什么本事没学会，摔摔打打地撒泼倒学得精到。要不是看在三个孩子的份上，我早他妈让她滚蛋了，还留在这里对我指手画脚地碍我的事。我挣下的钱，我他妈想给谁花就给谁花。不是我说你成卓，别再一条胡同走到黑了。那个梅子要不是走丢了，和你过到今天，也是这么个熊样子。女人，哪个刚跟着你的时候，不是新鲜得比花瓣还撩人，说话比蜂蜜还甜腻？一旦日子过久了，就统统变成只会翘着毒刺蜇人不会吐蜜的土蜂了。"

扫着地上的饭菜渣子，文成卓说："过日子就避不了磕磕碰碰的，哪能老是泡在蜜水里。年年都有花开，哪有个看够的时候。"

表哥弹着烟灰，笑着说："真看不出来，你小子还能拽两下子。这两句话，乍听起来还算有理。不过，花虽然看不够，但总是多看一朵是一朵。"

"在老家的时候，表哥你可没有这样的想法吧？"文成卓说。

表哥叹了口气说："你不懂。要不人都说走到哪山砍哪柴，卖什么吆喝什么。等你什么时候混到你哥这个份上，你就知道什么是身不由己了。这跟你找梅子一样，找的日子越久，就越抽不回身来。还有，就是人活着，总得有个事干干。"

你干的那些事，怎么会和我找梅子一样呢，文成卓想，人活着是得有事干，但总得干些正经的事吧。你天天在外面找女人，那叫干什么事。

想到梅子，文成卓的心里忽然想起一个问题，就问道："表哥，你说这世界上有没有长得一模一样的两个人？我是说看起来就像一个人似的。"

表哥想了一会，说："有，也只能是双胞胎。除了双胞胎有可能长得分辨不出谁是谁来，你在哪里见过两个人长得像一个人似的？反正我是没遇上过。"

见表哥的想法和自己这几天分析的一样，文成卓就停下了手里的活，有些走神地看着表哥。这回，文成卓从表哥的话里，找到了更充足的证据：

包子铺里的梅子,就是他找了六年的梅子。想到这里,文成卓觉得自己拿着笤帚的手,都有些微微地在发抖了。

见文成卓拿着笤帚在走神,表哥就说:"怎么,你看见有和梅子长得一模一样的人了?你要是真看见了,那肯定就是梅子。你在哪里看见的,看见了怎么不把她领回来?我看你这几年找她,都快把你找傻了。"

文成卓本来想好了,等梅子想起以前的事情,认出了他,他再和表哥他们说的。但是现在表哥一问,文成卓竟不由得说:"可是她说她不是梅子,说她的名字叫胡凤霞,还说她老家是河南伏牛山的。"

表哥惊讶地瞪大了眼,有些吃惊地问道:"这么说,你是真的找到梅子了?那她现在在哪里?你还不快带着我和你嫂子去看看。"说着,就冲着卧室里的老婆喊:"你还不起来,没听成卓说,他找到梅子了!"

表嫂子听见了,也披头散发地从卧室里跑了出来,惊喜地问:"成卓,这是真的?看样,老天看你找梅子找得这个苦情,也可怜你了。我就说嘛,这几天,你脸上一直掖着笑,你哥不信,你也不承认。你那些笑,就是好兆头。"

"我不知道该怎么说,"文成卓说,"她分明就是梅子,但她一直就说自己不是梅子。"

表嫂子说:"只要人找到了,别的都不打紧。这些年,梅子在外头肯定吃了不少说不出来的苦,一时拿着劲不肯认你,也在情在理。她现在人在哪里?"

文成卓说:"她住在哪里我也不清楚,我只知道她在街口的包子铺里卖包子。刚才我回来的时候,包子铺就已经下班关门了。"

"我的傻兄弟,你哥天天说你傻,你还真傻。你不会送送她,看她住在哪里?"

文成卓一屁股坐在椅子上,说:"她说她不是梅子,我也不能逼她吧。我这几天在包子铺里从早坐到晚,就是在等着她认我。可她就是不认我。我今天把她原先给我的一个铜钱拿给她看,故意提醒她好好看看,说这是唐朝时从日本传进来的,梅子说过,这样的铜钱,传下来的不多。她听了竟然说,'这是你那个梅子给你的呀,那你快收起来吧,别把它弄丢了。要不等你找到她的时候,没法交代。'你说梅子这个样子奇怪不奇怪?我猜测,她莫不是走丢后这几年受的刺激忒大,把过去的事情都忘了?以前在她爸爸的厂子里,有个人的妹妹就是骑自行车摔倒了,醒来后什么都记不得了。"

"我和你哥明天去看看,不管她心里系着什么样的疙瘩,现在认不认你,咱都要把她带回家里来。万一她哪天再走了,再丢了,你还能再找她六年去?"表嫂子说。

"嫂子你别吓唬我。"文成卓说,"她要是再丢了,我可真就剩下死路一条了。"

表哥嘲笑着文成卓:"你看你那个没出息的样。一个女人,弄得你这几年成了什么样子!你找了她六年,什么苦没吃,现在她见了你还不认你,看着就是欠收拾。"

表嫂子瞥了丈夫一眼,说:"你说的什么话!现在找到梅子了,成卓六年的苦就没白吃。梅子和成卓这回团圆了,也算是棒没打散的鸳鸯,苦尽甜又重来。"

文成卓说:"嫂子,你们明天去的时候,能不能先别过去认梅子。你们假装去吃包子,先看看梅子见了你们怎么个反应。"

"为什么?"表哥说,"就因为她走丢了六年,你找到了她她又不认你,我们去了就得假装是吃饭的?她走丢了六年,那是她整整害了你六年。人都说一日夫妻百日恩,你们这一日的夫妻做的,还恩情呢,她简直是给你判了六年的苦刑。当初要不是她硬来北京旅什么游,能丢了?你们这趟游旅的,成本可真大发了,差一点没闹出几条人命来。"

表哥和表嫂子走进胡凤霞的包子铺里,一眼就认出了忙来忙去卖包子的梅子。表嫂子给男人和文成卓递了个眼色,悄声说:"这不是梅子是谁,就是梅子,错不了!"

表嫂子去买了票,来到梅子的跟前端包子,发现梅子看也没多看她一眼,就把包子递给了她,好像一点也不认识她。文成卓的表嫂子想了想,就问:"我要的是胡萝卜素的包子,你没给我拿错吧?"

胡凤霞笑了笑,说:"您放心地吃,错不了的。我们的包子筐里都有码牌。"

表嫂子端着包子坐到桌子前,有些纳闷地对男人说:"梅子说话的口音怎么变了呢?哪里都是梅子,连笑的模样也是原先那个样子,就是口音不对。看着我，也没有假装不认识我的那个样，好像是根本就不认识我。你说这事是不是有点奇怪？"

表哥说："都六年了，世界这么大，谁知道这中间都发生了什么事。只有这个文成卓，一条路跑到黑也不回头。真是鬼迷心窍了。你想着咱在老家里时，经常到村里拉二胡的那个瞎子，在场园子里说的那段聊斋书没有，说那个书生的心都叫魔鬼给掏去吃了，他那里还把魔鬼当成大美女呢。我看成卓就是那个傻瓜书生。"

"这话用在你身上，倒是比用在成卓身上更合适。你还不是把那些天天变着法子抠你钱的骚女人，当成了心肝。要不是你手里有俩臭钱，要是你还在老家里跟头驴似的种地，或是现在还黑夜里扫马路，白日里收废品，弄得浑身上下一股子臭气，你看看，会有哪一个狐狸精能扫你一眼。你到她们的门上去收废品，她们都会嫌你递到她们手里的钱脏，别说碰她们的身子了。"文成卓的表嫂子撇了撇嘴说。

"你别胡扯行不？咱们帮着成卓来认梅子呢，你看你这些闲篇。钱是什么？是好东西。没有的时候它是钱，有了，它更叫钱。整天臭钱臭钱的，不是这些臭钱，你能在北京这样的大地方活得这么滋润？我老爷爷那时候，还娶了三房老婆呢。要是我能娶回去三房，你连洗脚的都有了，你说钱是不是好东西？"

表嫂子说："你要是娶回去三房，那我还不得给你舔脚。你这人，就被窝里那点出息，老天怎么就让你这样的人有了钱？"

文成卓端了两个包子坐过来，朝胡凤霞那里望了一眼，见胡凤霞正忙得不可开交，就问表哥两口子："表哥，嫂子，你们看了，是梅子吧？"

表哥喝了一口粥，一扬下颌说："让你嫂子说吧，你嫂子火眼金睛。"

表嫂子没去理自己的男人，转过脸来看着文成卓说："哪里都对劲，就连笑的模样也对劲。可有一点，就是说话的口音不对劲。看见我，也不像是故意装作不认识的样子。这事看来看去的是有点怪。"

"在外头六年了，哪能一点不变。你和我哥说话，都有些北京的味了。至于现在不认咱们，还是我说的那样，她一定是没了记忆。"文成卓说。

表嫂子说："这个事，还得成卓你自己看着办。你自己的老婆，你最清楚。"

文成卓说："我敢肯定她就是梅子，但她就是说自己叫胡凤霞。"

表哥说:"成卓,我看这事你也先别急,还是按你说的,先慢慢地等等。我是说,万一她真不是梅子,咱可就误了找咱的梅子了。这个世界这么大,什么事都有可能发生。"

九

在床上折腾了半夜,文成卓也没想出个好办法,能叫梅子幡然想起他和他们过去的事来。

表哥他们都看过了,表嫂子在吃完包子后,为了更多地打探一些梅子的情况,甚至又过去买了几个包子带回家,借机和梅子多说了一小会话。回到家里,表嫂子说自己也被包子铺里的这个梅子弄糊涂了,不知道她唱的是哪一出戏。

表哥又把他在包子铺里说的话重复了一遍,说万一这个梅子不是咱们要找的梅子,成卓你天天靠在包子铺里,再错过了咱家的梅子怎么办?

文成卓想我怎么会认错了梅子呢!眼下的任务,就是要让梅子尽快地想起过去的事情来,证明梅子就是梅子。世界再大,这个梅子也一定是他文成卓的梅子。因为梅子没有双胞胎的姐妹,就不会存在另一个和梅子长得一模一样的人。文成卓忽然想起来,实在不行,今天就带着梅子去查血型。但是,过了一会文成卓才想起来,自己根本就不知道梅子是什么血型。

扫完马路,收拾干净身上,文成卓来到包子铺的时候,两只眼睛里都布满了血丝。

包子铺里还没有顾客,胡凤霞在给文成卓拿包子时,看见了文成卓的眼睛,就笑着问:"你一夜没睡觉吗?好像眼睛里塞了一把红丝线,弄得跟兔子眼睛似的。"

卖票的小女孩看了看文成卓,也说:"还真是的,你看你的眼里,简直就是挂了一层桃花瓣做成的眼帘子。"

接过包子,文成卓侧脸冲着卖票的女孩子笑了笑,又转回脸冲着胡凤霞笑了笑,说:"我就盼着早上来吃包子了,所以一夜没睡着觉。"

胡凤霞明白文成卓说这话的意思,就说:"你这个人固执得跟块石头似的,横竖听不进去别人的话。我都给你说过多少遍了,我不是你找的那个什么梅子。"

"我没说你是梅子。"文成卓说,"我只是说,我想来吃包子。你不知道,你们铺子里卖的包子,是这个世界上最香最香的包子。"

卖票的女孩子又说:"不是包子香,是你的心让你觉得这里的包子香。"

胡凤霞说:"你这个人,真是让人没法和你解释。该说的我都和你说了,该看的也给你看了,你怎么就是不信呢?真让人替你着急。"

红色的阳光照在梅子的脸上,身上,梅子的整个人都在霞光里放着光辉。文成卓就笑着说:"你不用替我着急。你卖你的包子,我吃我的包子。这总行了吧。"

说着话,文成卓听见身后响起了噼里啪啦砸东西的声音。他扭回头,看见一伙人手里拿着钢管、剔骨刀什么的,正在砸包子铺。

胡凤霞小着声惊慌地说:"你拿着包子快走吧。这是我们原先干活的那个包子铺里的人,现在我们包子铺抢了他们的生意,他们这是过来砸铺子了。"

"你别害怕,"文成卓说,"有我在这里,谁也不能欺负你。"

"你快走。"胡凤霞焦急地说,"这里有你什么事,你别在这里瞎掺和!"

包子铺里的人已经和来人打成了一团,文成卓看见来人里一个带头模样的人,指着胡凤霞说,这个臭婊子也别给我放过,叫她跟着那个王八蛋吃里扒外,抢我的生意。

文成卓把浑身打着哆嗦的胡凤霞拉在自己的身后,用身子护住了胡凤霞说:"你别害怕,看他们谁敢动你一根毫毛!"

一个手里握着剔骨刀的人听了,冷笑着说:"哪里来的王八羔子,说话这么狂妄!我今天就让你看看我的刀子,敢不敢动她的毫毛。"说着一步蹿了过来,手里的刀子一扬,就朝着文成卓身后的胡凤霞刺去。

一看刀子真的向胡凤霞刺来,文成卓就迎着刀子,用身子一挡。那把刀子,就直直地扎进了他的胸脯里。文成卓的胸脯,随着那个人慌慌张张拔出来的刀子,就把衣服洇成了一团红色的彩霞。

胡凤霞惊呆了,她没想到文成卓居然会用身体替她挡住了刀子。她一把抱住了文成卓,伸出手捂住了文成卓胸前的刀口。胡凤霞看见文成卓伤口里流出来的血,漫过了她的手指,像一条汹涌流淌着的小河,流到了冰冷的水泥地上。

看着满手上热热的血，胡凤霞似乎一下子被那条红色的河流吓醒了，开始尖厉地哭叫着救命。胡凤霞骇人的尖叫，让所有打架的人都停止了手里的动作。

冰冷的风从破碎的玻璃窗子外吹进来，吹着文成卓有些乱的头发，文成卓的脸在迅速地变成一张白纸。胡凤霞听见文成卓的口里在微弱地叫着：梅子，梅子……

胡凤霞已经泣不成声，她攥住文成卓的手，颤抖着说："我是，我是，我是梅子。你坚持着，坚持住了，我马上送你上医院。"

胡凤霞紧紧地搂着文成卓，她看见文成卓的嘴角挂上了一丝不易觉察的笑。然后，文成卓就慢慢地闭上了眼睛。

(原载《北京文学》2007年第2期，《中篇小说选刊》2007年增刊第1辑转载)

请让我高兴

一

按了向上的按钮,唐娜转过脸,就被电梯口旁边贴着的一张小纸片勾住了眼睛。

纸片有一张扑克牌大小,上面印了两个艳红的汉字:复仇。"复仇"两个字底下,是一串同样红色的阿拉伯数字组成的手机号码,一个一个的数字微微耸着肩膀,像站在朔风里,有点冷得哆嗦,又仿佛是从某把刀尖上不经意间甩落下来的一串桃花瓣般的血珠。这些年,唐娜见识过各式各样的小广告,办假证的,代开发票的,治疗艾滋病的,走私汽车的,贩卖枪支弹药的,甚至买卖孩子的,但"复仇"这两个似乎只有在金庸武侠小说里才会频繁出现的字,现在被剔出来印成广告贴在墙上,她还是第一次看到。她盯着两个字看了又看,觉得有些好玩,开始去想像它是一个无所事事的人玩的一个恶作剧,而不是什么明目张胆的生意。

马国伟推门进来时,唐娜刚从交易大厅里上来几分钟,靠在椅子上想完了印着"复仇"两个字的小纸片,又在想着大厅里那个头戴钢盔、手里夸张地拿着望远镜看大屏幕的男人。在形形色色拥挤成一团的股民中,每次看到那个人头上的钢盔和他手里旁若无人的望远镜,唐娜都会想起电影《拯救大兵瑞恩》里,海军陆战队中那些全副武装的美国士兵。

"今天形势是不是又一片大好?"

一探进身子，马国伟的眼睛就扫描机似的，绕着唐娜扫了一圈。

从全副武装的美国士兵们那里闪回来，看着马国伟脸上云蒸霞蔚的笑，唐娜也禁不住笑了一下，说："一上班就跑了来，你怎么就有那么多空闲来这里'加班'！喝茶还是咖啡？"

"今天太高兴了，茶和咖啡都想喝。"

"德性。"唐娜说，"早上气温就那么高，来杯茶吧。"

马国伟坐到了唐娜旁边的椅子上，抓起鼠标来胡乱晃了两下，看着唐娜问："房子装修得怎么样了，该收尾了吧？"

"正准备去买地板呢。你要是晚过来半个小时，我可能就在买地板的路上了。"

"怎么弄得比秦始皇修长城都花费工夫，还是你自己在忙活？"

唐娜把茶杯放在马国伟面前，顺手摸起支笔在一份《济南时报》上胡乱画着，想着家里那块摔破了角至今还躺在地上的砚台，大声叹了口气说："有什么办法，肖建国同志对这些琐碎的事一点也不关心，连房子在几层，他现在可能都忘了。"

"谁家的锅底上没有灰，只要自己不觉得委屈就行了。"马国伟笑着说。

现在，马国伟见了朋友有三句玩笑话是左右不离嘴边的，一句是离了没有？一句是还不离呢？另外一句是赶快离了！但是这三句话，他从来没在唐娜面前说过。

唐娜说："说说今天茶和咖啡要一起喝的缘由。"

"原因很简单啊，一是我还活蹦乱跳地活着，二是出差这么多天，跑来就看见了你。"

"都生锈的话了，还没锈烂舌头。"唐娜扔下了手里的笔，瞅着她胡乱画出来的一团麻线说，"我正准备一会儿给你打电话呢，想把你前期的资金先抽出来一部分。"

"现在行情天天涨得人心慌意乱，你怎么突然想起来要逆势而行？"马国伟的眼睛在唐娜脸上眨动了几秒钟，说，"是不是凭着你们小女人的什么直觉，听到那些大庄家在暗室里悄悄地倒弄盘子了？"

"菜盘子时时都有人在刷洗。"唐娜说，"是刚才又在大厅里看见那个戴着钢盔拿着望远镜的人了。不知道为什么，今天一看见他，心里就没来由地发慌,突然冒上来一阵不踏实的感觉。也可能是手里握你们这些人的钱太多了,害怕有一天被烧焦了手指头,将来戴不成戒指了。"

"你一定是弄房子累得神经衰弱了。报纸电视上那些经济学家和股评专家,还有你们大户室里负责市场分析的经理们,他们可没有一个人是这么认为的。放心,我这里有数,年底冲破一万点肯定没有丝毫问题。"马国伟伸出右手,往左边胸口上按了按。

唐娜笑了笑,想股评专家都是些什么家伙?他们的嘴巴早已经变得比煤炭和乌鸦还黑了,证券公司里的人想听什么,他们自然就会说什么,因为各位股评专家的排名,正是证券公司里那些基金经理们花钱评出来的。

"但愿是神经衰弱了,"唐娜眼前又晃了下家里那块摔破的砚台,说,"德国人马克斯·韦伯一百年前就说过,纵欲者没有心肝,而专家是没有灵魂的。"

"感觉这个东西有时候也会耍个小滑头,骗骗你的。"马国伟说,"知道世界上最要命的事是什么吗?就是人把人给简单化了。当年我凭着感觉,觉得马国伟那么爱一个女人,爱得都想把她吞进肚子里暖着了,她还能扇动翅膀飞走了?结果,就是感觉这个魔鬼一脚把我踢进了万劫不复的地狱里,现在还被所罗门的封印封着呢。"

对面楼上不知道在搞什么花头,所有临街的窗台上都放了一盆盆栽,盆里一色的玫红花朵正开得像天气一样热烈。唐娜从对面那些花朵上收回目光来,看了马国伟一眼,说:"可能是因为语言不通的缘故吧,所以,有些事情怎么说也和那个上帝说不明白。"

看着唐娜脸上的表情,马国伟干笑了一声,说:"所以你现在得向我学习,有些事情在城门口横竖过不去时,就不妨把竹竿锯断它,学着对自己耍个无赖。"

虽然是调侃的话,但唐娜明白马国伟的意思,她脑袋里来回晃着肖建国和那块摔破的砚台,觉得眼窝里有点热,便慌忙伸手端起杯子来,低头看了会杯口上飘浮的一层茶叶,说:"问你一个问题,假如一个人能用意念去杀人的话,你说,你现在最想杀死的人是谁?"

"我最想杀死的人肯定就是我自己。"

马国伟往椅子背上仰了仰头,对着天花板转动了几下脖子后,突然挺直了身体,对着唐娜说:"你怎么突然冒出来这么个怪念头,是不是真受什么大委屈了?"

"现在是新时代了,人人平等,哪里还会有什么人在受大委屈。"唐娜轻描淡写地说。

"我就说嘛,把我这个法官都吓了一跳,以为又要出大案要案了。"马国伟笑着说,"不过,意念要是真能够拿来杀人的话,我猜测人类在这个世界上恐怕早就像恐龙一样,已经灭绝多少万年了。"

二

"托尼,给我一杯可乐。"

每天中午,唐娜都会要一小杯可乐。但她说可乐之前,总是要在心里先把可乐说成"快乐",她说,"请给我一杯快乐。"

"托尼"也是唐娜的创造。有一次她去外面开会回来,口渴了,但又实在懒得动,恰好庄丽从财务室里跑过来找她,她想让庄丽帮忙倒杯水,却把平时常用的拜托说成了"托你"。庄丽醒悟过来,觉得唐娜这样说特别好玩,就模仿着唐娜,也把拜托说成了"托你",而且还将这两个字转换成了外国人名字的发音。大约一周之后,"托尼"就成了他们整个办公区域里人人都在使用的专用词语,传播速度似乎比流行感冒还快了一倍。等"托尼"从他们的办公区域流传到对面的咖啡店里时,尽管服务生们听得有些莫名其妙,一头雾水,还是很快就把它当作时尚用语接受了。开始唐娜数落庄丽出幺蛾子,一句淡话也能蛋糕铺子里老板娘似的,摆弄出五个颜色六个花样来。后来被庄丽装腔作势地伴逼着,她便也跳上贼船,随了自己阴差阳错弄出的这个潮流。

今天中午还是一样,唐娜仍然点了一杯可乐,坐在贴满马赛克的柱子后面凝视完里面的气泡,又把目光移到了淡黄色的马赛克上。马赛克曾经是她青春期里最流行和时髦的建筑装饰品,但是现在,它们却如同明日黄花,已经从舞台的中心退居到没有灯光和焦点的台下了。

时间就像婊子,是这个世界上最无情和无耻的东西。唐娜坐在这里看着柱子上的马赛克,最常想起的就是这句话。

从区法院调到证券公司里来,第一次走进这个店里,看见这根贴满马赛克的柱子时，唐娜一眼便喜欢上了它。店不大，她不知道这个不大的店里为什么要浪费空间，在一隅矗立上这么一根看似无关紧要的柱子，而且，柱子上面还贴满了距离时尚已经几十年远的马赛克。但这些马赛克却是她喜欢的。第二天再来时，她在路上一直惦记着柱子后面的这个位子是否已经坐了人。等她推门进来，绕到柱子边，看见这个位置仍然空着，在等着她似的，她心里居然就雀跃了一下。后来，她发现自己每次来，这个位子都空在那里，好像这根贴满马赛克的柱子，柱子后面的这个位子，一直以来，就是为了她而设置和存在的。再后来，她就每个工作日的中午都会到这里来，坐在贴满马赛克的柱子后面，一边慢慢地啜着咖啡，一边凝视柱子上的马赛克。有一天，她意外地发现，它们，那些马赛克的淡黄里，原来还隐藏着一层更淡的绿色，只是它淡得几乎不存在。如果不是用心去看，那些更淡的绿色就完全被淡黄色淹没，被视觉忽略掉了。后来的再后来，她杯子里的咖啡换成了可乐，她却一直坐在这个除了她似乎再没有人喜欢选择的位置上。

　　唐娜要了可乐从来不喝，只是为了观看。庄丽初次知道她要了可乐只为看里面翻动的气泡时，螃蟹般瞪着眼睛看了她半天，之后问她这算不算另一种拿腔拿调的小资情调。唐娜微微笑了一下，说小资情调是咖啡里不加糖，改成了加奶。

　　突然爱好上看可乐气泡，是去年夏天里她陪两个外地朋友逛趵突泉时，又看见了金线泉。得有七八年时间，她没在白天里逛过趵突泉了，最多是在每年的元宵节前，陪着父亲或者肖建国的父母，再或者是带着女儿和侄子，去里头赏一次元宵节的花灯。但是那天，她站在金线泉边，指给朋友看完金线泉里一条一条不绝如缕的"金线"，离开时，一边继续给朋友讲着金线泉的典故，一边又不经意地回过头去往池水里看了一眼。就是不经意的这一眼，她心里陡然间就摇曳出了一种生动的东西来。她也说不出来那些摇曳的东西到底是什么，只是感觉心底里好像一直都在渴望着和那些东西紧靠在一起，仿佛树干一定要裹紧了活命的树皮。送走朋友后，第二天她又去了趵突泉，在金线泉边看着金线待了一个下午。连续去看了五次金线泉之后，她意外地想到了可乐里的气泡。可乐在杯子里向上翻动的气泡，它们的摇曳，在灯光里，就是金线泉里那些生动如花的"金线"。

　　庄丽和几个年轻同事说笑完了，端着咖啡从另一张桌子上绕过来，一边放杯子,一边歪着脑袋看唐娜面前的可乐。唐娜笑着抬起头注视着她,说你眼睛里又藏进了什么鬼东西,看得我杯子里的冰都快化掉了。

"我是觉得今天的天气好像又有点不对头。"庄丽翘着开满花瓣的指甲,搅动着咖啡说。

唐娜的目光绕开马赛克的柱子,假装探头往门口扫了一眼,说:"是吗,外面是不是发生日全食了?"

"这个时代什么事情都不好确定。"庄丽对着一个指甲轻轻吹了口气,让细风掠过了吐着香味的花朵,然后说,"你有没有发现,你杯子里可乐的颜色,今天好像变淡了。"

唐娜脑子里还在想着家中那块摔破的"宋朝"砚台。她看着庄丽指甲上的花朵笑了笑,端起杯子摇着说:"不是可乐颜色变了,是服务员看见一个像上帝的人打门前经过,一走神,就错把咖啡当可乐端上来了。"

砚台是肖建国昨天晚上从洛阳带回来的。一回到家,肖建国就把它放在铺着毛毡的桌子上,得意地说:"知道这是什么时候的东西吗?又是宋朝的,货真价实的宋朝。一看见它,我就在想它到底是宋朝哪位文人墨客或是达官贵人手边的珍品了。"

"宋朝是什么朝代,踩大了油门几个小时能到?"

唐娜不想看见他忘形的样子。她讨厌透了肖建国收藏的这满屋子的砚台。现在,几乎每天夜里,她都会在睡梦中听见有人站在某一块砚台前研墨的声音。那些画着琐碎圆圈的研墨声和后面翻来覆去润笔的窸窣声,把她的神经都要磨断了。为了从这堆腐朽砚台的包围圈里逃出去,这两年,唐娜醒着睡着都在想买一套新房子搬出去,把这里所有的空间都还给那些在她梦里摇来晃去的砚台。但是,从肖建国父母那里搬到现在这套房子里时,是她竭力要搬的,所以,她一露出买房子从这里搬走的念头,肖建国那里就会冷硬起脸色冰山似的卡住她:另买房子不可能,要搬就搬回军区大院父母那里去。如此几个回合下来,唐娜就觉出肖建国是在故意和她较劲了。去年夏天肖海纳到他们家里来,问肖建国他们单位里集体购买的房子他要不要,不要的话,正好她的一个朋友想要,唐娜这才知道肖建国单位里在集体购房子。她回到肖建国父母那里,把他父母都搬了出来,费了九牛二虎之力,最后才迫使肖建国点头同意要了一套。可拿到房子钥匙后,肖建国只是像去看别人家买的房子一样，象征性地去房子里转了一圈，后来任凭唐娜跑来跑去地找装修公司，来来回回地到白鹤商城银座家居三孔桥灯具市场里买东买西，肖建国硬是连过问都没再主动过问一次。

"踩大了油门几个小时能到？"肖建国重复了一遍唐娜的话，眼睛和手还在砚台上来回抚摸着，声音里带了一丝难得的笑说，"如果乘军用飞机，它就是一弓箭的距离；如果搭乘民航，更近了，它就是我包里那张机票的长度。"

说日常的鸡毛蒜皮肖建国不感兴趣，说单位里和社会上的事他也会心不在焉，但如果顺着砚台和他说下去，他立马就春草般生机勃发了，能把一块真真假假的砚台白话上一天两夜也不会口干舌燥，枯燥乏味。唐娜不想花半分心思和他唠叨这些虚假朝代的砚台，就胡乱给电视切换了一个频道，往沙发里缩了缩身体说："明天要铺地板了，你是不是过去选个地板？"

"你是总设计师，随便看着弄弄就行了，我明天还有个会。"肖建国的脑袋在砚台的上方来回摆动着，跟一个陈旧的钟摆似的。

其实，肖建国不回答，唐娜也知道他会这么说。这些年，凡是淘回了一块年代久远品相高雅的砚台，他就一定会像和那块砚台生在同一朝代的有钱人讨了个香艳的小妾一般，这一夜，除了这个让他神魂颠倒的小妾，你就别指望他在另外的事情上走一分心了。所以在很多时候里，唐娜在一边冷眼瞅着他，心里就会按捺不住地想：砚台上面的那些砚池，在肖建国的眼睛里，灵魂里，意识里，是不是真的就像一个女人花房般的子宫？

唐娜没再说话。她瞅了一眼肖建国心醉神迷的神态，扔下遥控器，借着洗漱躲进了卫生间。她不愿多看肖建国迷醉的神色，也不愿多看那些破砚台。肖建国买回来的每块砚台，都是被他给附了魂的，这些得了宠的小妾，她们跟着他进了他们家的门槛，个个怀里都是揣着皇帝恩赐的金腰牌的。她们每一个都低眉顺眼不动声色，但她们浑身上下的每一个毛孔里，又都在放射着一下即可置她于死地的锋芒。她们的手里藏着一节妲己的手巾，瞅准时机往她眼前一抖一颤，就彻底遮盖住了她与肖建国之间那一小片明亮的天空和仅有的灯光。

卫生间里是唯一没有砚台的地方。唐娜站在镜子前长长地舒了一口气，打量着自己的眼角，那里，丝线一样的细纹已经从光滑的皮肤下面跃了出来，似乎那里真的藏有一尾鱼，在皮肤下浅摇着身子游着，突然间一个按捺不住的摆尾,涟漪就在绸缎般的水面上荡漾开了。并且这一荡漾,就再也无法平息了。而肖建国手里的那些砚台呢,尽管有的已经历经了上千年的风雨,照耀过上千年的星光,但它们却依然平滑着面庞,光滑如夜空里饱满的月亮。

现在,家里每多一块砚台,她的位置就相应着要被往门口挤出一块砚台的距离。只有像今天这样,肖建国意外地淘回了一块他自认为稀罕的绝世珍品,一时想不出更加新奇的花样用来和她们耳鬓厮磨时,他才会里里外外每根毛孔都漾着喜悦和幸福,暂时把她们放置在那里,主动找她来分享一串他喜出望外的臭泡沫。也只有在这样的夜晚里,他千回百转地想像着那些破砚台,才会像支吸饱了墨的毛笔一般抖擞着精神,纠缠着搂抱着跟她亲热一会。唐娜有些怜悯地盯了一会镜子里的自己,慢慢转身去把浴头取下来,拧开开关,朝着镜面里的女人喷了一层冷水。立刻,镜子里那个淡淡黑着眼圈眼角镂刻着淡淡细纹的女人,就完全是一只落汤鸡的尊容了。

一直到今天早上,唐娜也没想清楚肖建国手里的砚台是怎么摔到地上的。她只记得自己从卫生间里出来,从肖建国身边蹭过去,是要到阳台上去。肖建国手里的砚台就在她蹭过去的一瞬间从他手里脱落,掉到地板上摔破了。至于她要到阳台上去干什么,在砚台掉到地上后她就一点也想不起来了。好像她从肖建国的身边蹭过去,就是为了故意挤掉他手里的砚台,将它摔在地上,像摔一个西红柿那样摔烂它,摔出它红色绿色或者黑色紫色的汁液来。

"上帝让谁灭亡,必先让他疯狂。"肖建国早上出门前,瞅着地上摔破的砚台恨恨地说。

看着肖建国怒气冲冲推开门的身影,唐娜想不出来现在这个社会上到底还有什么人不疯狂。连乞讨的人你给他钱少了,他都会在你走后的影子上啐你一口口水。

肖建国没吃早餐,眼睛甚至连往饭桌上扫都没扫一眼。这是肖建国对她表示愤怒的一贯方式。他生气时,是坚决不会坐到早餐桌上来的。

在饭桌前坐了一会,唐娜同样没动碗筷,只是一直盯着手腕上的表。在肖建国出门后十分钟,她也拿起包出了门,甚至连简单的唇膏都没有涂。

三

午后的一切都变得萎靡起来。马路上的行人和车辆，楼房和树木，甚至街道上那些影子，都在太阳底下万分慵懒着，倦于梳理地变了形。唐娜开着车，感觉身体像一桶不再翻动气泡的可乐，或者被太阳曝晒着的一眼死泉，从深底到表面都浮着死气沉沉的气息。空洞起来的眼睛，在一个瞬间里竟然看见铺在马路上的阳光完全是黑色的，仿佛谁把一块变魔术的黑色布块甩在了太阳的脸上。她向上推了推太阳镜，按摩着眼角犹豫了几秒，还是把车子停靠在路边，摸起手机给装修公司的人拨了电话过去。电话打通后，唐娜说我是唐娜，我今天有点事情，地板只能明天再去选了。

"老是这个样子，你们到底还装不装！"装修公司里一个东北女人在电话里嚷着，声音像汽油一样挥洒过来，就差一根划着的火柴去引爆它们了，"材料跟不上，我们就得怠工，我们雇的工人也是天天都在张大嘴巴要吃饭的。"

"我今天确实走不开。"唐娜准备缴械似的举着手机，下意识地往一侧别转了脑袋，躲避着随时从里面爆出来的刺耳声波，"明天上午，明天上午我一定去把地板选上。"

不等装修公司的女人再说话，唐娜抢先就把手里的线路切断了。

从签了装修合同到现在，因为一些杂七杂八说不清缘由的毛病，她已经和装修公司的人摩擦过不下十次了。这次是她的原因，她承认。但是前几次，应该没有一次是她的原因。他们不是在这儿弄一点小差错或偷偷地省道工序，就是在那儿减一点工；不是在包窗子时耍一点滑头，就是在墙壁上出一点小花样。她一直想不明白，她花钱请他们来装修，他们靠给她干活赚钱，多么简单的交易关系，就像一加一等于二那么清楚，可对方就是喜欢玩弄点小猫腻，化学反应似的制造出一堆麻烦在那里等着她。上一周因为电视背景墙做出来的实际效果与设计图存在着严重差异，她又和装修的工人口角了一次。晚上肖建国回来，她忍不住把事情跟肖建国说了说，谁知道肖建国却满脸不屑地佯笑着，说你得容许他们玩一点行业欺诈。

"现在什么行业不和你们这些人倒弄股票一样，都是千方百计想以最小化的投入赚取最大化的收益。"肖建国说。

"就算是行业欺诈，至少也得有根底线在那里挡着。"唐娜说。

肖建国又笑了一声，说："一只股票跌破盘的时候，有人站出来给持这只股票的老百姓讲过什么底线吗？你们证券公司给他们讲过？"

"买股票是自觉自愿行为。'股市有风险，入市需谨慎。'警示语明明白白写在那里，没有谁拿着刀和枪去逼迫一个人买这只或那只股票。"

"所以你现在装修房子也是一样的道理，人家装修公司同样没拿着刀和枪上门逼着你搞装修，说你唐娜不装修就革了你的命，是你自己上门找的人家。"

"到底我是你老婆还是别人的装修公司是你老婆？"唐娜说，"你怎么就不能帮着自己的老婆说句话？"

"这本来就是你自寻烦恼，我怎么帮你。"肖建国手里拿着一方砚台，左右端详着，"你当过法官，书本上的条条杠杠脑子里装多了，什么事情都要较真，什么事情在你眼里都是非黑即白。我倒觉得书本之外的生活在你面前如果不是现在这副样子，那就真有点令人匪夷所思了。"

肖建国慢条斯理地端详砚台的样子让人腻味透了。他在手里把玩着它们，左看右看，神态犹如一个腐朽的糟老头子在玩赏着一幅从皇宫里流出来的春宫图，满眼睛里都放射着烁烁的光芒。唐娜扭过脸去看着酒柜上一瓶西班牙红酒，它的瓶子在灯光下闪着一道道来自异国的光芒。那是一瓶来自里奥哈城堡的宫廷藏酒，是马国伟送给她的。马国伟把它从盒子里取出来，曾经在窗口的光里举着给她看，说它是在酿造之后，还要在酒窖中窖藏上五年，才能由生酒变成了现在美味的琼浆。马国伟夸张地举着瓶子说这些时，她脑袋里想的却是，从一个有王室的国度里泊来的酒，它身上携来的就是王室里高贵的光芒和味道吗？葡萄酒的品质，是由生长葡萄那个年份里的土壤情况、气候情况、采摘时间，甚至是酿酒的工序和装酒的橡木桶的质地，以及储藏条件和另外许多因素糅合在一起决定的；人类生活的品质呢，它又是由哪些天然的物质和外在因素杂糅在一起决定的？

唐娜蜗牛似的将有些潮湿的目光从红酒瓶上缩回来，散淡地说："那就是我闲得牙疼了，自己拿钳子在给自己拔牙玩。"

肖建国把手里的砚台放回架子上，又重新换了一方，依然在灯光底下左右端详着，眼睛来回观看着它的铭文。他收藏的砚台中带各种铭文的很多，但带铭文的珍品还是相对稀少的，所以，只要外面没有应酬，没有喝过酒，晚上他就必定要拿出几方带铭文的珍品摆在眼前过一遍，或者观赏观赏，或者给它们涂涂蜡。他曾经在很多人面前说过，如果晚上不这么摆弄一遍砚台，他就会莫名其妙地恐慌，心里空空的，为此整夜地睡不好觉。

"严重好像还没有那么严重。但这是你自己追求的东西，没人拿鞭子赶过你。"

"你这满屋子散着臭墨味的砚台举着鞭子还不够？"

"它们在妨碍你了？"肖建国把鼻子凑在了砚台上，轻轻地嗅着说。

"是，它们在妨碍我了。"

"你好像说错了，应该是你自己妨碍了自己。"肖建国的鼻子离开了砚台，"这套房子本来就是我准备专门拿来收藏砚台的，是你自己闹着要搬过来。你忘了当初的话了，往这里搬之前，你好像说过你就喜欢墨汁的香味。现在它的香味都变成臭味了？是不是比大街上的臭豆腐还臭？"

肖建国的父母都是部队上的高级干部，房子是上下两层，家里有保姆司机，有厨师和警卫员，所以肖建国跟唐娜结婚后，也和早肖建国一步结婚的妹妹一样，按照父母的要求住在家里。肖建国的妹妹肖海纳和妹夫都是部队医院里的军医，身上出来进去都隐隐飘着一股医院里的奇怪味道。不知道为什么，那些味道让唐娜时刻都有一种想翻肠搅肚的感觉。当然，如果只有这些也就算了，唐娜下班后躲进楼上自己的房间里，喷些自己喜欢的香水驱赶驱赶味道，勉强还能容忍过去。唐娜不能忍受的，是肖海纳还要保姆天天在家里用消毒水擦地板，擦家具，擦楼梯，擦门窗，甚至擦床头，一个角落也不落下，弄得家里就跟一间特护病房似的，就差人人一身蓝条的病号服套在身上了。

假如这些讨厌的味道唐娜还能举着白旗无条件地投降接受，准备慢慢地去习惯，那么另一个让她死活都不能接受和习惯的东西，就是声音了。那些声音来自肖海纳两口子的床上。他们和肖海纳两口子住在楼上，两个房间中间隔着一个十几平方米的书房和一间肖海纳的琴房。结婚后，唐娜发现，肖海纳两口子只要不去医院里值夜班，那么这个晚上，他们的楼上就一定会被肖海纳猫一样的叫声灌满。唐娜把电视机的声音开到最大，还是挡不住肖海纳四处流淌的声音。唐娜忍无可忍的时候，对肖建国说你妹妹怎么像狗一样，从来都不在乎家里还有另外的人存在着。肖建国往窗帘上看了一眼,说叫不叫是她的自由,你也可以跟她一样叫,叫的声音比她更大。唐娜瞪着肖建国,说你们简直都是一样的狗。那是因为我们都是一个狗娘养的,肖建国嘿嘿地笑着说。

蜜月还没度完,唐娜就跟肖建国商量着要搬走,肖建国摊着手说要搬你找我爸妈说去,我说了不算。后来,直到他们的女儿考上初中了,唐娜才借着学校远不方便孩子晚自习,终于从满是消毒水味道和肖海纳叫声的房子里逃出来,住进了现在这套房子里。这套房子是肖建国单位里给的,到手后就没人住过。他们住进来之前,里面一整间屋子里,都是肖建国收集到的大大小小各种款式和质地,从唐宋到元明清真真假假的砚台。但是那时候唐娜并没有想到,这些砚台也会成为她生活中的敌人。

现在,唐娜每天都要到交易大厅里去转一圈,看一看那些瞪圆了眼睛盯着股票指数的股民,尤其是那个头戴钢盔举着望远镜的人。他们脸上暗浮着的那层压抑不住的失落、甜美抑或贪婪,就像可乐杯子里的气泡一样,引诱着她,让她横竖都不能控制自己地往大厅里去。有一段日子,她努力强迫着自己不下去看他们,但是强迫过几分钟后,她发现自己还是梦游般地走在了大厅的人群里。她若无其事地在人群中间穿梭着,目光好像不落在任何一个人身上。但是她唯独不能隐瞒自己。她看着他们,感觉就像是在偷窥着一群盯住了嫖客鼓鼓口袋的妓子,她看见她们所有的注意力和想象力,一切,千回百转也好,单刀直入也罢,都因此而停顿在了嫖客那只鼓囊囊的口袋上。

她在看着她们花样百出的表演,看着她们被金钱钩住的眼神。

多么可怕,有时候她想,他们,也许根本就不会知道,有一个人,一直都在暗处钉子似的紧紧盯着他们,在他们的身体上扎着一个一个看不见的洞眼。

偶尔,她也会鬼使神差地叫上庄丽一起下去。庄丽当然弄不明白她为什么喜欢到大厅里去。一次两个人在大厅里转完了,庄丽在电梯的镜子里来回看了她一会,笑着说:"领导,您是不是让在下陪着您燃烧脂肪呀?"

唐娜仔细地扭了一下腰身说:"请问你能在我身上找到一点多余的脂肪吗?"

"我是在说心脏。"庄丽说,"一个人生活得尊贵了,心脏难免就会矫情地堆积上一层一层另样的脂肪。"

抿着嘴巴笑了一下后,唐娜说:"那就辛苦你去发挥一下想像力吧。"

唐娜想自己能告诉庄丽她到交易大厅里去的目的,其实就是为了提醒自己,她现在的生活应该是快乐的?她有房有车有钱,她没有不快乐的理由,她为什么会不快乐呢?她在交易大厅这面镜子里照出来的自己,怎么说怎么衡量都应该是快乐的。

在唐娜眼里,股票交易大厅就是个浓缩版的社会,在它的背后,是包罗和勾引着世间万象的。它的根系,是渗透到这个社会的每一根毛细血管里的。它伟大和无耻的地方是相同的,那就是整个世界对金钱的集体向往,在它这里已经取代了一切。家庭、爱情、友情、信仰,这些曾经在很长的历史长河里被人类认为最宝贵的东西,在这个大卖场里,都已经垃圾污垢一般,被金钱这个嫖客抬脚踢进了臭水沟里。在这里,每个人都在期待着奇迹突现,每个人都在梦想着成为名利场里的新贵,每个人都在拿财富的斗器在衡量着成功,每个人活着的意义就是他在这个纸醉金迷的世界里掌握了多少财富。

交易大厅里这些光怪陆离的景象,还总是没完没了地让她想起一组外国人的统计数据。那个统计数据里说一个地球人在地球上的平均寿命假如是 80 岁的话,那么他的基本需求常数是交 1800 个朋友,吃掉 5 头牛,吃掉 1200 只鸡,喝掉啤酒 10300 升,做爱 4146 次。这个统计虽然是以外国人为标准的,和中国人的生活标准存在着好几里地的误差,可唐娜觉得仔细琢磨一下,人一辈子的需求好像也就这么多了。但是,有趣味的是,这个世界上的很多人,不,几乎是所有的人,却并不知道——好像原本也没人打算知道,他的一辈子其实只需要这些东西就够了。

从电梯里出来后,唐娜看着庄丽问:"你知道一个人活在这个世界上,他的基本需求常数里都包括些什么东西吗?"

"基本需求常数?"庄丽摇着头说,"你的问题恐怕都是我这种智商的人回答不了的。"

唐娜笑了笑,把话题转移到了另外的地方,心里想的却是,自己是知道地球人那些仅此而已的基本需求的。除去交朋友和做爱两条忽略不计,夸张点说,她手里的金钱是可以满足一大群人的基本需求常数的,她早已经称得上是这个金钱世界里的新贵了。但是,她为什么还总是高兴不起来呢?

　　进了沃尔玛购物广场底下的停车场，找车位泊了车子，唐娜直接乘电梯到了四楼。四楼是休闲娱乐区，一边是电玩城，一边是新世纪电影城。电玩城的喧闹是属于那些面庞朝气蓬勃和心理朝气蓬勃的人群的，唐娜对它连驻足观望的兴趣也没有。她上来是想到它另一侧的电影院里去。进电影院的念头也是在路上忽然跳出来的。她进电影院和别人不一样，她不是为了看电影，一个过了四十岁的女人，那些花里胡哨又淡然无味的电影，对她已经没有丝毫吸引力了。她是想找一块比马路上黑暗的地方。

　　那些看不见的挤压着她的东西，现在好像已经换上了什么高科技的新跑鞋，跑来的速度越来越快了，它们常常会梦一样突然地凭空跳将出来，掐住她的脖子，然后不慌不忙地，仿佛拿指甲挤压虱子似的，漫不经心地挤压着她的每一根神经。在那些被挤压得不能发出声音的"梦境"里，她唯一的愿望就是逃进一个没有光线的地方去，在黑暗里把自己结结实实地包藏起来，拼命挣脱那些挤压她的指甲，让它们在黑暗里彻底失去方向，再也搜索不到她的发梢和气味。可奇怪的是，在她拼命包藏自己和挣脱那些指甲的时候，她满脑子里来回晃动着，又会突然跑出一群随时随地能把脑袋插进翅膀下面去的鸵鸟。那些灰秃秃的丑东西，她最不喜欢甚至讨厌至极的家伙，它们瞅准机会，轻轻一跃，就占领了她的脑袋。

　　进了放映厅，唐娜才发现自己买的是一张儿童动画片的票，里面叽叽喳喳坐满了吵闹的孩子。她在过道里稍一踌躇，还是选择坐到了最后一排靠墙角的一个位子上，然后往椅子背上靠了靠，盯了一会出口处"太平门"三个字，沉沉地闭上了眼睛，努力指示自己的大脑去猜想电影院里的安全出口为什么要叫做太平门，而不是安全门或者是安全通道之类的名称。从小至今，应该是无数次进出过电影院了吧？但她从来都没有像现在这样，注意过"太平门"这三个字。从太平门，她又逼迫自己的大脑穿过一条一条的马路，一棵一棵的树木，跑到了医院里的太平间。医院里的太平间为什么也要叫做"太平"间呢？这同样是一个奇怪的需要花心思去想的问题。

　　奇怪的事情怎么会那么多呢？

　　一直令她惶恐不安的是，到现在为止，她像思索"太平门"和"太平间"一样，一天又一天地在冥思苦想着，加法减法都试过了，仍旧想不出来，她时常在睡梦里听见的那些琐碎着研墨的声音，毛笔反复在砚台里吸墨的声音，它们和那些鸵鸟到底又是什么关系。那些鸵鸟，那些研墨的声息，那些毛笔着墨时的轻轻抖动，它们相互交叉和纠结着，又是在什么时候占据了她身体的？

她感觉自己对砚台的仇恨已经深入到骨缝里边了。它们就像一群躲在暗处、她看不见又无法抵挡的匈奴，他们纷乱着马蹄，时刻都在瞄准她，朝她的肉体和生活嗖嗖地射着冷箭。半夜里，她被那些时断时续的研墨声吵醒，就只有干睁着两只涩得不能转动的眼睛，听着满屋子砚台的窃窃私语，等待着曙光照亮窗子的缝隙。在等待天亮的漫长过程里，她唯一想做的事情就是跳起来，把那些死去千年百年阴魂不散的烂砚台拎起来，一块一块，通过打开的窗子扔到楼下的水泥地上去，一通稀里哗啦，摔得它们粉身碎骨，魂飞魄散。

但是，昨天夜里，随着那块"宋朝"的什么澄泥砚从肖建国手里跌落，随着它在地上舞蹈般的转动和最后的破裂，从砚台上摔落分离下去的那个角在地上跳了几下之后，就沿着灯光铺成的一条半明半暗的通道，尖锐地刺进了她的心里，尖锐得如同一根带了锈迹的钉子。似乎它从"宋朝"一路走来，穿过了元朝明朝和清朝的短刀长戟，穿过了无数个花红叶衰的白天和夜晚，日光和星辰，一节烛光，盘旋着喜鹊的风和淋湿了乌鸦翅膀的雨，冷与热，大红的荣华或水样的清贫，寻寻觅觅着，就是为了在这个夏天的夜晚刺入她的心脏，彻底地刺痛她，痛死她。这一点是她从来没有料想到的。她对它们，这些魔鬼般的怪东西，本来是从牙齿缝都充满了敌意和仇恨的。

在砚台落到地上的同时，她首先看见肖建国惊慌失措地往后退了半步。然后，她看见肖建国抬起了头，看着她，声音冷冷地说："唐娜，今天是个什么日子？"

虽然半夜里被那些研墨声折磨着时，她所有的想像都是把那些破砚台扔到窗子外面去，把它们摔得粉碎，但她从来都没有想过，会以现在这种意外的方式摔破肖建国手里正在把玩的某一块砚台。她看着从砚台角上散落开去的星星点点的碎片，像看见了一地溅落的鲜红血点。"什么日子？我也不知道是什么日子。"她在那些血点里突然有些口齿不清起来。

"好。"肖建国说，"你可以不知道今天是什么日子，但你得记住，这块砚台是宋朝的。"

"它就是秦始皇时期的，我也是不小心碰到了你。"唐娜看着肖建国脸上比他声音还冷漠三分的神情，心里泛起来的一丝歉意突然就消失了。她换了一脸的不屑说："一块破砚台，值得你一晚上都在那里抱着它吗？"

"那你认为我应该抱什么？"

肖建国显然已经光火起来，声音变得冰块一样冷硬，寒光四射。

"除了砚台，在这个家里你想抱什么都可以。"

"我要是说除了砚台，我什么都不想抱呢？"

整座楼里住的都是肖建国单位里的人。唐娜不愿意让人听见他们半夜里闹出来的动静，便压低了嗓音说："我现在给你道歉可以吗？但道歉之前我必须再重申一次，我绝不是故意碰掉它的。"

"这不是在你原来的法院里，我也不管你是不是故意，但你得记住，这块砚台是宋朝的。"

"宋朝的怎么了？"唐娜说，"整个宋朝不是都消亡几百年了吗？一个朝代都覆灭得无影无踪了，一块破砚台算什么。"

"你说算什么？宋朝就是消亡一万年了，这块砚台经过了一万年的波折，它也没有理由毁在你的手里。"

"可它现在已经摔破了，我有什么办法？"唐娜说。

四

结婚前，肖建国曾经给唐娜说过，他收藏的第一方砚台是一块铁砚。那时候，唐娜虽然对砚台没有什么兴趣，但也不讨厌它们。

当时肖建国在新疆当兵。他是在回来探家的路上，在西安火车站转车时，遇到那个精致的小铁炉子的。开始他并没有怎么注意它。在进站台的路上，那个小铁炉子就跟随提着它赶车那个人急匆匆的步子，摇来晃去地接连碰了他两次。小炉子第二次碰到他的手时，他心里怀着一股不满，拿眼睛"认真"地打量了它一下，想管他穿没穿军装呢，先踢它一脚再说。后来他没有踢它，完全是因为他越看越觉得它不像一个炉子。它的底下有四只脚，中间还有个扁口，模样倒是像一只小炉子，但它的炉口处却是一个周边围起的平面，跟炉子上架了一口平底锅似的，锅子的面积大小可以够煎一只荷包蛋。他觉得有些好玩，就在站台上挨着提炉子的人站下来，指了指小炉子，问人家这是什么东西，是不是个小炉子。

那个人操着一口河北口音，看了看他身上的军装，说他也不知道，他四处收废品，这是收废品收回来的。他没见过这种东西，也觉得像个小炉子，就没卖，想带回家哄儿子玩。肖建国又弓腰看了看那个扁口，说这个小扁口是干什么用的？那个人就从兜里摸出一个火柴盒模样的东西，说那是装这个小盒子的。肖建国看着河北人手里的小盒子，想像着它的用途，突然就对这个小炉子产生了一种说不上来的兴趣，对提着它的人说你能不能把它卖给我？那个人又看了他一眼，说你要它干什么？肖建国说我想起我们连长喜欢写毛笔字，但是新疆冬天冷，我刚才看见那个小盒子，觉得要是在盒子里放上一块炭火，再把装墨汁的砚台放在这个小炉子上热着，墨汁是不是就不会被冻住了。把墨汁放在炉子上热着？那个人说你想法还真奇怪，那你先说说，能给我多少钱？肖建国说你卖废品能卖多少钱，我给你两倍的价钱。那个人犹豫着不舍得卖，说我是带回去给儿子玩的。肖建国说你几块钱收的？那个人沉吟了一会，说钱倒不值几个，主要是我想带回去给儿子玩。肖建国想了想，蹲下去打开背包，从里面取出一个用子弹壳做的飞机模型，说我用这个给你换总可以了吧？那个人又看了看小炉子，就把兜里的小盒子掏出来塞进了小炉子的扁口里，递给了肖建国，拿走了肖建国手里的飞机模型。

回家后，肖建国每天都要拿着这个用飞机模型换来的小炉子看一遍，琢磨它到底是干什么用的。有一天他爸爸的一个老战友来串门，他觉得老头子们说话无聊，打过招呼后又不便马上离开，便又拿起了小炉子，坐在一边研究。没料到那个老头子端水杯时无意间瞅到了他手里的小炉子，竟然惊喜地站了起来，放下手里的水杯，说你小子从哪里弄来这么个好东西？肖建国说伯伯您知道它是干什么用的？老头子说这是一块砚台呀，是蒙古人用的铁砚。他从肖建国的手里拿过去，仔细看过了，又把小抽屉拉开，说这里是装炭火的，蒙古人生活在北方的大草原上，冬天寒冷，为了防止冻墨，他们就发明了这种能用炭火保温的铁砚。肖建国听了一惊，没想到自己当时为了得到它瞎编的理由，居然会是真的。然后，这个老头子撇开了肖建国的爸爸，从歙砚端砚洮砚澄泥砚四大名砚各自的产地质地以及特点讲起，给肖建国上了一下午有关砚台的启蒙课。

肖建国对砚台的喜好，就是从这方铁砚上衍生出来的。而在此之前，他说他一直都是讨厌砚台的。他讨厌砚台，源于从他六岁开始，他父亲一写字，就要他去守着一块黑黑的大砚台研墨。他父亲喜欢写毛笔字，却从来都不用现成的墨汁，也从来不让别人去研墨，好像只盯准了他。在他上小学二年级的春天，有一次为了逃脱研墨，赶着和同学到城外去捉蝌蚪，他就故意把那块天天要在上面研墨的砚台给摔坏了。没过几天，他又想出了一个省劲的办法，把在学校里写仿的墨汁带回了家，偷偷地倒在砚台里装作自己研好的墨。结果他父亲还没走到书房门口，就用鼻子识破了他的拙劣伎俩。那次他父亲让警卫员把他喊回书房里，把砚台里的墨汁兜头就泼在了他的脸上，说你研个墨都没有耐心，前几天故意摔坏砚台，现在又用现成的墨汁弄虚作假，将来还怎么像黄继光那样死死地守在战场上打敌人！最后的惩处自然是两罪并罚，他被父亲关在书房里关到半夜，连晚饭都没能吃上。

上午是全市证券工作会议，唐娜拿着发言稿在那里发言的时候，眼睛里来回晃着的还是那方澄泥砚的影子。开完会回来，她端着一杯茶水站在窗子前用茶雾熏着眼睛，一边给眼睛做着保健，脑子里仍然堆满了一块一块破砚台。

想着肖建国讲过的小时候因为讨厌研墨偷摔了砚台，又被父亲泼了一脸墨汁的情形，唐娜突然笑了笑。那个时候，肖建国可能压根也没想到过，将来有一天，他会去喜欢上自己最讨厌的那些破砚台。而且，不管北上哈尔滨南下海南，还是到韩国日本香港澳门，别人到了一个陌生的地方都是忙着观看风光，浏览风景，只有他，一门心思寻找的却是可能有砚台出没的各种古旧市场。到最后，还是因为它们，那些聚集在一起的两千多方砚台，在不停地和老婆打冷战。

虽然和此前他从扬州买回来的那方七层澄泥砚不能相提并论，但唐娜完全看得出来，在肖建国的内心里，昨天晚上摔破的那方五层澄泥砚应该比那方七层的更让他爱不释手。平心而论，如果不是讨厌肖建国收藏的满屋子砚台，如果那些砚台不在夜里反复折磨着她的神经，她是会喜欢这块砚台的。它就像肖建国说的，不用多看，只要一眼，看见它的人就会知道，它的每一个细部，从眉到眼，从姿到态，从形到神，没有一处不是无与伦比和无以复加的。尤其它玫瑰紫的颜色，那应该是肖建国收藏的所有澄泥砚中最让他醉心的一个色彩——雍容华贵，但又不咄咄逼人。尤其是在灯光柔和的光线里,它隐藏起来的那些高贵和华丽缓缓地涌动着,看似漫不经心,却是势不可挡。

昨天晚上从洗手间里出来,唐娜一眼就看出肖建国已经给那块砚台涂过蜡了。他小心翼翼地把它托在手心里,之所以还没有把它放回铺着毛毡的桌子上,就是在等着她从洗手间里出来。她太了解他了,不管她多么讨厌它们,他每次淘回来这样一块让他醉心不已的砚台,指定要做的另一件事,就是爬山虎似的紧紧抓住她,纠缠不休着,比做爱更有热情地给她讲一遍有关这块砚台的制作过程和兴盛时期。

单是有关澄泥砚的制作,从肖建国收藏到那方蟹壳青的七层澄泥砚开始,唐娜的耳朵里就听得差不多要起十层茧子了。每次,肖建国只要把那块七层的澄泥砚摆出来,颤着手给它涂过蜡,目光来来回回地在上面抚摸够了,就会眼睛里闪闪放着光,给唐娜讲一遍砚台的历史和澄泥砚的制作背景。他会说,从汉朝人发明了人工制墨,铜砚、陶砚、银砚、木胎漆砂砚等各种质地的砚台跟随着发展起来后,砚台就成了历代文人的珍爱之物。而每一方砚台本身,不管它的质地是木、是瓷、是玉、是象牙还是化石,都浓缩着它所产生的那个朝代文化、经济乃至审美意识等等各种信息。他会说,澄泥砚是四大名砚中唯一的陶砚,所以它的制作工序也就比端砚、歙砚和洮砚三种石砚更复杂一些。首先它的选料就是异常挑剔的。挖来上好的泥土后,还要经过反复的稀释、过滤,才能取其细泥备用。然后是掺进黄丹去,用力地摔打、揉搓,及至它们温软如小儿肌肤了,方可放入模具中成型,用竹刀雕刻出图案来。这样还不能马上放进窑里去烧,要等它慢慢地干燥后,才能装窑点火烧制。他会说,当然,在窑里烧过后也不是出窑就成了,这时候它还只能算是个半成品。它的最末工序是出窑冷却后再裹上一层黑蜡,之后,重新放回窑里,再去烧制一遍。他会说,澄泥砚始于晋唐时期,但兴盛于宋朝。宋朝几百年的历史里虽然战事不断,但刀戈剑戟并没有阻碍它成为一个极其崇尚文学艺术的朝代。在一个崇尚文学艺术的朝代里,即便四周是连绵的战火和叮叮当当打造兵器的敲击声,可它制作出来的最实用的器皿,哪怕就是一方小小的砚台,也依然是蕴含着无比浓厚的文化气息和别样的审美情趣的。

在肖建国收藏到的宋砚里,除了那方蟹壳青的七层澄泥砚,再有就是一方无比珍贵的兰亭砚了,它的正面刻着立在山水间的王羲之,背面刻的是兰亭集序，肖建国说它是宋朝人为了纪念王羲之而特地制造的。那次，唐娜意外地上前去观赏了一会那块兰亭砚。唐娜过去看这块砚台，完全是因为王羲之是她最喜欢的一个书法家。另外，还有她最喜欢的一个女词人李清照，也是生活在宋朝的。

那次，是唐娜唯一一次喜笑颜开地走近了，俯下身体去观赏肖建国收藏的砚台。

但是现在，她却连一个眼神也不愿意落在它们身上了。

"你就差把自己变成一块冰冷的破砚台了！"前两年，她看见肖建国抱着新搜回来的砚台进了家门，还会这么愤怒地来上一句，现在呢，他带着砚台回来，不管它们多么精美和珍贵，她的全部表现就是沉默着，垂着眼睛眼皮都不会朝它们眨动一下。她觉得它们就是他带回家的一群强盗，它们伸出一只手抢走了她今天的全部快乐，另一只手又在威胁着她明天的幸福了。

唐娜能猜出来，昨天夜里，肖建国躲在书房里，肯定和她一样，也是一夜没睡。他是真心疼那块一身腐烂气息的破砚台了。这些年，全球的气温变得越来越暖，但与气温相反，他们两个人冷战的战线却是越拉越长，长得从南极都要到达北极了。从起初她不适应他们的家庭生活模式，千方百计地想从肖建国父母的家里逃出来，到后来她成功地搬出大院，肖建国又开始不适应她习惯的那套平民生活方式，他们之间这些没有胜负的战争就从火焰喷射器逐渐演变成了冷枪冷炮，到后来又慢慢地从冷枪冷炮演变成了相互对峙的冷战。现在，令她最感到寒心的，是他们已经越来越不能也不愿意去理解对方了。连试探的念头几乎都没有了。尤其是最近这两年，随着股市回暖热涨，平时她应酬就多，到了周末便更多，不是那些请她帮忙炒股的人邀她去游玩或者健身美容，就是她要请别人去游玩或者健身美容。她也不愿意这么辛苦，但世界上的游戏规则却不是她一个人能够改变的吧。肖建国不但一点也不体谅她的辛苦，还嘲讽说想跟她一起到父母家里吃顿饭，都要提前两个星期和她预约了，弄得好像比约见美国总统都难。而且，更加不可思议的，她往家里赚的钱越多，肖建国就越是嘲弄她，说她内心里就是想用金钱向他的家庭证明点什么，可她根本不明白，她所要证明的那些东西，恰恰是他从来就没有看重过的。金钱决定不了幸福指数，肖建国说。

他们一条绳子似的拧着，拧来拧去的结果，就是她更加拼命地赚钱，肖建国更加拼命地去摆弄那些砚台。好像除了这样，他们已经完全不知道自己还能够在这个家庭里做些什么了。夜里躺在床上，唐娜最常想的是，从女儿不再需要他们共同陪着她去公园后，他们，除了一块去他父母家里或者她父亲那里吃一顿饭，抑或偶尔，履行责任似的麻木着过一次毫无趣味和感觉的性生活，余下的，已经没有任何需要一起行动一起关注的事情了。她和他，几乎就是两个并行的没有任何相切点的圆圈了。

肖海纳还站在门外，唐娜就从门缝里闻到了她身上消毒水的味道。

进门后看见唐娜一直皱着眉头，肖海纳知道唐娜是在讨厌她身上的味道，就有些笑嘻嘻地说："我身上的香水味这么浓，还没盖住？"

"臭虫就是泡在香水瓶子里，也是满身的臭气。"唐娜不客气地说。

肖海纳挎着唐娜的胳膊又嘻嘻地笑了半天，说："今天怎么样？"

"什么怎么样？没头没脑的，问我还是问房子？"

唐娜抬手打下了肖海纳挎着她胳膊的手，她讨厌肖海纳的这个动作。

除了爱在家里喷消毒水，爱在床上毫无顾忌地大声叫，肖海纳还有一个臭毛病，就是挎唐娜的胳膊。唐娜和肖建国确定了恋爱关系后，第一次去肖建国家吃完饭，一家人到部队的小礼堂里去看电影。走出门，唐娜就发现了问题，她看见肖海纳挎的不是她男朋友大江的胳膊，而是在挎着肖建国。看完电影回来的路上，肖海纳依然在挎着肖建国的胳膊说说笑笑，弄得她男朋友大江和唐娜跟在他们后头，像是他们家的一对保镖和女佣。唐娜当时不好意思说别的，就在后面陪着肖建国的父母说话。但以后，却一直都是这样，只要肖海纳和他们在一起，那么肖建国的胳膊就一定不是唐娜在挎着。

他们结婚的那天晚上，唐娜说肖建国，从我们认识到现在，凡是我们三个人在一起，今天是你妹妹唯一一次没挎你的胳膊。肖建国看了唐娜一眼，说她从小就习惯了这样，你怎么会吃她的醋？唐娜说不是我吃醋，是觉得她心态有点不正常，我每次看见她挎着你的胳膊，就会产生一种错觉，觉得是我从她手里抢了你。肖建国说你胡说些什么？她从小就是这么挎着我的胳膊在走路，只要你心态正常，就会觉得正常了。后来他们有了孩子，出门时肖海纳还是挎着肖建国的胳膊。唐娜有一次在大明湖里抱着孩子累坏了，说肖海纳你能不能不老是挎着你哥的胳膊，让他也抱一会孩子。肖海纳听完后，觍着脸嘻嘻地笑了半天，说没想到你这么小气，这样好了，我不挎我哥的胳膊了，从现在开始挎你的。肖海纳说到做到，从那以后，她果真就改为挎唐娜的胳膊了，即便是唐娜手里领着孩子，她也会在一边挎着唐娜，像唐娜的影子一样甩也甩不掉，整天弄得唐娜哭笑不得。

现在，肖海纳每次一挎唐娜的胳膊，唐娜立马就会产生条件反射，在心里迅速地算一遍自己到底多少年没和肖建国亲密地挎过胳膊了。算来算去的结果，好像就是从肖海纳改挎她的胳膊开始，肖建国就再也没挎过她的胳膊。也是从那时候开始，肖建国就天南地北地，更加着迷地去搜罗那些破砚台了。

"不是你也不是房子，我现在关心的是股市行情。"肖海纳说，"你的房子里正在铺地板，你呢，我进门一看见你的脸色，就知道你整体状态一般，心情不好，缺乏睡眠。"

"你怎么知道房子里正在铺地板？"唐娜不冷不热地说，"从医生变成算命先生了？"

肖海纳说："是神授。我还知道我哥不小心摔破了一块他刚淘回来的砚台。"

"他没说怎么摔破的？"唐娜冷冷地扫了一眼地上的砚台。

"说了，说他在手里拿着看呢，有个仙女水袖飘飘地走过来碰到了他，他一分神，砚台就失手掉到了地上。"肖海纳走近那块摔破的砚台，拿起来仔细看了一会，有些惋惜地说，"这好像是块宋朝的砚台吧？摔破了是有点可惜，说不定它还是李清照用过的呢。清晨，李清照在鸟鸣声声里起了床，看着窗外满地被风雨摧残的落花，细细地在这方砚台里研着墨，研着研着，心里就有了'一种相思，两处闲愁'和'人比黄花瘦'那样的句子。"

真是不折不扣的兄妹俩！肖海纳和肖建国简直像一只鸟的两个翅膀，做事情重叠得让唐娜想笑。"幸亏济南出过一个李清照，能被你拉了来给这块破砚台附上魂灵。我也觉得可惜，但它已经被摔破了，又有什么办法。"唐娜说。

看着从窗子射过来落到墙壁上的光，唐娜本来想解释说她也不是故意的，想了想，觉得给肖海纳解释了这些也是无趣。给肖海纳解释其实和给肖建国解释是一个结果，他们根本就不会相信她是无意碰落那块砚台的。

现在,肖建国家里的任何一个人,甚至包括保姆,都知道唐娜讨厌砚台已经讨厌到了头发丝里。

肖海纳把砚台连同摔下来的角一起放到了桌子上,走回来坐到唐娜身边,侧脸看着她说:"你星期天匆匆地回去没在家里吃饭,老妈就一直念叨着呢,说你这几个月装修房子都累瘦了。今天吩咐保姆晚上多做了几个你爱吃的菜,让我来请你回去,说是要好好给你加点营养。"

"你哥呢,是他派你来的吧?"唐娜知道肖海纳跑了来,十有八九是肖建国的主意,他是惦记着地上那块摔破的砚台。打发肖海纳来的目的,就是为了把砚台从地上捡起来。

"你还知道惦记我哥呀,他下班后直接回家等着你了。"肖海纳说,"被这几块破砚台弄得一次次搞冷战,你们想想是不是太不值得了?幸亏不是一个活色生香的女人把我哥给拉走了,你这么精明一个人,当过法官,现在看准的股票哪支都在天天涨停,怎么一块没血没肉的砚台就对付不下了?"

"肖建国是你哥,你们一起长大的,你能不知道他哪根筋长短?"唐娜冷笑着说,"看着威威武武的一个男人,在外面也混得滴水不漏,但在家里一点小破事就喜欢搞冷战,一开战就女人似的往老窝里躲。"

"你今天可是冤枉他了。今天是咱妈打电话让他直接回家的。他听咱妈说要叫你回家吃晚饭,还特地跑了几十里路,到你喜欢吃的什么炒鸡店里给你买回来一份炒鸡。后面我要说的这句话,绝不是护着我哥,而是我自己的想法,我觉得就算是他自己回去的,你知道他躲在老窝里,为什么还不拿出点女人的小伎俩,主动跑回去牵着耳朵把他揪回来?我和大江闹腾的时候,你不是还开导过我吗,说男人和女人一样,有时候也是需要女人哄小孩子一样去哄哄他们的。"

"你们都是贵族出身,洋毛病越来越多,而我现在已经堕落成了蒙古大夫,想哄也把不准你们的脉了。"

"这么骂人很痛快吧?"肖海纳说,"股票看得那么准,赚钱像在地上弯腰捡树叶子,骂我们也骂得这么高级,一个情商智商都这么高的人,怎么就不能拿起遥控器来换换思路,试着去喜欢喜欢那些曾经不喜欢的东西呢?我要是你,肯定就会尝试着将计就计,去试着喜欢喜欢那些砚台,不喜欢也装作喜欢。不但要和他一起喜欢,还会鼓动着他多去收藏,给他说你们将来最好能建一个全国规模最大的砚台博物馆。你要是再有能力把自己也弄成一块极品砚台，他还不拿着你当宝贝，爱不释手？"

"当初你哥就应该找一块砚台结婚。"唐娜说，"过去不停地搞阶级斗争也许是有道理的，我们这些人和你们那些人，永远都不是一个阵营里的人。"

"那也属于人民内部矛盾，不同于日本鬼子侵略中国时的敌我矛盾。"肖海纳拍拍唐娜的手说，"想开点吧姐姐。我们现在一不缺钱，二不缺健康，剩下来的目标就应该是怎么快乐怎么舒服怎么活着。你到我们医院危重病房里去看看那些半死不活的人，过去那都是级别多高的一些干部，真是八面威风，咳嗽一声都会有人哆嗦。现在呢，现在一看见他们，我就知道自己余下来的每一分钟里，都该怎么千方百计地去创造幸福生活了。"

唐娜暗暗冷笑了一下，心想快乐是唐娜一个人开着工厂按着流水线制造饼干糖块面包一样，制造出来的吗？她脑子里又跳过了电梯旁边贴的那张印着"复仇"的小纸片，心想每个人在一生里假如真有机会去做一件复仇的事情，那么到目前为止，她最想做的会是什么呢？想来想去，觉得自己最想做的不是像马国伟那样去杀死自己，也不是去杀别人，而是一定要去杀死那些迷住了肖建国的鬼砚台，把它们全部砸烂砸碎，砸出它们的死灵魂，再用所罗门的封印封它们五百亿年，埋到丹麦的格陵兰岛冰雪下面，在那里的冰雪全部融化之前，让它们永世不见天日。

"每个人都得允许别人有点嗜好，允许别人心里另有一番小天地。"肖海纳又说，"你想想，现在像我哥这样没在外头找女人的男人，世界上还剩下几个？连大江那个家伙还偷偷地盯着漂亮的小护士害眼病呢。要不是咱爸在那里罩着，谁知道他会不会翻天。所以，你就天天拥抱着我哥知足吧。"

肖海纳的话和她身上的消毒水一个味道，理直气壮又霸道十足。唐娜不愿再听她说下去，就站起来伸着懒腰说："我刚想起来还要到新房子里去看一趟，他们今天晚上要给门框喷最后一道漆。你给妈说我今天就不回家吃饭了。现在你的任务已经光荣地完成了，就请回去吧。回去迟了，桌子上的饭菜就会凉了。"

"真不给面子呀？"肖海纳说，"我要是你，就会选择一个比较温暖的，比如像现在的季节一样的答案，让生活里有花朵的颜色，还有花朵的香味，花团锦簇。"

唐娜转身做了一个深呼吸,说:"那是因为你是肖海纳,不是站在你对面的唐娜。"

五

新房子在经十路南侧,不远处便是千佛山。唐娜挑的是最高的二十六层,二十六层的高度,人往窗子跟前一站,抬头看见的不光是满目欲滴的青翠,可能还有一块一块棉花垛一样的白云。推开窗子就不用说了,只要爱动弹,伸伸手,就能把一片原汁原味的青枝绿叶带着湿润揽入怀抱。那些从树叶上荡起来的细风,躲在树叶后面唧唧喳喳的鸟鸣,都会跟随着空气里它们搅动起来的一丝一丝树木的甘甜,水波般一圈一圈地荡漾过来,惬意地包围着你。唐娜喜欢这座房子,假如剔除了要逃开老房子里那些砚台的缘由,就是因为它的位置紧紧地靠着一座山了。

济南四面都环着山,唐娜偏偏就是最喜欢山的人。她从小最爱去玩的地方,就是靠近他们家的两座小山:标山和凤凰山。他们家就夹在这两座小山之间。标山在她家的西边,凤凰山在东边,两座山相距不足五百米,但各自又是站在千佛山上向北眺望看见的"齐烟九点"之一。"齐烟九点"是站在千佛山上向北看见的九个山头,被古人集体取了个极富诗意的名字,成了济南的名胜之一。"齐烟九点"里最著名的两个山头是华山和鹊山,因为它们曾被元代画家赵孟頫画进了一幅《鹊华秋色图》里。可惜的是这九个山头中,现在已经有三个差不多是彻底消失在了道路和楼房之下,另外几个被高楼大厦遮蔽着,除了华山和鹊山,其余的站在千佛山顶上踮起了脚尖,再举上留香曾经卖过的俄罗斯高倍数军事望远镜,可能也看不见它们的踪影到底隐藏在哪里了。

这些年,唐娜每次回父亲那里看父亲,父亲都会唠叨上几句,说现在社会发达是发达了,但过去的一些好东西,也在这些发达里慢慢地消失了。唐娜不知道父亲说的那些好东西具体都是指什么,她也没仔细问过,但她觉得"齐烟九点"这个景观肯定包含在父亲说的那些好东西里面。有几次她跟随父亲到东边的凤凰山上去,父亲站在凤凰阁的护栏边上向南眺望了一会千佛山，又回转身子向北眺望了一会鹊山和华山，看着她说，"齐烟九点"虽然没有完全消失，但少上一个点，也令济南逊色不少了。停了一停，又说，现在能平心静气地站在千佛山上认真来找找"齐烟九点"的人，恐怕已经不多了。你以前那么喜欢这些山，现在也天天都有忙不完的事情，没有闲工夫来看山了。

她父亲虽然是个环卫工，掏了一辈子厕所，但唐娜从来没觉得父亲是个粗人。他喜欢读书。唐娜觉得自己这么喜欢山，一定是跟小时候父亲经常给他们姐弟讲述《山海经》上那些地理山川有关系。她父亲最喜欢读的书里，一本是《黄帝内经》，另一本就是《山海经》了。在唐娜的印象里，她父亲即便是肩上担着粪挑子，脖子上也经常挂一个书包，而书包里面装的一定就是这两本书里的一本。休息的时候别人都在一边抽烟下棋或是闲扯东西，他则会从书包里拿出书来，蹲在一边埋着头看。有时候同事捉弄他，在他看书时悄悄地把掏粪的大勺伸在他的头顶上方，引得苍蝇嗡嗡地围着他飞。他仰头看看沾满粪便的大勺，对捉弄他的人笑一笑，低下头去照常看书，好像他正醉心地穿行在书中的一座高山中或者漂泊在一条条河流里，眼前的美景让他根本没有闲暇去顾及他们。有一次她的母亲看见了丈夫被两个同事这样捉弄的场面，一生气，跑过去破口骂他们都是屎和蛆。她的父亲却没事似的说："你把他们看作是站在那里给我照亮的一盏灯，心里就不会生气了。

唐娜有一回看见了肖建国父亲放在沙发上的《山海经》，就把她父亲的这个故事讲给肖建国听，肖建国听后咧着嘴巴笑了一阵子，说也是，一般人看看《黄帝内经》还容易让人理解，你爸一个环卫工，读《山海经》是有些特别。

环卫工怎么了？就你爸这样叱咤风云的将军才能看《山海经》？唐娜说，你们高贵，是不是就比别人多长了一套心肝肺？

唐娜也知道肖建国内心里并没有看不起她父亲的意思，只是他类似的话一跳出来，就会让她心里隐隐地感觉到酸溜溜的，说不出来有多疼，但就是不舒服，像身体某个柔软部位在暗处被什么钝东西不轻不重地硌了一下子。唐娜起初答应院长见肖建国时，本来是碍于院长的面子，后来一路和肖建国发展下去并和他结了婚，则完全是因为肖建国表现出来的那种平实和细致。他的父亲是一名将军，但他没有丝毫高干子女的傲气。肖建国第一次提出到唐娜家里去看望她父母时，唐娜觉得他虽然不同于她所理解的高干子女，但心里还是有些犹豫。她母亲瘫痪在床好几年了，尽管父亲和他们姐弟都在悉心地照顾着母亲，没让母亲身上长一块褥疮，可久病在床的人身体上散发出来的那些奇怪气味，还是丝丝缕缕地随着空气的流动，挤满了家里的角角落落，好像连门口的一棵无花果树枝上都挂着。

但是，肖建国到她家里去的表现，却比她想像的还要意外。肖建国到他们家里，进门就去找了热水和毛巾，为她母亲擦洗过脸和手脚，然后，又让她找来指甲刀，为她母亲修了指甲。修过指甲后，又重新拿热毛巾仔细地擦了一遍。以后，直到唐娜的母亲去世，肖建国每次进门后的第一件事，就是先倒上一盆热水去给她擦洗手脚，然后坐在那里，给她读报纸，讲外面的天气，讲什么树开花了，什么树落叶了，什么树上的果实下来了。唐娜母亲去世前最后一次修剪指甲，同样还是肖建国给修的。

在肖建国之前，唐娜和马国伟恋爱的时候，马国伟也看望过她的母亲，但马国伟的表现方式，就是每次来时都会买上一束鲜花放在她母亲的床头上。马国伟是唐娜在法院里时的同事。当年唐娜大学毕业一进法院，就被马国伟盯上了。马国伟人长得不是十分高大，也不能说十分帅气，但他身上却似乎天生缠满了吸引女孩子的蜘蛛丝，只要女孩子的目光往他身上一落，不管你是有意还是无意，其结果可能都是一样，就是被他身上的黏丝牢牢地沾住，再也别想逃脱。除此之外，他嘴巴还能说会道，哄起女孩子来一天会有一百个花样。所以，唐娜进了法院还不到两个月的时间，就被马国伟哄得心里长出了一个姹紫嫣红的花园。

唐娜最终没和马国伟走在一起的原因，是半年后马国伟生日那天，他要和唐娜做结婚后才能做的那件事。唐娜不愿意，涨红着脸从他的胳膊里挣脱，一定要等到结婚之后。马国伟觉得现在都什么时代了，唐娜居然还这么守旧，就说现在做和结婚后有什么区别？唐娜说结婚后我们有结婚证了，现在还没有。马国伟说你到底爱我还是爱结婚证？又纠缠着搂住了唐娜。唐娜挣扎着，说你如果爱我，现在就不会提这样的要求。马国伟说你揪住眼睫毛好好想一想，我不爱你，还会这样死乞白赖地求你？我怎么没去求别人！唐娜说你现在有这样的想法就是不真心爱我。一个坚持要，一个坚决不给，僵持到最后，两个人都赌气，闹了一场，谁也不去搭理谁，结局竟然是出人意料地不欢而散了。

那年年底法院里组织着到部队上去慰问共建单位，唐娜也去了。慰问完，从餐厅里吃完饭出来，一行人就在停车场边上遇到了肖建国。肖建国认识他们法院的院长，他热情地和院长握过手说了几句话，当时眼睛好像并没有特别去注意唐娜，唐娜对他也没什么印象。但是第二天上午，肖建国突然就跑到了法院里，认认真真地要院长给他和唐娜牵一牵红线。唐娜在电话里听明白院长的意思后，不好驳领导的面子，就去和肖建国见了面。

肖建国为人处世平实归平实，但日子久了就不难发现，一个人在生活里表现出来的任何一面，都只能算是他众多方面中的一个面。仅是不同生长环境里培养出来的细微生活态度，就是完全彻底不一样的。这跟选葡萄一样，看着形状颜色都差不多，但它的味道，只有吃进嘴巴里才会尝清楚。唐娜是在北部的工人新村里长大的，靠近郊区，从小吃惯了黄河北的乡下人做的卤水豆腐，和肖建国结婚后不久，她回工人新村去看父亲时，就顺便买一块这样的豆腐带了回来。家里有保姆，肖建国从来没见他母亲亲自买过菜，所以唐娜提着豆腐回家后，他就把那块豆腐提在手里左右看了半天，以此表示他对唐娜的不满。

放下豆腐后，肖建国把唐娜拉回了他们楼上的卧室，说我们家里都是保姆在买菜。

唐娜说："我知道呀。"

"知道你为什么还要买块豆腐回来。你想吃什么菜，给她们说一声就行了。"

"这是我在工人新村买回来的。"唐娜说，"卤水做的。"

"卤水做的就不是豆腐了？"肖建国弄不明白工人新村里卖的豆腐和保姆买回家的豆腐到底有什么不同。

"你不懂的。"唐娜说，"保姆买回来的豆腐都是石膏做的，和卤水做的味道完全不一样。"

"它总是大豆做出来的吧。"肖建国第一次蛮横起来，"记住，坚决不许再买下一次了，在我们家里，这是一个保姆要做的事情。"

唐娜不以为然地说："不就买一块豆腐嘛。去我们家里时，你不是也和我一起买过菜？"

"你们家是你们家，不一样。我们家里有保姆。"

"腐败的寄生虫。"唐娜笑着说，"你爸妈能陪你们一辈子？"

"那是以后的事情。"肖建国说,"我没和你开玩笑,现在是很认真地在'照会'你。"

"但我就喜欢那里的豆腐,怎么办?"唐娜说。

"那你什么时候想吃了,给保姆说个地点,让她们去那里买。就是跑到北京上海广州深圳,她们也会去。"

"为了买一块豆腐,你让她们绕来绕去地跑十几里路?"

肖建国靠在床头上,看着窗台边篮球大的仙人球说:"她们就是给我们服务的,只要你想吃,跑一千里路她们也会去,因为这是她们的工作。"

唐娜看了肖建国一眼,说:"我以前认为你和别人完全不一样。"

"那肯定是你现在或者以前的理解有点问题。"肖建国说。

"也可能是。"唐娜说,"我爸说过,《黄帝内经》里从头到尾就只有十三个药方子,它上面讲的,全是人体内部要如何去进行自我调节的问题。"

六

"我还是建议你先兑现一部分。"

马国伟来后,唐娜在饮水机跟前给他冲着咖啡,把前段时间的想法重又提了出来。

这一段日子,媒体上几乎所有的股评专家都在预言股市到年底会冲破一万点大关,但奇怪的是,唐娜的直觉全部和那些股评家们背道而驰。她觉得股市已经像大海深处被暗流悄悄搅动起来的水波,它一个波浪跟着一个波浪漫不经心地起伏着,传递的也许正是巴西热带雨林里一只蝴蝶扇动起来的微风。现在,人们之所以忽略了它传导出来的细微而危险的迹象,那完全是因为站在沙滩上的人们兴奋着,只盯住了它表面一层一层的漂亮浪花。

但是,马国伟一直都在怀疑她的这种感觉,他一定要等到那个一万点的到来,好像它们正乘着飞机,盘旋在机场的上空,并且已经选好了着陆的跑道。

"再等上一段日子,肯定套不了。"马国伟说,"哎,在法院里的时候你可不是这样啊,那时候你就像美国的赖斯,天不怕地也不怕,能战天能斗地,现在怎么突然变得瞻前顾后了。股市要是不起起伏伏地刺激着人的神经了,还怎么被叫做股市。"

"臭德性!"唐娜说,"什么时候屏幕上长出一片青草来,让你在上面抱着鞭子放羊,你就心满意足了。"

"别打击全国股民的自信心行不行,冰天雪地里放羊能放出一个苏武来也能够名垂青史不是?"

"那你随便吧。"唐娜慢慢地搅着咖啡说,"钱是你的,我只能算是一个暂时替你看保险柜的人。建议我已经提过了,板子拍不拍就是你自己的事了。"

"我现在要拍的板子是我们明天去外地转转,找条地下大峡谷漂流去。这几次来,我发现你真是应该好好去放松放松了,不然的话,我肯定都要跟着你出问题。"

"你出什么问题,是不是胳膊上会长出木耳来?"

"胳膊上长出木耳来是小事,"马国伟说,"我姑姑现在我们老家的县里,正带领全县人民种植木耳,图谋用木耳经济的杠杆撬动全县的GDP。"

看着马国伟的神态,唐娜忍俊不禁地笑着说:"多谢你的关心,但这次好像只能心领了。"

"又有什么问题了?"马国伟停顿了一会说,"如果不是赶着去参加选美,就赏个面子。我已经和网通公司的老总何大鹏说好跟你一起去了,他可是和我的广告公司有业务往来。"

"你怎么和谁都有业务关系。"唐娜说,"我这些天太累了,要玩你们自己玩去。"

"要不都说现在是好人难做呢。"马国伟说,"我是看见你叶子都累黄了,才想让你到地下大峡谷的水里去漂漂,歇一歇,长出片新鲜水灵的绿叶子来。你主角要是不肯亮相,我们两个配菜的男人还去漂什么劲。"

"你什么时候不再这么绑架我了?"唐娜说。

"绑架你?"马国伟嘿嘿着笑了两声,说,"要是真能绑架你,我的头发就不用一遍一遍地刷劣质黑鞋油了。"

马国伟女朋友换了一批又一批,据说高矮胖瘦的都同居过了,但就是一直不结婚。唐娜当初从法院里调走，很大程度上就是这个原因。她老觉得马国伟不结婚完全是有意做给她看的。马国伟和她在一个单位里，两个人进进出出都不可能回避。而随着她和肖建国结婚的时间愈久，她发现自己就愈害怕看见马国伟的影子，甚至他说话和走路的声音，都会莫名其妙地令她心慌气短。后来她实在不能忍受他制造的那些压力了，回家就催着肖建国找人把她调走，而且要彻底离开政法系统。肖建国被她催得急了，说你要调走，也得有个具体原因吧？

唐娜想了想，不想再隐瞒肖建国，就如实地说："我不想再每天看见马国伟了。"

肖建国看着唐娜，笑着说："刚结婚时要给你换个单位，你死活不肯，说凭什么你走，要走也是他调走。怎么，他现在又对你展开攻势，在纠缠你了？"

"你别油盐酱醋地胡说八道行不行。"唐娜说，"是他到现在都不结婚，好像在对谁示威似的，弄得我在同事面前都成导致他不结婚的罪人了。现在一看见他的影子，听见他的声音，我就觉得自己好像欠了他什么。"

"那是你有点太自恋了！"肖建国说，"你过自己的日子，管别人结婚不结婚干什么。"

"他这些年一直不结婚，明明就是做给我看的。"

"你是不是有毛病？结不结婚是他自己的事，你瞎操什么心。现在结婚又不分房子不分粮票油票布票肉票，不愿结婚的人多了。你是他们的爹妈还是研究婚姻问题的专家？你把他当空气当灰尘，空气和灰尘结不结婚，有人关心过吗？"

"问题是他现在就变得像空气和灰尘一样了。"唐娜说。

肖建国看了唐娜一眼，说："那可能就是你自己心理有问题了。"

调到证券公司后，唐娜有四五年时间没再看见过马国伟。没看见人，但马国伟没结婚的无线信号，却一直没间断地往她的耳朵里传送。有时候，唐娜自己也怀疑，她是不是有点过于关注马国伟的婚姻状况了，他不结婚，但身边从来都没缺少过形形色色的女人哪。也许像肖建国说的，他真是一个心理有缺陷的男人。自己当初假如答应了和他做那件事，其后果也可能同样是分手，而不是相互牵着手走进婚姻的殿堂，因为他或许根本就是一个不愿意对女人对家庭负责的男人。说尖刻点，他就是一个无比自私，缺少道德水准的男人。这样想来想去地安慰着自己，马国伟也就云消雾散般，渐渐地淡出了她的生活。

去年春天，马国伟突然跑到证券公司里来，扔给她一张银行卡，说里面是三百万块钱，让唐娜帮着他炒股。唐娜看着他一时没回过神来，倒了一杯茶递给他，还是没弄明白他为什么忽然想到来找她。

"因为你像巴菲特一样，是这个资本市场里的股神啊。"马国伟说，"院里的人都说你看准了哪只股票，哪只股票就像突然被打了激素，天天往上蹿高。办公室里那些黑心的家伙把口袋都撑破了，现在才把这个秘密透露给我。"

"让你这么一说，我都快成神仙了。"唐娜微笑着说。

"你一直就是神话里的仙女。"马国伟说，"不过今天我要先声明，这件事你不能再拒绝我。你欠了我十几年的感情，现在也该给我选几支好股，拿物质补偿补偿我了。"

唐娜走到窗子前，打开它，看着外面正绿成一团的树木，用力地深呼吸了一口带着树叶味道的空气。她从来都没想到过马国伟会这么说。外面的世界还是原来的模样，在太阳下喧嚣得有些不真实，但她发现自己心里曾经装了很多年的、那些沉沉的空气和灰尘，一下子就水洗过般干净起来，干净得似乎都要有些透明了，犹如晴朗早晨里遥远而深邃的天空。她转过身体，背靠着窗子，看着马国伟说："那你，为什么一直不结婚呢？"

"就为了等到今天，来找你炒股啊。"

马国伟停顿了一小会，然后才又说："当然还有一个最重要的原因不能隐瞒你，就是，从来没有一个女人，像你当初那样拒绝我。"

唐娜听见自己的心脏意外地怦了一声，她在怦怦响起来的心跳声里低头沉默了一会，微笑着说："几年不见，法官同志说话也会耍无赖了。"

"时代在前进，马国伟也得学会与时俱进啊。"马国伟看着唐娜低垂的眼睛，又嘻嘻哈哈起来，说，"反正你不无赖，世界就无赖。与其让世界无赖你，哪如你自己先去无赖世界一把。"

肖建国下午回来，进门就瞅见了桌子上一方带盖的石砚。砚盖是一张雕刻精美的荷叶，几滴晶莹剔透的水珠在叶面上滚动着，犹如荷叶正在微风里轻轻地颤着。拿起荷叶来，砚身上是两只青蛙，其神态，亦宛若刚刚从一池藕莲间跃了出来。

"哪里来的徐公砚？"肖建国打量着砚台上的燕子化石问。

"我带回来的。"唐娜从卧室里走出来说，"意外吧？"

"不是意外，是很意外非常意外。"肖建国说，"什么人给你行贿，居然顺着我的口味来了。"

唐娜说："我带回来的，你怎么不去想是不是我买的。"

"太阳也许能从西边出来。"肖建国说，"但唐娜肯定不是太阳。"

肖建国去洗了手回来，看着唐娜说："你跟马国伟他们一块走的，肯定是那个家伙弄来的吧？一个法官不想着怎么为人民服务，居然天天除了炒股开广告公司就是游山玩水。"

唐娜撇了下嘴角，回敬道："挥刀子的人对流淌的血都是熟视无睹的。你也是人民的公仆啊，你为人民服务了？不照样天天摆弄着那些破砚台，在玩物丧志。"

肖建国说："虽然都是飞，但会飞的不都是飞天，还有可能是鸟人。"

"飞天只是在画里画着，但鸟人却可能是在真实地飞着。"唐娜说。

"真实地飞着也是鸟人。"肖建国说。

"鸟人至少是在真实地活着，有血有肉，身体上有温度。"

"温度，"肖建国说，"你终于摸到他身体的温度了？"

"是。"唐娜说，"他的身体温暖得让人拥抱住了就不想放开。"

昨天，他们三个人从地下大峡谷里出来，马国伟仰头看了看天空后，对她和何大鹏说："左右都是出来了一趟，干脆再去看看汉墓算了。"

唐娜从没有看过古墓，说古墓里有什么好看的，钻到地下，阴森森的，让人脊背都发凉。马国伟说不懂了吧，知道金庸为什么要在他的武侠小说里不断写到古墓吗？那是因为他知道一个人只有弄明白了古墓是什么东西，他才会清楚自己该怎么在世上活着。先知死，后知生嘛。

网通的老总何大鹏也在一边说："咱们这次出来得有意思啊，先是看了地下溶洞，看完溶洞又到地下大峡谷里去漂流，既然是和地下飙上了，那就再一起去看看汉墓。"

马国伟这次完全是为了他广告公司里的生意，请何大鹏出来玩的。看看何大鹏也这么积极，唐娜就不好再说什么了，只能按着马国伟画出的箭头跟着他们往前走。

刚去法院上班那年，三八妇女节单位里组织女干警到北京玩，看十三陵时别人都去了，只有唐娜没去，呆在宾馆里看了一下午电视。后来到沈阳出差，同学要带她去参观东陵，她还是拒绝了。她觉得帝王的陵墓离老百姓太远了，不明白现代的人为什么都热衷于去打开一座一座的古人墓。她曾经听父亲说过，掘墓是对死去的人最大的不敬和诅咒。可是现在的人，挖掘这些大墓时已经没有任何忌讳了。也许很快，秦始皇的墓就会同那些重见天日的兵马俑一样，被现代文明人带进去的阳光照亮。

　　汉墓里四处都是精美的画像。那些汉代的男男女女，他们肥大着衣衫，好像正在从汉朝慢慢地走到你面前。立柱、门楣还有四壁上，刻画着的那些车马出行和乐舞百戏的场面，场景的热闹，无不表现了墓主人身份的高贵和生活的逸乐。假如他们也生活在汉朝，又会是一种什么样子呢？马国伟还会因为她当时的拒绝，而最终和她失之交臂吗？唐娜看了眼正在看着她的马国伟，指着一幅孔子拜见老子的画像问导游，这个墓的主人是什么身份呀？导游微笑着，说这里曾经被盗过，里面留下的能证明墓主人身份的东西实在太少了，所以，墓主人的身份到现在还是一个谜。

　　从导游絮絮叨叨的介绍里，唐娜听出这座墓室里居然还分割出了会客厅和书房。这一点完全出乎她的意料。她有点好奇，数了数，三个中室再加上左右的侧室，竟然有八个室。大慈大悲的观世音，两千年前的人死后还能拥有八个室的大墓，而她一个所谓的现代精英，刚装修完的房子也不过是个三室两厅。

　　走到仓颉造字的壁画前，唐娜想起肖建国说过，砚台就是从汉朝发展起来的。肖建国一直最遗憾的，也是至今还没有搜寻到一方汉朝的砚台。她看了眼站在旁边的马国伟，说你知道砚台是从什么朝代发展起来的吗？

　　"什么朝代？不会就是从这个墓主的朝代吧？"

　　唐娜说："你还真猜对了，肖建国说砚台就是从汉朝发展起来的。"

　　"那，肖建国手里有没有汉朝的砚台？"马国伟说，"要是没有的话，我和何大鹏就在这个古墓里再往下挖一挖，看能不能给他弄一块回去。"

　　"要是能收藏到汉朝的砚台，他肯定能被那些破砚台把魂儿都吸进去，把自己弄成蒲松龄笔下另一个故事。前些天我不小心碰了他一下，把一块宋朝的什么澄泥砚给摔破了一个角，他差点没气疯了。"

　　"澄泥砚是什么破砚？"马国伟说，"这里就盛产砚台，上去后我给他弄一车回去。"

马国伟说着,在唐娜的肩膀上轻轻地拍了一下,说:"我建议你找个时间带着肖建国也来这里看一看。"

"除了砚台,他现在对什么都不感兴趣了。"唐娜说着,突然又想起了交易大厅里那个戴着头盔手里拿着望远镜的"美国大兵"。

"那就更要带他来了。你看我,现在往这汉墓里一站,突然发现什么股票涨和跌,富贵和荣华,战争与和平,什么爱恨情仇吃喝玩乐,石油暴涨,它们一点都和马国伟不相干了。世界上很多东西的价值,其实都是没有办法拿现实本身的价值涵义去换算的。你猜猜,我现在最喜欢听哪一首歌曲?"

看见唐娜摇头,马国伟就笑着说:"我知道你猜不出来,是一首头发都已经白掉的老歌,六十年代英国披头士唱的《Please,please me》。"

"请让我高兴?"

看着马国伟显然是故意夸张出来的表情,唐娜微笑了一下,盯住墙上的一幅壁画,没再往下说什么。这个自相矛盾的家伙,他怎么会知道,她现在车里每天都在放的,也是这首歌,只是她理解的,也许是和马国伟完全不一样的含意。

导游和何大鹏已经走进旁边的墓室里去了。唐娜想着家里那块摔破的砚台,那些在夜里反复着研墨的声音,那些她在研墨声里无数次想像过的和马国伟做爱的情景,慢慢地从壁画上收回目光,看着旁边的马国伟和他身后空荡荡的墓室,突然想一头扑进他的怀里去,就像在睡梦里那样,什么也不想,不顾一切地,被他紧紧地拥抱住。

七

从楼上跑下来,唐娜一眼就看见了被砸坏的液晶电视,它的显示屏上,像是被一只巨大的蜘蛛迅速地织了张大网,盖住了。只是由于织得匆忙了点,不够细致,网络间的密度看上去稍稍有些缺乏均匀和美感。

刚才在楼上,唐娜看着窗子外叶子正在泛黄的合欢树,先是听见了扑通一声闷响,响声过后,紧接着是几个人吵成一团的嘈杂声。她扔下手里的抹布往楼下探着脑袋看了好一会,才从他们的吵嚷声里弄明白,是他们家的电视机被一捆从天而降的报纸砸坏了。

唐娜回头看着肖建国和搬家公司的两个人说:"哪里来的旧报纸?"

"什么旧报纸?"肖建国和两个正在搬冰箱的人被她问得有点莫名其妙,都拿眼睛看着她。

"楼上扔下去的。"

唐娜说着,扭回头再看楼下时,看见天天在院子里收废品的老头已经跌跌撞撞地跑到了楼下。他像一只被折断了翅膀的灰色大鸟,摊着两只手在电视机前蹲了一会,才伸出手去摸着电视机说:"我眼花了,这地上怎么会有个电视机呢?"

唐娜转过身来,问搬家公司的两个人:"你们刚才是怎么放的电视机?"

"你们这样的液晶电视太薄了,立不住,就先平放在地上了。"

"现在它被砸坏了。"唐娜往门口走着说。

"砸坏了?"肖建国说,"怎么砸坏的?"

"报纸砸坏的呀。"唐娜说,"你高兴了吧?"

围绕着搬家,唐娜和肖建国从房子一装修完就开始了争论。不过这回争论的焦点似乎有点好笑,是关于在白天搬家还是夜里搬家。

上一周,他们两个人又开始了新一轮的争执,唐娜仍然坚持要在夜里搬,重复说老济南的风俗就是在夜里搬家,不能让家底子见了光,晒在太阳底下。唐娜一说完,肖建国就忍不住笑了起来,说也是,股票恒指飙升的时候能让一个人像范进中了举,现在几周时间里跌了三千个点,是应该比中举的打击还大。不过,现在的问题是,你手里的股票都被套在股市里了,手里还有多少家底子怕见光?我还没来得及贪污,你新换的家具都是直接从商场运进了新房子里。对了,我差点忘了,你好像提前卖掉了一半股票对吧?但是,卖股票的钱好像都在你的银行卡里吧?银行卡揣在你的包里,你若是不把它举在手里大声喊着里面的数字招摇过市,相信大街上没有谁能知道它们存在。现在要搬动的,除掉衣服鞋子被子枕头锅碗瓢盆,还有你和我,是不是就剩下那几件家电了?

"我知道我说了你也不会相信。"唐娜看着肖建国的眼睛说。

肖建国说:"相信什么?"

"我老是在睡梦里听见有人在那些砚台前研墨啊。"唐娜说,"这几年我一直都在怀疑,是不是就因为往这座房子里搬时,我们是白天搬过来的,冒犯了哪一路神仙。庄丽说世界上一应的神灵都是在白天睡觉的,你如果搅翻了它们的睡梦,它们就会用各种各样的方法来报复你。"

肖建国伸手在唐娜的额头上摸了一下,说:"没发烧啊,怎么会跟在那个庄丽后头胡说八道?"

"你应该说我大脑出了毛病。"唐娜淡淡地说,"我知道你不会相信。但是,我还是想告诉你,我不但听见了研墨的声音,还听到毛笔在砚池里反复润笔的声音。"

肖建国盯着唐娜的神情看了好一会,觉得她不像是在说谎的样子。她从来就不是个会说谎话的女人。但是,怎么会有这么奇怪的事情呢?而且,还好几年了?那她为什么从来就没有给他传递过一丝一毫这样的信息?他看着唐娜,突然觉得他和她之间的距离是无比遥远的,遥远得就像是中间隔了一条万里长城,或者是在大海上看见的海市蜃楼。

"就是听见了,那也是从你自己心里发出来的声音。"肖建国说,"楼上老马不是一直在研读佛经吗,按他解读经书的理论,一切虚空皆由心生。你讨厌这些砚台,再加上庄丽在那里胡说八道做着引子,你若是听不见研墨和润笔的声音,那才真叫奇怪呢。"

"我知道你不会相信?因为你知道我在讨厌那些砚台。"

"不是我不相信,是任何一个心理健康的人都不会相信。"肖建国说,"你回家把它说给你爸听一听,看看他相信不相信。要是你爸能相信,我就相信,咱们就在夜里搬家。"

肖建国搬出她父亲,唐娜就只会举手缴械,无条件地退让了。从小到大,尤其是读大学后再到现在,她一直就是父亲的骄傲,这一点肖建国太知道她了,她是死活也不会让一辈子以她为荣的父亲知道,她现在会不停地在夜里听见那些研墨声的。

看着电视机上的"蜘蛛网",唐娜没有说话,也没有生气,只是脑子里又跳出了那块摔破的"宋朝"砚台,它被肖海纳放在了桌子上最显眼的地方后,肖建国没再动过,她也没再动过。从汉墓里回来后,她一直都在想一个问题:这些年里,她是不是一直都是个被动的旁观者,一个真实生活的局外人?要不,她拼命挣来了几百万块钱,为什么她的生活里却没有了一点快乐呢？

收废品的老头还蹲在那里，一只粗糙的手按在旁边一捆报纸上，语无伦次地说电视机是很大，可是我眼花了，看不清，以为那是谁扔的一块黑塑料布。我腿疼提不动这些报纸，想省把劲，就把它们从窗户里扔了下来。

唐娜把眼睛移到老头按着的那捆报纸上，知道"惹祸"的就是它了。她看着那捆报纸，心里又莫名其妙地颤动了一下，想它大概会有二十斤重吧？二十斤报纸能卖多少钱呢？她拿出一年级小学生的架势计算了一遍，算出来的答案是一斤报纸假如能卖上一块钱的话，那么，这捆报纸全部的价值也只有二十块钱。而她手里那些没来得及减仓割出去的股票，两个星期里就让她丢掉了一百多万。世界上很多价值之间的价值，有时候真像马国伟站在汉墓里形容的那样，是无法用价值本身去换算的。或者干脆就像电影院里"太平门"和医院里"太平间"的叫法一样，让人匪夷所思，却一定有它这样或者那样的道理。

"你们让我赔，可叫我拿什么赔呀。"老头依然垂着头，喃喃自语着，"我只有一间破房子和一个傻儿子，你们就是抓我去蹲劳改，把我连皮带骨头卖了，我也赔不起这么多钱。"

有一瞬间，唐娜从老人的脸上忽然看见了她的父亲。她的父亲做了一辈子清洁工，一生清贫，却能一辈子安心地读着《黄帝内经》和《山海经》。而从她懂事开始，他对他们兄妹说得最多的一句话就是：一个人，当你是人上人时，一定要把人当人看；当你是人下人时，一定要把自己当人看。她现在理解的父亲这句话的意思是，一个人，他无论怎么活着，首先都应该活得像一个人。

唐娜走到老头身边，蹲下来，把落到电视上的一片枯叶子捡了起来，捏在手里反复看了几秒钟。然后，她看了看老头，又看了眼电视机上的蜘蛛网，说："大爷，您别着急了，这个电视机是我的，我不让您赔了。"

"你不让我赔了？"老头伸手抹了把脸，疑惑着抬起来头来看着唐娜说，"他们说这个电视机值一万多块钱。"

唐娜点点头说："它是花一万多块钱买回来的。"

"那你怎么舍得这么多钱，不让我赔了？"

"不为什么。因为，因为它已经坏了。"

老头看了唐娜一会，说："闺女，我看出来了，你是个仁义孩子。凭着你这个仁义，我回老家把房子卖了也要来赔你。你若是信我，我现在就回去变卖房子，能卖几个钱，就回来赔你几个。剩下的，我给你打张欠条，只要我活着，就慢慢地还你。"

"真的不让您赔了。"唐娜看了眼搬家公司里几个刚才围攻老头的人说，"搬家公司的人没把电视机放好，他们也有责任。我们没有告诉他们电视机该怎么放，我们也有责任。所以，我谁也不想让你们赔了。"

肖建国跟在唐娜后面下来后，一直站在唐娜身后。现在，他走过去弯腰拉了一把唐娜，说："唐娜，你知道你在做什么吗？"

"我知道啊，但是你现在还不会知道。"唐娜平静地说。

（原载《上海文学》2011年第1期）

阿根廷牛排

一

讲个故事。一天，国王命令全国的人民去做奶酪，庆祝王后的生日。很快，就有一名大臣前来禀报说：亲爱的陛下，牛奶不够，人们根本没有办法做出那么多的奶酪，来庆祝王后的生日。国王有些着急，但一时又想不出好的办法。这时候，坐在一边的王后想出了好主意。王后说这还不简单吗，您让大臣去告诉您的人民，从现在开始，把河里的水叫做牛奶，把牛奶叫做水，这样，牛奶的问题不就解决了吗。国王觉得这个主意非常好，就吩咐大臣去传达旨意。很快，大臣又回来了。他说报告国王陛下，现在牛奶有了，但是水又不够了。

这段日子，边明古一直在心里给自己讲这个故事。有时候是走着路，猛然抬头看见了校园里的一些学生，或者迎面看见了楼前小花坛里那几棵正在开花的树。学生各个院里的都有，不独是历史学院的。几棵树却是清一色木樨科的紫丁香，是偌大的校园里独有的几棵，不规则地组成了一个小小的丁香园，静静地开出一片淡紫色云彩一样的花朵。在周围一片近似疯狂的绿色里，那些淡紫色的细碎花朵看上去有点孤傲和离群索居，眼神里却又遮挡不住一层若隐若现的忧伤，仿佛是一帧被人在背后精心设计过的画片。因此有很多次，边明古走过它们的身旁时，心情都会莫名其妙地升腾起一缕不明不白的压抑来，像是突然走进了江南的梅雨天气里。有时候则是在梦里，他像给女儿讲故事一样，一本正经地对梦里的那个自己说：讲个故事。

在女儿读小学三年级之前，边明古经常给女儿讲这个故事。女儿拥有的那些世界上著名的童话书大概占满了一个小书柜，但他不知道自己为什么偏偏喜欢这个故事。在大多数时候里，边明古觉得这个故事其实并不是讲给女儿听的，而是他自己讲给自己听的。

看见那三个拥挤在一起的学生时，边明古已经走到了那些开着紫色花瓣的丁香树下。三个学生站在文史楼的楼洞前，仰着头在夜空里看星星似的，朝贴在那里的一张白纸上看着。

一年四季，边明古每次走到这些丁香树下，都习惯停下来，嗅一嗅它们叶子的味道，花瓣的味道，或者它们枝干的味道。尤其是在它们开花的日子里，每次看花前，边明古都要看看它们在夜里又落下了多少花瓣。边明古观花的习惯和别人不同，别人看花都是先着眼那些动人的花朵，而他看花时，则是先要去看一看花树下有没有新凋落的花瓣。为这个缘故，周乐没少拿他取笑。周乐说从心理学的角度上讲，边明古无疑是一个彻头彻尾的悲观主义者。

周乐每次这样说边明古，边明古都会不屑地微微一笑，说悲观是人类最真实最普遍的心理状态。为什么世界上最撼动人心的故事都是悲剧，就因为悲剧迎合了人类不能把握世界不能把握自己命运的悲观心理。

但是今天，边明古的眼睛还没来得及去看丁香花瓣又凋落了多少，心里还没来得及给自己讲那个故事，目光就越过丁香花纷繁热闹的枝条，投在了三个学生身上。

历史学院发布的各种各样的消息，比如一些所谓名人专家的讲座，一些形形色色的通知，都是张贴在楼洞口右边的玻璃宣传栏里的。边明古想这几个学生现在看着的，要么还是昨天的那张小字报，要么就是昨天夜里又被人刷新过的另一张小字报了。

昨天，边明古九点钟到学校里来的时候，一张小字报早已经黑白分明地张贴在那里，吸引着无数的学生驻足观望过了。其实小字报上就一行打印的黑体字，从头到尾十个字：教授的一半是婊子养的。

晚上吃饭时，边明古在饭桌上把小字报的事情当作了佐料，说给周乐听。周乐刚喝下了一口西红柿鸡蛋汤，她捏着汤匙银色的长柄嗤笑了一声说："本来嘛，你们历史学院的教授就有一半是婊子养的。太阳底下看着好像一身的锦绣学问，一身的玉器古董，放的屁里都弥漫着一股腐朽的学究味道，可一旦关起门黑了灯呢，就浑身的每个毛孔都比臭虫还臭了。"

边明古发现，从他当了历史学院的副院长之后，周乐就开始用这样一种刻薄的，近似剖析人类灵魂的口吻来说话了。

"有时候是熊找到了蜂蜜，有时候是蜂蜜找到了熊。"

这句话是边明古偶尔在一部动画片里听见的。边明古说完了，就低下头去假装一心一意地吃饭，不再理会周乐由于一时没弄明白他的意思，而表现出来的那种闪烁的眼神。

心里想着那个贴小字报的家伙，边明古一天都在不停地暗自笑着。贴这么一句无关痛痒的屁话出来，跟往下水道里啐一口痰有什么区别？连曾经以研究印度恒河猴春天交配比秋天交配更有利于种群繁衍而闻名国内外的校长，现在都不做学问了，一年四季在学校对面的五星级酒店里包着房吃喝包着房睡，明星一样地上下逢迎，他手下的教授们，又岂有不上行下效的道理？有本事你就指名道姓地去骂校长是婊子养的！现在泛泛地在一张白纸上对着"教授"两个字叫骂，算什么野菜本事。边明古忽然想到了遥远的西班牙，想到了塞万提斯笔下那个喜欢在中世纪里骑着一匹瘦马，把自己想像成了游侠骑士的堂·吉诃德。那个骑士认为游侠骑士如果没有情人，就像树木没有叶子和果实，也像躯体没有灵魂。

那么这个贴小字报一阵乱骂的人呢，他是不是也觉得自己就是堂·吉诃德，认为在学院目前一片混乱的状态下，他不疯疯癫癫地跳出来骂一骂教授，也会像树木没有叶子和果实，也会像躯体没有了灵魂？

事情丝毫没有超出边明古的想像，昨天的小字报果然已经在夜里被人刷新过了。但字体和内容仍然还是昨天的翻版，它们统一穿戴着一袭粗黑的衣帽，仿佛是站成一排的纳粹，只是手里好像缺少了武器。真正刷新的部分是每个字的脚底下都新添了一条粗粗的红线，使它们看上去像是站在耀眼的红地毯上跳着舞。有点滑稽，还有点像一个不会玩的孩子玩的一个不怎么可笑的恶作剧。边明古想那个贴小字报的家伙肯定是被蛀虫吃光了脑子，整个创意里竟然没有半点戏剧成分。

边明古盯着那一行特工一样面孔冷酷、眼神游离的黑体字，想假如这张小字报是自己贴上去的，自己今天又会把它刷新成什么内容呢？会不会同样没有创意，没有一丝的戏剧性，恰恰是和这个人的思维在某个断面上重叠着呢？如果两个个体的人之间，竟然共同拥有一种像镜子反射一样的心理状态和行为，那会不会也是一件很有趣的事情？

边明古想着白纸上那一排黑字，刚拐上了楼梯，就被站在楼上的蔡勤叫住了。蔡勤说看见楼洞口的大字报了吧？历史学院最近真是怪事迭出，李教授已经去世两年了，上一周竟然还有人给他送来了一张结婚的请柬，邀请他去参加婚礼。今天呢，楼下又有人贴出了大字报，鬼鬼祟祟地骂教授的一半是婊子养的。

边明古立住脚，仰视了一下居高临下看着他的蔡勤，边往上走边笑着说："你是在说门口那张A4纸吗？叫大字报好像有点抬举它了。"

"反正就是那么个意思。"蔡勤把半个身子悬在了栏杆外，脖子上的半条丝巾就在半空中垂着，像抛向边明古的一节彩虹。她的脸上同样彩虹般地微笑着，对拾阶而上的边明古说，"别管是机枪还是大炮，也无论它的出现多么荒诞，反正拿到战场上来就是杀人的武器。"

蔡勤这个人在历史学院里最声名显赫的，就是七分的清高里，夹杂着三分的古怪。她给学生讲洋务运动讲上海租界，讲着讲着，十次有七次会拉洋片似的，把旧上海的张爱玲拉出来，在学生们和她之间来回地播放着。蔡勤丝毫也不掩饰她喜欢旧上海，喜欢旧上海的张爱玲。只差把上海那些宽窄深浅的弄堂里荡漾着的、旧时上海的氤氲气息，一一打包来填满她生活的空间了。她的学生背后头挖苦她，说她是最应该到"百家讲坛"那样的地方去，讲张爱玲在旧上海生活的时候，文胸上到底是绣着几朵寂寥的茉莉花的。

边明古在最后一级台阶上停住了步子，半真半假地开着玩笑说："这也许就是古人说的大道至简。有人把薄书读厚了，就会有人把厚书读薄了。天方夜谭里也说，能说会道的人，有救了。"

"好像是这样，"蔡勤笑眯眯地看着边明古说，"现在的人好像个个都能说会道了，尤其是我们这个院里的人。"

蔡勤是历史学院四个副院长之一。院长杜兵被风传出要提副校长后，她就明里暗里都和边明古是竞争对手了。所以，边明古不想在这个紧要关头多说一些蠢话。他平时喜欢给学生们讲，一个人蠢话说多了，总会有为那些蠢话埋单的时候。只是那个埋单的日子有时候比风来得早一些，有时候又比雨来得晚一点罢了。另外，米兰·昆德拉不是说"生活在别处"吗，边明古想他和蔡勤现在的所有对话，意义可能都是"在别处"的。一个聪明的女人能知道在什么人面前作什么装扮，那么一个理智的男人，是不是也应该学会遵循孔老夫子说的那句"止中"的话，随时掌握好尺度，将不该继续的话题戛然而止？边明古便盯住了蔡勤系着的丝巾，继续笑着说："你今天系的这条丝巾好漂亮啊，比外面一院子的春天都要靓上三分了。"

蔡勤笑了笑说："我好像有几个世纪没听见人赞美了。你今天兴致这么高，是不是有好事？课题项目要批下来了？"

"还恭候着佳音呢。"边明古说，"等他们什么时候审查过了研究完了再批下来，沧海早该变成桑田了，我的海上丝绸之路研究恐怕要变成陆地考古了。"

"你这么一比喻，倒让我想起了我妈经常唠叨的几句话。"蔡勤说，"我妈每次去超市，一看见里面琳琅满目的商品，就会唠叨六七十年代的那些商店。说那时候你要是在冬天里相中了一件棉衣，因为去晚了赶上人家卖完了，而你心里又喜欢那件东西，想跟他们预定一件，那么你就耐着性子等着吧，棉衣来的时候，多半已经会是夏天了。现在，这种计划经济时期里的流通体制，在一些要害部门里仍然还是阴魂没散。"

没有办法，边明古说，中国的事情从古至今就是这样。

边明古的办公室在靠近楼梯的这一头，蔡勤的办公室则是在通道的尽头。走到办公室门前，边明古一边晃着手里的钥匙开着门，一边侧着身体做好了和蔡勤道别的准备。没想到蔡勤却站在了他的身后说："怎么，不准备邀请我去你们办公室里欣赏一圈？我可是听说你办公室里养的那棵竹节海棠，现在大得都能把整面窗子遮住了，成了一幅绿色环保而又高雅无比的鲜花窗帘。"

在推开门的同时，边明古绅士而夸张地做了一个请进的手势，笑着说："我们当然巴不得领导天天在我们的屋里坐镇，亲临现场指导工作。"

蔡勤贴近窗子上那棵蓬勃而张扬的海棠，目光像采花粉的蜜蜂一样上下环绕着，直到眼睛里里外外扑满了花粉，她才收起扇动的翅膀，转过身子来，看着边明古说："其实我进来是想跟你说，我不会参加院长竞聘的。"

虽然管教学，但除了教学安排，蔡勤平时很少和人打交道。除了会议室，谁的办公室她都极少进去。所以，在蔡勤提出要到边明古的办公室里看一看那株海棠的时候，边明古就隐约地感觉到了一点什么。蔡勤那么不入俗的一个女人，又怎么会单单为了看一株什么海棠，专门到他的办公室里来一趟呢？但是，边明古的脑子里飞速地旋转了半天，把认为应该想到的事情从内涵想到了好几圈以外的外延，也没有料想到，蔡勤突然说出的会是这么一句话。

看着蔡勤，边明古一时有些愣在了那里。

二

周乐坐在沙发上，眼睛看着电视说："竞争院长的事，是不是再让我哥找找他那个同学？你提副院长的时候，他还是给说了话的。人家现在已经是省府办公厅的主任了。"

边明古推上阳台的窗子，把楼下飘上来的那些树叶子的气息一一关在了玻璃的外面。虽然现在是树叶子的味道最浓郁的季节，但是边明古已经很多日子没有心思去分辨它们了。

晚饭后站到阳台上去看楼下的那些杂树，是边明古四季不变的一个习惯。边明古喜欢那些自由自在地在阳光和风雨里生长的树木。它们的枝条可以随便地张扬着，横生着，想靠近身边的另一棵树或者想让自己离天空更近一些，只要它们的心里愿意就好了。而每一片叶子呢，无论是白天还是夜晚，是晴朗的日子还是阴霾的时刻，都在随心所欲地呼吸着。假如它们不想看见太阳了，它们一定就会安静地沉默下来，等待着月亮或者星星出来，或者一片云彩，或者一阵雨水来临。

熟悉边明古的人都知道，边明古能分辨出很多树叶子的味道。即使在夜晚的微风里，边明古也能分辨出各种树叶子的味道。他从小就喜欢树叶子的香味。杨树叶子的味道，柳树叶子的味道，椿树叶子的味道，梧桐树叶子的味道，桃树叶子的味道，槐树叶子的味道。另外还有很多的树木，它们的叶子呼出的气息虽然千差万别，各有侧重，或浓郁或清淡，但是，只要是边明古认识的，他从它们的身边走过去，就能知道在细风里和他打招呼的是一棵长着什么叶子的树。

有时候，在阳台上呼吸着楼下树叶子的味道，边明古偶尔也会想到自己的大学时代，想到那时候的周乐。在他读大三的那年夏天，就是这些树叶子，像那些在七夕里为牛郎和织女搭起了鹊桥的鸟儿一样，为他和周乐架起了一座爱情的桥梁。那次，边明古和几个同学结伴去泰山游玩。在泰山上，同学带去的两个外校女生发现边明古居然有分辨树叶子味道的本领时，她们就像发现了蚂蚁会酿蜜似的惊叫起来。惊叫完了，一个叫周乐的女孩子眨着眼睛仔细地看了会边明古，突然上前捏住了边明古的鼻子，腻腻地笑着说：让我来看看你的鼻子，看看你的前生是一只蝴蝶还是一只蜜蜂，要不，又怎么能分辨出这么多树叶子的气味来呢？

蝴蝶和蜜蜂都是靠花粉活着的，我哪里能有那么大的造化。边明古揉着被周乐捏过的鼻子说，我的前生一定是一个可怜的伐木小工人，天天在密不透风的树林子里钻来钻去地伐木，所以记忆里就只有各种树的味道了。

边明古就是在那次被周乐捏过鼻子之后，开始去追求周乐的。那时候的周乐多么可爱呀，就像松树林里一只欢快的小松鼠，不是在树枝上快乐地跳跃着，就是在树洞里开心地吃着松果，眼睛里没有半点世俗的灰尘。

"过些日子再说吧。"

伸出胳膊打着哈欠，边明古忽然又想到了蔡勤。整个白天里，边明古都在反复地想着蔡勤在他办公室里说的那句话，以至于上午在讲台上讲课时，脑子里几次都断了电，站在那里怎么也想不起来前一句话说的是什么了。他始终想不明白，蔡勤为什么突然到他的办公室里说出那么一句话。她的这句话是只对他一个人说的呢，还是早已经对别人也说过了。

"人家说有权不用过期作废，我们现在是有光不借，也会过期作废。等过些日子别人跑出眉目来了，你再拼了老命行动也晚了。现在，你怎么突然变得没有一点远见卓识了？"周乐说。

"这和提副院长根本不是一个概念，"边明古继续打着哈欠说，"有些事情不是你的脑子想像的那么简单。"

早上看报纸时，上面说一个老太太为了等着看一个要跳楼的年轻人从楼上跳下来，因为仰着头看的时间太久了，最后竟然差一点就晕倒在了大街上。边明古想鲁迅年轻的时候流行看人杀头，现在的人没有机会站在菜市口看人杀头了，却改成站在大街上看人跳楼了。在这样一个流行看人跳楼的年代里，还有谁的光是可以真正地借来，能为自己照亮前程呢？

"提副院长的时候你就是这么说的。最后呢，要不是我哥及时地给找到了关系，你头上的乌纱帽还不是早就戴到别人头上去了。你们学院里这些人，要是归属划类起来可能都算是狗屁知识分子，但你仔细瞅瞅，背地里他们哪一个不是长着三头六臂，腰里别着核武器。现在还没真正地开始风吹草动呢，大字报就一张一张地糊上了。"

"所以说，我们能找到办公厅主任，就有人能把关系通到省长那里。"边明古说，"今天又有一件奇怪的事，蔡勤突然说她不参与院长的竞聘了。"

"蔡勤不参与了？"周乐怀疑地看着边明古说，"除非她疯了，不然的话，她能放弃这样的机会？你不是说当初为了提副院长，她天天提着菜刀去找校长吗？"

边明古说："我想了一天，也没弄明白她真实的意思。"

"这是什么？这就是谋略。"周乐说，"'富贵险中求'.'以退为进.''先发制人，后发制于人'。这些都是你们那些历史先人用经验总结出来的赤裸裸的真理。昨天刚有人贴了大字报骂你们教授是婊子养的，今天就有人宣称自己不参与院长的竞聘了。看来你们院里的好戏已经敲锣打鼓地开场了。你想想，是不是水搅得浑了，才会有一些不经呛的小鱼先被浑水呛死，浮到水面上去？"

边明古看着周乐，说你这些年的小报记者真是没有白干，心里却还在想着蔡勤，她为什么要把不参与院长竞争的意思告诉自己呢？

三

从医院里出来，边明古反复地想着癌和晚期几个字，不知道是应该马上回家，还是先去找个什么地方坐着，让自己安静一会。他头脑空空地站在路边望着川流不息的车辆和行人，忽然看见马路对面有几个人，正围着路边的杨树在往树冠上喷水。边明古只看了一眼，就决定到马路的对面去，看看他们为什么要往那些高大的树冠上喷水。他穿过马路走到了那几个人跟前，说你们浇树不浇树根，怎么往树冠上喷水呢？

一个矮胖的人看了他一眼，说："什么浇水，我们这是在喷药杀虫。"

树上招了美国白蛾，你没看见树上的叶子都被它们吃成了网状？"

边明古仰头看了看树，发现很多的树叶子是成了网状，一张一张的小网张在那里，似乎是想在天空中捞到一些游动的鱼。

边明古仰头看了一会，走到那个往树上喷药的工人身边，说："我能不能替你喷一棵树？"

那个工人从仰望的树上扭回头来看了一眼边明古，没说话，接着又仰头往树上喷药去了，好像边明古不是在和他说话，而是在和他往上喷着药的杨树或者上面的美国白蛾说话。

"我能不能替你喷一棵树？"边明古又重复了一遍。

"不行。"那个工人拖着干燥的声音说，"你看着很简单，但这是技术活，不是谁想干就能干好的。这一棵树上的白蛾灭不干净，其他的树就还得跟着遭殃。"

被喷药的工人拒绝后，边明古又站在树下仰望了一会上面网状的叶子。他没有嗅到那些叶子身上散发出来的苦涩味道。它们的味道，早已经被那些叫做美国白蛾的小东西吞进了身体里，转化成了另外的一种什么东西。边明古不想去分辨树的叶子被美国白蛾转化后的东西是什么味道。现在，那些网状的树叶上披裹了一层掺杂着杀虫剂的薄薄水雾，使它们看上去就更像是一张张刚从水里拉上来的网了。

那些鱼呢？边明古下意识地想。

前年去荷兰做访问学者的时候，边明古就是经常用一张自制的小网，到河里去网鱼的。荷兰地处莱茵河、马斯河和斯凯尔特河的三角洲上，境内遍布河流。但是，荷兰人却是很少吃那些淡水鱼，就像他们不喜欢吃猪头肉那样。边明古到了荷兰不久，就发现那里的人们很少吃这两样东西。边明古没去询问大学里那些教授和学生。边明古觉得自己没必要去弄清楚他们不喜欢吃某种东西的原因，犹如没必要去弄清楚荷兰为什么是世界上最大的奶酪生产国，没必要去弄清楚他们的小城豪达为什么是世界上最古老的奶酪交易中心，而且直到今日，当地人仍在沿袭着席地摆放和击掌议价的方式在进行交易。这些，边明古认为那完全可以归属到他们的习俗里去。这实在和我们过年时燃放鞭炮，端午节时吃粽子是一回事。

边明古觉得在荷兰的一年时间，他最大的收获不是什么海上丝绸之路的研究，而是荷兰人不喜欢吃的猪头肉和河里的那些淡水鱼。当然他吃这两样东西，完全是为了节省口袋里的银子。河里的鱼是不用花钱买的，他只需要花点时间就够了。超市里的猪头呢，和其他食品比起来，简直就跟白捡的一样。

边明古尝试着炖了一次猪头之后，就发现炖猪头的方法其实是异常简单的。他到超市里买回猪头来，然后一步一步地回忆着小时候过年时看见的，父亲煮猪头的步骤：先把砍好的猪头洗净了，放到锅里，添足水。待水烧开了之后呢，拿勺子撇去上面的一层浮沫，就可以往里加炖肉的料包了。料包里有花椒、大料、小茴香、丁香、白胡椒，还有木香、陈皮、白芷、姜片、白果、甘草和肉桂。在边明古出国之前，周乐询问了不下十个出过国的人，之后就在边明古的行李里塞了差不多二十包这种炖肉的料包。有了料包里这些东西，再往锅里加入盐、酱油和糖，剩下来就是拿着一本书坐在那里，静等着炉子上的大火小火轮番上阵，把一个荷兰的猪头慢慢地煮熟，最后煮成中国风味的猪头肉了。

相对于炖猪头，做鱼的难度就大了些。猪头是有盐也可以吃白肉的，但是鱼不行。鱼做不好，就会腥得人捏住了鼻子都不想闻那种味道的。边明古刚开始尝试着做鱼时，脑子里老是想着周乐捂着口罩给他做鱼的样子。

周乐最不喜欢吃的东西就是鱼。

离开了往树上喷药的一伙人，边明古又在街边徘徊了一阵子，还是不知道往哪里去好。他突然发觉，人最恐慌的事情不是无法选择道路和方向，而是骤然间丧失了方位感。

没有方位感了，你还怎么迈动脚步去辨别方向呢？

边明古心里茫然着，不知道该往哪里迈步，索性就到路边的一小块苗圃边上坐了下来，看两个手里拿着修剪刀的女人，在咔嚓咔嚓地剪着低矮的灌木丛上疯长出来的枝条。边明古看着纷纷落下去的枝条，心想对于那些在苗圃里不该高出来的枝杈，两个女人手里的剪刀是不是就如同上帝？她们的手指握着剪刀轻轻地一晃动，旺盛的一节生命就在阳光里轻而易举地被断送了。

上帝是什么呢？边明古想。有一次他在夏扬跟前发了这样一声感慨，夏扬随即就笑着说："上帝就是时刻注视着我们相爱和做爱的那双眼睛。"

刚想完夏扬的这句话，夏扬的电话竟然就来了。边明古从心里叹息了一声，想上帝真是万能的。心里这么想着，嘴里对着手机说出的同样也是："万能的上帝！"

"你怎么了？"夏扬的声音里带着一丝笑说，"你的声音怎么怪怪的，说话不方便吗？"

"我在路边上坐着呢。"边明古说，"你说。"

"我去买了一堆配料，想按着你说的方法做一次荷兰风味的番茄酱。但是东西买回来了，又不知道先从哪里下手做了。你们院里的蔡勤要退出院长的竞聘了你知道吗？"

"你是为了番茄酱打电话呢，还是为了蔡勤的那句屁话？"

"大傻瓜。"夏扬说，"你那天不是忽然想吃荷兰风味的番茄酱了吗？你坐在路边干什么呢，是不是在看美女？但是，现在的美女好像都被你们男人装进高级轿车里去了。所以，大街上已经没有步行的美女了。"

边明古的眼睛继续盯着两个女人手里一张一合的修剪刀，和剪刀下纷纷落下的枝杈，声音依然低落着说："我是不知道该往哪里去，所以就坐到路边上来了。"

"你在哪条街上？"夏扬说，"到底怎么了，发生了什么事情？"

"什么事情也没发生。"边明古说，"我从医院里出来，突然发现自己没有方位感了。"

"你到医院里干什么去了？身边有人生病了吗？"

"没有。"边明古停顿了一下，说，"我的意思好像是说我走过了一家医院的门口，然后就没有方位感了。"

"你告诉我刚才是经过了哪家医院，你在那儿别动，我马上开车去接你。" 夏扬说。

"和你开玩笑呢。"边明古忽然笑着说，"一只蚂蚁怎么就会在窝门口迷失了方向。再说了，我至少还是一只教授级的蚂蚁。现在再给你说一遍番茄酱的做法吧。"

不等夏扬说话，边明古就背诵一样地说道："你先准备好两片姜，四瓣蒜，一个辣椒，四个洋葱，两勺香菜籽，两勺茴香籽，四片丁香片，一撮胡椒，一撮盐，一把萝乐菜。这些东西都弄好了搅拌在一起，然后加入一千二百克切碎的西红柿，二百克红糖。再然后就是把它们统统地装入榨汁机里，搅拌成糊状。搅拌完了，再用滤网滤一遍。滤完了，把它们装进玻璃瓶子里密封起来。这样,一份美味的番茄酱就做好了。"

夏扬是法学院出了名的美女教授,而且和边明古同在一个宿舍区里住着,但边明古却是从荷兰回来后,才和夏扬单独有了交往的。从荷兰回来的第二周,一群朋友给边明古接风,说边明古刚从国外回来,胃口肯定也会像时差一样,还没彻底倒过来,那就干脆到巴西烤肉店里去吃烤肉去。边明古吃着巴西烤肉,说到了荷兰人做烤薯片牛排的做法,没想到夏扬竟然飞快地从包里拿出了笔和一个小本子,在那里一本正经地记开了烤薯片牛排的每一个步骤,说是回去后要试着做一做,以后出去野餐的时候好做给大家吃。

周乐举着杯子和夏扬碰了一下,说咱们都知道夏扬最喜欢吃外国人的洋玩意了,我现在倒不如趁机做个顺水人情,高价把边明古出租给夏扬几天。这样,我足不出户就赚到了大把的真金白银;夏扬那里呢,不用到这些打着洋招牌的假洋鬼子店里来,就能吃到正宗的洋餐了。最后,周乐使劲地和夏扬碰了碰杯子,然后在桌子上环顾了一圈众人,说从今以后,谁需要边明古去服务,我都会无偿地把他提供给你们。

边明古和夏扬的交往,就是从夏扬学做烤薯片牛排开始的。夏扬一遍一遍地在电话里问边明古,为什么一定要用牛的腰眼肉;牛肉烤到几分熟的时候,再加入胡椒和盐;薯片要煮几分熟;柠檬汁和焦糖放多少合适;什么时候放橄榄油;鼠尾草在中国到底是一种什么香料;荷兰人一般习惯在牛排上放几片迷迭香的叶子。

慢慢地,两个人的话题从烤牛排蔓延到了荷兰的每一条河流,又从那些河流蔓延到了陆地上盛开的郁金香。然后又从郁金香芬芳的气息蔓延到了那里最古老的奶酪交易市场。三个月之后,等他们的思想双双漫游遍了荷兰的每一寸土地和每一条河流,边明古发现自己对荷兰的理解已经远远地超出了他的想像。而他和夏扬,也已经年轻人热恋一样地难分难解了。

"就这么简单吗?"夏扬说,"我记得你以前说的时候好像特别麻烦。现在有没有想我?"

"一直就是这么简单。"边明古说,"正想着呢,你的电话就来了。"

"所以,你就说万能的上帝了。但我到现在还没弄明白,什么是萝乐菜呢?我问了许多的人,除了你,好像没有一个人知道什么是萝乐菜。"

"那你可以换成迷迭香。"边明古说,"再不行就换成百里香试一试。"

边明古一边说着，一边想夏扬能做出什么味道的番茄酱呢？

四

  这样一个春天的夜晚，空气中原本是弥漫着淡淡的花香和无数人温暖的笑语的。但坐在街边的边明古，什么也没注意到。街上的灯一盏接一盏地传递着光芒，用魔法师的手段把白天杂乱的街道粉饰得色彩迷离、仪态万方的时候，边明古才又慢慢地把诊断书装进了包里，从路边灯光交错的光影里站了起来，心情凝滞着招手叫了辆出租车。

  下午接完夏扬的电话，边明古随手就把手机关掉了。他突然想安静下来，心无旁骛地看一看自己置身其中的这个嘈杂纷乱的世界。看看照亮这个世界的阳光，是怎么一毫米一毫米地从东移动到西的，或者说人类每天是怎么一毫米一毫米地，从太阳的身边蹭过去的。这个世界用阳光、空气、水分和各种食物养育了他，但他好像从来还没有仔细地去注视过它。想一想，这是多么不公平！

  但是，除了死亡，这个世界上还有什么东西是公平的呢？即便是死亡，现在好像也不是绝对公平了。比如那些手里有权腰里有钱的人，他们的心脏出了问题，他们可以花大价钱去安装起搏器，做支架，还可以去换心脏。他们的肝坏了，他们可以去换肝。他们的肾坏了，他们可以去换肾。他们的骨髓坏了，他们可以去换骨髓。反正医学越是发达，他们越能够享受到高科技给他们带来的福音。假如他们自己和亲人们不小心犯下了滔天的罪行，他们也可以用手里的各种权力，像熄灭一盏煤油灯的火苗一样，轻而易举地，只需要伸出一根小指头，或者吹出去细细的一口气，就是人们惯常形容的那样，不费吹灰之力，那点可怜的火苗眨眼之间就会消失在黑暗里了。

  边明古首先把眼睛投向了马路对面一座几十层高的大楼。边明古至今不知道这座大楼的真正用途是什么。说是一家银行，但上面又设有高级酒店和配套的各种设施。边明古想来想去，觉得就是国家银监总会，大概也用不了这么大面积的一座大楼来办公。

  大楼上面那些明晃晃的玻璃，在阳光里晃得边明古有些睁不开眼睛。

边明古突然记起来，就是在这座楼的楼顶上，去年曾经有一个女孩子像小鸟一样张开翅膀，轻盈地从上面飞了下来。那个女孩子从高空中往下坠落的过程，是被一个行人用手机拍下来的，登在了第二天的一家报纸上。据说没有人认得那个女孩子，更没有人知道她为什么忽然想让自己长出一双翅膀来，从高楼上飞下来练习了一次飞翔。

边明古就是在看见了报纸上的那条新闻之后，开始讨厌这些高楼大厦的。《圣经》上好像说上帝就是因为讨厌人类在巴别城盖那座通天的塔，才把人类的语言变乱，让他们彼此语言不通，并想以此削弱人类的智慧和力量。可是，人类呢，人类好像从来也没把上帝的这次警告当作一回事，从来也没熄灭过到天上去干点什么的梦想。假如你从古希腊神话看到中国的飞天，就会明白，几乎是有人类繁衍的地方，就有人类的梦想在遥远的天际上徘徊着，寻找着进入天堂的缝隙。

现在，边明古一直在思考着一个非常有意思但也无比荒唐的现象，那就是越来越多的人为什么把暴力的刀剑挥向了自己。那个女孩子为什么要从楼上跳下来呢？边明古看着大楼想。她是得了忧郁症吗？又为什么会有那么多的人得忧郁症呢？边明古从一本有关医学的书上看见过，一个忧郁症患者，在他病得不能控制自己的情绪和行为时，他唯一能寻找到的光明道路，就是上帝用五色的花瓣给他铺垫和指引的那条色彩斑斓的、通往天堂的路。假如那个女孩子是因为忧郁症跳的楼，那么她为什么会忧郁呢？是因为丢失了装着爱情的挎包，还是突然找不到回家的路了呢？若是因为丢失了装着爱情的挎包，那她就是一个傻孩子了。现在，谁还像梁山伯和祝英台，像哈姆雷特跟朱丽叶一样，把爱情看得比生命更重要呢！假如是突然找不到回家的路了，那又是为什么呢？原因一定是她身体的某个部位病了，并且病得非常严重，疼痛已经完全占领和统治了她的思想、理智跟所有的记忆。

那些明晃晃的玻璃很快就刺得边明古眼睛疼痛了。边明古没办法再看下去，就只好从它庞大的身体上缩回目光来，平行着朝大街的另一端看去。他看见那伙往树上喷药的人，正在追逐着树上的美国白蛾往另一条街道上拐去。而旁边那两个给灌木丛修剪枝杈的女人也消失了，还有她们手里咔嚓咔嚓的声音，也像飞走的鸟群一样消失了。边明古猜不出她们是回家了，还是握着剪刀到了另外一处需要她们修剪的苗圃。

路边上，一群城管正在追赶着一个卖樱桃的人，他们把他一筐子的樱桃都踢翻在了地上。那些流落在地上的红色的樱桃，惊愕地瞪着小小的圆圆的眼睛，像一滴一滴四处张望着的眼泪，但又始终不知道在它们身上发生了什么事情。路中间，一个背着孩子的妇女，正在趁着红灯的空隙，穿梭在车辆中间敲着车窗乞讨。边明古看着他们，想着那个跳楼的女孩子，想着学院里那个贴小字报的人，忽然觉得所有的生命链条都被污染了。从生存空间到生存质量，这个庞杂的生活体系已经悄悄地形成了一个一个太阳黑子一样的道德的真空。

边明古不愿意继续去看他们，就重新仰起头来，看着树上那些网状的叶子，开始寻找那群喷药的人说的美国白蛾。他猜测着这些美国虫子的模样，它们吞噬着绿色的树叶子，从蠕动的虫子变成能够飞翔的白蛾后，那浑身一袭的洁白。它们扇动着白色的翅膀，模样是不是一如善良的天使？假如是那样，在自然界里，它们是应该被叫做冷面美人，还是应该被叫做红颜杀手？既然美国白蛾能全世界地蔓延，美国军队能随心所欲地轰炸伊拉克，为什么美国的航天技术却还在封锁着，不能像微软的软件程序一样，让全世界的人民都能资源共享呢？美国的"凤凰"都飞到火星上去了，而俄罗斯、欧盟、印度和日本，还有中国，所有的这些国家，却还在耗费着惊人的人力物力，在做着一项一项重复的开发与研究。边明古想如果真像夏扬说的，上帝是存在的。那么，他现在一定会站在高高的云端上，俯视着人类在暗自发笑。

直到把脖子仰酸了，边明古也没看见那些美国白蛾的身影。边明古想，也许，它们都是在树叶间穿着隐形衣衫的。也许，它们都有着像蝙蝠一样的习性，只喜欢在黑夜里出来寻找它们想要的东西。再或者，它们也像文史楼前不停地贴小字报的那个家伙，鬼鬼祟祟的，只让自己在黑夜里听见自己的呼吸。

因为那些小字报，院里已经开过两次会了。在昨天下午的会上，有人甚至提议说："再不行，干脆就在那里安装上一盏大功率的射灯，把那里日夜照得灯火通明，然后再装上一个摄像头二十四小时拍摄。一个不够的话，就学着交通部门在路上拍摄违章车辆的办法，一排安装上十二个。不信那个家伙被摄像头照着，还不原形毕露。"

见怪不怪，其怪自败。这是古人都明白的简单道理。边明古想一张小字报，用得着这么兴师动众地浪费时间召集众人开会吗？那个无聊透顶的家伙什么时候贴累了，觉得没人看他表演了，一个人玩得没电了，他肯定就不会再浪费纸张和精力了。

但是，边明古没把这样的想法说出来。因为坐在他身边的蔡勤一直没有开口，坐在他对面的乔文亮说了一句后，也不再开口。蔡勤不开口，不仅边明古，可能整个学院里的人都已经习惯了。蔡勤从来都是这样，不到万不得已，她总是旁若无人地端坐在那里，仿佛是在用立体的画面给众人诠释着什么叫做冷艳四射。所以每次开会，边明古的眼睛只要落在蔡勤的身上，心里就会条件反射地开始想像那个旧时上海的张爱玲。想像张爱玲假如是旧时上海的一名大学教授，她讲课和开会时又会是一副什么样子呢？想必那个时候的张爱玲，即便是满心的苍凉，在阳光下也还是千掩万遮的，是埋藏着的。从张爱玲，边明古又莫名其妙地想到了咖啡馆，在其他任何的国家，从价格到方式，咖啡馆都是平民化的。但是到了中国，它就冷着一张脸，不是普通人的去处了。

当然，蔡勤不说话，还让边明古想到了另外一个原因，那就是蔡勤在他的办公室里说过的，她不会参与院长的竞聘了。如果这句话是真的，那么仅凭着这一条，假如杜兵不是点着名要蔡勤发言，她就有充分的理由不用说话了。

乔文亮说的那句话是："在贴小字报这件事情上，我们每个人都摆脱不了嫌疑。"

学院里的人背地里都叫乔文亮"老赫"。这个显赫的称呼是乔文亮的导师亲自叫出来的。乔文亮研究生毕业留校后，一直鞍前马后地围着他当系主任的导师转。后来他做了副院长，渐渐地就连逢年过节都很少再登导师家的门了。他的导师原本是为这个有出息的弟子而自豪的，曾经到处鼓吹乔文亮，但乔文亮后来的做法，让他的导师自觉尊严被乔文亮践踏到了九层泥巴底下，于是逢人就说，斯大林在台上的时候，赫鲁晓夫恨不得叫斯大林亲爹，可斯大林死后呢，他不仅全盘否定了斯大林，甚至还要把斯大林的遗体拉到红场去鞭尸。我那个最有出息的弟子，现在就是这么个"老赫"。

院长杜兵看了一眼乔文亮，又看了看众人，笑着说："乔院长你也别一竿子把满船的人都打进河里。君子有所为有所不为。所以，贴这个小字报的人本身，就不是一个君子。如果让一个不是君子的人贴的一张小字报搅乱了心情，我们就真的是被人钓住了。话说回来，小字报不是没有点着我们历史学院的名骂吗？他就是指名道姓地写着，大家也完全不用紧张，萧伯纳不是还说'教授的另一半不是婊子养的'吗？我们都可以理直气壮地去想，我们就是那另外的一半。"

乔文亮是第一副院长，以前所有的大会小会，他都是要滔滔不绝地讲得人耳朵眼里冒黑烟的。现在这件事情，本来也是由他一手去抓的，但现在杜兵这么一说，乔文亮也就顺手把手里的刺猬扔给了杜兵。他先是摸出手机来不停地在发着信息，然后就泥菩萨似的坐在那里，除了端起杯子喝水，就是端起杯子喝水了。

窗外那些高大梧桐树的绿叶子在玻璃上来回地摇荡着，仿佛是一群夜总会的小姐在夜晚来临之前对镜贴着花黄。边明古看完了在玻璃上来回蹭着的树叶子，又扫了一眼会议室的人，觉得这个时刻危险真是无处不在。不仅是乔文亮，恐怕历史学院所有的人现在都希望别人是一个十足的小丑，在台上的表演漏洞百出，好让那些错误的把柄成为他们今后再也不能登台的一个正式凭据。

边明古一推开家门，周乐就喜笑颜开地迎了上来，先是问边明古的手机为什么一个下午都关着，然后就让边明古猜猜她今天弄到了一件什么宝贝。

"你起码要往一百年前猜，才能摸得到边。"周乐看着一脸茫然的边明古说。

"你能弄来什么稀世珍宝。"边明古心不在焉地说，"是慈禧太后的凤冠霞帔，还是袁世凯登基称帝时，他的手下专门印刷给他一个人看的报纸？"

"你说的已经有一点靠谱了，"周乐继续笑逐颜开地说，"再往下猜猜。这东西还真是跟那个紫禁城有着千丝万缕的联系。别说是送给办公厅主任，我保证这个东西就是送到省长家里去，也能入眼。"

"我想先洗个澡。"边明古没精打采地说。

"你好像清高得不是时候。"周乐不满地说，"你弄清楚了，我这是在给你跑龙套。你高头大马地荣耀了，光耀的是你们家的祖宗和门庭，不是我们家。"

"我就是想先洗个澡。"边明古说。

"你怎么一点好奇心也没有?"周乐说,"你就不能晚洗一分钟,先看看我千方百计才弄到手的好东西?"

"好,"边明古看着周乐的脸色,不愿扫了她的兴,便敷衍着说,"那就先看看你弄来的宝物,鉴定鉴定它到底是件什么稀世珍宝。"

周乐喜滋滋地跑到卧室里去,一会,就抱孩子一样小心翼翼地抱出了一个盒子。先是在边明古跟前的几子上小心翼翼地放下,又小心翼翼地打开,然后才看着边明古,像说书人开场子时要敲上一阵锣似的说:"当啷啷,看好啦。"

耀入边明古眼睛里的,是一块方方正正的墨块一样的东西。它的底下和四周被黄色的绸缎托着,在灯光下闪烁着一层朦胧而神秘的光泽。那些光泽跟随着灯光荡漾着,仿佛是在努力穿透着时间和空间,再现着什么是从无到有,以及中间那个有的过程。边明古仔细地看了又看,说:"真的假的?从哪里弄来这么个东西?"

"当然是真的,只有宫廷里才能拥有和使用的,货真价实的金砖。你再用手摸摸,感觉是不是特别的绵柔和油润,就像是在抚摸孩子光滑细腻的皮肤?"周乐看着边明古的眼神,有些得意地说。

边明古看过一些有关故宫建筑的资料,知道金砖的制造过程。故宫里的金砖都是在苏州用特有的泥土烧制的。据说在制作砖坯之前,从地里挖上来的土要在露天里放上一年,一直要放到完全没有土性了,才可以制成砖坯。而烧出这样的一窑砖来,是要用十万斤上好的稻壳,烧上两个月的。而贴在上面的金箔,从金块到金箔,需要锤打两万次,才能把金子变得薄如蝉翼,软如绸缎,厚度只是一根头发的五百分之一。砖上用专门贴金箔的特制胶贴上金箔后,最后一道工序是要用柔软的棉花去抹平的。

从砖上抬起眼睛来,边明古说:"真正的金砖上面是有一层金箔的。"

"又认真得迂腐了吧?"周乐嘲笑道,"虽然名为金砖,但也不是所有的金砖上面都是要有金箔的。叫它们金砖,只是说明它们高贵的身份,表明它们是属于皇宫里的,是属于至高无上的权力者的,而非普通人家可用的东西而已。"

边明古说:"现在什么假的东西没有人造,而且造得都比那些真的东西本身还像真的。"

"但我弄来的这块绝对是属于大清朝皇宫里的东西。这是我从余娜那里弄来的。她到一个朋友家里玩，突然发现他们家里有这么两块东西。余娜当时就喜欢得发疯，开口向那个朋友索要。那个朋友死活不给，说那是他父亲'文革'时从一座皇帝陵里冒着生命危险才搞到手的。后来他有事，想用余娜电视台记者的身份找省里的一个领导帮忙，余娜趁机又提出用一块砖交换，他才不得不忍痛割爱，给了余娜这一块。余娜说，要不是为了你的锦绣前程，她才不舍得把从皇宫里叨来的肉喂给我们呢。"

"余娜现在是不是改行编电视剧去了？"边明古说。

"信不信由你。"周乐仔细地抚摸着黑色的金砖说，"余娜可是我最好的姐妹。"

"就算是真的。你想想，这么个从陵墓里弄出来的东西摆在领导家里，他们晚上害怕得还能睡着觉？"

"这上面又没刻着陵墓专用，他们怎么知道是从陵墓里弄来的还是从金銮殿里弄来的。"周乐说，"你不了解那些当官的心理，一说到皇宫，他们首先想到的一定就是金銮殿和各个妃子的这宫那宫。"

他们无论想到了什么宫，但最终想到的一定是各个宫里的子宫。这么想完了，边明古突然发现自己的心理原来也这么阴暗，阴暗得想让他发出一声怪笑来。

五

文史楼前的那张小字报在停止了一周的刷新之后，今天又再次被刷新了一遍。像是它的主人带着它在这几天里出门周游了一圈世界，现在终于又带着它毫发无损地回来了。几个字还是原班人马，就连表情也还是那么冷酷和目空一切。

边明古看着小字报，想这个家伙真是够固执的。他是不是也跟自己一样，已经被上帝宣布患了癌症，并且是晚期的，所以，他就完全失去了目标，不知道自己往下的日子要做什么了？不然，他怎么会翻来覆去地纠缠着这么一句话没完没了呢。

刚进了办公室，电脑还没打开，蔡勤就敲门进来了。

边明古不知道蔡勤今天进来又会说出什么出人意料的话来，就依然不动声色地等着。他猜不出来蔡勤为什么突然对他感兴趣了。

"又看见楼下的大字报了吧？"蔡勤靠近窗子前，看着那株晒着阳光的海棠，似乎是漫不经心地说，"短兵相接的日子已经一步一步地逼近这座楼了。"

"卡亚布人在庄稼地里也会种上花，他们喜欢劳动的时候也能和蜜蜂在一起。就是他们的村子，也是按照蜂巢的形状设计的。"边明古说，"蜜蜂的语言是舞蹈。它们是以摇摆的舞姿，来告诉其他的蜜蜂，花朵在太阳的什么位置，离它们的距离还有多远。"

"真有诗意，那你是不是做好准备了？"蔡勤眼神古怪地看了看边明古，仍然笑着说："我们都是搞历史的，历史上所有的朝代改朝换代时，明枪和暗箭都会杀得血流成河。"

边明古强打着精神说："你是带队的，现在你都想退出来了，我哪里还有力量去厮杀。"

"你不一样。"蔡勤说，"一所综合性的大学，历史学院一定是建校的根本，是大学的灵魂所在。由此才衍生出了文学、法学、管理或者工商这些学科。一个大学如果历史学院不堪了，大学何以言大？那些妓女虽然不评级，但她们也是要分三六九等的。所以，在我们学院里，有人可能不会想着去当校长，但你不能保证他不想成为专业里的一条泥鳅。而你不仅在我们院里，就是在全校，也是最年轻的副院长，学术成绩在整个院里更是没有人可比，现在，你若不奋力去争取，就太亏了。"

边明古想起曾经从网上看见的，上海交大高等教育研究院搞的那份"世界大学学术排名500强"，里面中国的大学还没有一所是进入200强的。连国内最好的大学里论文"原创指数"都令人汗颜，他这个不入流的大学教授的学术成绩算根青草。

想到这里，边明古先自我解嘲似的笑了笑，然后说："但我还是那天的意思，建议你不要放弃。你在各方面都是最有优势的。"

"战争是不强调生命整体感的。"蔡勤说，"这个世界是属于谁的，你比我明白。大家都知道我是举着菜刀去争的副院长。其实在我举着菜刀去争这个副院长之前，早就已经看透了一切。只是当时心有不平，想试试自己到底能不能把抓在男人手里的这张渔网划开一道口子。"

蔡勤举着菜刀去争副院长的故事全校的师生几乎人人知道，但知道这个故事背后还套着故事的，好像就不是太多了。那年夏天教育部在青岛召开一个学科建设会议，由各个大学历史学院组织人参加。他们院里就由前院长田春禾亲自带队，带着蔡勤和一个副教授一个讲师前去参加。在去开会的火车上，田春禾坐在蔡勤的对面山南水北地说了半天闲话后，忽然拿出手机给蔡勤发了一条信息，说回来之后他可能就要被任命当副校长了。蔡勤看完信息笑了笑，说以后我们都要跟着领导沾大光了。

接到田春禾通知的那天，蔡勤原本是不想跟着他出门的。在这之前，蔡勤已经多次拒绝跟着田春禾外出参加各种会议了。蔡勤在电话里听明白田春禾的意思后，手里握着听筒沉默了一会，想自己凭什么因为厌恶他就不去参加这么重要的会议了。这个会议又不是他们家开的酒会和舞会。田春禾当院长的这几年里，一直在不停地暗示蔡勤，说她和一般的女人太不一样了。但是也有一点，就是太恃才傲物。其实凭着她的才华和能力，做一个副院长都是委屈了她的。

会议结束的晚上，田春禾假装喝多了酒，打电话给蔡勤，说他动不了了，让蔡勤到他的房间里去给他倒杯水喝。蔡勤当然知道他是什么目的。接完田春禾的电话，蔡勤就把电话打到了隔壁年轻讲师的房间里，说院长喝多了酒，刚才打电话说要喝水。但她有些头疼，已经睡下了，看看他能不能代劳一趟，去给院长弄点水喝。那个讲师去敲门时，等在房间里的田春禾以为真是蔡勤去了，他便赤裸着身子站在门后，兴高采烈地把门拉开了一条通道。等到看清走进门的是那个男讲师而不是蔡勤时，据说田春禾的脸都变了颜色。

边明古想着蔡勤和前任院长田春禾之间发生的那个李代桃僵的故事，说："武则天登基之前，中国历史上也是没有女皇帝的。"

"到底没有多大的意思，有些东西的内核是打不破的。"蔡勤说，"我们看看历史，一个国家的历史，有时候也是不会按着设定的那个轨迹去走的。"

"你是不是怕位置越来越高，会给那个车大记者造成精神压力？"边明古开玩笑地说，"我听周乐说，车大记者现在天天都忙着去家居店里看床，你们是不是快请大家喝喜酒了？"边明古说的车大记者叫车彦青，是周乐报社里的同事。蔡勤和那个车彦青交织在一起后,周乐便经常把蔡勤和那个车彦青的一些趣闻当作故事说给边明古听。

"八字还没划下一撇呢。"蔡勤叹息了一声说,"再说,现在已经没有人在乎婚姻的外壳了。尤其是我们这些曾经被婚姻刺过一刀子的人,想想,什么感情,实在是毫无意思。一个人如果在日常的生活中过分渲染和追求感情,那他在任何一个国家和地方都会受到伤害。"

边明古继续开着玩笑说:"上帝所行的奇迹,都是在众人普遍地认为不可能中发生的。"

其实边明古早就听周乐说过,那个车记者现在天天和一个年轻的女色彩师泡在一起,讨论那些乱七八糟的什么色彩问题。周乐当时还说,和那个色彩师一比,蔡勤虽然是知识分子,但战败的可能性估计会大于战胜的可能性。你们男人,谁会在乎女人读了多少锦绣文章,肚子里有多少狗屁知识。

蔡勤看了一会边明古,突然说:"你在生活中是不是特别信仰上帝?"

"是吗?"边明古说,"怎么突然会给你这么一个感觉?"

边明古警觉地看了眼蔡勤,像那天她突然说出了要退出院长竞聘的话一样。边明古弄不清楚她现在的话里到底又想暗示什么。夏扬是信仰上帝的,并且夏扬的信仰,学校里很多老师和学生都是知道的。边明古想他和夏扬的关系,只有天知道,地知道,太阳知道,星星知道,空气知道,他们做爱的房间和床知道,一些道路和树木知道,他们的手机和办公室里的电话知道,偶尔的一个黑夜和一缕灯光知道。剔除了它们,剩下来就是他和夏扬自己明白他们之间是一种什么关系了。

"有些感觉本身就是很奇怪的。"蔡勤笑了一下,说,"就因为如此,世界上才有那么多科学也解释不明白的东西。比如到底有没有UFO,有没有外星人存在。还比如一个飞行员的讲述,他说他在云层中飞行时曾经看见过排列整齐,大概囊括了飞机有史以来各个年代各个国家制造的各种型号的飞机,机型展示一样在他的前方有序地飞过。那到底是他在高空飞行中产生的一种幻觉,还是天空中的某一处磁场,把所有曾经飞过那个区域的飞机都录像一样拷贝了下来,然后又在相对应的磁场和云层中,海市蜃楼一样地折射了出来?这些好像都是目前的科学所不能解释透彻的。"

"这个世界上不能解释的东西是太多了。"

边明古想着夏扬，暗暗地叹息了一声，心里忽然涌上了一阵无法言说的悲凉。他想假如夏扬知道他现在已经得了癌症，并且已经是晚期，她还会像以前那样爱着他吗？即使他眼下还死不了，但化疗后也会掉得头上一根头发都没有了，并且因为药物反应，还可能天天都在令人作厌地呕吐。那样，夏扬还会拥抱着他，声音黏黏地叫他"小皮鼓"吗？那么周乐呢？已经过去一周了，边明古还是没敢把医生诊断的结果告诉周乐。他不敢设想周乐知道了他的病情后，会在陡然间被吓成一副什么模样。现在，周乐满脑子里琢磨的，就是把那块从皇家陵墓里挖出来的黑色金砖送到办公厅主任的家里后，到底能不能给丈夫谋得这个历史学院院长的位置。

昨天晚上，周乐看见边明古一直趴在那里整理稿子，过去就把电脑给关了。她看着边明古，一脸嘲笑地说："以前真没看出来，你居然还这么有定力。都到什么时候了，你竟然还有闲心鼓捣这些东西。"

边明古往椅子上靠了靠，看了一眼周乐，又把目光转到了台灯上。台灯橘色的光芒，似乎是在努力抵挡着从四周侵袭而来的黑夜，它先是给包围着它的黑夜画上了一圈温暖的光晕，然后又给黑夜切割出了一个透明的窗子。边明古看着橘色的灯光想，这应该是一个多么美好的夜晚。但是，上帝又是多么喜欢开玩笑，他跟在你的身后，在某个拐弯的地方突然拍了一下你的肩膀，就把你准备展开的翅膀拍掉了。边明古继续看着灯光切割出来的那个透明的窗子，沉默了一会，好像从那里吸入了一些氧气足够的空气。他记得有人说过，空气中氧气的含量保持在百分之二十一时，人才能自由地呼吸，它一旦降低到百分之十二，人就会觉得心脏憋闷。而氧气含量在空气中的含有量降低到百分之十时，人的大脑里就会产生幻觉了。这些天，边明古觉得自己呼吸的氧气含量一定是在百分之十二和百分之十之间徘徊着的，因为他感觉现在的自己不是处于一种幻觉之中，就是处于憋闷之中。他看着周乐，深深地呼吸了一下，然后才说："周乐，你别折腾了好不好？"

"你这些天到底怎么了，怎么突然变得像一个被针刺过的气球？"周乐用奇怪的眼神看着边明古说，"假如你现在弄这些东西还能给你垫上一块砖，让你往院长的位子靠近一步，我肯定不吃不喝不睡也来帮着你弄。"

"除了操心院长这件事，你还能不能说些另外的事情，让我感动一下，沸腾一下，热泪盈眶一下？"边明古说，"五百年后，很多现在看来重要的东西,都会消失的。"

周乐说:"现在别人有条件的在拼着命上,没有条件的也在拼着命到处创造条件上。你的态度是什么呢,好像这件事情突然就跟你没有关系了。"

"是和我没有关系了。"边明古声音空洞地说,"我正准备找个合适的机会告诉你,我已经决定退出来了。"

"你如果不是想学着蔡勤以退为进,以不变来应万变,那你就是有病。"周乐气恼地说,"我那块金砖都已经送出去了,人家也答应到周末一起吃饭了,你竟然说你准备退出来。你是不是真被蔡勤放的那个狐狸屁迷惑住了?如果是,你就真是病入膏肓了。你知道不知道,蔡勤是有两手准备的,听说她正在活动着调到师范大学去。"

"别人怎么做是别人的事。"边明古说,"我想退出来,和别人没有丝毫的关系。"

"没有关系你为什么要这么做?"周乐怀疑地说,"你能不能告诉我一个理由?"

边明古说:"你现在先去睡觉,过两天我会告诉你。"

周乐气咻咻地转身要走,却忽然看见打印机下面躺着一张打印出来的东西。她下意识地拿起来看了看,看见上面打印的一行黑体字竟然是:教授的一半是婊子养的。

周乐看着边明古,万分惊讶地说:"边明古,你怎么也在打印这几个字?你脑子里到底在想什么?你是不是真的有病?"

"这句话没有错,"边明古淡淡地说,"教授的一半就是婊子养的。"

"现在,我可不可以怀疑你们文史楼下面的小字报,就是你贴的?"周乐嘲笑地说。

"有时候,我也怀疑那就是我贴上去的。"边明古看着周乐,认真地说,"我真希望那就是我贴上去的。"

六

蔡勤走后,边明古就开始收拾办公室。这几天里,边明古每天到办公室来做的第一件事情,就是仔细地清理一遍办公室。从地面到桌子,从盛杂物的筐子到窗台上那株海棠花的叶片。所有的物体，都被他擦拭得放着光芒。每次收拾完了，边明古就退到门旁，扫视着整间屋子。他发现自己从来也没有像现在这样，喜欢和爱惜着这里的一切。有几次，边明古看着窗台上的那株海棠花，试图在空气里嗅出它枝叶和花朵的味道。但是，他嗅了许久，什么也没有嗅到。

边明古走到窗子跟前，摸着一片海棠的叶子，自言自语地说："我的鼻子已经被癌细胞占满了，都快不能呼吸了，当然就不能嗅出你们的味道了。"

那天医生就是这么说的。医生说你鼻腔里的癌细胞已经满了，用不了多久，你的呼吸可能主要就靠口腔了。

"扩散到什么程度了？"边明古说，"咱们是多年的朋友了，希望你能告诉我实情，我好有个准备和安排。"

"整个大脑和头部神经。"医生的眼神看着边明古好像游离了一下，然后才回答。

"整个大脑和头部神经？"边明古继续看着医生的眼睛，重复了一遍。

医生点点头，说："是，整个大脑和头部神经。"

"还能有多少时间？"边明古看不见自己的表情，但他听见自己的声音空空的，像是风在一个枯树洞里来回地撞着，找不到逃出去的出口。

"现在马上住院化疗，控制住了，十年二十年甚至更长的时间都不会有问题。这主要看你的精神状态。我手头上最成功的病例是，和你的情况一模一样，他用中医加化疗的方法，已经控制住十几年了。"

"如果控制不住呢？"边明古说。

"不会有这种情况。鼻窦癌在目前所有的癌症中还是比较好控制的。"

"我是说，假如控制不住呢？"边明古说。

"你首先要相信我这个医生。"他的医生朋友说，"明天就来住院，然后保持积极的心态，按我说的去做，我保证你没有假如。"

想着一周前和医生的对话，边明古慢慢地在椅子上坐了下来。春末的阳光穿过外面的风和沙尘，然后穿过玻璃，穿过海棠叶子酷似心形的周边，以及半透明的花梗和有些蜡质的花瓣，把疏浅的影子铺在了桌面上，似乎是随心所欲地就铺成了一组一组新颖的图案。边明古把一只手掌摊在了桌子上，把几片光斑和几片花影接在了手里，呆呆地看着，悲哀地想：人生的好多东西，何尝不跟这些落在手里的光斑和花影一样。而这些光斑和花影,是谁能够握得住的呢?

　　胡思乱想完了,边明古看着手里正在逐渐淡下去的光斑和花影,听着窗子外的风声,猜测着一定是沙尘暴来了。昨天晚上的天气预报里说,沙尘暴今天上午就会抵达这座城市的。边明古往窗子外看了一眼,看见玻璃外面的天空已经一片混沌,太阳早已经被那些从大西北跋涉而来的沙尘一层一层地包裹了起来。

　　边明古看着不断被风带到窗子上的沙尘,突然想起了去年春天北京遭遇了百年不遇的一场强沙尘暴后,网上随沙而起的一些关于北京应该如何防范沙尘暴的帖子。其中最有创意的,是上海一个网民贴上去的。那个网民说北京预防沙尘暴最快捷也最有效的方法,就是在北京上空搭建一个巨型的蛋壳,把整个北京城都罩起来。然后在棚顶画上蓝天、白云,再制造出太阳星星和月亮。再然后,就是用大功率的空调来调节四季的温度。这样,外国人来北京参加奥运会的时候,他们抬头看见了天空中的蓝天和白云,就不会因为北京灰蒙蒙的天空而担忧空气质量,进出都想捂着个大口罩了。

　　那次,围绕着网上那个想把北京用蛋壳大棚罩起来的异想天开的帖子,和袭击北京的沙尘暴,省电视台还以"沙尘何以成暴"为话题,做了一档和沙尘有关的对话节目。边明古作为被邀请的教授嘉宾,和来自环保、社科、报社的几位嘉宾坐在那里,被主持人牵引着,洋洋洒洒地谈了一个多小时。当时不知道是谁开了头,他们谈着谈着,竟然把话题从蒙古沙漠一直扯到了塔克拉玛干沙漠,扯到了丝绸之路。然后又从丝绸之路,谈到了具有千年烧陶技术,花纹细腻、做工精细的喀什陶器,延伸出了中国、印度、希腊、伊斯兰这四大世界文化主流。最后,报社里那个伙计尤其好玩,他甚至把瑞典人斯文赫定都扯上了。说他1895年春天第一次前往叶尔羌河,进入塔克拉玛干那个被称为死亡沙漠的地方时,最后是靠着用骆驼尿解渴才走出来的。而他第二次进入和田后,又沿和田河辗转进入了喀什。在那里,他挖出了大量被沙子掩埋的佛像、壁画和木版画。这些东西连同一些形形色色的古代手稿,让赫定看见了不同民族的商人走过喀什的脚步,甚至看到了他们的生活和爱情。

　　当时,他们几个人的话题越说越离谱,让坐在那里的边明古心里一直在发笑。边明古心想喀什是丝绸之路的十字路口,也是历史的十字路口,但是,它和北京的沙尘暴距离是不是又太远了一些?

现在，边明古看着外面的沙尘暴，想着那次似乎跑远的话题，忽然觉得自己那次的发笑才是真正可笑的。想一想，生活中到底有什么东西不是冒似切近主题，实际上却离题十万八千里呢？比如他这个教授，一年里有多少日子是在安心地做着学问，一心一意地给学生们传道授业解惑呢？这一周里，边明古每次坐在电脑前整理自己到大学里任教后写的那些七零八碎的文章，就满脑子的愧疚。仿佛那些足够出三本集子的文章，都是铁一样堆积的罪证。从讲师到教授，再到副院长，他在这所大学里做了十几年的老师了。但是，除了这些狗屁杂碎文章，除了去做各种嘉宾，开各种名堂的会，脸不红心不跳地拿了红包后说一些连篇的废话，他还做过哪些既有益于学生又令人称道的事情呢？像他这样一个虚顶着教授头衔的教授，有什么理由不被文史楼前的小字报骂作婊子养的？

七

边明古和夏扬的约定是两周约会一次，一周通一次电话，一天发一条信息。但是这一周里，边明古接到了夏扬的两次电话。第一次夏扬说她做出荷兰风味的番茄酱了，而且味道特别好，就等着边明古检验它的口味是不是纯正了。夏扬说我终于从一位老中医那里弄清楚什么是萝乐菜了，其实它就是罗勒。那个老中医说它的叶子是卵圆形的，略带着一点紫色。它的花是白色的，有的也带着一点紫色。它的茎和叶子都带着香气，既可以做香料，也可以做药。这些，都和你描述的荷兰的萝乐菜一模一样。夏扬一边说着一边孩子一样兴奋地笑着。边明古从她的笑声里，似乎都能闻到荷兰番茄酱香甜的味道了。

夏扬就是这样，从来都是这么张扬，好像一缕阳光也能制造出漫天的云霞来。这一点，是边明古特别喜欢她的地方。这是她和周乐不一样的地方。周乐是那种即使在床上来了高潮，她也会拼命地压抑着，不会发出一丝声响来的人。边明古记得自己提了副院长的那天，正好是他和周乐结婚十周年的日子。他心情愉快地去超市里买了一瓶香槟，又买了蜡烛，想学着西方人喜庆的方式，在烛光里喷一次香槟，制造一点浪漫的气息和氛围。晚上，边明古点了蜡烛，摇动着香槟瓶子刚喷出了一半，就被周乐从手中夺去拿到了厨房里。周乐说地板都被你的香槟泡坏了，一个副院长就让你这么疯狂地喷香槟，如果是院长，你还不得再带个老婆回来给我看呀。后来边明古把这件事情说给夏扬听，夏扬笑完了，说你现在回家可以给周乐说，你的第二个老婆已经准备好了，现在剩下来的事情就是等着当院长了。

夏扬的第二个电话是刚才打来的。那会儿，边明古正在看着外面的沙尘，天南地北地胡思乱想着。夏扬说我怎么会突然梦见你不爱我了呢？我现在就想看见你，好像一分钟也不能等下去了。

夏扬的声音好像夹满了沙子的沙尘天气，在细细地摩擦着边明古的心，边明古的心就重重地跳了一下。他说外面的风沙太大了，你现在不要胡思乱想。我上午还有一堂课呢，最快也要等我上完课。

在边明古的计划里，去医院住院之前，他是要认真地给学生们上一堂课，认真地和夏扬做一次告别的。边明古想了很久，觉得医生的那些话是不能全部相信的。现在，除了上帝，已经没有人能够保证，他的生命是可以继续存活在世上十年甚至更长时间的。这就是边明古迟迟不去住院的第一个要素。他害怕自己的脚一旦迈进医院的病房，就再也不会从那里走出来了。他想在住院之前，把这一生里该画句号的事情都画上一个句号。并且，要尽可能地把那个句号画得圆一些。至少不能画得像春天水塘里那些黑色小蝌蚪似的，拖着一条细小的尾巴，怎么看怎么是一个缺憾。

只是，现在，边明古还没有想好和夏扬告别的方式。边明古觉得自己的一生里只有两次意外，一次是去了荷兰，一次就是爱上了夏扬。如果不从道德的范畴来界定，边明古觉得这短短的一年多时间里，夏扬带给他的那种心理的愉悦，是周乐在十五年的时间里也没能带给他的。边明古知道这样说对周乐是不公平的，在某一方面好像也更体现了他的无耻和缺乏责任。但是，这个世界上的东西，尤其是感情，真的不是拿着一把尺子就能量出分寸来的。系在一条绳上看似生死相守的两只蚂蚱，不一定就是心心相印的。

"可我现在就想见到你。"夏扬说，"我的心里慌乱得都快不能呼吸了，你把课改在明天好吗？"

夏扬的情绪从来没有这样激烈过，也从来没有因为约会让边明古改过课。她在边明古的身边无论怎么张扬，也和花朵盛开的过程是一样的。

边明古想，这难道就是古诗里描画的"心有灵犀一点通"吗？自己病了，要和她作也许是最后的告别了，她那里突然就有了不祥的预感，让她事先恐惧起来。

"你这个坏孩子，"边明古低声地说，"学生们可能都在教室里等着了。"

夏扬说："那你就给他们班长发个信息，说你临时有事情。他们以前又不是没改过课。"

"真是拿你没有办法，"边明古说，"你现在先去等着我，我马上过来。"

边明古和夏扬的约会大多都选在中午。这个时间是他们第一次约会时，夏扬选的。夏扬的一个朋友陪着新婚的丈夫到美国读博士后去了，走前把房子交给了夏扬，夏扬便把边明古带到了朋友的空房子里。

那次从床上下来后，夏扬看着在床上弹跳的阳光，说中午真好，阳光照耀着我们，就像照耀着两棵疯狂生长的植物。

边明古说："我们是两棵玉米呢，还是两棵大豆？"

"我们是两棵石榴树，"夏扬说，"我喜欢疯狂的石榴树。"

"我也喜欢。"边明古说。"埃利蒂斯获得诺贝尔文学奖时，在他的受奖演说里说，不论他是否有权，都请大家允许他以光明和清澈之名发言，因为这两种状态规范了他生活的空间与所能的成就。"

"我说的不是埃利蒂斯的诗。"夏扬说，"我说的是我们两个。"

"我说的就是我们两个。"边明古说，"你真的是一棵疯狂的石榴树，出其不意，把清澈和光明的亮光都照到了我新编的篮子上。"

"是我们，两棵疯狂的石榴树照耀着天空。"夏扬说，"我从来没觉得外面的天空这么明亮过，它就像被我们的爱情冲洗过了。恐怕太阳神阿波罗也没见过这么耀眼的光彩。以后，我们就在中午的阳光里到这里来好不好？"

边明古看着夏扬长长的、欧洲人一样漂亮的睫毛，伸手在她依然带着红晕的脸颊上拍了拍，说："我的马鬃已经抓在你的手里了。"

就是在那一刻里，边明古突然体会到了"出轨"这个词语的刺激和活力，感觉出了它在汉语意境里的奇妙趣味。这个和"外遇"相比更加动态的比喻，它真的是既充满了危险的色彩，又充满了无限的诱惑。想想，一列按部就班地行驶了多少年的火车，突然驶出了原来的轨道，看见了满目崭新的风景，它的心里会是多么兴奋！而要命的是，每列火车在出轨之前，都是意识不到各种麻烦和危险的，它只会看见一条新的轨道展现在面前所带来的种种美好的想像和诱惑，惊叹自己完全驶向了另外一条方向截然不同的道路。它沿着这条新的轨道一路行驶下去,眼睛里看见的花朵、树木,甚至一粒沙子都是新鲜的、独特的。总之,看见的都是不同于以往任何一点的美丽风景。

当然更加刺激和富有悬念的,是这列出轨的火车唯独自己才知道自己是去了哪里,在沿途的路上都看见了什么样的,别致又新鲜的景物。边明古想,也许,这才是对一列出轨的火车最充满诱惑力的地方。它击中的正是人类喜欢好奇和冒险的要害。

那天,两个人收拾好了准备往外走的时候,边明古看着夏扬仍然激情荡漾的眼睛,想着她说的那句疯狂的石榴树,突然又抱住夏扬,把她抱回到了那张阔大的床上。

边明古站在门外,就闻见了一股香茅的味道。夏扬已经用香茅精油喷洒过房间了。香茅的味道是边明古最喜欢的。尤其是香茅这个名字,好像总是能给他一种亲切和温暖,让他想到乡下那些连成片的茅草。小时候,那些茅草的根一直是边明古的糖罐子,而那些茅草白色的花,在冬天里就是他给一双脚取暖的袜子。有一次边明古把这些经历讲给夏扬听,夏扬说你知道吗,我小时候也是最爱吃茅草根的。我还曾经把茅草根晒干了,捣成了粉末,想自己把它们造成供销社里卖的那种结晶糖块。但是造了一个秋天,最终也没有造出来。

那次好像是谈论完了荷兰的郁金香,他们又接着谈论起了茅草的。而且就是在他们谈论着茅草时,边明古开始爱上夏扬的。他听见一把细细的茅草做成的钥匙,春天一样打开了他心里的一把锁,打开了他被掩藏在灰尘后面的儿时的城堡。那种青草一样质朴的情感,就在他的城堡里蔓延开来。

边明古还没来得及脱鞋,就被扑上来的夏扬抱住了。夏扬紧紧地抱着他说:"你再晚来一分钟,我可能就要死掉了。"

边明古抚摸着夏扬的头发,笑着说:"有我在,怎么会让你死呢。"

"可是,我梦见你突然不爱我了。"夏扬说,"你在梦里那么绝情,说走转身就走了。"

"是吗?"边明古的心里突然悲凄起来,他说,"扬扬,如果哪一天我真的死了,不能再爱你了,你再想我了,怎么办呢?"

"有我在,怎么会让你死呢。"夏扬说,"你不许我死,我也不许你死。

我还要等到八十岁的时候嫁给你呢。我给你找了个偏方，他们说对颈椎引起的头晕头痛，效果特别好。"

"谢谢你！等你八十岁的时候，我们就结婚。"边明古在心里哀叹了一声，慌忙又笑了笑，说，"八十岁再结一次婚，这个梦想多么美好啊。"

"如果不是为了你当院长，我肯定早就逼着你离婚了，哪里还能等到八十岁。"夏扬说，"你今天没上网吧？网上有人说你们院里的杜兵为了提副校长，带着两个女研究生到北京去打通关系。还说他当年的博士论文也是剽窃的，在核心期刊上发的那些论文都是花钱买的。后面的帖子都跟了几百条了。这要是在美国的大学，单凭带着女研究生去搞性贿赂这一条，别说是他将来的副校长，就是现在的院长和手里的饭碗，也都一样危险了。"

边明古说："我今天才发现，在这个世界上，最圣洁的人也是要学会忏悔的。有人喜欢狗咬狗，就让他们在那里厮咬吧。我们现在不说他们。"

"有人在贴小字报，还有人吵着嚷着要退出去，现在又有人到网上撒网捕鱼了。看着你们院里就是一场热闹的真人动漫秀。"夏扬说，"假如你真想争院长这个位子的话，别人越是这样闹腾，对你也许就越有利。"

边明古想到自己的身体，便不想再继续这个话题。他郑重地问夏扬："你经常去吃阿根廷牛排，注意到一头牛能出几客牛排了吗？"

"六客呀。"夏扬说，"他们的墙壁上都贴着呢。"

边明古说："六客牛排，相对于一头牛，它所占的分量无论多么少，都是精华。但是，这些精华的东西，无论它多么精华，又是永远无法与一头完整的牛相比的。"

边明古绕口令一样说完了，看了看有点茫然的夏扬，又说，给你讲个故事。一天，国王命令全国的人民做奶酪，庆祝王后的生日。很快，就有一名大臣前来禀报说：亲爱的陛下，牛奶不够，人们根本没有办法做出那么多的奶酪，来庆祝王后的生日。国王有些着急，但一时又想不出好的办法。这时候，坐在一边的王后想出了好主意。王后说这还不简单吗，您让大臣去告诉您的人民，从现在开始，把河里的水叫做牛奶，把牛奶叫做水，这样，牛奶的问题不就解决了吗。国王觉得这个主意非常好，就吩咐大臣去传达旨意。很快，大臣又回来了。他说报告国王陛下，现在牛奶有了，但是水又不够了。

（原载《收获》2010年第2期）

死去活来

一

　　每天都在忙忙碌碌地生活着，白小化并不知道，自己已经死了很多年了。
　　那一天他带着儿子看完电影，从东方红电影院里出来，一手牵着儿子，一手抱着盛满了爆米花的纸筒子，正悠闲地走在街上，就被迎面人群里走来的一个人拦住了。那个人先是诧异地端详了他一会，然后又用相看古董的眼神看了看他手里牵着的儿子，迟疑着说你是白小化吗，你不是死了很多年了吗？
　　白小化愣了一下，心想哪里冒出来的神经病，你王八蛋才死了很多年了呢。
　　认出和他说话的人是曾经和他邻村的黄三后，白小化就在黄三的肩上重重地擂了一拳，笑着说你是不是被大太阳照花了眼看错人了。我要是死了，要么你现在见到的是鬼，要么就是你自己也是跑到地府里的鬼了。他抬手指了指天上明晃晃的太阳，又指了指身边一棵枝叶婆娑的法国梧桐树，说阴间里好像不会有这么亮的太阳和这些绿叶子的树吧。这么说，你真是在大白天里见到鬼了？
　　黄三用脚尖点了点白小化落在地上的影子，又扭脸看了看路上来来往往的行人和车辆，哈哈地笑着说你还有影子，是有点稀奇了。你手里领着的是你儿子？

白小化点点头，继续开着玩笑说："这个世界上稀奇的事多着呢，一天至少也能冒出三火车皮来。怎么，鬼就不能有个儿子牵在手里当拐棍了？"

看出白小化好像一直没有认真和他说话，一直以为他是在和他开玩笑，黄三就有些急了，说我不是在和你开玩笑，我真的是在六年前就知道你死了。咱们周围那几个老村子被改造前，除了你们村子里有姓白的，还有哪个村子的人姓白？你们村子里还有谁的名字叫白小化？

白小化说叫白小化的肯定就我一个人。但叫白小花的还有一个。你肯定是听人说白小花死了，就误以为是白小化死了。

不可能。黄三说那个白小花活得好好的，我前些日子还看见他在马路上骑着三轮车，送他的孙子上学呢。他的儿子到乡下去偷电话线往外扒铜线卖，去年就被抓起来了。他的儿媳妇开始跟着一个卖纺织机械的家伙卖滤尘器、摇纱机、打包机之类的玩意，后来真就打打包跟着那个家伙跑了。所以，我真的不是在和你开玩笑，死的那个人真的是你。你的名字白底黑字地写在那里还能错了？

"我就活生生地站在你面前，还和你说了一天二地的话，我怎么会死了呢？"

"可是，"黄三疑惑地摇着头说，"你的确是死了。我父亲几年前病死了，我到派出所里给他销户口，就是在那时候知道你已经死了的。当时我还替你惋惜了半天，想起我家的电视机还是从你那里买的，就想你生意做得那么红火，还那么年轻，也是说死就死了。这人真是和地里的草木没有区别，不知道在哪一阵风里就败了。"

现在是白小化疑惑起来了。他重新看了看天空中的太阳，看了看身旁的树木，又盯住了黄三，说你现在看见了，我手里还牵着我儿子，怎么会在几年前就死了呢？

二

和老婆汤惟出门的时候，儿子杨杨还赖在他们的床上哭着没起来。他的脸上泪水横流,坚决要求爸爸妈妈一起去送他,纠缠着说爸爸妈妈不去送他,他就再也不上幼儿园了。汤惟被他纠缠得烦了,抬手就在他的屁股上拍了一巴掌,同时恐吓着说:"你再不起来,爸爸妈妈可是真的不要你了。"

白小化也走过去,捏住儿子的耳朵晃了晃说:"听话儿子,等爸爸妈妈下午回来,一定会第一个去幼儿园里接你。"

法院八点半开庭,现在都已经七点半了。白小化想万一路上塞车,他们就有可能去晚了。他们今天可是无论如何也不能晚的。一想起自己莫名其妙地死了这么多年,白小化心里就浓烟滚滚,恨不得手里有支枪,一梭子子弹扫过去射穿他们一串的脑壳,看看他们流出来的脑浆还是不是白色的。

过了一分钟,白小化又抬起手腕来瞅了眼腕上的表,看看再拖时间真的来不及了。他顾不上儿子还哭闹不哭闹了,就催着老婆把儿子交给了保姆罗湘。

白小化和汤惟已经两个月没到幼儿园里接送儿子了。这两个月里,围绕着从天上掉下来的这场官司,白小化几乎天天都在忙着找律师,跑法院,跑得浑身的骨头都要冒烟了。更可怕的是他一个人独自呆着的时候,脑子里想着这场无比荒唐和滑稽的官司,就会慢慢地变得神思恍惚起来,总是怀疑自己到底是真死了还是假活着。在夜里,他常常需要去把老婆摇晃醒了,说上几句话,用来证明他的确还是活着的,并没有死。

空气异常闷热,好像空气中一半的氧气都被什么人偷偷地抽走,贩卖掉了。太阳呢,仿佛从地平线下一冒上来就是节能灯的颜色,白森森的,里里外外都在透着一种骨头的白,让人看见了心里就生出烦乱和恐慌来。汤惟原本就不喜欢节能灯惨白的光线,生了孩子之后就更加讨厌,觉得那种颜色简直就是一种死亡的颜色。说她躺在产床上时,肚子疼着,眼睛盯着那些白色的灯光,就觉得是走进了一个死亡的陷阱里。

坐进空气和外面一样发闷的车里,汤惟让白小化开了空调,说一大早就这么闷热着不透气,老天是不是要闷死人了。

楼前的绿化带里是一片杂七杂八的树,形形色色的枝叶全都无精打采地交叉着织在一起,蔫蔫的,好像它们都被白小化的失眠传染着,也已经几天几夜没有睡过觉了。白小化透过车前面的玻璃看着那些一动不动的枝叶说:"怎么一丝风都没有。天气预报没说今天的气温是多少?"

"好像是三十九度。"汤惟侧耳听着儿子在楼上尖声哭喊的声音说,"就这个情形,到了中午肯定会四十几度也不止。"

白小化和汤惟的车一开走,保姆罗湘就把杨杨带到了早餐的桌子前。早餐是杨杨最爱吃的油煎荷包蛋。油汪汪的荷包蛋被罗湘盛在一个白色的小盘子里,上面漂亮的蛋黄,好看得就像是一颗太阳正在从白色的云层里冉冉地升起。

被盘子里油煎荷包蛋的美味和颜色吸引着,杨杨暂时忘记了爸爸妈妈不送他到幼儿园去的悲伤。他侧着头,把小脸贴在桌子边上,眼睛和盘子里的荷包蛋对视了一会,然后就学着电视里的一句广告词说:"你还看我?你再看我我就一口吃掉你。"

"荷包蛋一直在那里看着你,是它不想让你吃掉它呢。你再不快点把它吃掉,它就会藏起来了。"

罗湘手里捏着一片面包,走过去看了看墙上的钟表,觉得杨杨再这么磨蹭下去,幼儿园里的接送车真的就会错过去了。

"要是我不吃它,它会藏到哪里去呢?"杨杨问。

"它就会藏回鸡蛋壳里去了。"

杨杨最喜欢那些毛茸茸的小鸡了。他想起妈妈有一次在幼儿园门口给他买小鸡时说过,小鸡都是从鸡蛋里变出来的。想到那些毛茸茸的可爱的小鸡,杨杨马上就兴奋地抬起了头,看着罗湘问道:"姐姐,鸡蛋藏回鸡蛋壳里后,它还会变出小鸡来吗?我妈妈说,那些小鸡都是从鸡蛋里变出来的。"

"会变出来的。"罗湘心里有些着急,敷衍着说。

幼儿园的接送车一旦从小区门口错过去,就需要罗湘坐着公交车送杨杨去幼儿园了。这么热的天来回挤上两趟公交车,光是车里的臭汗味就能把人熏倒了。不去挤公交车,她就只能骑着买菜的自行车去送他。在这样闷热的天气里来回骑上几十分钟的车子,那无疑就是自己给自己找罪受。她可不愿意去受这份罪。从昨天开始,罗湘就觉得他们家给她开的那几百块工钱,好像不值得她这样去卖力气了。当然,最不值得她这样卖力的也不仅仅是工钱,而是那个女主人汤惟。

罗湘是白小化为了打官司临时请来的保姆。罗湘到白小化家里来的这两个月里，从来没动过汤惟的任何一样东西。昨天，罗湘按照汤惟的吩咐去超市里买东西，出门的时候突发奇想，想擦一点汤惟的香水。汤惟使用的香水，有着罗湘从来没有闻到过的香味。她在老家的山上闻过很多的花香，但是，从来没有一种花的香味，能像汤惟的香水味这么香。它香得让人闻着这种味道，就会觉得自己的身体不再是自己的了，它轻飘飘的，好像是一片在柔软的风里飘着的花瓣。汤惟说过，她的这瓶香水是从香港买回来的，要几千块钱。当时罗湘在心里算了算，按照汤惟给她的工钱，她要做半年的保姆，才能挣来汤惟那瓶比拇指大不了多少的香水。

仅仅是擦了汤惟的两滴香水，罗湘没想到，都一天了，汤惟晚上回来一进门，还是给嗅了出来。好像她的鼻子真比一条搜救犬的鼻子还要灵。令罗湘更没想到的是，汤惟换了衣服后饭也没吃，就坐在沙发里指三道四地说了一晚上和香水有关的话题。最后，汤惟居然还说名贵香水和很多名贵的东西一样，都是会认人的。你看菜市场里那些卖菜的女人，就是给她们擦上全世界最昂贵的香水，她们身上也始终会是一身的烂菜叶子味。上床睡觉后，罗湘躺在床上半夜都有没睡着。她愤愤地想，汤惟这么说，不是分明在寒碜她擦什么样的香水，也都是一身的保姆味吗？后来要不是白小化出来制止汤惟，罗湘想那个小气的女人为了两滴香水，有可能会一夜也唠叨不完。

杨杨又看了一会盘子里的煎鸡蛋，对罗湘说："我不要吃它了，姐姐你现在让它藏回鸡蛋壳里去好不好？我想让它变成小鸡。"

"可它现在好像最想藏进你的肚子里去。"罗湘说。

"它藏进我的肚子里，还会变成小鸡吗？"

"会的呀。"罗湘说，"你的肚子里热热的，很快就会变出小鸡来了。"

"我妈妈说鸡蛋变成小鸡，是要鸡妈妈趴在鸡蛋的上面孵着，才能变出来的。我也要像鸡妈妈那样趴着吗？"

"对呀。你睡觉的时候趴着睡，肚子里就会变出小鸡来了。"

罗湘看着墙上的钟表，身上的汗都快急出来了。八点一刻，幼儿园里的车就会准时地停在小区门口，五分钟后再准时地开走。罗湘心里着急，就继续哄着杨杨说："你再不吃，它就变不出小鸡来了。"

"我吃了它，它真的会在我的肚子里变只小鸡出来吗？"

"你想要小鸡,它就会变出来。"罗湘盯着钟表上嗒嗒跑着的秒针说。

三

开着车,白小化耳朵里一直是儿子的哭声。他深呼吸了好几次,还是不能把儿子那些委屈的哭声从耳朵和心里掩盖下去。

路上果然堵得一塌糊涂。白小化想现在的路好像越修越宽,但是车却越来越堵了。他开了车窗,探出脑袋看着前面长长的车龙,后悔出来得晚了。但后悔也晚了,他和车都不能生出翅膀来,从车流和人流的上空飞越过去。汤惟的眼睛现在穿过了玻璃,正在直直地盯着车子外面的某一个地方,不知道是在看着什么。从白小化开始失眠起,白小化发现汤惟的眼神就老是这么直着,似乎不会打弯了。

白小化不愿去想像法庭上的那些事情。他看了一眼前面的车队,手指轻轻地在方向盘上敲了几下,索性就坐在那里想儿子。

白小化是先后娶了两个老婆,盼星星盼月亮似的期盼了快十年,才盼来的儿子杨杨。给儿子做满月时,白小化一边给朋友们敬酒,一边开心地讲:"我们国家过去抗战打鬼子,是打了八年才把小鬼子赶出去的。没想到现在我白小化生个孩子出来,竟然比当年抗战还要花费工夫。"

和头一个老婆严静,是在七年前离婚的。离婚的当年,白小化就带着新娶的老婆汤惟到了济南。白小化离婚不是因为他喜欢上了汤惟,见色起意才和老婆离婚的。白小化虽然有一些钱,但他还不是那种好色的男人。白小化和老婆离婚,是因为他的老婆严静不能生育。白小化有一个妹妹一个弟弟,妹妹和弟弟家里都有孩子闹哄哄的了,白小化家里还是只有他和严静两个人,清清净净地坐在桌子前吃饭,清清净净地坐在电视机前看电视。自己一年一年地播种,严静的肚子却一年一年始终没有动静,白小化就在空闲里反复地琢磨着,到底是自己身体的零部件有了问题,还是老婆那里有毛病?

婚后的第五年,白小化再也忍不住了,他瞒着老婆,一个人偷偷地跑到医院里去检查身体。市里省里跑了三家医院,检查的结果都是他的身体一切正常。他正常了,自然就说明老婆严静身上有问题了。白小化回家拿出自己检查身体的单子给严静看完了,就要严静去检查。检查来检查去,严静检查的结果,却是出乎意料地和他一致——身体同样没有半点问题。

他不明白两个身体都正常的人,为什么会生不出孩子来,就找了一个做医生的朋友询问。医生说这太正常了。现在农民种粮食都不用有机肥了,地里施的全是各种化肥。就连除草用的都是各种化学除草剂,再没有人一锄头一锄头地挥着汗去锄草了。蔬菜和水果更不用说了,为了让黄瓜和西红柿长的形状好看,那些黄瓜和西红柿在生长的时候都是被涂抹了避孕药的。人们常年吃这些被各种药物污染的东西,怎么能不影响生育。你们要是看过一些世界卫生组织的调查报告就会发现,现在不能生育的人简直太多了,多得让人看了都心惊胆战,甚至让你怀疑,人类在几十年之后会不会真的像有些专家预言的那样全部绝育了,真的要靠克隆手段去延续人类的后代。因为什么?就因为这个世界上的东西被污染得太厉害了。单说我们每天要喝的水吧,我们喝的可都是地表水。你们仔细地观察一下,现在从城里到乡下,是不是几乎每个缝隙里都虱子一样地趴着一些工业厂矿?你们想想,我们天天被这各种各样的工业厂矿包围着,喝的那些水可不是四处都埋伏着污染源?

白小化没有心思去关心人类在几十年后还能不能生育的问题,他迫切关心的是自己眼下怎么能生出一个孩子来。

后来在那个医生的建议下,白小化带着严静去了北京,找到一家医院的试管婴儿培育中心,花几万块钱做了个人工胚胎。胚胎移植到严静的子宫里后,白小化以为他的孩子几个月后就要降生了。他迫不及待地去商场里买来了最好的婴儿车,最贵的奶瓶,最漂亮的婴儿服,甚至连小小的纸尿裤都预备好了。他每天都围着严静观察着她的肚子,只等着她到医院的产房里分娩的那一天了。

那些日子,白小化陪着严静进进出出地去医院里打安胎的黄体酮,走路都是哼着歌的。就连他的梦里,也反复都是即将来到他们中间的那个天使一样的孩子。并且,那个孩子每次都会在梦里逗得他哈哈大笑。有一次他就梦见,他摸着儿子的小鸡鸡,摸着摸着,儿子的小鸡鸡里突然喷泉一样喷出了一股尿来,那股散着孩子香味的暖暖的尿水,就画着漂亮的弧线落在了他的身上。白小化开心地笑着醒过来,发现又是一个梦,就慌忙地抬手去摸严静的肚子,说是要摸摸儿子这一夜里又长大了多少。

可惜，严静打了两个月的黄体酮，还是没能让那个胚胎在她的子宫里盘根错节地扎下根来，和她成为连着心的母子。两个月后的一个晚上，那个花几万块钱种植进去的小家伙，终于自己剥离下来，惊惶失措地从严静的子宫里逃了出来。

那天晚上，白小化看着那个依然像盛开的花朵一样的幼小胚胎，一夜没有睡觉。

第一次失败后，严静就四处去打听安胎的偏方。后来她打听到用爬山虎的秧子煮水喝能够治疗滑胎，就按着偏方喝了半年爬山虎秧子煮的水。往下喝那些水的时候，严静每次都要紧闭着眼睛，捏着鼻子屏住呼吸。白小化每次看着她喝水时那一脸的痛苦表情，都说你别这么折腾自己了行不行？你知不知道我每次在床上搂着你，都觉得是搂着一棵遍体长满绿叶子和吸盘的爬山虎了。你捂住嘴巴闻闻自己的呼吸，里面弥漫的是不是全都是植物的味道？弄得我现在想亲你时连你的嘴唇都不敢去碰了。还有你的皮肤，你有没有发现，它都有淡绿的颜色渗出来了。我真怀疑哪天一不小心碰破了它，它就能流出绿色的汁液来。

严静也觉得自己喝得真要变成爬山虎了，她就满腹自信地拉着白小化去做了第二次胚胎移植。但是第二次移植的结果，还是在两个月后失败了。

这次，是严静抱着白小化哭了整整一夜。第二天，她就提出了和白小化离婚。白小化抚摸着她还泛着植物绿色的苍白面容，勉强地笑了笑说："我们没有亲自生养孩子的命，但可以去抱养一个。要是因为你不能生孩子我就不要你了，你让生意场上的人怎么说我白小化？我还算个男人吗！"

严静说："你听清楚了，是我要和你离婚的。"

白小化沉默了一个月，生意也不做了，天天四处找人喝酒，人就瘦了整整一圈。最后还是依着严静的意思，和她去办了离婚手续。

这一年的秋天，白小化和汤惟结了婚，就带着汤惟到了济南，开始在舜井街上经营电脑。

准备和汤惟结婚之前，白小化心里还是忐忑不安的。他害怕自己和汤惟结婚的后果也会和严静一样，同样会生不出孩子来。若是那样，他真就是来回地瞎折腾了。但是令白小化喜出望外的是，老天居然成全了他，保佑了他。他们结婚后两个月，汤惟就怀孕了。

到医院里做了检查，确定汤惟是千真万确地怀孕后，两个人从医院里出来，白小化拉着汤惟就跑到了千佛山上，去庙里上了两千块钱的香，祈求众佛保佑汤惟顺利地生下孩子。然后，白小化又去买了几百块钱的红鱼，跑到五龙潭里去放生。白小化听人说过，五龙潭原是唐朝胡国公秦琼的府第，是在一场大雨之后沉成了莫深测的水渊的。后来还传说有人醉酒后入潭，见深水里竟然有一座水晶宫，门额上书写着"胡国公府"。据说从那以后，附近的人们都开始到五龙潭里去放生祈福，并且都是有求必应。

白小化在五龙潭里往水中放着那些红色的鱼时，看着它们在水里轻轻摆动的尾巴，觉得他的生活就像那些红色的鱼一样，正一点点地游向幸福的水里。

后面的车喇叭着急上火地响成一片了，白小化才意识到前面的车都已经开远了。他踏下油门，同时扭头看了一眼汤惟，想说他走神了汤惟怎么就不知道提醒提醒他。但是他的目光一落到汤惟的脸上，就把要说的话憋了回去。他觉得自己的心思刚才如果是跑到了月球上去的话，那么汤惟的心思大概就已经跑到火星上去了。

白小化刚从汤惟的脸上收回目光，就听汤惟在说："我们已经几个月没好好照顾儿子了。"

白小化机械地看着前方，说："从明天开始就可以好好照顾他了。"

"我就是想不明白，"汤惟说，"他们的脑子里到底是怎么想的。"

"鬼才知道。"白小化说。

"是他们的脑子太聪明了，还是他们根本就没有脑子呢？"汤惟把她重复了差不多一千遍的老问题又提了出来。

白小化觉得自己的手和脚又要哆嗦了。为了松弛一下自己的情绪，他干咳了一声说："给你讲个没脑子的段子吧。"

汤惟说："你还有心思讲段子。"

白小化沉默了一下，自我解嘲地说："我今天就要从死里复活了，没心思也要找个心思。"

看着车子外面白白的阳光，汤惟说："不知道儿子现在还哭不哭。"

从车里一出来，热气就从四周凶猛地扑过来缠裹着白小化，几秒钟就把他的汗水顺着毛孔挤压了出来。好像树的叶片上荡着的是翻滚的热浪，树的阴影里漾着的还是一阵一阵涌动着的热浪。似乎那些热气沿着太阳的光线从上而下地蔓延下来，都是层层叠加过的，你从这一层里逃出来，那一层又已经张开嘴巴喷着火焰在等着你了。

看看时间还来得及，白小化就让汤惟往家里打个电话，说儿子今天不愿去幼儿园的话就不要去了。一路上，我的耳朵里怎么都是儿子的哭声。

把手里的一瓶水递给白小化，汤惟说你是不是心里又开始紧张了？犯罪的是他们，你为什么老是紧张呢。

白小化没有说话。他看着拖在地上的树影子，想要不是他突然决定不在济南卖电脑了，回到双城来开金店，那天又突然在街上遇到了黄三，他不知道自己还要继续死多少年呢。

见到黄三的那天下午，白小化就开着车去了老家的派出所。他老家的村子原先在城边上，周围的地里长满了各种各样的蔬菜。后来城市不断地扩张，由一个区变成了三个区，他们的村子和菜地也就跟着被扩张没了，变成了新城市的一部分。而那些曾经长满蔬菜的菜地，有的变成了小商品批发市场，有的变成了新开发的小区，还有的建成了新的车站和物流基地。五花八门的，反正是把那些菜地瓜分干净了。

派出所原来和他们的村子只隔着一条五米宽的公路，是一溜红色的瓦房。瓦房四周是用同样红色的砖砌起来的大院子，院子里栽着十几棵毛白杨。在白小化小的时候，那个院子里的大杨树上经常会用手铐铐着一些小偷小摸的人物。白小化在星期六的下午不上学时，最爱和村子里的一帮男孩子跑到这里来，看那些树上有没有被铐着的人。有一次他们到近前里去看一个小偷，那个小偷却叫他们从他的鞋里摸出了十块钱和一节细铁丝。说你们可别小看了这节细铁丝，这可是一把万能的钥匙，能捅开世界上所有的锁。尤其是自行车上的锁，你看上哪一辆，就可以去打开哪一辆。那个小偷说你们中间谁用细铁丝捅开我手上的铐子，那十块钱和这把万能钥匙就归谁了。一群孩子簇拥着让白小化去捅，白小化看着派出所高大的院墙和办公室门口镶着的一块白底黑字的牌子，犹豫了半天，还是没敢去拿起那把万能的钥匙。

现在，他们的村子都变成一片一片的楼房和各种市场了，派出所自然也就从以前的一片红色瓦房里，升迁到了现在灰色的三层楼上。但楼前的院子里，还是栽着几棵高大的杨树。白小化猜了半天它们的用途，也没弄明白这些树在这里的存在，到底是单纯地为了绿化环境，还是继续兼备着铐那些小偷小摸的功能。

进了派出所，白小化先在一棵杨树下站了一站，仰头看了看上面碧绿的叶子。在他看着那些绿色树叶子的瞬间里，他甚至又有些怀疑黄三说的那些话了。黄三的父亲死了，他去给他的父亲注销户口，又怎么会看见自己的户口也被当作死人注销了呢？黄三的解释是他的一个亲戚那时候是派出所里的户籍员，他去给父亲注销户口，就要求看了看那些死人的档案。他说他想看看那些死去的人里有几个是他曾经认识的熟人，没想到一翻就翻到了白小化。

黄三的亲戚早就不是这里的户籍员了。白小化找到现任的户籍员，要求查一查自己的户口时，那个户籍员从电脑前扭过头来，有些奇怪地扫了他一眼说："你是谁？你以为户籍是谁都能随便来查的？"

犹豫了一下，白小化说："有人看见我的户籍已经被当作死人销掉了。"

"这是不可能的事，你现在不是还好好地活着吗？"户籍员说。

"我是活着。"白小化说，"但别人告诉我，他看见我已经死了好几年了。我今天来就是想查证一下，我到底是不是真的死了。"

户籍员又扭脸看了看白小化说："你自己知道自己活着就行了，管别人怎么说干什么。别人说你像普京，你还真拿着自己当总统了？现在这个社会各人忙各人的事都忙不完，谁还在意别人是活着或是不活着了。"

你没明白我的意思。白小化说，我当然知道我活着，问题是别人说我已经死了很多年了。我现在必须得证明我的确活着，从来没有死过。

户籍员说你绕来绕去地说了半天，不就是想说明你是活着的吗。那还不简单，你往说你死的人跟前一站，不用打招呼，他自然就知道你是活着的了。

"我的意思是，我要来弄清楚我是怎么死的。"白小化心里有些急了，他不知道该怎么和这个白痴一样的户籍员解释，才能让他明白自己的意思。

"你不是没有死吗？"户籍员说，"一个没死的人怎么可能去弄清楚自己是怎么死的。要是弄清楚自己是怎么死的了，那一定就是你真的死了。"

白小化说正因为我没有死，所以我要来弄清楚我是怎么死的。

户籍员说你是做什么工作的？

我以前是卖电脑的，卖电脑之前是卖电视机的，现在开家金店，白小化说怎么了，职业会和一个人的死因有直接的关系吗？

"既然是捣鼓过电脑的,你大脑怎么到现在还转不过弯来。"户籍员说,"你没有死,怎么会有死因呢!一个活人要是有了明确的死因,岂不是把笑话闹到上帝那里去了。"

四

看见律师的车在花坛边停下了,白小化就把手里的水瓶子又塞回了汤惟的手里,朝律师的车前走去。

一会,和律师交流完了,白小化看见汤惟一脸不悦地走到了他面前,便轻声问道:"怎么,杨杨还在闹吗?"

"没有。"汤惟说,"是那个罗湘不知道在搞什么鬼。我拨了五六次电话了,她都不接。"

"那一定是下楼送杨杨去了。"白小化看着法院门前几十阶高的台阶说,"唐律师说我们先进去,他有点事情还要和法官交流一下。"

汤惟回过头去远远地看着法院的大门,说:"快开庭了,他们怎么还没来?"

往台阶前走着,白小化一边捂着嘴巴打了个哈欠。然后看着台阶尽头大理石光滑的廊柱压低了声音说:"怎么会少了他们。"

昨天晚上白小化又是一夜没睡,烟蒂子当然还是乱七八糟地扔了一堆。早上汤惟从卧室里走出来,看着满屋子的乌烟瘴气和无精打采的白小化,说幸亏这么快就有结果了,若是法院里一直拖着,恐怕死的就不是你自己了,你的老婆孩子肯定会被你折腾掉半条性命。

白小化没有去看汤惟。他从汤惟每天的眼神里,早已经看出汤惟的疑惑和那些压抑不住的愤怒来了。汤惟可能一直在奇怪,他怎么会在官司越打越明朗的时候,突然无休止地失眠了呢。并且从第一次失眠开始,他就坐在客厅里一支接一支地抽烟。而在此之前,他可是从来都不沾烟的。

从窗子边走回来,白小化把手里的半截烟蒂按在了一堆烟蒂里。他的眼睛看着那些拥拥挤挤倒在一起的烟蒂,声音空洞地说:"关键时刻,就连老婆的半条性命都不肯舍给我了,看来是靠墙墙倒,靠屋屋塌,这个世界上谁也靠不住了。"

汤惟一边满屋子里甩动着毛巾往窗子外驱赶着烟雾，一边嘲讽地说："看来你这六年真是没有白死，现在总算能睁开眼睛看清楚这个世界的真面目了。"

白小化说："你能不能善良一点，不再像马蜂一样反复地来蛰我了？从知道我是怎么死的那天开始，你对我的挖苦和嘲讽好像就没有停止过。要是换成……"

"要是换成你的头一个老婆，她肯定不会这么做，是不是？"

"我不喜欢听这样的浑话。"白小化说，"我的意思是，要是换成你被人弄成这个样子，我肯定不会说这些白话。两口子是什么？就是无论其中的一个遇见什么风浪，另一个都要和对方同舟共济。"

汤惟一手拿着毛巾，一手伸在半空中喷着空气清新剂说："这个世界上好像从来都是弱肉强食吧？就是因为你白小化太善良了，才会莫名其妙地被人弄得死了六年，最终招来了这场荒唐透顶的官司。"

说完了，见白小化呆呆地站在沙发旁边不吭声，汤惟就回头看了看儿子的卧室门，又瞅了瞅保姆罗湘的卧室门，然后走到了白小化的身边，压着声音说："你以前不是喜欢褒贬现在的社会干什么都在隔靴搔痒，连做爱都要隔着层木木的安全套吗？这几个月折腾来折腾去的，可不是隔靴搔痒了吧？"

白小化白了汤惟一眼，走回窗台边继续往外看着。太阳还没有出来，但明亮的光线已经穿透了云层，挟裹着小鸟们杂着露水的啼鸣，正洒落在他看见的大地上，洒落在他对面的楼房和楼下的花草树木上。楼下走动着一个老太太，白小化看着她手里红色的绸布扇子，想这个世界是多么明亮，多么有姿有色，为什么就会有那么多黑暗的东西，不停地在这个明亮的世界上孳生呢？

那个手里拿着红色扇子的老太太走远了，白小化的目光仍然追随着她的背影在看着。老太太手里那把红色的扇子，在这个没有晨风吹拂的清晨里又让白小化想起了他的母亲。在以前，他的母亲也是喜欢拿着这样一把红色的扇子，在清早的晨曦里随着乐曲起舞的。可是现在，她的两条腿不要说跳舞，就是站立，也不能在这坚实的大地上站立哪怕一下了。而那把无数次随着她的手在蝴蝶飞舞的空中画着弧线舞蹈的扇子，也已经落寞地沉寂了几个月了。

他的母亲是在晨练后回家的路上，突然摔倒的。当时，他的父亲去买早餐，听人说白小化莫名其妙地死了六年了，他没来得及回家打电话去问儿子青红皂白，就提着豆浆急急地去找白小化的母亲。没料到他的母亲听说儿子死了，比他父亲还急，没听完事情的来龙去脉，就突发了脑溢血，手里握着红色的扇子，倒在了楼头的一棵梧桐树下。

这几个月里，只要一想到坐在轮椅里连话都不能说了的母亲，白小化就觉得自己是一个赤裸裸的罪人。他当了五年的海军，几乎天天是在海上漂着。母亲为着那些风浪，为着那些深不可测的海水，就整整提心吊胆了五年。他娶了老婆，老婆生不了孩子，又让母亲担忧得夜夜不能成眠，眼角整天都是红红的，没有干燥过。而他离婚时，母亲一边舍不得儿媳妇的贤惠，一边又盼望着抱孙子，结果就是天天都在唉声叹气，生活过得日月无光。

白小化叹息了一声，眼睛落在了一棵黄栌树上。他看着黄栌叶子上似乎在跳跃着的一片片阳光，心想自己除了生下儿子时给母亲带来过一丝喜悦外，其余的，好像带给母亲的就只有忧心和牵挂了。

找到黄三的那个亲戚后，白小化才弄明白，自己是什么时候死的，最明显的死亡原因是什么。而在此之前，白小化接连跑了三趟派出所，也没能看到自己死亡的证据，当然就更不可能找到自己死亡的最浅显的原因了。第一次去派出所那天，白小化一直磨蹭到户籍员下了班，也没能看见他想要看见的东西。倒是那个户籍员关了电脑往外走的时候，翻着眼睛看了看白小化，有些似笑非笑地说了一句："你大概是我遇到的最闲的一个闲人了。"

白小化第二次去派出所时，户籍员不在，有个协管员说他去参加一个警察的婚礼去了。"中午喝了酒，他们下午肯定就不会回所里了。以前都是这样。"协管员说。

谢完了协管员，白小化看见他手指上夹着一支烟，就又从包里摸出一包烟给了他。白小化自己虽然不抽烟，但他的包里天天都是带着烟的。

第三次去时，白小化又像第一次一样顺利地找到了户籍员。但户籍员也还是像第一次一样油盐不进，坚决不给白小化看他想看的东西。不仅不让白小化看，白小化甚至觉察出他的眼神里似乎都在怀疑白小化是不是精神有问题了。白小化有些愤怒了，便拿出了在部队上练各种技能时死缠烂打的劲头，想一直纠缠着他。但是，他纠缠到碧绿的树叶子都被夜色里滴下来的墨汁染黑了，还是没纠缠得了那个大理石一样冷漠的户籍员。

从派出所里出来，白小化看着路旁鬼魅一样眨着眼睛的路灯，思索着要不要去找牛建给帮帮忙。牛建虽然是区法院里的一个副院长，但找人到派出所里来办一件这样的事，当然还是小菜一碟。

电话号码已经按下去一半了，白小化突然又停了下来。他在车里发了一会呆，然后摇着头暗自笑了一下，觉得自己这几天的行为好像是有些太荒唐了。凭什么一个多年不见的黄三莫名其妙地说自己死了，自己马上就跟着认定自己死了呢？现在还一趟一趟地跑到派出所里来查找死亡的原因。万一黄三弄错了，或者只是一本正经地跟他开了个玩笑，日后若被人知道他因为这个玩笑，竟然不停地到派出所里去查找死亡的原因，岂不叫人笑掉了肚脐眼？他最后思考的结果是：这件事情也许真的还需要再找到黄三，再认真地核实一下，看看它到底是不是黄三制造出来的一个玩笑。

第二天，白小化按照黄三遇见他时告诉他的地址，很快就在玻璃市场里找到了黄三的店。黄三一看见白小化站在他的店门口往里张望，就从桌子后头站了起来，笑着说："你是想来给家里装个鱼缸看那些鱼戏水，还是想给卧室的墙上装面大镜子，照着你和老婆鸳鸯戏水？"

白小化有些干涩地笑了笑说："你不是说过我死了好多年了吗？人死都死了，哪里还有你们这些活人的贪图和享受。"

"你去派出所查了，我没说错吧？"黄三说，"你真是想不到，我那天在街上猛然看见你，心里发毛发得汗毛都竖起来了，头皮像看见了狼一样在啪啪地炸。"

"光是鬼还不够，你现在倒把狼也扯进来了。"白小化在一面竖在地上的镜子里看着自己说，"这么说，你那天真的不是在开玩笑？"

"你怎么还是不信？"黄三说，"你今天来，是不是就因为还在怀疑我说的那些话？"

镜子里的那个白小化，离镜子外面的白小化似乎很遥远，仿佛中间隔着一条永远也不能逾越的界限，使白小化看上去真的有点像灵魂已经出了窍的样子。白小化看了一会镜子里的自己，觉得很不舒服，就侧了侧身子对着黄三说："我去了派出所，可那个户籍员死活地说我不可能死了。"

"他一定是嫌麻烦。你想想,你都死了六年了,翻起来还不是麻烦死了。现在这些年轻人,都喜欢闲得指甲缝里养草。"

"你真是没开玩笑,或是看错了?"白小化想了想,又郑重地问了一遍。

"你这么问就像是我在说瞎话了。"黄三的手胡乱地在桌子上按了两下,说,"既然我说了你不信,我就只能陪着你去找我那个亲戚去。你去问问他,就什么都清楚了。"

和那天在街上突然遇见黄三时一样,白小化看着黄三的举止,半点也找不出他在说玩笑的成分。白小化想一个人说玩笑其实是像说谎一样的,总是要留下蛛丝马迹的破绽。但是从黄三的言谈和神态里,白小化发现自己找不出任何一丝这样或者那样的破绽,来证明黄三是在开玩笑,拿着他白小化寻开心。白小化还想,黄三以前也是从来没有和他开过玩笑的。

白小化点点头说,那也好,要是弄不明白到底是怎么回事,我肯定就会憋出心脏病来。

白小化的声音听上去非常绵软和无力,就像蝴蝶的翅膀扇过了人的面颊,以至于正在伸手拿外套的黄三都扭过脸来奇怪地看了他一眼。白小化是在想,如果找到黄三的那个亲戚,真的弄清楚自己已经死了六年了,那自己到底是因为什么死的呢?

黄三的亲戚已经调到别处当派出所所长去了。黄三带着白小化找到他,说明了白小化找他的意图后,那个所长皱着眉头看了眼黄三,说多少年前的事了,幸亏你还记得牢。

黄三说熟人里谁死了谁活着你还能记不清楚?不是我多事,我那天在街上走着走着,猛然抬头看见了他,还真以为是在大白天里撞见鬼了,吓得我头发都立起来了。我明明在派出所里看见过他的死亡证明,现在突然又看见他手里牵着儿子在街上走,这么人命关天的大事我能不说给他吗?

白小化说:"孟所长,我真是弄不明白,我活得好好的,在派出所里怎么会死了呢?"

"这么多年了,"孟所长指了指黄三说,"也可能是他记错了。"

"我怎么会记错呢。"黄三不满地说,"我那次看得明明白白,那个死人的名字一笔一画写的就是白小化三个字。"

孟所长说:"也许是别人还有叫白小化的。一个中国这么大,重名重姓的人太多了。"

"你们怎么都不相信我？"黄三看着他的亲戚，更加不满地说，"白小化没看见过他死后的记录，他可以怀疑我，但我就是在你手里看见的，你怎么也不相信我？记得我当时还给你说，我家的电视机就是在这个白小化的店里买的。你看这样好不好，你带着我和白小化到那个派出所里去一趟，找出他的名字来看一看，他是死是活不就弄清楚了？"

孟所长一脸的不愿意，好像接下来就要找理由回绝黄三的要求了。白小化心里着急，便立马接着黄三的话说："孟所长，这件事情对于我确实是件大事，就麻烦你帮帮忙吧。"

黄三说："你明明还活着，却被人莫名其妙地弄成死人死了六年了，这当然是件大事。"

下午，白小化看着那个户籍员找出了他的名字，看见他的确是在六年前就死了，并且是死于一场交通事故时，他惊讶得几乎连气都不会喘了。他直着目光看了看黄三和孟所长，又转脸去看了看户籍员和外面的阳光，觉得自己好像是真的死去六年了。现在的他只是他的灵魂，站在一张薄薄的纸的后面，在遥望着眼前的人和一个无比陌生的世界。

看着白小化惊讶的表情，黄三如释重负地笑着说："我没有开玩笑吧？你这可真是件奇怪得不能再奇怪的事了。"

"是有些奇怪。"户籍员也异常惊讶地看着孟所长说，"怎么会有这样的事情？"

白小化则茫然无措地看着众人，喃喃地说："到底是谁让我死的呢？"

五

休庭的时候，白小化依然觉得心里乱糟糟的，像塞了一肚子的杂草。他呆坐了几秒钟，突然很想听听儿子的声音，就起身走到走廊的尽头往家里打电话。

电话一通，白小化脱口就说："杨杨还在家里吗？"

"您看看都几点了？"罗湘在电话里似乎是笑着说，"幼儿园里一会都快吃午饭了。"

"杨杨出门的时候还哭闹吗？"白小化的眼睛看着窗子外的一株槐树，

问道。

"你们一走他就不哭了,还吃了一个煎鸡蛋呢。"罗湘说。

"你放下电话后去地下室里看看还有没有西瓜。没有了就先到门口买一个,回来放在冰箱里冰着。杨杨下午回来后肯定要吃。"

想了一想,白小化又说:"买完西瓜你再去超市里买点绿豆回来,下午早点煮些绿豆水凉着。杨杨昨天回来是不是就吵着要喝绿豆水了?还有,买绿豆的时候顺便再买上两条苦瓜,天这么热,家里好几天没吃苦瓜了。"

"绿豆水还要冰吗?"罗湘问。

"不用。"白小化用食指在玻璃上胡乱画着一个图案说,"记得下午早一点把苦瓜冰上。"

挂上电话,白小化的心里还是乱糟糟空落落的,像是里面正有一只看不见的手在不停地掏着。他的眼睛茫然无措地在窗子外面转了一圈,看着一只迅速掠过树梢的小鸟,才想起来刚才忘了问一下罗湘,杨杨喝水的杯子带没带。他想重新打一次电话问问罗湘,但犹豫了一下,最后还是没打。

即使没带,老师也总会有办法让孩子喝水的。白小化看着远处的天空想。

昨天下午他们一回家,杨杨就抱住了汤惟的腰说:"妈妈,我喝水的杯子里有尿了。"

"喝水的杯子里怎么会有尿?"汤惟低头看着儿子说,"是不是看见爸爸给你买了印着蓝猫的新杯子了?"

"真的是小朋友在我的杯子里尿了尿。"杨杨仰着头说。

"你们老师呢,她们在干什么,怎么不管管小朋友?"

"我们柳老师在离婚,大李老师的妈妈生病了。妈妈,你和爸爸会离婚吗?"

"你怎么知道柳老师在离婚?"汤惟笑眯眯地看着儿子问。

"我们睡觉的时候,柳老师总是悄悄地哭,这是她给生活老师说的。她还说,真想去趴在火车轨道上死了。"

汤惟抬头看着白小化,说他们老师这个状态还怎么教孩子。要不,这些日子先不要让杨杨去幼儿园了?

白小化满脑子里都在回想着官司的事,就有些心不在焉地看了看儿子,说:"还是去吧,等明天案子了结了,事情彻底处理完了,我们再带着他到海边多玩几天。"

遇到黄三的那天，白小化原本的设想就是先带着儿子看场电影，然后再去超市里买些物品，第二天带着老婆孩子到海南去玩的。他被黄三拦住时，正是从电影院里出来，牵着儿子走在去超市的路上。

后来，完全是这场莫名其妙的官司，打破了白小化带着老婆孩子到任何一个海边去看大海的计划。

白小化本来就是喜欢大海的，有了儿子后，他就更喜欢带着儿子去看海了。白小化喜欢大海和天空一样的湛蓝与无边无际。他们居住的这座城市没有海，但白小化当兵时当的是海军。第一次跟随着舰队开进太平洋的深处时，白小化突然就被大海的气势和颜色震惊得目瞪口呆了。在海上，他发现大海甚至比天空还要辽阔和无垠。天空在他眼里是有边缘的，是像一口锅一样扣在海面上的，而在那口锅的边缘外延伸着的，仍然是看不到边际的海面，无穷无尽地伸展在他的目力不能测到的地方。

他每年夏天里带着汤惟和儿子到海边去玩，都会给他们讲他当年站在甲板上看见的大海。他说大海是一个圆圆的球状，但海水的颜色却不是蓝色的，而是鲜艳透明的红色。他这样讲的时候，儿子就会站起来，指着面前的大海，说爸爸一定是在撒谎，海水明明是蓝色的，像天空一样晴朗。

看见白小化在笑，杨杨又说："大海也不是球一样的圆形，它睡醒的时候是波浪形的，睡着的时候就是纸一样平的，它的纸边就是我们坐着的沙滩。"

这时候汤惟也会在一边哧哧地笑，说我们都看见了，除了日出和日落的那一瞬间，会有一条红色的带子铺在海面上，像一根很长很宽的海带在那里摇曳，海水怎么会全部是红色的呢？那一定是你们长年累月在船上呆得久了，睁眼闭眼看见的都是蓝色的天空和蓝色的大海，所以你们的视觉就产生了错位和变异，变得像色盲一样了。这也许跟我们看黑白照片时是一个道理，我们在底版上看见的白色，那洗出来的就一定是黑色。"

"我们一船的人，不能都是色盲吧。"白小化想起他把这同样的话告诉头一个老婆严静时，严静开始也是这么怀疑的，就笑着说，"你们都没有去过那么远的海里，大海深处的颜色，没有亲眼看见过它的人是无法想像得到的。"

白小化挂断了电话，罗湘才看见杨杨喝水的杯子忘了带。她匆匆地走到桌子前拿起杯子，犹豫着要不要给他送到幼儿园去。仅仅是犹豫了一会，罗湘还是把手里的杯子放下了，继续坐回去，想着家里的事情。

罗湘是偷偷地从家里跑出来的。这些日子，她所有的空闲里都在想像着，她跑出来的这两个月里，家里的情况会是怎么样。她的母亲和她的姑姑，不对，应该是她的两个母亲，还会不会因为她应该跟着谁生活在不停地争吵。有时候她在一边看着杨杨，觉得一个孩子只有一个母亲是多么幸福，至少他在长大了之后，是不用重新选择该跟着哪个母亲去生活的。

罗湘是在三个月前的一个下午，知道了自己有两个母亲的。那天学校里组织着为一个得了白血病的老师捐款换骨髓，她提前从学校里回了家，准备向母亲要五十块钱捐给那个老师。别的同学都捐十块钱，罗湘的兜里也有十块钱，但是罗湘想捐五十块。那个老师做过他们的班主任，罗湘特别喜欢她，所以，罗湘不想让她死。

走进院子里，罗湘又听见了母亲和姑姑的吵架声。她们已经吵过无数次了。但是令罗湘一直奇怪的是，她们吵架的时候，只要罗湘一回到家里，她们的争吵声就会戛然而止。并且，她们还会在看见罗湘的第一时间里，迅速地把笑容挂到冰冷的脸上，然后又像亲人一样亲热着，重新在那里说说笑笑。好像她们刚才的争吵，只是演员们在登台演出前的一次彩排，或者是罗湘的一种错觉。

但是在这个下午，罗湘站在院子里的一棵石榴树下，看着石榴树浓密的绿叶间火焰一样盛开着的石榴花，第一次清清楚楚地听见了她们的对话。罗湘终于弄明白了她们反复争吵的原因，竟然就是她罗湘。

她听见母亲说："你现在想起来要她了。刚生下她的时候，你怎么两手一推就不要了？"

她的姑姑说："到底想要多少钱你撒个口吧。五万行不行？她就是在这里天天吃御宴，十五六年的工夫，这笔钱也足够了。"

她的母亲说："你要是拿着这些钱当钱看，就揣着它到水塘里砸水听响声去。"

她的姑姑说："她终究是我身上挖下来的肉。给你这些钱你现在不要，日后她知道了谁是她的亲娘，自己回去了，你就一个子也捏不到手里了。"

她的母亲说:"她愿意做白眼狼那是她自己的事,多少银子也买不来一颗人心。"

在这之前,罗湘是无比羡慕姑姑家的生活的。她的姑父原先是一个老师,后来不教书了,自己开了家糖稀厂。再后来又从糖稀厂,发展到了现在的饼干厂,生产的饼干都出口到韩国去了。姑姑家有一个女儿和一个儿子。罗湘听母亲说过,她的姑姑当年为了既能生下一个儿子,又要保住丈夫的饭碗,曾狠心地把一个刚生下的女儿送给了别人。当时,她的姑姑听接生婆说又是个女孩时,一扭脸,竟然瞧也没瞧那个孩子一眼。

罗湘的母亲这样讲的时候,罗湘还曾经在心里想,自己要是姑姑送给别人家的那个孩子就好了。如果是这样,她有一天重新回去了,就会像姑姑家的两个孩子一样,想买什么就买什么。而他的父亲,现在是靠着在姑姑家的工厂里干活来养活他们一家人的。她穿的所有好看一点的衣服,也都是姑姑买给她的。

事实是从那个下午,她的姑姑和母亲相继发现罗湘站在石榴树下面,听见了她们彻头彻尾的谈话开始,罗湘所面临的就是没有休止的选择了。她觉得自己就像一把口不能言的青菜,被两双手撕来扯去地夺着。两双手都想握紧她,都想把她抓在手里,但是却没有人关心她浑身的叶子,是不是已经被她们相互抢夺的手指抓烂了。

想到从家里跑出来的前一天,两个母亲的打斗,罗湘就悲伤得不想继续往下想了。她站起来看了看桌子上的杯子,又犹豫了一下,决定打个电话给白小化,问问他还用不用给杨杨送杯子去。但是罗湘打了两次,白小化的手机都关着。罗湘不愿意给汤惟打。如果她给汤惟说忘了给杨杨带喝水的杯子,不知道那个女人下午回来后脸上又会是一种什么颜色。因为两滴香水,罗湘已经领教过了汤惟的不近人情。罗湘觉得还是白小化这个人好,她来后的这两个月里,他对她说话从来都像是对他的家里人说话似的,没有半点不和气。他唯一的不好,就是每天晚上都坐在客厅里拼命地抽烟,把家里弄得像一个烟囱。他则像一只从烟囱里钻出来的猫,每天都是一身的烟味和无精打采。

白小化的电话打不通,罗湘干脆就把杨杨喝水杯子的事撂下了,准备先下楼到小区门口买了西瓜回来,然后再到超市里去买绿豆和苦瓜。罗湘想人一天不喝水是渴不死的,书上和电视上都说过,人即使不吃不喝也能挺过去七十二个小时。况且，杨杨在幼儿园里并不是没有水喝没有饭吃。她从家里跑出来的那天，才真正是一天没喝水，一天没吃东西，还流了一天的眼泪呢。

六

　　白小化打的这场官司被报纸披露出来之后，他的死迅速地成了街头巷尾的一个笑谈。白小化从街上走过去，一些认识他的人和他打过了招呼，就会在他的身后指着他的背影，告诉旁边不认识他的人，说刚才走过去的这个人就是白小化，就是那个死了六年，自己还不知道自己死了的人。一个人死了六年都不知道自己死了，是不是有点怪怪的？

　　白小化也觉得自己怪怪的了。这种表现首先是他不喜欢在白天里出门了。好像他真的已经死了，现在每天走在太阳底下的那个白小化，只是一个还没有随风消散的魂魄而已。

　　让白小化决定打官司找出自己真正死因的，是他的头一个老婆严静。那段时间，白小化因为无法弄清楚自己的死因，天天在外面独自喝酒。他和黄三的亲戚孟所长去派出所里查清自己确实是在六年前死了，并且是死于一场交通事故后，孟所长在晚上的酒桌上告诉他，能真正弄清他死因的，恐怕就只有他们原来的那个派出所长了。但是那个家伙，却早在三年前的一场车祸中死了。

　　自己没有真正死，他为什么偏偏在车祸中死了呢？

　　这一天，白小化喝着酒，突然就想到了交警队。他想自己是因为交通事故死的，那么交警队里就一定会有当时的档案。如果到交警队里去查一下事故记录，那么自己到底是为什么死的，不就水落石出了吗？白小化为自己的这个发现兴奋了半天，以为自己就要弄清楚自己真正的死因了。

　　白小化兴冲冲地找到了交警队的肇事科，没想到肇事科里的两个人听完他的意思就笑了，其中一个还把喝到口里的茶水都喷了出来。喷茶水的交警笑完了，就像派出所里那个户籍员一样，先是奇怪地看了看他，然后似笑非笑地说："你开的什么国际玩笑，是不是喝多了？你人还好好地活着，又亲自说自己没出过任何的交通事故，这里怎么可能会有你的事故记录？"

白小化说："我看得很清楚，在派出所里的档案里，他们明明白白地写着我是在六年前死于一场交通事故的。"

"那你就回派出所里找他们去。"另一个交警说，"我们这里不可能出这样的纰漏，要是有这样的事不就是胡扯淡了吗！"

白小化还想进一步解释，喷茶水的那个交警却站了起来，一边往杯子里续着水，一边不耐烦地说："你就是说破了天，我们这里也不可能给你造个假记录出来。你还是该回哪里找就回哪里找去。退一万步讲，如果真像你说的，会有这样荒谬的事，这么大的责任我们现在也不可能给你承担。不是说冤有头债有主吗，谁给你制造的麻烦你还是找谁去。"

白小化想我要是知道是谁让我这么死的，我还会来找你们吗？我的脚底板子刺挠了，嘴巴子痒痒了，我就像驴一样拉着架子车去跑上一圈，然后到木槽里用干草蹭蹭嘴巴子。

从交警队里出来，白小化看着落在车玻璃上的太阳光，觉得手和脚都有些软了。他把车停在了交警队对面的一条便道上，取了一张报纸坐在一棵树下，看着进出交警队的人，继续想着到底是谁让他死的，为什么非要让他死于一场交通事故。

在交警队门外坐到了太阳偏西，白小化把所有从社会上和书本里汲取来的思想开仓放粮一般都打开了，也没想明白发生在他身上的这件事情到底是怎么回事。

想来想去没有头绪可理，白小化索性就不想了。他从地上站起来，准备打电话叫上两个朋友，再到城外找个地偏人静的地方喝酒去。

刚弯腰从车里摸出手机来，一辆银灰色的车子就抵到了他的车头前，差一拳头就顶在了他的车上。白小化下意识地扫了一眼突然顶过来的车，心想自己真是倒霉透了，车停在这里不动还会差一点被人拱上。他从车头上慢慢地移动着眼睛往上看，想看看差点拱了他车的人长了副什么样的尊容，没想到眼睛里看见的竟是他的头一个老婆严静。严静坐在驾驶座上看着他，嘴角上还是和原来一样，习惯性地挑着一缕似笑非笑的笑意。

从离婚后，白小化就再也没有看见过她。到现在七年了，他发现她几乎还是原来的样子，只是头发比他们离婚前短了。原来的时候，严静的头发是很长很长的，蓬蓬松松地披在腰际。白小化和她做爱的时候，她总是喜欢把头发瀑布一样地散落下来，痒痒地覆在白小化的脸上。白小化想起他们离婚前最后一次在一起，她给他说的最后一句话就是要他永远记住她的长头发。她说离婚之后我要做的第一件事情就是去把头发剪了，以后再也不留长头发了。

对于严静，白小化心里还是存着很多内疚的。他明白自己当时如果坚持着不同意离婚，她还是会留在他身边的。她之所以吵着闹着死活要去离婚，只是看透了白小化想孩子都要想疯了的心思。她是个十分善良的女人，她不想让白小化左右为难。

和汤惟结婚后，白小化时常想世界上所有的事情和东西都是怕对比的，女人更是这样。他先后和两个女人生活过，就更明白什么样的女人是可以调教的了。白小化觉得这和绘画一样，有些女人是可以用各种色彩调出无比亮丽和撼动人心的层次来的，而有些女人你越是花尽了心思，调出来的可能越是令人厌倦的一塌糊涂。

当兵时在海上漂了五年，白小化在军舰上唯一养成的习惯就是读各类杂书。从部队回来后的这些年里，他除了经营手里的各种店，除了不得已的应酬和陪老婆陪孩子外，剩余的大多数时间几乎还是在翻弄各种书。他的床头上和家里角角落落的地方，甚至地板上和卫生间里都散落着几本书。和严静离婚前，严静如果看见白小化坐在马桶上看书，她就会戏谑地说白小化没上大学真是太可惜了。如果他读过大学，也应该去做一名教授。

和汤惟结婚后呢，汤惟则嘲笑白小化像个开书店的，脚踩屁股坐的都是纸片子。汤惟说真不明白一本破书有什么好看的。过去那些想考取功名的人日夜地死读书，是为了书里的黄金屋和颜如玉。你现在既有了黄金屋，还先后娶过两个如花似玉的女人，你还想什么？都是你头前的老婆自己不能生孩子，看见你坐在马桶上看一夜的书她也不敢说你，结果就惯出了你一身的臭毛病，现在改也改不掉了。

白小化最不喜欢汤惟把她和严静比来比去。他说我看书的习惯是在部队里养成的，你最好别无中生有地去损别人。你先看看你，你除了会生个孩子会花钱逛街，你到底还会做什么？店里的事情你从来都没有插过手。汤惟说对于你头前的老婆来说，会生孩子就是我和她的天壤之别，我只凭着会生孩子就能把她彻底地打败。

给严静拉开车门，白小化看着她短短的头发，心里突然蔓延上了一层黏稠的伤感。他勉强地笑了笑说："你这些年过得好不好？"

严静说:"听说你的儿子已经六岁了。"

白小化听母亲说过,严静再婚后还是没有孩子。他怕刺痛了严静,就含糊地点了点头。

严静说:"我一上午都在满城里找你,没想到在这里看见你了。"

离婚后这么多年都没有联系过,白小化不知道严静为什么找自己。他就沉默着,等着严静下面的话。

见白小化在沉默,严静也沉默了几秒钟,然后才说:"我昨天到玻璃市场里去给新房子做厨房的推拉门,恰巧到了黄三的店里,才从他那里知道了你现在遇到的事情。我早上想到你妈的家里去问问情况,在小区的门口遇上了你爸,你爸说你妈因为这件事都已经脑溢血住院了。"

白小化点点头说:"我至今也没弄明白自己到底是为什么死的,是谁让我死的。"

严静说:"我来找你就是想给你说一件几年前的事情,看看对你现在的情况有没有用。"

"几年前的事情?"白小化说,"你和黄三一样,几年前就知道我死了?"

"不是。"严静说,"咱们离婚后,我曾经到银行里去找一个熟人贷过款。他当时开玩笑说,我和你离婚了,资金肯定没有原来那么雄厚了,到时候如果还不上贷款,他就只能想办法给我做成一笔呆账了。我问他怎么做,他说瞒天过海的办法多的是,最狠的,就是想办法把贷款的人做成死人,然后将呆账核销掉。"

看见白小化听得有些发呆,严静又说:"我就是想找到你问一问,你在咱们离婚之后有没有贷过款。"

白小化说:"我去济南后,的确是回来找人贷过一笔二百万的款,但我半年后就还上了。"

"岔子会不会就出在这笔钱上呢?"严静说,"我刚才打电话咨询了一下银行里那个朋友,他说你的情况很可能是被人做成呆账了。他说现在的银行里一年就会有多少亿的呆账死账。那些呆账死账,大部分都是被人相互勾结着造出来的。"

"但是我贷的钱的确是还上了。"白小化说。

"我想会不会是这样,"严静说,"你是已经还了那笔钱,但那笔钱在你还的过程里被人设着圈套做成了呆账。如果是这样,那笔钱就有可能是被人私下里侵吞了。"

"肯定不会。"白小化说,"帮我办贷款的人是我最铁的一个哥们,我们就差一个头磕在地上,拜把子结成亲兄弟了,他怎么会这么糟践我?"

"你总是把别人想得那么好。"严静说,"要是这样,看来现在只有一条路了。我那个朋友说,你要想找出是谁让你死的,最好的办法可能就是去把派出所和交警队一起告上法庭。这样,不用你四处去找证据,他们自己就会来替他们找证据了。"

白小化看着严静笑了笑,又摇了摇头,说我的脑子真是僵了,怎么就没想到这个办法呢。

七

重新开庭后,白小化坐回到空气凝滞的审判庭里,心里还是一样的烦乱,似乎全世界的杂草都想从他的心里拱出来,在他的心里长出一片辽阔的草原,然后在上面放牧着全世界的牛和羊。

有几分钟,白小化觉得自己的心里被那些杂草扎得就要发疯了。他闭了会眼睛,想着前些天和严静在一起时的情形。白小化想那是把心切碎了放在榨汁机里搅拌着,心里这样烦乱是理所当然的事情。但今天对于他来说怎么也应该算是个好日子。在这样一个好日子里,他的心里为什么还会这样烦躁不安呢?

白小化一直以为,自己是个当过五年海军,是个随着军舰在海上漂过五年的人,自己的眼睛里是见识过真正的大风和大浪的。他带着儿子到海边去看大海,给儿子讲那些大风大浪的时候,因为没法让儿子明白米数的概念,他就经常拿着他们居住的楼层去给儿子比画。他经常是声音夸张地说知道吗儿子,那些大浪比我们现在住的楼房还要高呢。

那个时候,儿子总是会侧着小小的脑袋看着他,问他怕不怕那么高的大浪。

爸爸怎么会怕呢。他每次都会在儿子的眼前晃晃拳头,说爸爸永远是个不怕风浪的人。

但是，在打这场官司的过程中，随着谜底一层一层地揭开，白小化却觉得自己再也不是一个不怕风浪的人了。他的心理防线就像一条溃堤的大河一样，已经一点点地，被这场从天而降的洪水彻底冲烂了。他在夜里开着车，走在夜晚的街道上，看着夜色里那些被黑暗团团包围住的灯光，看着那些灯光照射不到的被黑暗吞噬着的角落，就会突然觉得这个世界陌生得让他胆战心惊。有时候，他甚至感觉自己是在一盏盏的路灯下逃窜一样地开着车，才能惊惶失措地回到家里。

而随着心理防线的全线崩溃，白小化又在一天里惊恐地发现，自己的生理防线竟然也在不知不觉中彻底地垮塌了，就像一支燃放过后的焰火，再也不能在爱的天空中重现哪怕一刹那奔放的生机了。

这件意外的事情也是突然而至的。那天白小化陪着严静去医院里看望母亲，他的父亲看着他们，说你妈以前最喜欢喝严静炖的鸡汤了，今天严静来了，你们就一块去买只鸡，让严静回家给你妈炖个汤去。

从医院里出来，白小化和严静去市场里挑了一只鸡，就回到了白小化父母的家里。严静在厨房里收拾鸡时，白小化就站在一边看着，准备随时帮着严静开开水龙头，或是在严静需要刀时把刀递到她的手里，打一些诸如此类的下手。开始白小化并没有和严静做爱的想法。从知道自己莫名其妙地死了之后，他已经好久没有那种心思了。但看着看着，白小化就感觉他们仿佛又回到了从前的日子里，他的心里就特别地想抱住严静和她亲热亲热。

等严静洗好了鸡装进锅里，放到炉子上点了火，从厨房里走出来，白小化就从后面一把抱住了严静。他在和严静离婚之前，很多时候都是这样从后面抱住严静的。他喜欢嗅着她头发上漂荡起来的洗发水淡淡的清香，和她一起到床上去。

严静好像是犹豫了一下，但没有拒绝。白小化就像以前那样嗅着严静头发里的香味，把她抱到了床上。严静的头发上飘散着的还是和从前一样的气息，他们也还是像以前那样在床上热烈地拥抱着。但是抱着抱着，白小化就渐渐地松开了环绕着严静的手。他无比惊恐地发现，自己的身体好像再也不能像从前一样，和这个女人荡气回肠地相爱了。

那个上午，一直到炉子上的鸡汤炖出了扑鼻的香气，香味缭绕着串满了房间，白小化也没有和严静做成。白小化傻呆呆地坐在床上，任凭严静默默地靠在他的肩头上，一下一下地抚摸着他的手背。他想自己真的是已经死了吗？

就是从那个晚上开始，白小化开始夜夜失眠，夜夜坐在客厅里没完没了地抽烟了。他害怕看见床，更害怕看见汤惟那些温柔和暗示的眼神。结果就弄得汤惟每个早上从卧室里出来后，都要挥舞着毛巾驱赶满屋子的烟雾，然后就横鼻子竖眼睛地嘲讽上他一顿。

汤惟每次讥诮白小化，白小化都会慢慢地走到窗子前，眼神茫然地看着窗子外面的世界，弄不明白这个世界上到底还有多少倒霉的事情，在天空下的某一个角落里等着他。

旁听席上的喧哗让白小化的心里又是一阵莫名其妙的心悸。他看着那些法官，忽然不想知道最后的审判结果了。他张望了一下窗子外面晴朗的天空，只盼望着法官能早一秒钟结束这个荒唐透顶的案子，让他早一秒钟到幼儿园里去接回儿子，和儿子共同去分享一块冰爽甜蜜的西瓜，或者一碗甘甜的绿豆水。然后把儿子举在头顶上，听一听儿子小河水一样哗哗流淌的笑声。

这一天的天空中一直没有半朵云彩，好像所有的云彩都被上帝收进了袋子里，藏在了一个没有人知道的山洞里。没有云层的遮挡，白色的阳光当然就能理直气壮地暴晒着这座城市的街道、楼房、树木，暴晒着一切它想暴晒的角角落落，比如暴晒着杨杨所在的幼儿园空旷的小操场，暴晒着操场上停着的那辆接送孩子们的面包车。

天空中虽然没有一丝云彩在飘动，但这好像一点也没影响到杨杨要孵出小鸡来的念头。杨杨一动不动地趴在幼儿园接送车最后排的座椅底下，一直都在等待着肚子里的鸡蛋孵出小鸡来。他是趁着小朋友们拥挤着下车的机会，躲过了柳老师的眼睛，趴在了座椅下面的。

现在，他已经趴到浑身都是汗水，嘴巴里也干渴了，可是小鸡还是没有从肚子里孵出来。杨杨有些着急，他从座椅底下爬出来，悄悄地扒着车窗的玻璃往外看了看。院子里静悄悄的，一个老师和小朋友也看不到。他跑到车门前扳了扳车把手，想把它拉开，但是拉了半天也没有拉动，车门已经被那个开车的叔叔给锁死了。车门拉不开，他又挨着个地去摸了遍车窗。他发现这个车窗上的玻璃也是和爸爸车上的玻璃不一样的，是没有一个按钮能够让它们落下来的。

杨杨在车里转了一圈，发现找不到能够下去的地方，他就又趴回到了最后一排的座椅上，继续等待着从肚子里孵出那只小鸡来。

从上车后被柳老师塞到后排座位上的那刻起，杨杨就想好了，他要在小朋友们下车的时候，偷偷地钻到车座子的底下，趴在那里把肚子里的小鸡孵出来。他想如果到了教室里，老师会不停地带着他们做游戏和学习，那样他就不能一直趴着了。而妈妈和罗湘姐姐好像都说过，不趴着小鸡就孵不出来了。

他准备把孵出来的小鸡送给柳老师。这几天，杨杨躺在小床上都是假装闭着眼睛在睡觉的，他发现在小朋友们都去睡觉的时候，柳老师就会坐在一个地方偷偷地流眼泪，像小朋友欺负了她一样。杨杨想离婚一定是和他感冒了去打针一样，是很疼的，要不柳老师怎么会因为离婚而不停地在哭呢。

早上上车的时候，杨杨看见柳老师还是没有对着他微笑。而在以前，柳老师是最喜欢对着他微笑的。杨杨想如果他把肚子里的小鸡孵出来，送给柳老师，柳老师也许就不会哭了，也不会给生活老师说她要去趴在火车的轨道上死掉了。

杨杨不明白大人们为什么都要死。有一次他和爸爸看完电影出来，有个人就拦住了他的爸爸，说他爸爸已经死了很多年了。在家里，他听见妈妈也在说爸爸已经死掉六年了。而从那个人在街上说爸爸死了开始，爸爸好像就不爱他了，既不带着他到海边去看大海了，也不到幼儿园里来接送他了。现在呢，却是他最喜欢的柳老师也要去死了。

杨杨不想让柳老师死，他想让柳老师每天都看着他微笑。

趴在座椅上，想着肚子里就要孵出来的小鸡，想到柳老师看到小鸡后对他微笑的样子，杨杨就顾不得口渴了。他把脸放在了手背上，觉得自己趴着睡一会觉，也许肚子里的小鸡就会孵出来了。罗湘姐姐在下楼的时候说，鸡妈妈是要趴在那里趴好久，才能孵出小鸡来的。罗湘姐姐还说，鸡妈妈在孵小鸡的时候，是会几天不去喝水，也不去吃东西的。

只要能孵出小鸡来，能让柳老师对着他微笑，杨杨想他也可以几天不去喝水，几天不去吃东西。他一定会像鸡妈妈一样勇敢的。

八

　　从法庭里走出来，白小化深深地做了一个深呼吸，然后抬头看了看已经西斜的太阳。尽管地面上和空气中还是热浪翻滚，但太阳的颜色已经不是那么惨白惨白的，让人望着就生恐惧了。现在，它好像一个年老色衰的女人，在褪去了耀眼的青春的光辉后，不得不在脸上擦了一层看似红润的胭脂。

　　警车开走了。白小化看着法院空荡荡的大门口，突然觉得自己的心里比那个空荡荡的大门口还要空。它的里面既没有炎热的空气在流动，也没有丝毫的阳光在照耀，没有哪怕一丝从死里复活了的东西在萌动。

　　在前面所有庭审的过程中，白小化一眼也没去看被告席上站着的几个人。他的眼睛一直在拒绝看见他们，或者说是惧怕看见他们。这种拒绝和惧怕，是从白小化知道了自己的真正死因开始的。那一天白小化开着车给汤惟说着他们，说着说着，他的手突然就哆嗦得连方向盘都把握不住了，吓得坐在一边的汤惟发出了惊恐的尖叫。接下来的一段日子里，白小化甚至在心里一想到那几个让他死了多年的人，都会浑身不停地哆嗦。

　　从把派出所和交警队告上法庭开始，白小化突然觉得生活真是再荒唐不过的东西了。它的每一个角落里，似乎都在隐藏和埋伏着千变万化的暗道和机关，你走着走着，睁着明亮的大眼睛，再领上世界上最聪明的导盲犬，也会走进它设计的圈套里去。白小化想这些令人琢磨不透的啼笑皆非的荒谬的戏剧化和意外感，大概只有莎士比亚或者博尔赫斯那一类天才的作家，才能够不费吹灰之力地构思和想像得出来。

　　让白小化死了六年的四个人里，除了那个派出所长已经死了，其余的三个人里，竟然有两个是白小化的朋友。这也是白小化为什么一想到他们，就要浑身打哆嗦的地方。白小化到济南经营电脑后，每年春节里回老家过年，都是一定要和这两个朋友喝醉一场的。而从济南回来后的这半年里，他更是三天两头地和他们泡在一起。他们喝酒他买单，他们洗脚他买单，他们找女人还是他买单。若是他们谁的爹和娘做寿了，生病了，仍然是他买单。在白小化的心里，他们三个至少是桃园三结义一样的生死兄弟了。

怎么会是他们呢？白小化白天黑夜地想，老天爷的这个玩笑可真是开到天上去了，大得没边没沿了。白小化坐在黑暗里抽着烟，想着他们两个人，觉得自己像是在反复地做着一场离奇的梦。他在这个离奇的梦里看着他们两个人的一举一动，情形如同圣经故事里古埃及的法老们做了百思不得其解的梦一样。他在这个梦里进进出出，所有的结果也都是百思不得其解的。他从来没想到过自己会死在朋友的手里，更没想到过他的死会有那么一个浅显的谜底。

白小化的这两个朋友，一个是刘大明，在商业银行里工作，另一个是在法院里上班的牛建。他们都是白小化在和严静离婚的那一年认识的。

白小化最先认识的是牛建。那些日子里严静天天闹着和白小化离婚，白小化就天天躲到外面找人喝酒，借酒消愁。白小化在那一个月里极其想不通的是，一个把孩子栽植到她子宫里她都不能成功生育的女人，你不嫌弃她，她哪里又来那么大的勇气，天天逼着你和她离婚？

后来，白小化发现严静是铁了心地要和他离婚，他就不得不去找了一个熟人，想打听一下财产分割的情况。他和严静共同经营着一家电视机专卖店，他不知道究竟该怎么处理这个店。如果两口子离婚了还在一起经营着一个店，这种局面至少是他白小化不能接受的。那样的话，他就不知道每天都要怎么和离了婚的老婆说话了。

牛建就是在这个时候，被人介绍来和白小化认识的。后来白小化才逐渐弄清楚，牛建原来只是公安分局里一个开车的司机，给他当政委的姐夫开车。后来他的姐夫调到现在的区里当了公安局长，牛建也跟着鸡犬升天，被交换到了这个区的法院里，并且在短短的几年之内，就一步一步地上升到了副院长的位置上。

虽然不是科班出身，但牛建说他还是有些天分的。"什么东西都怕浸着。"牛建有节奏地弹着烟灰，看着白小化说，"一个人天长日久地在一样东西里泡着，就是块石头，也会被那样东西浸泡得比那个东西还那个东西了。比如你，鼓捣了这些年的电视，肯定是把电视上每一个细小的部件都烂在心里了。"

白小化和牛建第二次喝酒的时候，牛建就带来了一家商业银行的主任刘大明。

牛建给白小化介绍完了刘大明，就在白小化的肩上拍了拍，笑着说："我给你带来的这位可是个货真价实的财神爷。你这一离婚，财产猛然分割出一半去，往后的资金上肯定会有缺口，到时候他就是你的大树了。"

"你们都是我的大树。"白小化看着牛建，笑着说。

白小化当时的心里的确是这么想的。他想在这么一个巴掌大的小地方，一个区法院的副院长和一家商业银行的主任，肯定都能在关键时刻拉他白小化一把。

但白小化从来没有想到过，围绕着他贷出来又还回去的那二百万块钱，先是交警队的那个家伙做出了一份事故证明，悄没声息地让白小化消失在了一场虚假的交通事故中。接着是派出所里那个所长如法炮制出了一份白小化死亡的证明。然后是牛建以法院的名义出具了债务人白小化死亡后已无财产清偿能力的法律意见书。最后登场的当然就是导演刘大明了。他不慌不忙地拿着众单位提供的这些证明书，大摇大摆地就去做出一笔呆账核销掉了。

白小化站在幼儿园的楼上打电话回家的时候，罗湘还坐在客厅的沙发里流泪。她上午去超市回来的路上，终于忍不住到路边的话吧里给父亲打了个电话。父亲说她离开家后她的母亲就着急得病了，至今没好。而她那个患白血病的班主任老师也在昨天去世了。父亲在电话里叹息了一声，说回来吧孩子，我们都不再抢夺你了，你愿意在哪个家里生活，就可以在哪个家里生活。

罗湘看见来电的号码是白小化的，就慌忙用手背擦了擦眼泪，抓起电话来。但她还没来得及开口，就听见白小化在电话里急急地问道："杨杨呢罗湘？"

罗湘看了眼对面墙上的钟表说："现在离接他还有一个小时，他还在幼儿园里呢。"

"我们现在就在幼儿园里，幼儿园里根本就没有杨杨的影子。你早上到底把他交给了谁？"

白小化的声音像是火焰一样烧灼着罗湘的耳朵和心跳，烧得罗湘一下子就呆住了。她颤抖着声音说："我把他交给了那个柳老师。"

白小化说我们在幼儿园里找遍了都没找到杨杨，也没有一个人知道那个柳老师去了哪里，更没有一个老师看见过杨杨。你真的认准了是那个柳老师吗?你再想想。

"真的是她。"罗湘说,"真的是杨杨说的那个要离婚的柳老师。我把杨杨抱到车上,她就把他领到了最后一排的座子上。我是看见车开走了才回来的。"

说到车,罗湘的心一下子就缩紧了。她突然想起了早上吃早餐时,她给杨杨说的那些从肚子里能往外孵小鸡的话。

罗湘被突然冒出来这个念头吓傻了。她哭着说你们有没有到幼儿园的接送车上去看看,杨杨早上吃鸡蛋的时候,说他要从肚子里孵出一只小鸡来。他会不会躲在车里,一天都在那里孵小鸡呢?

白小化没有再说话,他的身体突然就剧烈地哆嗦了起来。他一边歪歪斜斜地跑着,嘴里一边在拼命地喊着杨杨。他进幼儿园的大门时就看见那辆深灰色的面包车了,它像一只停泊在沙滩上的小小乌龟,停在那块空阔的操场边上。他记得两个月前那里曾经是有一棵高大的梧桐树的,但是现在,那棵梧桐树不知什么时候消失了。

白小化砸碎玻璃钻进车里,他看见杨杨还趴在最后一排的座椅上。白小化心疼地想儿子肯定是哭累了,睡着了。白小化摇晃着身子扑过去,轻轻地抱起了儿子,又轻轻地在儿子的小脸上摸了摸。他发现儿子除了已经不会呼吸,神情真的就跟睡熟了一模一样。

(原载《北京文学》2009 年第 8 期)

后　　记

　　编辑出版《文学鲁军新锐文丛》，是省作协按照中央和省委省政府关于促进文化大发展大繁荣的部署要求，为繁荣发展山东文学事业确定的一项战略措施，是围绕"多出精品、多出人才"的中心任务，为发现文学新人、扶持青年作家实施的一项系统工程。《文学鲁军新锐文丛》第一辑于2001年组织编选出版，入选的10位青年作家由此脱颖而出，得到文学界广泛关注，已经成为"文学鲁军"的中坚力量。十多年来，山东的文学队伍新人辈出，青年作家的优秀作品引人注目。为集中展示山东青年作家的新气象和新阵容，省作协决定编辑出版《文学鲁军新锐文丛》第二辑。

　　省委及省委宣传部领导对《文学鲁军新锐文丛》的编选工作非常重视，省委常委、宣传部长孙守刚多次听取汇报，对编选工作作出重要指示，并欣然为"文丛"第二辑作序。省委宣传部副部长刘为民亲自担任编委会主任，对编辑出版"文丛"提出指导性意见，给予了大力支持。

　　为确保《文学鲁军新锐文丛》第二辑编选工作的高质量和权威性，省作协组建了由有关领导、专家等组成的编委会。编委会对入选青年作家的人员构成、文学导向的宏观把握、题材和体裁的合理布局、风格形式的丰富多样以及总体设计的协调统一等方面，进行了认真研究，确定了编选方案。

　　在各市、大企业文联作协和有关方面广泛推荐的基础上，省作协组织专家评审委员会对申报作品进行认真审议论证，经向社会公示后，最后确定10位青年作家的作品集入选《文学鲁军新锐文丛》第二辑。这10部思想性、艺术性、可读性俱佳的优秀作品，是对我省近年来涌现的优秀青年作家及其代表作品的一次集中展示和重点推介。这里需要说明的是，我们在征集作品时确定，已入选中国作家协会和中华文学基金会编辑出版的《21世纪文学之星丛书》的作家原则上不再编入本"文丛"。《21世纪文学之星丛书》是为发现、扶植文学新人而创办的一项具有跨世纪意义的文学工程，它以年卷的形式，为文学创作方面取得显著成绩的40岁以下的青年作者出版第一本文学专集。自1994年首卷至今，已出版了157位青年作家的作品集，山东有15位青年作家忝列其中。为了展示山东青年作家整体形象，特将入选该丛书的作家作品名单作为《文学鲁军新锐文丛》第二辑的附录，同时我们将入选《21世纪文学之星丛书》之后创作成绩特别突出的作家纳入"文丛"第二辑的评选，但要求重复收录的篇目不得超过五分之一，除了过去发表的代表作外，其余全为新发表作品。经研究，已入选《文学鲁军新锐文丛》第一辑的作家，不再进入第二辑。由于第一、二辑出版的时间相隔较长，加之近年来我省文坛涌现出的创作成绩突出的文学新人比较多，遗珠之憾肯定在所难免。好在我们已将《文学鲁军新锐文丛》编选工作确定为一项制度化、常规化的文学工程，固定出版周期，持续定期地编辑出版下去。我们愿与广大青年作家一起努力，不断提高"文丛"的文学品位和艺术水平，把"文丛"打造成一个响亮的文化品牌。

省作协领导班子成员和有关方面专家参与了《文学鲁军新锐文丛》第二辑的编选出版工作。省作协主席张炜对"文丛"的编选工作提出了具体指导性意见；省作协党组书记、副主席杨学锋主持了"文丛"的策划、评审与编辑出版工作；省作协巡视员王兆山，党组成员、副主席刘海栖，党组成员、纪检组长李军，副巡视员杨发运参与了"文丛"的策划、评审与统筹。省作协副主席赵德发、李广鼐、苗长水、谭好哲、许晨、李掖平等对"文丛"的编选提出了许多建设性意见和建议。王延辉、朱建信、陈文东、王耕夫、杨文学、孙书文等作家、专家参与了"文丛"书稿的评审工作。省委宣传部文艺处对"文丛"的编选工作给予了指导，省作协创联部的全体同志承担了"文丛"的统稿和通联工作，省作协办公室的同志承担了编委会的会务工作。为了保证"文丛"的质量和水平，省作协还邀请刘玉栋、赵月斌、马兵、张丽军、何志钧、张艳梅等作家、评论家担任"文丛"的特约编辑，对入选书稿进行了认真审阅和编辑。山东文艺出版社对"文丛"的出版工作给予了大力支持和帮助，社长李宁、总编辑张海珊参与了编辑出版的统筹和策划工作，责任编辑李燕、林蕙、王玲玲、李玉玲、冯晖对书稿进行了精心编辑和校对。在此，对所有为《文学鲁军新锐文丛》第二辑编选出版工作给予大力支持和付出辛勤努力的单位和个人，表示诚挚的谢忱。

编　者

2012 年 10 月

附录一：

入选中国作协"21世纪文学之星丛书"的山东青年作家书目

张　继　《玉米地·玉米地》（1994年卷·小说集）
路　也　《风生来就没有家》（1996年卷·诗集）
陈　原　《祖父是一粒粮食》（1996年卷·散文集）
凌可新　《老白的枪》（1999—2000年卷·小说集）
江　非　《一只蚂蚁上路了》（2004年卷·诗集）
瓦　当　《去小姨家》（2004年卷·小说集）
蓝　野　《回音书》（2005年卷·诗集）
邰　筐　《凌晨三点的歌谣》（2006年卷·诗集）
张锐强　《在丰镇的大街上号啕痛哭》（2007年卷·小说集）
徐俊国　《鹅塘村纪事》（2007年卷·诗集）
东　紫　《天涯近》（2008年卷·小说集）
徐　颖　《面包课》（2009年卷·诗集）
简　默　《活在时光中的灯》（2009年卷·散文集）
赵月斌　《迎向诗意的逆光》（2011年卷·评论集）
方　如　《声铺地》（2012年卷·小说集）

附录二：

《文学鲁军新锐文丛》第一辑书目

张　继卷　　《村长的耳朵》（小说集）
凌可新卷　　《避邪》（小说集）
王方晨卷　　《王树的大叫》（小说集）
路　也卷　　《我是你的芳邻》（小说集）
刘玉栋卷　　《我们分到了土地》（小说集）
老　虎卷　　《潘西的把戏》（小说集）
陈　原卷　　《大地的语言》（散文卷）
王黎明卷　　《贝壳说》（诗集）
张宏森卷　　《战争笔记》（电视文学剧本集）
吴义勤卷　　《目击与守望》（文学评论集）

图书在版编目（CIP）数据

一日三餐：常芳卷／常芳著．—济南：山东文艺出版社，2012.11
（文学鲁军新锐文丛／山东省作家协会编）
ISBN 978-7-5329-3986-2

Ⅰ．①一… Ⅱ．①常… Ⅲ．①中篇小说-小说集-中国-当代 Ⅳ．①I247.5

中国版本图书馆 CIP 数据核字（2012）第 251983 号

一日三餐
常芳卷

山东省作家协会 编

主管部门	山东出版集团
集团网址	www.sdpress.com.cn
出版发行	山东文艺出版社
社　　址	山东省济南市英雄山路 189 号
邮　　编	250002
网　　址	www.sdwypress.com
读者服务	0531-82098776（总编室）
	0531-82098775（发行部）
电子邮箱	sdwy@sdpress.com.cn
印　　刷	山东临沂新华印刷物流集团
开　　本	680 毫米×1000 毫米 16 开
印　　张	16.5　插页／2
字　　数	238 千字
版　　次	2012 年 11 月第 1 版
印　　次	2012 年 11 月第 1 次印刷
书　　号	ISBN 978-7-5329-3986-2
定　　价	28.00 元

版权专有，侵权必究。如有图书质量问题，请与出版社联系调换。